这一方热土

# 文脉哨楼

中共仁寿县委宣传部　主编

陕西新华出版

太白文艺出版社·西安

## 图书在版编目（ＣＩＰ）数据

　　这一方热土．2，文脉哨楼 / 中共仁寿县委宣传部主
编．-- 西安：太白文艺出版社，2025．3．-- ISBN 978-
7-5513-2974-3

　　Ⅰ．I217.1

　　中国国家版本馆 CIP 数据核字第 2025CR0454 号


**文脉哨楼**
**WENMAI SHAOLOU**

作　　者　中共仁寿县委宣传部
责任编辑　何音旋
封面设计　李长青　罗　强
版式设计　宁　萌
出版发行　太白文艺出版社
经　　销　新华书店
印　　刷　四川科德彩色数码科技有限公司
开　　本　889mm×1192mm　1/16
字　　数　312 千字
印　　张　20.75
版　　次　2025 年 3 月第 1 版
印　　次　2025 年 3 月第 1 次印刷
书　　号　ISBN 978-7-5513-2974-3
定　　价　198.00 元（全 2 册）

# 编委会

# 哨楼村"作家小树林"记（代序）

地球上的第一棵树，可追溯到大约 4.5 亿年前的泥盆纪。树，在地球村行走的历史，远远早过人类脚步；树，不仅通过光合作用吸收二氧化碳，为地球释放氧气，使空气干净清新，助推了高级生命的诞生，还是地球调节气候、防风降噪、抑制自然灾害的重要功臣；树，是人类不可或缺的生命伴侣。

关注环境，敬畏生命，与时代在场，是作家的神圣使命。贺知章的"碧玉妆成一树高，万条垂下绿丝绦"，不仅是描绘春色，更是抒写人与自然的和谐伦理；贾岛的"鸟宿池边树，僧敲月下门"，呈现了神凡两界融通的精神至境。村上春树的《挪威的森林》，把作家的生命感受嫁予树的意象，并通过它表达了青春期青少年在巨大压力下的孤独、困惑、迷茫和成长烦恼。

哨楼村"作家小树林"和配套的作家书屋，由四川省作家协会指导，眉山市文联和仁寿县委宣传部支持，眉山市乡村振兴科技孵化器投资创建。旨在通过一个作家与一棵树和一个村庄的结缘，从生命本源上探寻人与树、人与自然不可分割的根性基因；从人类文化本源上重返精神原乡，为当下如火如荼的乡村振兴寻找作家在场的理由和依据。

树在场，生命就在场；作家在场，时代就在场。种下一棵树，就是一次跨越时空的旅行，一次与泥盆纪的生命拥抱。

周闻道

2024 年 3 月 12 日

# 目录
Contents

第一辑
## 村庄的生成

周闻道 / 一个村庄的生成（外一篇）　　003

庞惊涛 / 哨声几起　　015

杨献平 / 哨楼村的厚度　　023

吕虎平 / 哨楼回声　　027

龚莹莹 / 乡贤的十二张面孔　　031

李晓群 / 哨楼村的眼睛　　036

李　淮 / 哨楼村的扁担　　043

张　艳 / 门里的哨楼　　048

夏书龙 / 站在传奇的土地上　　052

郭明兴 / 哨楼村里人家　　055

田　禾 / 乡土魂　　058

罗　鸿 / 哨楼村　　062

王钟麒 / 盐道上的哨楼村　　065

李　艳 / 在哨楼村，找寻有关黑龙滩的印记 068

李长青 / 哨楼春秋记　　　　　　　　　　073

〔明〕李春旺 / 李春旺上崇祯帝疏　　　　075

第二辑

# 心归哨楼

周闻道 / 红土地上长出的春　　　　　　079

刘裕国 / 哨楼回响　　　　　　　　　　083

李银昭 / 无名的河山　　　　　　　　　091

杨菁芝 / 哨楼村的乡村美学　　　　　　093

彭建群 / 哨楼村的风　　　　　　　　　097

若　若 / 哨楼村的哨楼　　　　　　　　103

何泽琼 / 以敬畏的方式走进一方水土　　108

王　清 / 心归哨楼　　　　　　　　　　113

范学清 / 千丘怀藏月亮坝　　　　　　　119

张　霞 / 哨楼村的地域密码　　　　　　136

余四勇 / 终归田园　　　　　　　　　　141

王曾玉 / 遇见一场雨　　　　　　　　　147

李海燕 / 风过哨楼　　　　　　　　　　152

李康云 / 李长青和他的哨楼村　　　　　157

刘小苹 / 哨楼村的红土地　　　　　　　163

滕礼建 / 前　哨　　　　　　　　　　　168

袁瑞珍 / 哨楼雕塑　　　　　　　　　　174

郎德辉 / 村之魂　　　　　　　　　　　179

刘玉莲 / 哨楼村的新故事　　　　　　　183

罗　坤 / 村史馆，打开乡愁的钥匙　　　186

王云霞 / 井水滋养出的高贵　　　　　　190

苏万娥 / 哨楼村的新哨声　　　　　　　195

陈美桥 / 一方清流一捻土　　　　　202

郭燕萍 / 关于村的记忆　　　　　　207

唐　悦 / 哨楼村的守望　　　　　　210

杨红英 / 哨楼长风　　　　　　　　214

彭小平 / 乡村文明之光　　　　　　217

何　瑜 / 哨楼拾香　　　　　　　　219

第三辑
## 种下一棵树

叶　梅 / 从柴桑河到海棠竹里　　　227

刘馨忆 / 哨楼村的琴音　　　　　　236

沈荣均 / 像树一样生长　　　　　　243

张生全 / 哨　声　　　　　　　　　246

章　勇 / 与一棵树相守　　　　　　259

杨庆珍 / 种下一棵树　　　　　　　265

袁川媚 / 一个乡村的承载　　　　　273

王燕群 / 待嫁的绿梅　　　　　　　278

钟守芳 / 心往哨楼　　　　　　　　281

刘爱华 / 哨楼村里一棵树　　　　　286

余　娟 / 雨行哨楼村　　　　　　　293

张红立 / 哨楼村：岁月的见证与希望　297

李淑林 / 哨楼村的独特名片　　　　299

方　琳 / 一个村庄的幸福密码　　　302

周闻道 / 哨楼山，一棵张望的树　　304

附

哨楼村，作家心仪的树　　　　　　310

第一辑

# 村庄的生成

# 一个村庄的生成（外一篇）

周闻道

月亮坝不是坝，而是进村的路口——我跨过这路口，来到哨楼村。

只能说来到，而不能说进了。这是我此刻最深切的感觉。我越来越觉得，要真正走进一个村庄，并不是一件容易的事。不仅因为村落是人类文明的起点，再繁华的都市，都可能起源于村落；再地地道道的都市人，原初的根都在村落里。还因为世界上没有两片完全相同的树叶，更没有两个完全相同的村庄。每一个村庄，都有自己的故事，自己的历史，自己的生成方式。因此，读一个村庄，远比读一部巨著还要复杂。因为再伟大的书，当你再一次阅读，就是重复。但村庄不是。村庄如江河日月，每时每刻都在行走，行走的过程，就是村庄生成的过程。阅读村庄只有翻页，没有重复。

没有重复，但有开始。

可以说，每一个村庄的开始，都是一个传奇，都连接着人类文明的根。不说盘古，也不说三皇五帝，就说眼前——我沿着哨楼村的进村之路，去寻找一种文明的根。

跨过进村的路口，在村里转了一圈，看了古井田、凉水井、村史馆，才发现也许月亮坝就能说明一些问题。为什么明明是进村的路口，却偏偏要以月亮坝命名？据说是村头有块水田，月亮升起和落下时，都恰好照在上面，泛起闪闪银光。还有村民做了补充，说不仅月亮，太阳升起和落下的时候，也一样。说法似乎有点玄，其实一点也不玄，那块田的位置和角度恰到好处。之所以被村民们津津乐道，甚至因此把它作为一块坝子的名字，其实有更实在更深刻的意思，是要表达这里的人对美好家园和未来的向往。升起的月亮和落下的月亮，就是上弦月和下弦月，都是月亮从圆满走向残缺的过程。而回望它们全部的历程，月圆有几时？阴晴圆缺更是常态。这背后不是隐喻着我们这个多难民族，对于未来命运的担忧与期望吗？这可能也是村人给月亮坝加上太阳的原因。更何况，民间向来视日月同辉为一种吉祥预兆。村民的补充，还难理解？

村庄的生成，是以水开始的。不只是哨楼村，几乎全世界都一样。这并不奇怪，水是生命之源，至少在目前人类已知的活动范围是这样的。因此，择木而栖，择水而居，包括在沿江沿河沿海，沿有水的地方安家落户，成了人类最早的安居特点。

于是，可以这么说，有水，才有了村庄。

只是，最早的村庄还称不上村庄，只能叫村落。村落零落散乱，自然生成；村庄则更集中完整，带有人为聚在一起的痕迹。这从村庄的起源，可以得到证实。

以色列的某些地方，比如卡梅尔山，或西亚其他地区，人们考古发现九千年前的农业、数以百计的泥砖石屋，都与约旦河的水有关。在人类最早的村落遗址——距今一万年的阿力克西土丘中，可以看见古阿力克西人在水一方，种植谷物，养殖牛羊，修造房屋，日出而作、日落而息的情景。那些村落的生成，不难被我们的想象还原：先是散居的、各自为生的先人，偶然有一天，不同人家的人，外出放羊、打猎或种植，在水边不期而遇。突然的奇遇，让他们彼此都倍感意外，原来，这世界上还有自己的同类。惊奇，惊喜，咿咿呀呀，口语伴手语。他把他带进自己蜗居的土屋或山洞，进行了人类最早的交流。相处依依，人告别了，心还在一起；再见于水，成为他们最早的约定。随着时间的推移，他们已离不开彼此，干脆搬来住到一块。一户，两户，十户，百户，最早的村庄，就这样生成，在水边。

案头有一本书，在网上淘的《中华远古文明的世界之巅》。该书以现代考古的发现为依据，记述了中国村庄生成的文明。该书表明在远古时期，中国的村落在农业、居住、彩陶、酿酒、乐器、蚕丝、舟车、漆器等领域，已处于同时期世界先进水平。

古籍记载，有巢氏"构木为巢室"，发明了房屋，人类由此摆脱了山岭洞穴，由"穴居时代"进入"屋居时代"和"村居时代"。那么，中国最早的村落在哪里，是否与水有关？目前考古发现，距今已有一万一千四百余年的浙江的上山遗址，当为例证。原来，那里的钱塘江支流、浦阳江上游的浦江，早已充当着哨楼村古井田、凉水井等的角色；这里的一切遗迹，包括塘堰、沟渠、水井、房屋、粮仓、猪圈、灶台、墓葬等，都是村庄与人关联的最早标志；它们的生成和演进都与水有关，由村庄的生存发展催生。如今物是人非，唯有村庄是最好的见证。他们还把逝去的祖先安葬在水边，这样，就可以一直与水和亲人们在一起，让远去的亲人，也永远属于村庄。

哨楼村也不例外。只是，哨楼村的水有点独特。

哨楼村的水，既不像黄河之水天上来，也不像西岭之水雪融得。哨楼村的水，就从哨楼村来，具体来说，就是从村里的近百口井和方曲河中来。其中，最早的井有两口——古井田和凉水井。这是哨楼村最值得骄傲的本钱。两口井的水涌流了多少年，谁也说不清楚。可以肯定的是，在这里还没有人，在这里的人还没有依水凿井之前，它们就已经在涌流了。这里的人已存在多久，很难考证。早在两千多年前的汉代，这一带就已经有古人活动的痕迹；西魏恭帝二年（555年），这里已有史可考。对于一个不沿海不临江的内陆村，这已经很不容易。但这一切，怎早得过井里的涌泉？

正是从这里，我才断定，水是哨楼村的生成之源。

合乎逻辑的演绎是：因为有了水，寻找家园的祖先，才一下相中了这里。当然，当时还不叫哨楼村，还没有哨楼村，也没有叫古井田、凉水井之类的井，只有几股涌出的清泉。井和村的命名，都是在这里有人有村以后才出现的事。

无可否认，在哨楼村的形成中，人与水的关系，始终是魂。

从月亮坝拐进村，先看见古井田。由于凿成时间很早，早到连村里年岁最长的老人也说不清，先就叫古井。井里的水除了供人饮用，还常常被引去灌田浇地。过去，附近辜、张、李氏数百人家，就以此井水供生活生产之需。因井与田从未曾分开过，人们就习惯性地在古井的后面，加了一个田，称之古井田。据村里的老人讲，古井田地下有多股涌泉，一年四季，涌水不断，无论旱涝，从不间断。每天涌出的水有好几十方，能满足几十户人家饮用。凉水井在哨楼村的另一头，因水质甘甜清凉而得名，其历史虽然没有古井田久，但也在明朝。涌水情况和涌水量，都与古井田差不多。

对于哨楼村，近百口井不仅是命根，还是神秘之魂。

水往低处流。令人费解的是，两井口的位置都较高；甚至哨楼村许多的井，因建在房前屋后，而房屋又不可能建在低洼处，因此，井的位置往往高于周边。这就产生了一个谜：井的涌泉究竟是从哪里来的？这个谜至今仍未解。但有一个谜是可以解开的，就是哨楼村的水，特别是井水，到底带来了什么？这里的农人常说，一碗泥巴一碗米。意思是说，肥沃的土，加上清澈丰沛的水，就生成了这里的物华天宝。在田里伸手任抓一把泥，随便往哪里一放，就能长出庄稼，收获粮食，让人不愁丰衣足食。

这也可能是哨楼村还不叫哨楼村，还没有形成村落，没有名，最早到这里落根时的原初土著的体验。他们先是发现了山和水。山是绿油油的，还有野生的桃子、李子、柚子之类的水果，可以暂时充饥；水是清凉凉的，里边有游弋的鱼，也可逮来吃。水稻、玉米、红苕、油菜、花生之类的粮油作物和猪、牛、羊、鸡、鸭、鹅之类的牲畜家禽就不好说了，也许是从异地带来的，也可能是就地野生驯养的。总之，这些东西直到现在都是这里的种植业、养殖业支柱。哨楼村的传统农耕，就这样开始。同时在农耕中生成的，还有犁、耙、扁担、粪桶、背篓、弯刀、菜刀、连枷、火钳等，与村民苦乐同在，一起创造村庄的历史。后来的农业现代化，包括种养业，改变的只是种养技术和经营方式，而不是种类。只是，曾经的农具有的进了村史馆。人们仍依托几堆丘，几亩地，几口井，一条河，一条"江"，年复一年播种希望，收获满足。

当然，播种希望，收获满足，只是一种理想的结果，现实往往要残酷得多。且不说早期人少时的蛮荒、孤独、生存艰难，包括难觅的食物，虎豹长蛇、洪涝雷电的威胁等，后来人多后的争夺、战乱、苛政。村庄的生成，逃不了物竞天择。

现在，村里有了提灌站，从村里最高处的狮子山、狮子头上的苗木果园，到满坡的水稻玉米豆子，都可以自由浇灌，水旱从人；生活有了自来水，水龙头一开，哗哗直流。井曾经的许多功能，已经退出历史舞台。用进废退，人走茶凉。但世俗的炎凉并不属于这些井。人们既舍不得田，也舍不得井，就选择了两口最老的井，在原址处筑台立碑，缀字为记，让它们以历史的象征意义，永远和这里的田和人在一起。

仍是因为水。哨楼村离不开井，也离不开河。

所谓河，是指方曲河，就是仁寿县境内的一条从哨楼村所在的方家流至曲江的区域小河，全长九千余米。这河原来没有名字，就像旧时嫁入婆家的媳妇，只叫张氏李氏。村里一位在外做事的智者，偶然回村，发现了这个问题，一脸严肃地说，这怎么行？这是我们的母亲河啊。既然这河连接着方家和曲江，就叫方曲河吧。大家说好，名副其实。确实是名副其实。可以说，方曲河就是为这一方的近百口井、几万亩田土而生的，甚至说，它就是为哨楼村而生的。因此，这里的人不怕别人笑话，不怕别人说他们是井底之蛙，常常理直气壮地对外来的人说，中华民族的摇篮是长江和黄河，咱哨楼村甚至方家、曲江的母亲河，就是方曲河。

母亲河是不能伤害的，伤害了母亲河，就等于伤害了母亲。

发展与呵护有时会有矛盾。既要发展现代农业，又要呵护好母亲河。说发展，十一平方公里的土地、五千六百多口人、百分之八十多的森林覆盖率；三万两千多元的农民年人均收入、一百二十余万元的村集体经济年收入；小桥、流水、人家，古井、竹林、小河；提灌站、自来水、天然气；慈孝文化、村史文化、古井文化，规划中的文化中心……社会主义新农村的诸多元素，都在这里不断生成，相互融合，汇成一种现代村庄的新格局。说呵护，当然没有忘记保护环境。青山、绿树、花草，公厕、垃圾站、污水处理站，都不能少。资金不足，村里八方化缘，对方曲河进行了维护改造；还在河道上修建了滥沟湖，安装了启闭机，既蓄水抗旱，又防涝防洪、疏浚清淤，让母亲河永远清澈健康流淌。

母亲河是不能矮化的，矮化了母亲河，就等于矮化了母亲。

凉水井的水，顺着哨楼村的一条山沟流，流着流着，跨过滥沟湖，就流成了一条溪。溪不大，枯时米把，丰时丈把，其实就是一条沟。可村里的人嫌沟说起来太小气，该叫河；又有人说，河也太小气了，干脆叫江。大家说好。还有人说，江还不是名字。我们村里流出的水就像村里走出去的娃，该有自己的名字。仁寿不是有大名鼎鼎的黑龙滩吗？不如就叫这江黑龙江吧。这下大家高兴了，好，好，就叫黑龙江。一条江的命名就这样完成了，不需要什么地名委员会的核准，反正村里的人，男男女女老老少少都这么喊。喊着喊着，就喊进了地方的乡村振兴规划里，喊进了官方的文件里。当然，在导航的时候，一定要记得在"黑龙江"的前面加上"仁寿方家镇"。

这些井里和方曲河里的水，成了哨楼村长期生成的一部分。于是，只要走进哨楼村，不仅可以看见古董一样的各种井和井里不知从哪里涌出的活水，还能看见传说一样逶迤多姿、轻柔曼妙，充满抒情色彩、传诵着哨楼村几千年故事的方曲河。

村庄的逻辑其实很简单，只要近百口井的活水还在涌出，只要方曲河没有断流，还在这片土地上流淌，哨楼村的血脉就在跳动，灵气就在。这些井和这条河的活水，在满足了一个村的生活生产后，并没有停止涌流。有人说，是近百口井里的水流进了方曲河，才促成了方曲河的生成；也有人说，是方曲河吸纳了井里的水，才让井水生生不息、流而不腐。两种说法都有道理。井和河，本来就是哨楼村不可分割的生命元素。

一方水土当然要养一方人。这话虽老，但是有道理。更重要的是，这道理在哨楼村再次得到了验证。验证它的有武进士辜有闻、文进士李春旺和贡生秀才三百五十人。

对，这些都是这一方水土养育出来的英才，都是哨楼村人的骄傲。他们随哨楼村而成长，喝着古井田、凉水井等井里的水长大，或由方曲河流域的水土滋养。拂去历史的尘烟，当看见村人李春旺二十五岁就中进士、三十二岁被崇祯皇帝钦点为工科给事中；看见本村辜氏族人、武进士辜有闻一身正气、清廉为官，甚至家人去世也无钱治丧；看见讨伐北洋军阀独裁统治的将领，独守孤城、护署五印、平定叛乱和身处乱世、正直敢谏、赤胆忠心、以身殉国或潜心兴教育人的忠臣贤士等，以及当年修建黑龙滩水库大军的"方家营"的群英会，都有一个个哨楼村人响当当的名字；甚至"哨楼村"的得名，都隐藏着一些可歌可泣、气壮山河的故事时，你不得不由衷地举起庄严的手，向伟大的哨楼村致敬！

在哨楼村村史馆，我看到这样的家训家规："正心尚正，谨言慎行，知己安分，明伦执礼。"（《辜氏家规》）"敦孝弟以重人伦，笃宗族以昭雍睦。重农桑以足衣食，黜异端以崇正学，明礼让以厚风俗，训子弟以禁非为"（《周氏族谱·圣谕》）。看到这里我有些激动，为我们周氏人家的家教文明而激动。"尚选举，尊贤才；敬耆老，正伦理；倡勤俭，明是非……"（《李氏族谱·家规二十条》）。这些家教家规家训，与《二十四孝图》、社会主义核心价值观宣传板、钦斋泥塑非物质文化遗产、清同治年间（1862—1874年）的村人手工绘制的《村地图》与刚制定不久的乡村振兴蓝图等陈列在一起，你就不难找出，哨楼村现代乡村生成的答案。虽然前路漫漫，但他们没有忘记为何出发。

我发现，这些哨楼村文化，都可以在上善若水中找到根。

哨楼村的生成，是一个标本，它连接着整个中国乡村的现代文明。

仁者乐山，智者乐水。这里的山不高，只是一些错落的浅丘，但浅丘也是山，不怠仁者；这里的水不多，但近百口水井和方曲河，足够乡人灌溉饮用，不薄智者。有研究人类文明形态的专家认为，现代庄园，是农耕文明、工业文明和城市文明融合的理想模式。因此，关于乡村的前世、今生和未来，从乡居、村落到村庄，再到现代庄园，站在哨楼村的几亩方塘边，或方曲河坝闸的启闭机旁，你都可以大胆想象。

哨楼村党支部书记张国君告诉我，村里以前有两千多户人，现在只有一千多户了。这是城镇化的必然，也是现代农业的必然。我们不需要那么多的人种地。但乡村不能走失，还要振兴，要建设得更好。哨楼村充分利用自身优势，利用国家实施乡村振兴战略的契机，以农民增收为目标，稳住粮仓，调整结构，建设"鱼椒之乡，特色小镇，幸福方家"；与仁寿湿地公园、黑龙滩旅游区、天府农耕—响水六坊、彩蝶花卉园、犀牛山庄家庭农庄、牛角寨石窟等融为一体，实现由传统村庄，到理想庄园的跨越。

在哨楼村的山、水、林、田、路和村史馆、新农居中，我看到了庄园的影子。

生长千年，终于生成了，生成了现在的哨楼村。

哨楼还在，以一座山、一个村的姿势存在。与战争和防御无关，与时代和信息有关。是"前哨"还是"后哨"都不重要，重要的是它传递着现代村庄的信息。

一缕月光照进窗户，伴着些微的风，淡淡的，柔柔的。净与静结合得如此完美，可以把心融化。突然心里一个激灵，此刻，月亮坝的月光，是什么样子？

# 哨楼村的哨声

在去哨楼村之前，我就开启了对那里的哨楼和哨声的想象。

有哨楼必然有哨声，这似乎用不着怎么解释，不同的只是那哨声以什么形式出现。我的思维一下遥远了。因为我知道，像这样的村名，多半是有来历的，而且可以顾名思义地去做一些理解。哨楼显然是一个含有战乱、防护与通风报信意思的概念；而哨楼村又并非边关要塞，就是我们眉山仁寿县下面的一个村，地处成都平原南沿。这样的地名村名，不可能与现实对得上号，这本身就留下了巨大的想象空间。

事实上，当我们把哨声定义为一种信息时，其意义已超越了哨声本身。

无须考证，哨楼村肯定没有传说中的"三皇五帝"，只能从传说中的"盘古开天地"去寻找蛛丝马迹。眼前浮现出在混沌的沉睡中突然醒来的盘古，和他抡起大板斧朝眼前的黑暗猛劈过去，一声噼里啪啦的巨响劈开黑暗的情景。缓缓上升的东西变成了天，慢慢下降的东西变成了地。天地形成了，盘古却累倒了。这是东方式的想象，与西方人的想象不同，西方人的想象在《圣经·创世纪》里。其实意思都差不多，只是在西方人的想象里，盘古开天辟地的噼里啪啦声，变成了上帝"要有阳光啊，要有山川啊，要有河流啊"的呼唤声。当然，在这里，我既不是要说盘古开天辟地，也不是要说上帝的呼唤，虽然这些神话传说中也许也有现实的原型，我要说的是哨楼村最早的人类文明的声音，或者，最早在哨楼村为人类文明吹响哨声的"吹哨人"是谁？

肯定不能从这里的文进士、武进士或三百多名秀才中去寻找，虽然，他们也曾吹响哨楼村文明的哨声，但那是后来的事，离这里人类文明的"最早"出现，也许还差十万八千里。至少要从"资阳人"的化石，或者说三星堆的扶桑神鸟中去寻找。

每当想到这里的时候，我的心绪就有些波动，甚至激动。因为证据就在身边，并不是什么牵强附会。你看，那个资阳火车站以西1.5公里的黄鳝溪，离哨楼村不过几十公里，离发现三星堆的四川广汉西北的鸭子河南岸也不过百余公里，这样的距离，在广袤的神州大地上，简直就可以忽略不计。因此，我理所当然地把最早为哨楼村吹响人类文明哨声的人，想象成考古发现的"资阳人"中那位五十来岁的中年妇女。并且，每当我想到这里的时候，还把那位中年妇女想象成了母亲。不是具体哪一位先人的母亲，而是广义的古蜀人的母亲，并进而从她还原的容貌和骨骼特征中，寻找着她在三万五千年前的旧石器时代晚期，为这片混沌的土地吹响文明哨声时的情景。比如，她的头骨较小，额骨和顶骨低平，前额狭窄，鼻根郁高，牙齿脱落，是人类早期进化发育的共性，还是她的个体特征，或者是凶险恶劣的生存环境所致；而顶结节、额结节明显突出，眉嵴发达，与当时的审美和人体重塑有没有关系；而乳房的突出发达，是不是在那个恶劣的生存环境下，用力用心用情哺乳形成的？神鸟的想象，当然离不开纵目面具，离不开扶桑和太阳，那是三星堆呈现的古蜀人的生命和精神世界，因为它们离哨楼村很近，可以说在一个相同的地域单元，所有的想象都可归一。

在哨楼村文明的哨声中，自然不能忽略了这里走出去或留下来的贤士们。他们饱读诗书，又不拘泥于书本，往往把受命于朝政中的体验，总结成治国兴家的家规家训，在"天下国家，本为一体"的社会哲学中，吹响了更高境界的文明哨声。以至于在时隔几百年后，当我们在哨楼村村史馆与这些先贤的思想相遇的时候，仍然感到那么亲切而掷地有声。比如文进士李春旺，以"太阳开始"之意的"旸俶"为号，并以身处乱世的正直敢谏，以身殉国，在漫长而黑沉沉的封建治理中，吹响了忠义廉正的哨声。相对于他所处的黑暗的长夜，这哨声可能十分微弱，但它毕竟撕开了黑夜的一个小小的裂缝，让文明的阳光探进了张望的眼眸。当我看见《辜氏家规》中的"正心尚正，谨言慎行，知己安分，明伦执礼"、《周氏族谱：圣谕》中的"重农桑以足衣食，黜异端以崇正学，明礼让以厚风俗，训子弟以禁非为"，会感受到中国传统文化的根，在哨楼村长出的苗，至今仍枝繁叶茂，成为现代乡村文明的重要标识。

在哨楼村村史馆，有几件农具不仅让我眼前一亮，而且，一种久违的亲切感奔涌而来，一下把我的情绪牵扯到了童年的往事中。背篓、笆笼、虾耙、连枷、箩筛、犁头（铧）等等。在现在的农村也许不多见了，但在当年，这些可都是农民离不开的当家农具。它们存在的历史，比与我相处的时间，比我所知道它们的时间，不知道要早几十倍、几百倍。可以说，它们的产生与存在，就是农耕文明的一个重要的过往哨声；它们所传递的农耕信息，穿越了我们整个农耕文明的历史。

我突然感到，有时远离并不是遗忘，而是情感的珍藏和积淀。就像这些久违的农具于我。无须刻意去打捞，只是此刻的惊鸿一瞥，我的珍藏和积淀就一下被唤醒了。

比如一个盛夏的早晨，一夜的雷声雨声没有吵醒的我，突然被父亲揪住耳朵的叫声喊醒。父亲叫我跟着他出去一下，其他什么也没有说。没得说的，也不敢多问，一问肯定挨骂。这更增添了我心中的狐疑和好奇。我只好乖乖地跟着父亲，戴上斗笠，披上蓑衣，扛上父亲扔过来的一个虾耙，一猛头钻进了瓢泼的大雨里。很快到了不远处的一块秧田边。眼前是一个田埂的缺口，平时专门用于灌水排水。一夜暴雨，田里的水早已超过了设定的警戒线，顺着缺口哗哗哗地往外泄。父亲二话没说，从我肩上呼地拿过虾耙，放在田埂泄流的缺口处，再用两块石头固定好，瓮声瓮气地向我丢下一句"好好守住"，就去巡看他的秧田去了。还没等我反应过来，虾耙里就出现了活蹦乱跳的鱼，一条、两条、三条，鲫鱼、鲤鱼、鲢鱼、泥鳅……如梦如幻，我傻眼了。

又如我第一次使用连枷打油菜籽时的别扭；在挑着满箩筐的谷子缴公粮时吃力的样子，咬牙切齿、面红筋涨；在学着大人使用犁头（铧）翻地时的颤颤巍巍。令人奇怪的是，当时的艰辛、痛苦与绝望，今天回想起来，都成了甜蜜、温馨与幸福。

当然，当哨声与哨楼连在一起，多半可能是一些带有负面的信息，比如战乱、匪患、动荡等，且往往不是偶然的，可能经常发生。不然，怎么会叫哨楼、怎么需要哨楼，甚至要以之为一个村庄命名？这里过去究竟发生了什么，经历了什么？想象的翅膀无论飞得多远，都离不开哨楼村的风筝线，都会与哨楼村的历史有关。

翻开《仁寿县哨楼村志》，我希望从哨楼村的地名中，去寻找那不为人知的信息密码。当看见"咸丰十年，匪患猖獗，村民募捐在山上建哨棚放哨，练民团"的记载时，我的心里微微一震：怎么又是？因为在乐山师专时，我曾经认真研修过中国近代史，对"咸丰十年"（1860年）太熟悉了——那是中华民族深深伤痛的一年、血泪的一年、屈辱的一年、永远不可忘记的一年啊！这一年，积贫积弱战乱频仍的中国狼烟四起，席卷大半个中国的太平天国运动还没有平息，苗民陶三春、陶新春兄弟二人又在赫章县的韭菜坪率众起义，并以摧枯拉朽之势推进，很快在毕节的猪拱箐建立军事基地……

事实上，"咸丰十年"的乱，远远不止于这些内忧，更在于外患。

"忽喇喇似大厦倾，昏惨惨似灯将尽"，我看见了《红楼梦》中的那个"贾府"在清王朝的"真身"。就在"咸丰十年"前后，北方沙俄抢占了一百五十多万平方公里的中国土地，而英法联军又在这年发动了侵华战争。沙俄见此贪心再起，又以"调停人"的名义掺和了进来，想从中再分一杯羹。所谓"调停"，实际上就是让中国停止反抗，配合英法掠夺。无能的清大臣有人献上了"借夷剿贼，帮运南漕"的救亡"良策"，说得直白一点，就是借助于英法联军之力，剿灭太平天国和苗民起义；利用大运河的漕运，把南方的粮食等运到京师。类似于抗战时期蒋介石主张的"攘外必先安内"。于是，侵略者如入无人之境，登北塘、攻塘沽、占大沽、陷通州，一路烧杀抢掠，直至火烧圆明园，咸丰帝率一众官员仓皇逃往热河。就连参与烧园的英帝国主义者戈登也承认："我们就这样以最野蛮的方式摧毁了世界上最宝贵的财富。"

在这样的内忧外患之世，哨楼村的哨声，还听不清吗？

快要到哨楼村村委会的地方，突然出现了一片红黄色的梯田。这样的梯田曾是农村的样板，几十年前不见了，突然再见，感到分外惊奇亲切。一问，才知道是四川"天府粮仓"工程建设的高标准粮田，全村有一千五百亩；再加上两千余亩藤椒，四百余亩果园，千余亩的林地，构成了哨楼村现代种植业的基本结构。

感慨是发自内心的。没有固定的模式，也不搞一刀切，真正实现了宜粮则粮，宜果则果，宜林则林，宜务工则务工，并且实现了规模化。与这些相关联的，是治理规范有序的滥沟湖、方曲河、黑龙江、提灌站，真正的"山水林田路综合治理"啊。在半个世纪前，我作为县委驻乡工作队一员，就天天与这些东西打交道。可那时限于条件，从来没有真正实现过。何况，还有开闭所、垃圾站、绿波路、作家小树林、作家书屋、村党群服务中心、文化中心、农产品冷藏库等这些新概念的注入。据村党总支副书记张凯介绍，目前哨楼村的粮食、蔬菜、藤椒、肉牛、养鱼等优质产业，已有二十三家新型农场。我就在心里默默地加减乘除，算哨楼村的农民人均收入有多少，算四川省乡村振兴省级示范村、眉山市村级集体经济增量收益"十佳村"的含金量。

算着算着，就有了一种我心飞翔的感觉，仿佛听见一个新的哨声……

**作者简介**：周闻道，本名周仲明，中国作家协会会员，高级经济师，在场主义散文流派创始人和代表作家。哨楼村"作家小树林"策划人之一。出版文学专著十八部，五百二十万字；经济学专著三部，一百万字；获全国及省级文学奖若干。

# 哨声几起

庞惊涛

我准备去一个叫哨楼村的地方。

不是因为有人老是向我提起它，也不是因为它的名头有多么响亮。我只是隐约听到一种哨音在我耳畔时强时弱地响起，让我像第一次听到体育老师集合的哨子那样，不由自主地要向哨声发出的地方靠拢。

我坚信我没有幻听。

大寒不寒，山路弯弯。我们的车子停在哨楼村村委会前的广场上时，村支书张国君像是听到哨声一样，已早早地等在广场了。我知道，他大约是根据汽车喇叭声的强弱，早早地预判了我们到达的准确时间。

"你对声音如此敏感？"我问张书记。

"不只是我，是我们，这里的每一个人，对声音都这么敏感。"张书记有些自豪地说。

接着，他把我们带往那个规制更接近于县史馆乃至市史馆的村史馆。迎面一个长衫俊朗的青年，张书记唤他长青。说他虽然年轻，但家学渊源，修得一身才艺，先祖是明末进士李春旺，说来算是这哨楼村第一个吹哨子的人。

李长青带我们在一组人物群雕前驻足：那是他的手笔，也是他的执念，它真实细腻地再现了哨楼村人在漫长的历史里，为家族安危、时代变迁乃至王朝更迭、战争烽烟而努力发出哨声的情态——他们或焦虑或忧患、或深思或沉着，眉眼与唇舌之间，手舞足蹈之处，哨声传递的方式虽然不尽相同，但敏感、预判乃至警示之心却殊途同归。

# 教化之哨

哨楼村最早关于哨声的故事，可靠的文献记载来自明崇祯十年（1637年），因吏部考察而闲住乡里的进士李春旺在仁寿开馆设教，为朝廷培养科举人才。

此时的哨楼村尚不叫哨楼村。作为成都府仁寿县安下乡的一个普通的农家聚落，人们习惯用当地第一大姓李姓来冠之以村名，因此追根溯源，李春旺出生并成长的李家祖屋塆便是哨楼村当之无愧的历史"前哨"。

李春旺先祖于明初从孝感麻城入籍而来。作为世代务盐的"灶籍"人家，父亲李登堂深知由读书入仕以改变李春旺"灶籍"的重要性，因此，对李春旺督学甚严。李春旺当然也没有让父亲失望。他十五岁乡试中举人，二十五岁会试中进士，二十七岁任河南省乡试同考官，既是科举制的受益者，也是科举制的维护者和参与者。身在其中，他自然明白科举一途虽出于培养程式人才的需要而不免教条化，但系统受教而能使一个人的见识行为远长于白丁的核心价值，尤其是影响和改变底层文化生态的作用，让他从自己的经历中得到广泛教化必要性的启发。

这一年，他得到一次难得的回乡闲住的机会，"设馆施教"这个萌生于多年前的想法遂得以实施。

三年前，他为仁寿向家堰新修的通济桥写碑记，破题第一句，便对《道德经》第五十四章中"善建者不拔，善抱者不脱，子孙以祭祀不辍"一句做了延展和阐释：善建者，基不拔；善继者，功不朽。如果说修桥的功德在于"通济"，那么，施行广泛的教化的功德则在于"博济"——人们需要通过掌握更多知识来渡过除了实体的津渡之外更多的难关，所以，施行广泛教化的奠"基"的重要性便不言而喻。至于"善建者"能否得到"不朽之功"的礼赞，在他眼中并不重要。

要施行广泛的教化，李春旺的眼界当然不能只限于李家祖屋塆，而须放眼于整个仁寿县。在地方士绅的支持下，李春旺选仁寿治前东街一处房屋为学馆开馆教学，开始了他的教化筑"基"。因此处有仁寿知县王举、主簿张国衡、典史沈宗宪为李春旺、李纯阳、李继阳父子新建的黄门石牌坊，县人遂称此学馆为"黄门塾馆"。

由于黄门塾馆的师资及生员规模缺乏准确的文献信息，我只能猜想李春旺应也作为师者参与了教学。再从塾馆到民国时期"仍有店房数通"的传承影响来分析，李春旺当年教化筑"基"的目的是完全达到了的，其影响也不仅限于晚明，而是恩泽于整个清朝时期的仁寿全境。从这个意义上来讲，他看到李家祖屋塆乃至整个仁寿县落后的教育面貌而从培养科举人才角度实施的教化筑"基"工程，在晚明国势日颓的背景下，虽然并没有为朝廷培养出多少科举人才，但改变仁寿文化面貌的历史功绩，却是可以享"子孙祭祀不辍"的。

崇祯十四年（1641 年）十一月，张献忠部"自蓬溪入川南，分贼部为三路，因陷仁寿，知县刘三策死之"。李春旺虽振起而抗，但"天下事不可为矣"，乃自尽殉国。这个教化底层的吹哨人，以四十四岁正当壮年而不得不结束尚有无限可能的人生。

从 1637 年到 1641 年的四年时间里，李春旺所倡导和积极参与的仁寿教化实践，使当时的仁寿文化风貌为之一变，而黄门塾馆其后将近三百年的发展，则对整体提升后来的哨楼村乃至仁寿县的文化风习恩泽深远，仁寿之有今日蜀中文化旺县的地位，和李春旺当年教化筑"基"是密不可分的。

教化筑"基"，这是李春旺发于今日哨楼村的第一声哨声。《仁寿县志》将这个较早在县城兴办教育的科举人物载录，看重的或许正是他以身教文传而带给仁寿的醒世力量和传世影响。

## 防匪之哨

如果说李春旺的教化筑"基"是无声之哨，那么，咸丰十年，辜家人在哨楼山发出的防匪之哨，则是哨楼村真正意义上的第一起有声之哨。

那哨，既可能是一声震天动地的呐喊，也可能是熊熊燃烧的炬火，或者滚滚而升的浓烟。

从 1637 年到 1860 年，二百二十三年过去，几经变革，此时的仁寿县归川南道资州直隶州管辖。

不知道是先有哨楼山，还是因修了哨楼才让那片无名的山岭叫了哨楼山，但可以肯定的是，哨楼村的名之得来，和这段哨声的历史紧密相关，它昭示着这个村守望相助、休戚与共、荣损一体、同仇敌忾的血脉深情和优良传统。

这座与狮子坳相连的山，原是村民辜殿安与辜礼门兄弟共有的山。辜姓是哨楼村继李姓之后的大姓，近代以来也是良才辈出。

午后，天空下起了细密的雨，给我们的哨楼山之行增添了左支右绌的喜感。张书记说，村委会的计划里，将以村史馆为中心，将多个类似哨楼山这样有历史人文背景的点位进行风貌改造，既使徒步游览考察通达便捷，又能提升哨楼村的文化品位。

极目所见，哨楼山和大多数丘陵地带的山一样，其实就是一座略略隆出地表的浅丘，但相对于那些低洼地带的房舍，这里还是一村的制高点所在，也难怪当年辜氏族人要选这里修建哨楼。

1860 年这个猴年，对中国人来说，是一个耻辱之年。这一年的年初，英法联军从舟山登陆，相继霸占大连湾、烟台；8 月 14 日，攻陷塘沽；9 月 21 日，清军在八里桥战败，咸丰帝避往热河；10 月 7 日，英法联军火烧圆明园。三天大火，没有烧出清政府的血性，反而烧出了丧权辱国的《北京条约》。

外侮如此，内乱更要趁火打劫。太平军二次西征，湘鄂赣多省震动。仁寿虽处成都平原中心，既不在反抗英法联军入侵的前沿，也不在内乱波及范围，但外侮内乱之下，祥和熙宁的地方局面同样难以维持。面对匪患，辜氏有声望的长者登高一呼，迅速得到村民响应，大家有钱的出钱，有力的出力，在这片山岭的制高点，建起了一座哨楼，操练起了民团。

长青用脚点着他脚下一片碎石地告诉我们说，这里就是当年修建的哨楼的大体位置。据村里的老人回忆，哨楼毁弃后遗下了一些砖石，陆续被附近的村民自建房时拿走了。当年的哨楼究竟修了多高，是怎样的形制和结构？由于没有图纸和图像资料，原样复原已经不可能了。

"但象征性地重建是有可能的。"张书记补充说，"乡村人口逐渐减少是事实，但留下来的、还要长期生活在这里的村民，不能忘了这段守望相助的历史。"

面对"归来多是异乡客，相逢不再有情亲"的残酷现实，在我经历过邻家一碗肉、一口汤的往来礼敬后，此刻，我无限向往这个我已经无法弥补的生活场景。

这与其说是对一起哨声的向往，不如说是对一种血浓于水的质朴亲情的向往。

我想象着 1860 年的炬火，或者狼烟，或者呐喊。它们在外示惊惶中持有一种可贵的秩序感，在外示无力中，生出了一种巨大的感召力。

我坚信，这种秩序感和感召力，是当下无数个类似哨楼村这样的村庄已经越来越稀有的。

它们随哨声的消失一起消失，直到哨声再次响起。


# 劳动之哨


文武之道，贵在一张一弛。

平宁治世，放下武装防备，哨楼村人的本质和底色还是要躬耕于垄亩之上。

这便有了劳动出工之哨。

不过这哨也不是那哨。因为有了锣鼓，打锣便如同发哨。所以哨楼退出历史，锣鼓走向前台。这中间一弹指，就是一百年。

此时的仁寿县，辖归乐山专区，哨楼村先是叫哨楼大队，然后才有了哨楼村的名字衍传到今天。

似乎要和哨楼山同气连枝，更准确地说，似乎要和哨楼山同进同退，哨楼山后面比哨楼山略矮的一片山丘，被村民赋予了打锣山的名字。村民打锣预警，已从1860年的预防匪乱变成了后来对一切"有情况"的精准发声。20世纪60年代前后，农村集体生产时期，哨楼生产队派村民辜绍钦在此山打锣，提醒村民及时出工劳动。

我看了哨楼村的地形图和地名，发现哨楼村民钟情于一切预警性的名字：灯杆山因过去山中立有石头灯杆而得名。灯杆照亮和月亮照亮，都有和哨声相似的作用，所以，当我发现"月亮坝"这个名字时就不再惊奇了，它虽然听起来比哨楼山平庸一些，但一样承载了一个有意思的历史来历和一个厚重的人文故事的起源。

也是到了此时，我才真正明白了张书记所谓"这里的每一个村民都对声音如此敏感"的真正内涵，他们发自天然对哨音的敏感，来自一种可贵的自警、自觉。锣虽然是辜绍钦一个人打的，但却是集体劳动和整齐出工的集体意志的最佳体现：伴随着锣声响起的，是辜绍钦"出工了，出工了"的召唤声，是数十甚至上百村民奔向田畴、沟渠、山坡、河谷，使牛、翻锄、撒种、挥镰的宏大画面，有时候整齐划一，有时候层波推进。此时的锣声，其实也是学校的铃声、战场的号声、厂矿的广播声，以及一切创造美和物质精神财富的劳动发号声。

我随着张书记手指的方向，看向打锣山。打锣声不再隐约响起，似乎是因为这不在我的经验世界之内，或许还代表着一种残酷的社会现实：从包产到户到进城务工，数十年间，包括哨楼村在内的中国农村发生了翻天覆地的变化，大多数村民对依附于土地、早出晚归的劳动不再信守，对锣声约定俗成的出工召唤不再敏感。

锣声喑哑，土地沉默。

集体出工的哨声不再响起，山河大地深处整齐划一的劳动，转向城镇街巷厂房作坊小摊各自为营的劳动。他们各自控制着各自的哨声，在足够自由的时空关系里，越来越多的人选择了"躺平"——但不是面向大地的，而是面向慵懒、放弃进取和责任的所谓舒适区。

我想起了在哨楼村村史馆里陈列的那一面已经锈迹斑斑的锣，它和风车、撮箕等传统农具放置在一处，已经失去了发哨时的光泽。我走过它身边的时候，只是惊鸿一瞥。

但现在，我却非常想念它。

我想像辜绍钦那样，站在打锣山上，敲一声锣，喊一声："出工了，出工了！"

我不是为了怀念那个集体经济的体制和时代，而是怀念我们对劳动、对出工的敬畏。

我对张书记说，这锣，还是得敲起来。

# 存史之哨

2016 年，我去云南昌宁县漭水镇问茶，第一次听说当地一种长在高山上的神奇大树：它天生具有解读天机的天赋，每年雨季，当澜沧江将暴发洪水时，"报洪树"叶子便由青绿色变成红色，提醒人们做好抗洪准备。

这棵报洪树可不就是当地村民应对灾变的哨声？

长青告诉我，哨楼村也有两棵这样的百年大树，一棵在玉皇观山上，一棵在举人旧居屋外，学名乌桕。它们由于长得足够高大朴茂，已成为哨楼村事实上的另一种活着的"哨楼"：离乡外出的村民，无论走多远，回头还能望见的，是这两棵大树；游子归乡，还未到家，远远就能看见的，还是这两棵大树。

这两棵大树成为哨楼村新时代发出的无声之哨：记得来处，记得乡愁。

长青作为哨楼村的八〇后代表，又是哨楼村先贤李春旺的后人，对哨楼村自有依依难舍的深情。自 2003 年从四川美术学院学成毕业后，他就矢志于对李家家史和哨楼村村史的研究。

也是机缘巧合。2020 年，乡贤辜仲江提出了建设哨楼村村史馆的想法，在得到上级批准后，由哨楼村人自己策划、设计、建设、施工的村级村史纪念馆就破土动工了。作为村史馆建设的具体策展人、设计者、文史挖掘者、全部馆内文案的创作者、所有老文献的收藏提供者、视频拍摄制作者、全部艺术品制作者，长青参与了展馆的规划设计，尤其是馆内哨楼村人物浮雕群像的设计与雕塑。

站在村史馆的入口看这组人物群雕，让人生发一种肃然。浮雕选用哨楼村泥土为原料，以清代本村崖壁碑刻文字"廉泉让水地，文里武乡风"为创意思路，内收明代移民入川以来，村域各家族族人、乡贤十二位，用李长青家传"钦斋泥塑"非遗技艺创作而成。

很难想象，这个自然村落能在数百年间承载如此厚重的历史，并繁育出如此多的精英人物。长青在为这些人物造像时，既参考了严谨可靠的史料文字，也糅进了自己对人物整体命运的全面了解和对其性情才情的大胆想象与艺术加工；既注意了整体上气象巍然的布局，也突出了人物细部的表情。尤其是李春旺，处在群雕的中心位置，着一身正四品的官袍，右手托一卷轴，一脸正气。

我问长青，你作为李春旺的第十六世孙，对李春旺的雕塑有没有过度美化的私人成分？

"村史馆要存史鉴今，起到教化作用，就必然要在有限的史料上进行美化。"长青说，"必要的美化是有的，但并没有过度，因为美化的标准是统一的，即建立在对基础史料精细运用的基础上，再考虑适当加工。"

一旁的张书记补充道："要说夹带私货，长青在做李春旺雕像时，参考了自己的面部轮廓。"

从家族遗传基因入手为历史人物精准画像做出探索，长青的"吹哨人"基因，真是其来有自。

哨楼村村史馆规划总面积六千多平方米，于 2020 年动工，于 2023 年年底开馆。哨楼村村史纪念馆分为"序厅""哨楼春秋""红色哨楼""乡土哨楼""忠孝哨楼""展望哨楼"六个板块，通过实物、史料展陈、文字描述、重要场景还原、重要人物访谈等多种形式，全面还原哨楼村历史。

从初具想法到落到纸上再到最后呈现，哨楼村要在这个大多数村庄逐渐自然消亡，或者即使存在，但也注定会被人们抛弃和忘记的时代，逆向做一件存史鉴今的事业，倒非仅出于哨楼村有如许可存的历史和可鉴未来的人物，而是出于对"望得见山，看得见水，记得住乡愁"的深刻理解和未来预见：如果山水不复，乡愁不再，村庄纵有丰厚的人文历史，都不会有任何可期待的未来。

村史馆前，雨停了。一个乡村简陋而温暖的茶席前，我见到了一头白发的辜仲江老人，他是哨楼村村史馆的首倡者。作为村史馆的设计者和布展者代表，李长青站在他的身后，恰好构成了一幅一老者一青年接力存史的鲜活画面：他们是哨楼村新时代的吹哨人，面对急速凋敝和消亡的乡村，他们用哨楼村村史馆这个作品，向时代发出了"存史鉴今，振兴乡村"的无声之哨。

饮茶间，长青为我讲了一件奇事：李春旺考中进士的时间是1622年，整整两百年后，其八世孙李有春在1822年考中武举人；他作为十六世孙整理完《李春旺年谱》的时间线，恰好也是两百年后的2022年。他说，我大约是李春旺转世的第三回。

我说，他是你的前世，你是他的今生。

张书记说，无论前世还是今生，你们都和哨楼村有缘。他转世三回，就是要提醒你，是该轮到你吹一声响亮的哨子了。

下一次哨声响起，会在什么时候？会以什么方式呢？我问长青，也问张书记。他们几乎不约而同地回答：在哨楼村，随时随地！

**作者简介：**庞惊涛，笔名云栖阁主，四川西充人。中国作家协会会员，四川省作家协会散文委员会委员，成都文学院签约作家，《天府文化》杂志主编，钱学（钱锺书）研究学者。

# 哨楼村的厚度

杨献平

从成都到仁寿，多年前路远弯绕，要用半天时间才能抵达，现在不过一个小时。进入其境内的时候，不由得想起虞允文与黑龙滩。

前者是南宋时期采石矶之战的主要指挥者，其祖为唐时名臣虞世南。虞允文在奉命出使金国期间，从金主完颜亮只言片语与沿途所见中窥出端倪，回到临安，即向宋孝宗赵昚进言："金必败盟，兵出有五道，愿诏大臣豫思备御。"绍兴三十一年（1161年）六月，蓄谋已久的完颜亮纠集六十万兵力，分四路南侵，在今之安徽省马鞍山市西南翠螺山麓采石矶，虞允文以一万六千人对敌，并大破之。毛泽东同志在读《续通鉴纪事本末》时盛赞："伟哉虞公，千古一人。"

后者位于成都平原东南方向，龙泉山脉的二峨山西麓，为新中国成立之后四川境内第一座大型蓄水灌溉水库。现在已经是一处闻名遐迩的风景区了，此前，我曾多次乘船行于其中，抬眼俯首所见，水波浩渺，涟漪推送，远山青黛层叠，高空流云，兀立水中的数座小岛之上，植被茂盛，飞鸟脆鸣；四周山间与平地农舍林立，绿树翠竹环绕，周边坡坎以上遍生柑橘，一派盎然。

仁寿曾为南宋隆州治所，元初废止。仁寿之名，始于隋开皇十八年（598年）。这个名字大致出自孔子《论语》"仁者寿"之言。"仁""寿"，既是对人修身的要求，也是道德规范。其中体现的，是中华优秀传统文化之精粹，也是人在俗世之中的自我修为与美好祈愿。老子《道德经》中也有言说："死而不亡者寿。"类虞允文，以及历史上诸多的兼爱众生，为更多的人提供现实帮助与精神支撑的仁者、智者、大者、贤者、伟者，皆在此列。

2023 年年末之际，予由成都出发，市区之中，楼宇林立；沿途之间，平原和丘陵紧密相连；高低之间，车行安然。至仁寿境内，看到的山虽然都不高，但其上层叠连绵，气势巍然；其中水流也不算多，但都清亮至极，且无声无息。仁寿县城之中也是一派都市景象，街道规整，纵横有序，各色人等在其中或忙碌或闲走，每个人脸上的表情是其中最生动的，或微笑或沉肃或悠闲或仓促，我以为，这才是多彩的现实生活。与几位朋友午餐时候，聊起仁寿历史往事、不朽人物，不由得慨叹蜀地古来人杰地灵，自然奇异，人文丰富。蓦然在《仁寿县志》中看到，1949 年 12 月 16 日，人民解放军第二野战军第十二军第三十四师由仁寿东南方向的哨楼村及周边几个村子穿过，进驻仁寿县城。其中有王近山等人的名字。虽然只有几行字，但还是令人血脉偾张。脑子里不由得出现铿锵的步伐、整齐的队列，秋毫无犯地穿村过镇的威武景象。

我也是军人出身，从西北巴丹吉林沙漠到西南的成都，从沙漠戈壁到繁华都市，多年的军旅生活，使得心里总有一种英雄情怀与济世梦想，对先辈军人之非凡事迹，向来心怀敬仰。转业到地方这些年来，我几乎每到一处，即翻看当地县志及相关资料，发现有人民解放军的记载，就会莫名激动。名将的作为与赫赫功绩，最能鼓舞人心。

哨楼村也赫赫有名，其先民多为明清时期由两湖、浙江等地迁徙而来，其中最大的家族有辜、李等数家。其名，因清代咸丰年间，二峨山一带匪患猖獗，村民自发在狮子坳的山头上建立民团，在山头设立哨楼，并组织操练而得。公路穿村过镇，一路弯绕，沿途可以看到，即便是很小的村子，也都是楼房参差，翠绿环绕。院内屋后，青竹丛生，给人一种强烈的挺拔、安适与静谧之感。其中不少橘子树上，也悬挂着金黄的果实，犹如密集的钟锤。

哨楼村处在一道平坦的山坳里，两边的山岭低缓，龙走蛇行，其上植被丰茂，有玉兰树也有黄桷树，更多的荆棘和杂草混迹其中，遮住了土地的本来颜色。多处坝子上，赫然可见不少冷库、加工厂房，还有一些可供大人孩童休闲娱乐的设施设备。没想到，这距离县城十六公里的哨楼村，现代气息如此浓郁，心中不由得欣喜。与哨楼村结对帮扶的眉山万象产业园负责人说，哨楼村农业种植基础本来就好，青花椒、玉米、大豆、柑橘、枇杷等品质较其他地方更好，产量也很高，已经销往川内外。近些年来，有不少乡贤也回到哨楼村，开办了生物质颗粒燃料、肉牛养殖等多种产业，村民收入逐年显著提升。

　　沿着颇为宽阔的乡道缓行，蒙蒙细雨如针线，连接天地，也连接古今。我也没想到，这哨楼村竟然建有村史馆，而且新颖、大方，其中陈列的内容也颇为丰富厚重，既有本村的历史、著名人物，也有工艺传承、农耕器具，等等，巧妙地串联起了哨楼村千余年来的人文历史。参观时，我也倍感惊奇，仅仅这个哨楼村，历史上竟然出现了三百多位举人、进士和武秀才，其中的李春旺《明史》有传，其为给事中时，曾弹劾权臣周延儒。明末，与张献忠所部激战而死。另一位载入《明史》乡贤名叫辜延泰，官至太仆寺正卿。明朝风雨飘摇，辜自身难保，李春旺等人曾试图挽救，献计献策，却不被采纳，最终抱憾而死。

　　哨楼村周边，有几处宋代摩崖石刻，多以各种形态的佛像、佛龛形式留存。村子当中，有数座神道碑与贞烈牌坊，至今巍然屹立，在风雨之中昭示岁月的久远和厚重。距离该村不远的冒水村、能仁村等地石崖上，居然有崖墓三十多座。古人凿石为屋，是借助自然安居的表现，当然也有更为缥缈的想法在内，《后汉书·冯衍传》说："凿崖石以室兮，托高阳以养仙。"后来演变成为当时人们"事死如事生"的生命终极思想。《礼记·中庸》云："践其位，行其礼，奏其乐，敬其所尊，爱其所亲，事死如事生，事亡如事存，孝之至也。"这既是传统文化的体现，也是孝道的最高境界。

　　仁寿石崖墓葬为南北朝时期开凿，构造简单，以小型、单室为主，直穴墓居多，横穴墓目前仅发现一座。似乎在那个年代，生活在这里的人们就相信"高葬者必有厚报"的习俗和理念，这也是儒家教育进入巴蜀之后文化思想深入人心的体现。

　　这样的一个村子，文化积淀竟然如此深厚，几乎每一代都有忠孝节烈之人，或为国为民大义凛然，或坚守品格而洁身自好。由此，我坚定地认为，大地的每一处都是丰盈的、灵气四溢和精神饱满的。在漫长的时间中，一代代的人们所创造的和留存于世的，对后人既是教育和警醒，也是恪守与传承。不管在怎样的历史时期，大地之上，总有那么多杰出人物，以个人之力、德行、功绩，给予更多人以恩泽、唤醒和启发，才使得我们的人群乃至家国，时时处处都体现出了一种丰饶与厚重的力量。

　　这村子里有一户李姓人家，祖辈都喜欢泥塑艺术。以匠心为自然万物塑像，为万千生民留影，既是艺术创作，也是深层的生活和精神体验。从展馆内陈列的泥塑作品，确实能够感觉到一种来自大地的淳朴气息，还有一种形神兼备、栩栩如生的艺术力量。在很多时候，艺术创作本质上就是向大自然学习和致敬，就是不断地与大地、人民发生深刻的联系。诚如杜甫诗句所言，随风潜入夜，润物细无声。

　　不知不觉之间，暮色降临，细雨尚未停歇，湿人头皮，夜色缓慢升起之时，哨楼村的人们纷纷点亮大地之灯。

　　**作者简介**：杨献平，河北沙河人，中国作家协会会员。军旅多年。创作有"巴丹吉林文学地理""南太行文学地理"等系列作品。哨楼村"作家小树林"活动策划人之一。

# 哨楼回声

吕虎平

哨楼，顾名思义就是瞭望的岗楼。咸丰十年，四川仁寿狮子坳一带匪患猖獗，由村民募捐，在山上建哨楼以察匪情，类似于骊山烽火台。然而，在哨楼村，哨楼是一个守护的传说、一部美丽的童话。在骊山，烽火台却是一场"戏耍诸侯"、动摇国本的悲剧。去哨楼村，我们从眉山出发，驱车东行约半个时辰便是崎岖山路。时日不巧，晨起阴了天，半道上飘了雨，车速明显低了许多。

一进哨楼村，眼前豁然一亮：明清建筑的青砖瓦房，高低错落、疏密有致，或立于池塘旁，或隐于竹林中，要不就在山脚下。雨雾缥缈，远山朦胧飘逸，气势如泼彩山水；近山苍翠透迤，嶙峋若工笔细描。忽然看见一条卧龙，那是跑马练武的古马道；忽然看见一根石柱，那是指引游子归来的石灯杆；忽然看见一头牛，那是躬耕于野的拓荒石牛……即使忽然看到的一块砖、一座桥、一条青石，也有岁月的烟云漫过的痕迹。

费孝通先生对村庄做过这样的定义：村庄是一个社区，其特征是农户聚集在一个紧凑的居住区内，与其他相似的单位隔开相当一段距离。它是一个由各种形式的社会活动组成的群体，具有其特定的名称，而且是一个为人们所公认的事实上的社会单位。哨楼村就是这样一个社会单位，但它却有有别于其他社会单位的独有秉性，它不仅风景宜人，而且还流传着乡风民俗、名人高士的逸闻传说。

村子以辜、李、张三姓为主，辜氏乃比干后裔，比干忠谏纣王而被剖心，其正妃陈夫人已有身孕，逃至长林一石室生下一子。其后裔在唐贞观八年（634年）登进士，授江南道观察使，除苛政、利生民，因得罪朝官而被诬陷入狱。

万民请愿申冤，震动长安。唐太宗亲查案情并为其平反，嘉其有辛苦之德，遂以上"古"下"辛"二字合而为一，赐姓辜。

辜氏老宅院，九十六岁高龄的辜老先生一家围炉烤火，温一壶浓茶，道家长里短，田间地头。火烤着手脚，茶暖着心肺。我仔细打量老宅院，屋舍为斜山穿斗、单层连山。内厅内室为装板房，四周石基、浮雕门窗，有砖雕、木雕、石雕，一砖一瓦、一木一石，构成了一幅具有独特意蕴的装饰画。天井石罅间，生一株三角梅，开几瓣粉紫的花。山墙上，几串玉米、几吊辣椒、几挂腊肉，弥漫着农家烟火夹带着的浓浓脂香。

生活既有浓烈，也有清淡。一户李姓人家屋檐下，有老人在卖血橙，橙子饱满、红润、鲜亮，凑到近前，扑鼻而来的是浓浓果香。问价钱，一元一斤，我以为听错了。复问，老人竖了两根手指，说，两元一公斤。选了两袋，只要十五元，感觉占了好大便宜，老人又抓了四个放进袋中，刚想推托，老人说自家的，自家的。檐水滴答，有些阴冷，但我的心是暖的。想起唐代诗人贯休的律诗"山翁留我宿又宿，笑指西坡瓜豆熟"，比拟此情此景此境，倒是恰如其分。

黑龙江。此黑龙江非彼黑龙江。虽是冬季，但哨楼村到处是绿，绿的田园、绿的山坡、绿的竹林，还有绿的河湖。粗壮的古榕，蛇一般缠绕的根系，也裹足了绿的苔痕。凉水井的泉水，顺着哨楼村的一条山沟缓缓而流，流着流着，流成一条溪。溪不大，实实在在是一条沟，早年叫滥沟。村人嫌沟名丑，改叫河。又有人说，河太小气，干脆叫江。仁寿有个黑龙滩，郭沫若题了词、落了款，它叫黑龙滩，咱叫黑龙江。有人提议，有人附议，黑龙江便成了滥沟的官名。正是弱水季，黑龙江露出平坦滩涂，竟是葱绿的草原模样，碧草连连、绿野漫漫。野鸭成群觅食，还有白鹭栖于江畔，挨挨排排，似在耳语，似在谈情，似在抱团取暖。声声鸟鸣传来，落在水面，渗入江底，像薄薄的雨、轻轻的风。有车子驶过，惊扰了成群鹭鸟，几只腾空起飞，几只贴水跃向对岸，有些灵动，有些旖旎，也有田园的浪漫和清新。

除了黑龙江，哨楼村还有方曲河。长期以来，方曲河晴天闻臭、雨天成涝。近年来，政府开展生态整治和节水灌溉改造，修建了山坪塘、提灌站，疏浚引水渠、加固河岸，方曲河实现了从浊流变清溪、从排水渠变河景的华丽转身。

哨楼村有江、有河，还有湖。村庄的生成，水是生命之源，上善若水，人类择水而居、逐水而徙。从汉代开始，哨楼一带便有重要的遗迹故址可寻，便有无声的弦歌遗韵润心。汉唐时，已开凿数十座摩崖石窟，当地人叫"蛮洞"，实际就是流行于岷江一带的崖墓群。清康熙年间（1662—1722年），辜氏族人迁入开发此地，疏浚流泉，又得四川省小河流域治理及节水灌溉示范项目工程拦沟筑坝，不征地、不移民、不拆迁，蓄水八万方，取名滥沟湖。黑龙江以凉水井为源，滥沟湖以黑龙江为凭，方曲河又如天际垂落的彩带，从村庄婉转而过，它所到之处，孕育着勃勃生机。如今的哨楼村，土地肥沃，物产丰富，占地11.4平方公里，人口五千六百二十九人，种植粮食玉米大豆一千七百亩、青花椒一千二百三十亩、蔬菜基地两千一百亩、其他作物三千亩，一座新型的美丽乡村屹立于川西大地。

敬恭里。进哨楼村，必过敬恭桥。桥是连接外界的一点灵犀，是村庄的脐带。有了敬恭桥，哨楼村人才能走出大山看世界；有了敬恭桥，人们才能走进哨楼村，喝凉水井的水，赏月亮坝的月，听山坪塘里一片蛙鸣。同治年间《张氏宗谱》载，敬恭桥旁石壁刻有古代文人墨客撰写的楹联：廉泉让水地；文里武乡风。哨楼村人不仅习文，而且尚武，自然有"文里武乡风"之喻。文举有李春旺、李天厚、李如柏、辜延泰、魏光宇、张联珠，武举有辜学照、辜有闻。李天厚、李如柏为父子，鳌峰书院山长游文璿感佩其人品和学养，诗赞李天厚："道冠儒林称雅范，官还故里颂名贤。"联赠李如柏为"清词快笔无双士；各族侯门第一家"。

值得一提的还有两人，一个是经学大师辜增荣，一个是钦斋泥塑创始人李钦斋。辜增荣，擅宋时五子之学，光绪七年（1881年），负笈鳌峰书院受教于毛澂，曾任四川国学院经学教习，被四川大学推为国学、经学元老。李钦斋，清末秀才、诗人，通《易经》，他开创的"钦斋泥塑"被列为非物质文化遗产。

"廉泉让水"，出自宋代《南史》，意思是为官清廉、谦让守规。哨楼村的廉泉，实际是百年古井凉水井，此井高于地面，水量充沛，如泉涌流，经久不涸。至于为什么叫廉泉，据说与多位在外为官、恪守清廉的哨楼举子有关，辜有闻更是其中的代表。关于辜有闻，哨楼村村史馆第一展馆"哨楼春秋"的古今人物板块有这样的记述：辜有闻，同治癸酉科武举、光绪丙子科进士，钦点蓝翎，御前侍卫加三级，诰授昭武都尉将军，居官八载，异常清苦，卒于任所，却因贫困无以为丧。同乡京官高其义，多方筹资为其殡殓，扶柩回乡，归葬于辜家坝。

因为文学，作家们相约哨楼村，因此，我认识了钦斋泥塑第七代传承人李长青。在哨楼村村史馆，李长青铺开一张地图，这是张联珠、张光典父子于清同治年间绘制的哨楼村及方家镇区域图，图上标注着山名、河流、村落和大大小小的河湖名称、形状以及流向，为后世研究哨楼村史提供了翔实资料。

哨楼村到处弥漫着悠远深邃的历史人文气息，如果不固化下来，形成摸得着、看得见的"方志"，便是对先祖的不尊不敬、对后辈的不教不化。建立哨楼村村史馆，便成了乡贤们所谓"固化方志"的共同心愿，他们希望通过村史馆为子孙后代留一缕乡愁、一支文脉、一本山河册页。作为村史馆设计者、文史挖掘者和村史展陈者，李长青告诉我们："至少要让儿孙辈知晓当年的哨楼是什么样子，知道我们从哪里来、到哪里去。"在晓止山岔路口，偶遇一位从哨楼村走出的大学生，说起村史馆，她脱口而出："原点有多么珍贵和难以割舍，哨楼村的标本价值及其社会意涵便有多么深远。"如今，哨楼村是乡村振兴省级示范村、眉山市村级集体经济增量收益"十佳村"、四川省乡史村史和社区博物馆建设示范基地。

时令已过大寒，即将立春，所谓"冬去春来"，雨水也多了起来。天雨渐渐，万物回声，雨水对哨楼村进行了一场拉网式洗礼，荡去角角落落、枝枝杈杈、坡坡坎坎累积的尘灰。一切都那么透亮、那么鲜活、那么动人心扉。

午后天晴，流霞满天，烟火一般灿烂。这流霞湿漉漉的，入杯可饮，出唇是歌。有人高歌、有人低吟："太阳出来啰儿哎喜洋洋……"歌声摇荡了心旌，撩动我敏感的神经，我不由得放声相和："挑起扁担上山岗，欧啰啰……"在街巷、在湖畔、在山坳，歌声此起彼伏，四处回荡，仿佛古哨楼的回声。

**作者简介：** 吕虎平，中国纪实文学研究会会员，四川省作家协会会员。出版散文集《棉花》《吹进院墙的风》《散碎阳光》《篇十二》，诗集《镜与像》，长篇小说《单面人》等。曾获《十月》《延安文学》杂志散文奖，长江文学奖等。

# 乡贤的十二张面孔

龚莹莹

　　首次造访哨楼村，跟一个叫"作家小树林"和"作家书屋"的计划有关。很多朋友受其鼓舞，要去种棵树、捐套书，跟这村庄结场缘分。我听说那里的村史馆别具特色，十二位乡贤很有故事，尽管脑海中时常浮现出无数的面孔，试图契合文学叙事的人物，却因为过于模糊，便激起了我前往探究的冲动。

　　"乡贤"一词近些年来颇受瞩目，与乡土文学的创作潮流密不可分。

　　四十年前的小说《大淖记事》里，汪曾祺隐约描写过一些商绅角色。他们由乡民举荐，和那些卸任回乡的官员一起，斡旋于政策和民情之间，不仅为小人物主持公道，还能协助政府"了"事。如果说，那仅仅是对江南乡贤的淡描写意，陈忠实的《白鹿原》无疑就是关中乡贤文化的大成集合了。最近这些年，乡土文学也不再止步于《边城》似的田园牧歌，抑或《秦腔》那般挽歌样的变奏。当文学对山乡巨变的真相和实质有了深切的表述，伴随而来的乡村叙事，也对"乡贤"的意象进行着重构，还令其逐渐成为文化兴村的术语。

　　哨楼村由仁寿县管辖，地处眉山东面，成都以南，和川西平原不过一山之隔。这一山名叫龙泉山。上古传说，震龙入川时，龙泉山脉斜亘而出，导江西行，仁寿十年九旱，百姓吃尽了苦头。新中国成立以后，数十万仁寿人拿着原始的锤子、锄头和箩筐，凿开龙泉山，引蓄灌溉。他们修建黑龙滩水库，承接都江堰泽被之恩，解决了上百万亩水田灌溉和两百多万人的饮水问题。

　　这是新中国的恢宏手笔，也是仁寿乡贤的杰出作品。

　　造访那天我落了单，当导航显示抵达村史馆时，天色近晚，汽车刚好驶上顶坡，从上往下看去，静卧在浅丘山坳的建筑，像阖在掌心的珍宝，又像红莲花灯的蕊芯。待我将汽车停下来，身后便是留栽"作家小树林"的荒地，从旁经过时，村史馆以更为端庄的姿态呈现在面前。只是整个院坝黑灯瞎火，空无一人，陈列馆的大门也紧紧关闭着。我找到堰塘边的村民，在他们的指点下，绕过高坎下矮坡，这才看见坐在家门口砍柴的辜大爷。

辜大爷很神气。也难怪，他是村史馆的安全管理员。我跟在他的身后进入村史馆，在电闸启动的一瞬，满堂灯光骤亮，正对大门的整面墙上，十二尊塑像赫立眼前。面对这十二张陌生的面孔，我感到自己就像被拽进了历史的现场，和乡村的先贤跨越时空，相互凝望。

在我的眼前，有一个女人端坐于雕墙中央。

她被称为李萧氏，遵循旧时习俗，以父姓冠夫姓，显然是被时代构筑的附属群体的一员。在这偏僻的乡村里，能有女性获此尊崇，大概是时代所需要的精神重塑吧。当我与她的目光交汇，不必阅读其生平简历，已经感知到她周身散发的熟悉气息。这个眉眼沉静的女人，勇敢而坚忍，且不乏母性的慈善悲悯，很难想象她是如何宽恕苦难，撑起了家族的希望，这才成为哨楼村人的信仰和骄傲。据说她拥有一座相当壮观的贞洁牌坊——让现代女性嗤之以鼻的荣耀，对当时的她来说一定很重要。毕竟，这是那个年代，能够给予她的最丰盈的精神追求了。

自从鲁迅在《阿长与〈山海经〉》中提到"仁厚黑暗的地母"，那就几乎成为女性精神的归属和栖居之所，迄今谱系不绝。李萧氏对应的形象，应该就是哨楼村人的地母了。毕竟她也曾是以宽恕而非抗争，以付出而非掠夺的方式，包容死亡的同时包容新生，甚至包容过地狱般黑暗的生活，这才迎来彼岸之光。所以作家王安忆会说，地母的相貌"往往给人壮硕、粗野、虔诚的想象。那样重量级的，才有容度"。然而今天，作为墙体上唯一的女性，李萧氏既不壮硕，也不粗野，甚至表现得十分娴静，给人永恒安稳的感觉。我想，只有是地母的神性，是塑造山川筋骨、哺育土地血肉的神魂，历经千万年风雨洗礼，依然挺拔，还持有天真，才会呈现出如此宽宏而慈悲的面孔。

这趟参观行程，因为有辜大爷参与，可谓与众不同。他急于让我了解的，是墙上的四位辜姓族亲。听完他们的故事，我对辜姓人家所奉行的道义有了深刻的印象。

就拿右边的那位老者来说，他名叫辜延泰，身为南明遗臣，官至太仆寺正卿，《明史》也有记载。众所周知，南明王朝存续十八年，几度风雨飘摇，充满了背叛和挣扎。尽管出现过柳如是这样的"文宗国士"，却不乏钱谦益般"水太冷"的文坛盟主。辜延泰所背负的，也并非"两朝开济"的寄命之托，相反是不被采纳的忠恳之心。但他始终秉持君臣之义，遵循着传统礼教中天经地义的"君君臣臣父父子子"，追随王朝的命运，走完了悲壮的亡国之路。他那张面孔，遗恨苍凉，就像海角崖山绽放的红梅，遥映着先贤品格"义"字当先的底色。

在李萧氏身后，也有一位老者，是德高望重的辜增荣。这位被称为"辜白胡子"的老先生不仅是书院教习，还是经学大家。直到今天，哨楼村滥沟湖边的"学堂坝"都还留有先生遗烈。当年，他反对段祺瑞政府独裁统治，毅然组建四川靖国军川南北伐军，并亲自出任总司令，以响应护法运动。"莫道书生空谈论，头颅掷处血斑斑。"在这张老而弥坚的面孔之下，是他对民族道义的恪守成全，即便身处漫漫长夜，也始终不渝上下求索。

在辜大爷看来，最富道义的乡贤非辜学照莫属。他站在雕塑的右上角，叉腰笔立，手握一柄偃月大刀，颇有点"横刀立马"的气势。那头缠白布、面如方田的样子，看起来又像是邻家大爷——实际上也确实是月亮坝上土生土长的"辜大爷"。当年就是这样的人们，站在哨楼山上振臂一呼，全体村民听其号令，拔地建起了整栋哨楼。据说，辜学照参加过攻打蓝二顺和李短鞑的激战，平生以护家守民为己任，这才成为村民们甘愿追随的乡村贤者。

我的正前方也有一位执刀将军，他的名字叫辜有闻，曾是威风凛凛的科举武进士。他这张清正廉洁的面容，恰似明镜止水，映照着他所奉行的道，就是清正廉洁的为官之道。据说，他身为诰授昭武都尉将军，在去世以后，竟要依靠同乡的资助，才得以归葬故里。

早在七十多年前，学者费孝通便道出了中国基层社会的乡土性这个基本事实。按乡土中国的社会礼俗，乡贤士绅是乡村治理的一支重要力量，而伦理道义则始终被置于核心地位，且离不开忠孝节义、青史流芳的古训。《白鹿原》等诸多文学叙事里，伦理道义是极具崇高感的悲剧精神，它超越世俗的权贵与成败得失，是中国人解决现实问题的道义依托。所谓"天下通行之路皆为道，天下合宜之理皆为义"，体现在辜氏族人身上，成就的也不只是个人的锦绣前程，更是在艰难环境中锤炼出来的血性和韬略，以推己及人的方式，在家族血脉中延绵不绝，最终融入民族的精魂，永不消亡。

这些优良的根脉传承，同样体现在村里其他族人的身上。哨楼村首位文科进士名叫李春旺，他曾任河南按察副使，最终在家乡英勇抗敌，恪尽职守而以身许国。对参观者而言，这位明代官员似乎更加引人注目。他不仅有一张浩气凛然的忠义面孔，手中所持诰词更凸显其文章锦绣。他饱读诗书，归官以后引领家乡教育事业，和族人李天厚一样，都是开创哨楼村读书风尚、传承儒学道统的先驱。

自古以来，乡村儒学占据着传统文化的主流，群像中的诸多面孔，也大都来自儒学教化的"耕读世家"。在传统中国的土地上，乡村儒学的教谕，类似于当代社会的乡村教师，他们像一枚萤火，点亮了穷乡僻壤的孩子张望世界的窗口。而李天厚，正是因为在民间儒学和乡村教育方面的卓越贡献受到了广泛的赞誉。整组作品中，他被安置于最高位置，那高瞻远瞩的恬静面孔，极具儒家士子的风雅超逸，让人如沐春风。李春旺的十世孙李钦斋也是教书先生，但他却有一张隐于光芒的踏实面孔。他开创"钦斋泥塑"传统美术技艺，表达乡土中国的民间愿望，经过后人李长青发扬，如今已被列入非物质文化遗产名录，成为匠心传承的样本。

其实，不只钦斋泥塑，群雕的每一张面孔都是一个样本。

看看魏氏族人魏光宇吧，他是以进士出身显名于乡的，此时正立身于群像中间，面容冷峻如刀劈斧刻。据说他曾在广西为官，任上颇有政绩，去官时当地老百姓还为他敬立了去思碑和长生禄位。"政声人去后，民意闲谈中。"身为地方长官，他也算得上是功德圆满了。紧邻于旁的布衣儒者，侧身捋须，显得亲切而和善，他名叫张联珠。哨楼村素以"廉泉让水地；文里武乡风"闻名，此副对联正出自他所编撰的《张氏宗谱》。在魏光宇的左侧，站立着一位温文尔雅的学者型官员，他便是四川有名的收藏家袁朗如。

这些深受儒学教化的士人，都秉持了立德、立功、立言的信念，他们身上体现的儒林风范，无不忠实于现实的本体，且都饱含着"为天地立心，为生民立命，为往圣继绝学，为万世开太平"的崇高理想。

至于最下方的鄢明才，他神态自若，略显松弛，戴着一副颇具时代感的黑框眼镜。身为科技界的佼佼者，他享有国务院政府特殊津贴专家的殊荣，属于新时代的乡贤序列，是仁寿优秀儿女的代表人物。

　　哨楼村这十二尊乡贤塑像，尽管呈现了不同的时代面孔，归属于各自的人生轨迹，但他们都共同承载着传统中国的社会礼俗和伦理道义，以"仁义礼智信"为基石，将"温良恭俭让"的传统、"忠孝勇恭廉"的崇高，灌注并丰富着乡土社会的道德底蕴。在山乡巨变的新时代，它同样能够成为乡村文明的精神支撑，或者行为规范，甚至是生活方式。毕竟新时代的哨楼村人，依然追随着祖先的脚步，以全新的视野和激情投身于时代建设的洪流之中。哨楼村十二位乡贤的面孔，就像哨楼村的十二盏文明之灯。相信祖先在关注他们的同时，也在照亮他们。无论后辈因何离开，或者因何归来，也不论他们曾经为官治学，还是经商习艺，更不论是因莼鲈之思衣锦还乡，还是颠沛流离，哨楼村都是他们的根，落叶归根，归的是魂。

　　面对这十二张面孔，不只是我，很多人都被深深打动过，也令我思考所谓"作家小树林"和"作家书屋"的初衷。一个作家与一棵树、一个村庄结缘，何以就能从人类文化本源上重返精神原乡？想来，是因为文学与乡村若是深度融合，文学必将承担起唤醒乡村的任务吧。事实上，乡村给予我们的，是取之不尽、用之不竭的丰沛源泉，远远超过我们所能给予的火热诗篇。正因如此，文字一旦在新时代的乡土中找到价值和依托，也就意味着文学与乡村、文学与个人，乃至文学和这个时代相互救赎。

　　于是我选了棵树，一棵贴梗海棠。通过苗圃师傅百里搬运，我把它恭恭敬敬地种在哨楼村的小树林里，希望它焰火般的炽热，点燃乡村的黄昏，与这乡贤的面孔相互映照，抚慰着过去、现在直至未来……

**作者简介：**龚莹莹，女，四川夹江人，中国作家协会会员。出版长篇小说《心药》《锦城烟云》等。

# 哨楼村的眼睛

李晓群

还没去哨楼村，我就知道那里有井，许多的井，而且井水非常好，清凉甘甜，涌水量也大。古井田和凉水井是其中的佼佼者，井和井水，是我对哨楼村的向往。

车疾行在通往哨楼村的路上，导航显示前面拐个弯就到。我们此行的目的，是为即将启动的哨楼村"作家小树林"项目与村上做前期对接。顺带探访古井，是我的另一个目的。想到这里心里竟有些小激动。"过了，过了。"司机边说边倒车。往后倒车十多米，在我们的左手边，一块二三十平方米水泥围砌的坝子装着石栏杆，它就是哨楼古井之一的凉水井。就这样相见，有点猝不及防。

泉眼在坝子的中心，只一方开口，上去有阶梯。水——生命的源泉；这梯，是敬畏与敬意。据说，过去逃荒的、避乱的、走川西的、背盐卖茶的，走到这里渴了、累了、迷路了，都会在井边歇脚、喝水，然后神清气爽，继续上路，漫漫征途便重新有了方向与力气。这井是多少旅人依靠过的宽厚的肩膀。对这井，怎不让人心生敬畏与敬意！

轻轻扶着条石水泥围砌的井栏，我往井洞里探望，谁知这一眼，就探望出了未曾想到的东西。我看见蓝天白云在井里，空旷而开阔，白云在流动，鸟儿在飞翔，飞着飞着，就飞出了高山、牛羊、牧童、彩霞……我往井里更近一点探身，啊！我竟然看见了自己！我有些惊讶，先前并没有注意到我会在井里，怪不得模糊之中始终有一个人的影子，与那蓝天白云混在一起。我侧了一下身，再侧一下身，我要让自己更多地面向阳光。阳光下，井中的自己更加清晰。

我惊讶的并不是突然在井中发现了清晰的自己。小学我就读过月亮掉到井里的故事。我惊讶的是从模糊到清晰、从蓝天白云里浮现出来的那个自己，仿佛自己是从历史的深处穿越而来。而这一切，恰巧都被眼睛一样的哨楼古井看见，看得清清楚楚、明明白白。我心里无比震动，像但丁《神曲》里的引路神，刚一见面，井就告诉我：眼睛是心灵的窗户，引领我看向光明。人没有眼睛，不仅看不见世界和前路，别人也看不清你。村庄也一样，井就是村庄的眼睛。

　　人生是段旅途，我们都是行路人，没有谁能与世隔绝，独立地出生或者死去，每个人的生前身后，一定有块土地托着底。对我这个没有土地的人来说，我却绵延不绝地拥有许多村庄。我在不同的时间、不同季节，在不同村庄温暖、清凉、充满希望或失望的气息里穿梭。

　　我喜欢刘亮程的《一个人的村庄》，甚至想到有一天自己也能够成为那个村庄里游手好闲的人，完全以自己的眼光阅读村庄，那将是一件多么幸福的事。那样，我就会像书里写的那样贴近村庄的魂："你一眼就认出来那口井。也认出了那些人，他们正朝你走来，还是孩子时的模样。尘世中再也找不到这样的眼睛。他们的眼神里藏着过去……"

　　仍是在刘亮程《一个人的村庄》里的村庄，透过那口井，我还看见村庄的日常，隐秘或显现："风停了好大一会儿，那条路才在烟尘的消散中显现出来……没什么，它送了一辈辈人成长和衰老，还要继续送往另一辈人少年的梦想和老年的回忆。"这些，村庄里的井，看得比我们更清楚。因为井是岁月的眼睛，村庄的眼睛，作者的眼睛，也是我的眼睛。

　　机缘巧合，作者刘亮程来眉山时，我们在三苏祠喝过茶，合过影，聊过他笔下的村庄。暗中我把他的眼睛，与他书里的"村庄"里的眼睛做对比。我发现，那个村庄的隐秘，村庄的故事，村庄绵延暗续的力量，在他的眼里跳荡。开眼闭眼间，他顾念的眼神，又牵动起无数村庄的水花，跌宕的涟漪，与无数的眼睛重合在一起。

　　当然，让我对井感到惊讶惊奇惊喜的，还有更深层次的原因——在哨楼村，在我们即将要去种下一棵树的地方，我发现了这个村庄的眼睛。

　　定居眉山三十多年，我去仁寿的次数却不多。

　　记忆推着记忆，推到了三十年前。姐姐成家了，老公是本单位同事，姐姐的婆家就在仁寿。离家千里，据说那里人穷山荒水恶。姐夫顶替父亲到单位上班。离家时，姐夫的母亲说：你这一出去就算过上好日子了。身上一块不值钱的手表，母亲让他抹下来给大哥，一套秋衣裤脱下来给兄弟。当然，母亲念及的不是这些东西，而是心。北方零下十多摄氏度的冰天雪地，面黄肌瘦的他，随身只穿了一件旧棉袄，带了一床旧薄被，无法御寒，冻得直哭，亏得单位及时给予关怀。

第一次踏上婆家的门，拿姐姐的话说，尽管早有心理准备，还是让人惊讶，那是能住人的地方吗？家徒四壁，茅草土坯房，夏不避暑，冬不挡风，墙缝最宽处，能伸进去小孩子的拳头。姐姐的婆家我没去过，小孩拳头大的墙缝，是苦难的眼睛，苦难谁想探视？

当然这些都是过去的老皇历，现在的仁寿，早已完成了脱贫奔小康。

在眉山，闻道先生是一拨文朋诗友敬重的老大哥，他常常提醒我们，不管写作还是生活，我们一定要有一双发现的眼睛，要透过事物的表象，看到对象的本质和存在的意义。这次由他发起，省作家协会指导的"作家小树林"工程开全国之先河。植树地点就是仁寿县方家镇哨楼村，这也是闻道先生现在供职的单位——眉山市乡村振兴科技孵化器的联系村，联系的重点，就是"文化兴村"。

巧得不能再巧，看似偶然，却是天意，哨楼村村史馆旁边刚好有两三亩规划绿地。"作家小树林"项目一经提出，各方点赞，呼应迭起。这块土地的地理位置，怎么形容呢？好比一个人衣服的门襟空缺着一块，是描彩凤，还是着败笔，每个人都有答案，但全凭机缘。

预计分批进驻不过百人的"小树林"，2024年1月21日的热身采风，呼啦啦，川内各地作家闻讯踊跃接龙，要不是群里赶紧公告，根本刹不住车。首批六十多位作家，是四面八方六十多双探望哨楼村的眼睛……独木不成林，一人不从众。今天的"小树林"，明天的大森林，栽好梧桐树，引得凤凰来。哨楼村这架风车，我们合力让它转起来！古井田和凉水井是哨楼村明亮的眼睛，可以见证。

中国的传统文化，既有深邃的哲学观、宇宙观，又有道家的"道生一，一生二，二生三，三生万物"和"天地之间，物各有主"的理念，以及佛家的"一切众生皆有佛性"等理论，都可解释"机缘"。在对生命起源和演化的理解上，作为写作者，植下一棵树，写下一段文字，是文化的多样性和丰富性，体现在文字上，是对自然的尊重与珍视。

参观完哨楼村村史馆，除了对哨楼村丰厚的历史人文肃然起敬外，我又有了新发现——古人不知今时月，今月曾经照古人。人生不过百年，个体生命于岁月只是一瞬，地球上所有生命的依托，是大地。大地生长万物、创造万物。大地上最古老的植物是藻类，存活时间超过三十亿年。今天，无数的藻类还如火焰熊熊的灶膛，旺盛在我们身边不熄灭，而滋养灶膛的火焰，正是水！也就是说，生命之源在水，水滋养了生命，包括哨楼村的凉水井与古井田，这上天加持给哨楼村的眼睛，历史的眼睛、岁月的眼睛，千百年来，它们见证了哨楼村无数的变迁。

说起眼睛，最高当为佛眼。我想起了故乡的乐山大佛。佛是一座山，山是一座佛，濒大渡河、青衣江和岷江三江汇流处，既镇三江妖魔鬼怪，又以佛眼看世界变迁。一千二百多年，历史上能查到的传说乐山大佛有四次闭眼，诡异的是，每次大佛闭眼之后，都有大事发生。如今科学解释，大佛闭眼流泪的原因是空气污染形成酸雨。但佛界的事真这么简单？这么简单还叫佛眼？反正我存疑。

哨楼村的眼睛，一直大睁着，我相信，它们看见的应该和乐山大佛一样，有很多。哨楼村最多的时候有一百多口井，想必这些眼睛也都有过临危不惧、临恶不怕、临乱不慌、临喜不惊、洞察人间秋毫的清醒传说。

仁寿县境内地质构造，处于川西台陷龙泉褶皱带与川中台拱、威远穹隆的接合部位，地貌以丘陵为主。哨楼村正属于"望得见山、看得见水、记得住乡愁"的地方。哨楼村只是中国雄鸡版图的一片翎羽，如一个人的一根头发，渺小，却牵一发而动全身。但是，历史只看结果，而忽略过程，许多钩沉和打捞，需要翻山越岭，跨越时空。

有土地的地方就有人烟，有人烟的地方就有江湖。想必，哨楼村的眼睛不会忘记那些艰苦岁月。

和中国的许多乡村一样，几百年前的哨楼村，闭塞、贫穷、落后。哨楼村之所以叫哨楼村，或许是受到川人保宗护院基因的影响，间接绕不开一个叫秦良玉的明朝末年女将、民族英雄。秦良玉，字贞素，四川忠州（今重庆市忠县）人。丈夫马千乘，世袭石柱宣慰使（俗称土司），马千乘在战乱中被害，因其子马祥麟年幼，于是秦良玉代夫领职，在蜀地先后参加抗击清军、平定崇明之乱、平定张献忠之乱等战役，战功显赫，是历史上唯一一位作为王朝名将，被单独记载到正史将相列传里的巾帼英雄。

今天，当人们走进哨楼村，或谈到哨楼村，不知是否会想到，在杀人狂魔张献忠四轮拉网式剿杀屠川，四川社会精英被屠杀殆尽，社会体系崩溃，秩序瓦解，土匪遍地的不堪过往，其实，作为蜀地腹地，哨楼村是不能独善其身的。是否想到，在哨楼村这个充满硝烟刀光的名字里，是隐含着像秦良玉这样的护蜀英雄的顽强基因的。哨楼村狮子坳可以作证，这些口口相传的历史，都在以哨楼立村名的密码里。正是当年的战乱，导致这一带匪患猖獗，民不聊生。为了自救，村民们自发募捐，在山上建哨楼，通报匪情，及时应对，以保护家园。这些，哨楼村的凉水井与古井田看得清清楚楚，那时候，想必它们眼里的泪都是咸涩的。

哨楼村这方神奇的土地，凉水井与古井田的眼睛明亮，看清来路，引领去处。"光阴者，百代之过客也"，从此音尘各悄然，春山如黛草如烟。在眼睛追不上的地方，我们不必追；在眼睛追得上的地方，让我们欢欣鼓舞，让自己成为风景。

1949 年 12 月 16 日，想起这一天，凉水井和古井田便眼含热泪。为全面解放大西南，消灭蒋介石在大陆的最后一支主力——胡宗南集团军，中国人民解放军第二野战军极速进军规划"成都战役"。解放军二野三兵团分左、中、右三路进军成都，沿途解放各县。15 日解放简阳，解放军中路第十二军第三十四师连夜在古佛洞横渡府河，于 16 日拂晓进入仁寿境内，经北斗镇，在张家桥（今哨楼村曲江乡滥沟湖）做短暂休整，然后直扑仁寿主城区，解放仁寿，开启仁寿历史新篇章。

受灾难之苦深重的仁寿哨楼村老百姓等这一天等得太久了，当亲人解放军出现在眼前，哨楼村的老百姓拖家带口，顶着风寒迎候在路边，尽管衣不蔽体、食不果腹，但百姓们还是倾尽所有，给解放军塞红薯、拿土豆……人民子弟兵爱人民，三大纪律八项注意牢记于心，没有谁接下老百姓递来的东西，相反，解放军官兵们还把珍贵的随身干粮倾囊相送。

我特意查了一下资料，1949 年解放军一个整编师，加上配属部队八千人左右，不加则为六千人左右。这六千人的队伍，对哨楼村的打扰，仅仅是打来古井里的水，煮饭、解渴、洗漱。"质本洁来还洁去"这句话出自名著《红楼梦》，本指黛玉对高洁品格的坚守，在这里这是对解放军廉洁的品质和浩然正气的最好注解。

这难忘的历史时刻，凉水井和古井田的眼睛得以见证并记得，如果它们能张嘴说话，它们一定会告诉我关于哨楼村的许多故事。

一块轻薄无基不养人的土地，最显著的特质就是缺水。哨楼村从不缺水。村里人告诉我，村里最多的时候有百多口井，光百年古井就有几十口。千百年来，它们一直大睁着圆溜溜的明亮眼睛，盼着亲人归来。1949年12月16日解放军第十二军第三十四师的到来，是托付与被托付。

等风起，是前哨，与战乱无关。哨楼村的天空和大地秩序在1949年12月16日后被重新整理。

太阳下山还有月亮，风来了。几十年后，这片土地早已脱胎换骨。哨楼村多想让几十年前的六千双眼睛看见，以诗记史：轻轻的我来了，轻轻的我走了，不带走一片云彩……他们看不见了，我们看见了，这里的井也全都看见了。

因为我们的到来，八十岁高龄、住成都、老家在哨楼村的辜仲江老先生，特意赶回家乡与我们会合。辜老原是四川省人民政府副秘书长，多年来尽管公务繁忙，但他情系桑梓，十分关心家乡发展。按照村里的规划，不久的将来，当年解放军在哨楼村滥沟湖走过的路，将拓整成爱国主义教育基地，名字就叫"解放路"。辜老腿脚有恙，走路十分不便，但这一天他执意要陪我们走一走。还在整饬中的黄土软泥，一处仅两级台阶的坡坎，他试了几次都上不去，还差点摔倒，幸好被后面的人架住，我们感动而又心有余悸。辜老还说，当年他的家就在凉水井旁边……我相信，凉水井是知道的。因为凉水井这个岁月老人，正拉住辜老这个内心不平静的孩子。

同样是哨楼村人，年轻的雕塑家李长青老师告诉我们，仅古井田这口井，多少年来村民们一直就叫"甜水井"或"古井甜"，因它紧挨着大田，村上重新为它命名"古井田"。为实施乡村振兴标准化，哨楼村充分考虑自身区域特点，在井的周围进行了智慧农业、高标准农田建设改进，改进后的大田，科学布局、分类施策，良田粮用，理念生态、技术规范。"甜蜜蜜"的"甜"，不就是"田"吗？

　　同去的何老师是个优秀的摄影师，她说，在这片高标准农田的上空进行无人机拍摄，肯定有别样的发现。是的，何老师放飞的无人机，确实让我们有了别样的发现，让我们看到了凉水井与古井田的眼睛笑成了眯眯眼。还有那些在阳光下横平竖直、整齐划一的高标准农田，用什么来形容呢？用兵来形容吧，对，是兵——这些高标准农田就是屹立在村庄门楣的仪仗兵，像电视新闻里，中国人民解放军陆海空三军仪仗队的出现：亮相即精彩，出场即震撼。

　　从哨楼村回来，我一直想象着凉水井与古井田在月光下清波荡漾的样子，它们的眼神比任何时候都要清澈。在某个苗圃，某棵与我有缘、将替我扎根哨楼的树，或许此刻正在酣睡，我笃定地告诉它：放宽心，去哨楼村扎根。

　　"家俭则兴，人勤则健；能勤能俭，永不贫贱。"

　　曾国藩的警句名言，是说给哨楼村听的，是说给凉水井和古井田听的。哨楼村的眼睛，见证着这片土地的前世今生和未来。


**作者简介**：李晓群，女，四川乐山人，现居眉山。中国散文学会会员，眉山市散文学会秘书长，有多篇文章刊于各级报纸杂志。

# 哨楼村的扁担

李　淮

## 一

再一次遇见扁担，是甲辰龙年的春天，在仁寿县方家镇哨楼村。

扁担在我的眼前，扁圆长条形状，是抬物品的竹木用具。有用柏木、黄杨木做的，也有用毛竹做的。可能是采自此处深山的林木，也可能是村庄老屋后面长了多年的树木，还有的是取自本地峡谷山涧的粗毛竹。它们的外形简朴自然，直挺挺的，不蔓不枝，酷似简简单单的"一"字。

《水浒传》第九十七回说："忽见崖畔树林中，走出一个樵者，腰插柯斧，将扁担做个拐杖，一步步捉脚儿走上崖来。"这是好汉公孙胜收服乔道清，用一根扁担做了引子。那扁担没有在肩膀上担着，而是做了拐杖，走一步用一步，妙在文章里用了"捉脚儿"字样，把故事情景的奇妙次第呈现在读者眼前。扁担成拐杖，道具用得真是好。

儿时读书，《朱德的扁担》是一篇经典课文。1928 年 4 月，朱德、陈毅带领湖南起义的队伍，同毛泽东率领的工农革命军会师，组成中国工农红军第四军，巩固了井冈山革命根据地。同年 11 月，红军在宁冈、新城、古城一带进行冬季训练，湘赣两省敌军严密封锁，根据地军民生活十分困难，所需要的食盐、棉花、布匹、粮食奇缺。为了解决吃饭和储备粮食问题，红四军发起下山挑粮运动。朱德常随部队下山挑粮，一天往返五十公里，好多人都感觉吃力，朱德同志两只箩筐装得满满的，扁担挑起箩筐爬坡上坎，走得稳健又利落。

解放战争的"辽沈""平津""淮海"三大战役，国民党有的是飞机大炮、美式装备，汽车四个轮子跑得快，机械化、半机械化装备武装部队。我们的支前百姓，手提肩扛，用独轮车，用一根扁担，把最后一尺布，用来做军装；最后一粒米，送去上战场；村里好儿郎，也去上前方。兵马未动，粮草先行，部队走到哪里，支前分队就跟进到哪里。保障部队后勤供给，让战士们有饭吃、有衣穿。

我的父亲是刘邓大军二野的兵，他随大军转战南北，对军民鱼水情有切身体会。他说，部队行军时，支前分队用扁担挑着粮食，抬着担架；部队原地休整时，支前分队要做饭，要分发物资，忙得不得了。那一根根扁担，磨破了老乡的衣服，磨破了老乡的肩膀。我们的胜利离不开老百姓的大力支持。一字排开的扁担，在三大战役中功不可没，为全中国的解放立下了汗马功劳。说到这里，他哽咽了。

哨楼村的山，哨楼村的水，千百年来，沧海桑田，世事变迁，风吹过，雨飘过，鸟飞过，风走雨去鸟鸣雀唱，村里的汉墓有先祖的遗骸，后山上唐代的摩崖石刻依稀可见，青山绿水在岁岁年年中姿态各异。明朝的那一年，官道上、小路旁、山径中走来湖广填四川的李姓人、周姓人、王姓人、辜姓人、黄姓人、张姓人……一根扁担两个筐，挑着家里的铺盖棉絮锅碗瓢，挑着幼小的儿子女儿，他们在这里不走了，爱上了此地的一座山、一条沟、一汪水，炊烟起，房屋立，庄稼生，田园绿，日子，活色生香过起来，有了叫"敬恭里"的村名。

哨楼村的扁担，是井冈山根据地使用过的扁担，是三大战役中劳苦功高的扁担，是人们赖以生存的扁担，是文学作品中出神入化的扁担。

# 二

《仁寿县志》记载，民国年间，此地大旱和局部大旱多达三年两次，大水灾两年一次。据四十年的旱灾统计，春旱、夏旱、伏旱、降雨量让哨楼村形成了冬干、春旱、夏洪、伏涝的特点。当地民谣说："下雨往外流，无雨吃水愁。十年有九旱，用水贵如油。"人们生活"低标准，瓜菜代，红苕半年粮"。历史的记录是生活的现实，白纸黑字告诉我们：水利是农业的命脉。

1949年12月16日，二野第十二军第三十四师从这里经过。我不知道我的父亲是不是走在这支部队里面，因为他的履历里写着他是二野刘邓大军的战士，他也曾说过，他是1949年冬天到的四川。从那时起，人民当家做了主人。在党和政府领导下，哨楼村的人扛锄头，挑扁担，抬箩筐，修建小水库、山湾塘、平塘、石河堰，为的是解决靠天吃饭的问题。但是，小打小闹的改造没有解决根本问题，恶劣的自然条件，"旱"和"穷"像两座大山，牢牢地压在哨楼村村民的头上，让人们过日子喘不过气来。

由此而来，1958年规划出"西蜀第一海"黑龙滩水库，蓄水六亿八千万立方米，可以解决几个地区用水除旱的大问题。1965年，四川省委杨超副书记来此地动员修建水库"上人"问题，与时任县委书记的杨汝岱会商。从那时开始，黑龙滩水库紧锣密鼓开始修建。哨楼村在村里挑选精兵强将，党员、团员带头参战。小伙子大姑娘精神抖擞，拿扁担扛铁锹，收拾箩筐推上小车，浩浩荡荡的水利建设大军开上了水库建设的大坝工地。一时间，人欢马叫，人来人往。老石匠拿起錾子打炮眼，小伙子用扁担挑起了两只大箩筐，铁姑娘一个个扎着红头巾，英姿飒爽，号子声声。小喇叭天天播放着工程进度，宣传队打着快板鼓舞士气。前进一米，再前进一米，水渠三面光，护坡沟缝，水渠抹平，凿"石骨"，铲边坡，撬石头，挑石渣，甩二锤，打钢钎，背大筐，一点一滴不能马虎。

1982年4月，都江堰扩灌工程人民渠七期工程建设在中江县辑庆区和兴乡展开，我作为医务工作者上了磨子湾隧道的建设工地。我亲眼见证了民工们热气腾腾、干劲十足地战天斗地，同样的一根扁担两只筐，一双茧巴手一副铁肩膀。当时的场景与黑龙滩水库的修建有异曲同工之处。当年的一天夜里，隧道塌方，我在夜里随救护车驱车三四十里地送民工伤员去中江县医院抢救，那时的争分夺秒，那时民工命悬一线，场景至今还历历在目。哨楼村参加水库建设的三千七百多人，有十七名村民在修建黑龙滩水库中献出了宝贵的生命。十八岁的朱德军，那么年轻，那么青春有活力，花样年华，青山埋忠骨，热血洒水库。我看见：村庄边上淙淙流淌的渠水，不远处波光粼粼的水库，还有清流滋养的禾苗，青山横北郭，白水绕哨楼，无不为他们唱着一曲曲生命的赞歌，谱写着一首首胜利的乐章。

哨楼村的扁担，是黑龙滩水库的扁担，担起了水库建设的重任，担起了民以食为天的基石。

# 三

哨楼村里，年轻人唱："黄杨扁担呀么软溜溜呀那么姐呀哥呀哈里耶，挑一挑白米下柳州呀姐呀姐呀，下柳州呀那么哥呀哈里耶，姐呀姐呀下柳州那么哥呀哈里耶。"学生娃唱："太阳出来啰喂，喜洋洋啰嘟啰，挑起扁担嘟嘟扯哐扯，上山冈啰嘟啰。"扁担，扁担，在人们的嘴里，眼里，心里。

走村庄，在黑瓦白墙的村民家里落脚，门前的黄狗被八十多岁的大爷抚着毛摸着头，温顺地对着我摇着毛茸茸的黄尾巴。婆婆招呼我进家门，端板凳，倒开水，堂屋里挂着四世同堂的大照片，每个人的笑脸都温暖着家里的一瓦一砖、一桌一椅。后院墙根处有扁担，大爷说这扁担在他手里有六十来年了，我摸了摸光滑的赭色的扁担，听婆婆说，这根扁担现在还在使用，从地里挑菜回家，从水渠里担水浇地。大爷插话，嗯，那年孙子考上省城的大学，儿子用扁担挑着行李送他去车站。村里村史馆想用上这扁担，重孙子还说是家里的传家宝，要想一想，捐献还是不捐献呢。婆婆撇撇嘴，笑了笑，还是听听小辈人的意见。转头要离开时，大爷家麻灰色的花猫从扁担处跑过来，"喵呜"一声在我的裤脚下蹭了蹭，像是要挽留我离去的脚步。

钦斋泥塑非遗传承人李钦斋，他们的祖先是挑着扁担进的哨楼村。他家的泥塑手艺源自道光年间（1821—1850 年）李春旺第八世孙、武举人李有春，他掌握了一门马背捏像的神技，后此技艺被李有春做私塾教师的孙子李钦斋发扬光大。善诗文的李钦斋首次将泥塑与文学融合，总结出"趣、雅、灵、巧、精、仁、道"的艺术口诀，钦斋泥塑通过"选泥（采泥）、四步练泥、画稿、搭架、上大泥、细刻、水洗、晾干、着色"等十二道工序，创作的作品在四川省内外热销，还走出国门漂洋过海，站在了法国等地的柜台上，荣获国内国际大奖三十余次，成为国家级知名泥塑艺术品牌。"钟馗嫁妹"作品里送亲队伍用扁担挑着礼品的两个泥人，咧嘴憨笑，妙趣横生，十分招人喜爱。

哨楼村的扁担，挑起了村民的一日三餐，挑起了面朝黄土背朝天的日出而作日落而息，挑出了进士、举人、贡生五十余名，秀才三百多人，挑出了乡贤级别人才济济，挑出了两百来位八十多岁老人的长寿村庄，挑出了哨楼村"廉泉让水地；文里武乡风"人文底蕴厚重、民风朴素纯净的特点，挑出了哨楼村日新月异的乡村振兴新变化。

"扁担长，板凳宽，扁担绑在了板凳上……"绕口令中的扁担板凳让人口齿伶俐，而哨楼村的扁担牵着时光的手，扁担傍身，扁担安身立命，扁担致富，扁担让哨楼村耕读传家、诗书传家，村民们的日子越过越红火。

**作者简介：**李淮，女，祖籍山西，现居四川德阳。中国散文学会会员，四川省作家协会会员。作品散见于各级报刊；出版散文集《风景这边独好》《读客》。多次获奖。

# 门里的哨楼

张　艳

　　说到门，春节前写春联，写过楷行草隶篆各书体的门，也见过不同材质的木门、铁门、竹门、玻璃门、不锈钢门，不同款式的单扇门、双扇门、卷帘门、推拉门。可仁寿县方家镇哨楼村的门，却别有一番不同，有门，又无门。

　　2024年2月23日上午，我与淮姐、李艳一同首次去哨楼村。我们从四川盆地龙门山脚绵水之滨的绵竹县城出发，导航显示到仁寿县方家镇哨楼村村委会一百九十二公里，两小时二十六分钟抵达。

　　中午十二点四十五分，我们到达牌匾上刻有方家字样的场镇，天气极寒冷，镇上店铺却热闹得很。就近找一处饭馆，落座下来，点上麻婆豆腐、蚂蚁上树、豌豆尖蛋汤等特色菜式。美食上桌，才发现分量超大，味道也很不错，从菜品上直接展现了方家镇人的实诚和勤劳。带着美好的心情继续赶路，大约十分钟，导航提醒目的地已到。抬眼望去，远远看到"廉泉让水地；文里武乡风"的一副对联，既没有门当，也没有户对，横批村名"敬恭里"。看来这是一个官员廉洁、民风淳朴、文武双全的古村落。

　　这似门非门之门里的哨楼里，究竟藏着怎样一个美丽家园呢？

# 以民为本乡土哨楼

走进哨楼村，村党支书记张国君已在哨楼村村史纪念馆等候，说起"廉泉让水地；文里武乡风"这副对联是由清代文人为本村题写，雕刻在本村的石壁上。最早出自清代木刻本《南史》第四十七卷。

古村落由来已久，但最吸引我的是展示的一个个农具，锄头、镰刀、手工编的竹筐等依次陈列，特别是在看见一个有特别长木柄的石磨时，我心里油然生出对创造者的敬意。科学无处不在，杠杆原理在农耕的千锤百炼里得到了有效的运用。

中国是世界上最早进行农耕的地区之一，农耕文明的起源，已追溯到距今八千多年前的新石器时代，作物的残迹、家畜的骨头、陶器和打磨石器（新石器时代）都有据可考。在中国古代农耕文明的发源地黄河流域和长江流域，虽然存在生态环境的差异性，但古人充分利用自然环境和气候特点，开始种植农作物、驯养牲畜等却是相同的。文明绵延，庄稼人用勤劳和智慧发明了众多较为先进的农业工具，并积累了丰富的农业生产技术和经验。牛犁地，狗看家护院，家禽猪羊用于肉食……一方水土养一方人，在哨楼村农耕依旧延续，七千八百九十二亩的耕地，主要种植玉米、大豆、青花椒、红薯、豆角等经济作物。汉代崖墓（蛮洞），僚人居住崖穴，哨楼村目前保存有十座，蛮洞干燥通风，新中国成立后村民用于储存水果、红薯，这是哨楼村最早储存粮食、经济作物的标志性设施。如今村里肉牛养殖业等新型农场有二十三家，2022年建设肉牛养殖基地，存栏一千头。这片土地，一直在为村民们提供着赖以生存的必备物资。

# 德垂后裔忠孝哨楼

明末清初，因战乱导致四川人口急剧减少，湖广填四川时，辜门、李门、张门、魏门等家族迁入村子。而乡间有德行、有才能、有声望，且被民众所尊重的贤能之人，几百年后被哨楼村村史馆进行了醒目的刻画。

打开忠孝之门，乡贤群雕中唯一的女性是馆内序厅正中间的李萧氏，她端庄稳重、慈眉善目，是清代仁寿节孝女性的典范。十六岁嫁张家桥栗林坡斑竹湾的雕匠李仙斌，生四子。嘉庆三年（1798年），丈夫早逝，二十八岁的李萧氏，孤伶一人，省吃俭用，凭着纺织手艺，上孝敬多病的婆婆，下抚养年幼的四子，道光二年（1822年），含辛茹苦供养三儿子李有春考中武举人；1829年，全国最终仅取中三十六名武进士，为清朝武科考试中录取人数最少的一科，李有春落第。同年，她的事迹上报朝廷，道光皇帝下旨为她修建"圣旨节孝牌坊"，频颁五花凤诰，旌扬表厥宅里。一天之内，李萧氏三次接到朝廷封赏。后来，李有春亲自为母亲修建了远近闻名的石雕牌坊，进士魏光宇写下令人潸然泪下的《李萧氏节孝坊序》："……九重恩渥，褒赐温伦，岷蟠片石，宇宙同珍。"她的故事感动了仁寿历代知县、文人，相继被收录于不同时期的《仁寿县志》。

如今，李萧氏第九世孙、钦斋泥塑非遗传承人李长青，集雕塑家、诗人、地方文史研究者于一身，长期致力于蜀中地域文化雕塑创作、地方史研究等，作为哨楼村村史馆策展人，一尊尊活灵活现的雕像均出自他的手笔，以刀为笔，鬼斧神工，个个人物笔下生花。李长青虽是八〇后，但看上去沉稳老成，他走访长辈，翻阅大量古籍、史料，通过实物、史料展陈、文字描述、重要场景还原及重要人物访谈等，挖掘、收集、整理村史馆的资料，为哨楼村文化兴村贡献自己的力量。乡贤群雕泥塑的策划、设计、创作及施工等工作现场，都留下了他专注、思索、勾勒的身影……

敲开诗礼之门。村史馆有一幅清代同治年间村人手工绘制的地图，上面有朱家坝、辜家坝、古井沟、扶马头等地名，有史料记载，这幅地图由敬恭里秀才张联珠、张光典父子手绘。

哨楼村人张联珠，道光癸巳年（1833年），被四川学政黄倬录取为科试（州府考试）第四名。他长于诗文，有诗歌八首选入《民国仁寿县志》，曾参与编纂《道光版仁寿县志》。张光典子承父业，亦善诗文，有《张氏族谱》十卷存世，对研究哨楼村张氏家族及曲江、龙马区域文化贡献颇多。

源远流长的中华农耕文明，孕育并涵养了以教化乡民、惠泽乡里、造福桑梓、凝聚人心为特征的乡贤文化。千百年来，在以仁寿县方家镇哨楼村为核心的区域，涌现了大量可歌可泣的乡贤人物。他们居庙堂之高，则忠于国家、忠于人民；处江湖之远，则孝亲爱民、崇德向善。他们是古今忠孝之典范，是桑梓之福祉。

# "乡村振兴"幸福哨楼

望得见山，看得见水，记得住乡愁，国家"乡村振兴"发展战略之风吹到乡村，哨楼村便迎来了新的发展契机。

哨楼村和菊埂村合并后，大学生村干部张国君在哨楼开启了村党支部书记的生涯，他抓产业振兴、文化振兴、人才振兴、组织振兴，为这个古老的村庄带去新的活力和动力。

说到产业振兴，哨楼村目前在布局蔬菜产业、种植、冷链、包装配送、青花椒绿色食品、肉牛养殖、青贮饲料等方面下大力气，农旅融合示范项目已成为促进村集体经济发展的新引擎。

毫无疑问，国君书记是村子发展的领头雁。他跑项目、跑资金，再累再苦，依然任劳任怨。无筋豆就是他多方考察后引进村里的经济作物——种植周期短、效益高，一年可种植两季，单季亩产可达到一千五百至两千六百公斤，成为名副其实的"金豆豆"。

2023年，村集体经济收入一百一十五万元，农民人均收入增加三千六百元，仅此一项，就可见哨楼村村民的底气与富足。

推开哨楼村村史馆的门，向外望去，是那清澈弯曲的方曲河，这条生态排洪渠，早已告别了晴天闻臭、雨天成涝的历史，实现了从浊流变清溪、从渠道变风景的华丽转身，让村民享受到了这份看得见、摸得着的生态福祉。

离开哨楼村时，我再次问自己，门里有什么？

有期许，有幸福，亦有美好。我听见自己的回答。

**作者简介：**张艳，笔名友多闻、多闻。全国三八红旗手，中国散文学会会员，四川省文艺传播促进会理事，德阳市散文学会会长。

# 站在传奇的土地上

夏书龙

几千年来，乡土生存、耕耘田野、自给自足的乡村，常常与匪患的掳掠戕害相关联。哨楼村的名字，让我想起西周时期骊山的烽火台，想起"烽火戏诸侯"的典故。而在波诡云谲的历史长河中，哨楼村济世安邦的英豪俊杰频频登场，缔造了一个村庄的非同凡响。如此钟灵毓秀、人杰地灵，即便在九州大地上，也堪称一骑绝尘。

哨楼村的公路，纵横交错，高低错落。各种颜色、各种型号的小型轿车，缓缓归来，缓缓远去，如蜿蜒流经村内的方曲河，涓涓流淌，昭示着古老村庄的历史变迁。

哨楼村村史馆陈列的资料显示，在哨楼村历史的长河里，报效朝廷、辅佐君王的股肱重臣层出不穷；造福黎民、惠泽众生的贤达志士屡见不鲜。

站立在哨楼村的土地上，脑海中浮现出一幅朦胧的历史画卷：哨楼村的翩翩少年郎，背负行囊，站立村口，挥手自兹去。告别了故乡，辗转沉浮。水击三千，鲲化而鹏。扶摇直上，直抵历代王朝的权力中心……

于是，明朝末期李春旺的故事，从历史的隧道破空而来，成为哨楼村最壮怀激烈的声音。李春旺，十五岁中举人，二十五岁高中进士。之后，筚路蓝缕，大浪淘沙。人生的步履，终于踏入了大明王朝最高权力的核心枢纽"工科给事中"。

明王朝所设"六科给事中"，是对应"吏、户、礼、兵、刑、工"六部的独立监察机构，由皇帝直辖管控。其职责是"出纳帝命，封驳章奏"。当时，明王朝工部所呈所有奏章，必须先由李春旺所部审核后，再呈送皇帝。

　　站在壮美河山的峰巅，鸟瞰天下。万里风光，胸中潮涌。几年后，李春旺升任河南按察副使，受命"驻阌乡隘口，以防李自成农民军逃窜向北"。

　　岂料，人生多艰，命途多舛。李春旺因"拦截不力"，遭遇了弹劾。

　　当时的阌乡，在今河南省灵宝市境内。至今，灵宝市民间尚流传着一段精彩的传说：李自成攻破了潼关，欲一鼓作气拿下阌城。然而，"阌乡县城，城墙高大，防守严密，久攻不破"。李自成闷闷不乐，冥思苦想，不知不觉走进了一片深山密林，遇见一位算命先生。经算命先生指点迷津，方知阌城附近有一寺庙，曰"黄帝庙"。阌城久攻不破，乃受其灵光所"护照"。李自成大喜，迅速安排将士，火烧黄帝庙。果然，第二天便顺利地攻破阌城……

　　传说，并非真实的历史，然而"防守严密""久攻不破"的记载，从侧面反映了李春旺坚守阌城的尽心竭力。当时，风起云涌的农民起义，已成燎原之势。矛盾丛集、积弊深重的大明王朝，早已回天乏术。庸人执政，精英淘汰，普天崩溃。大败李自成、剿杀张献忠的朝廷巨擘洪承畴，"史笔流芳，虽未成名终可法；洪恩浩荡，不能报国反成仇"，终被逼叛变。威震辽东、屡立奇功的袁崇焕，被极端残忍地凌迟于街头市井……区区按察副使的李春旺，又当奈何？

　　历史记载，刚愎自用的明崇祯皇帝，却将亡国症结归咎于群臣。仰天长叹曰："我非亡国之君，臣都是亡国之臣。"临死之际，在衣襟写下了一道荒唐透顶遗诏："杀了满朝文武……"

　　遭遇弹劾的李春旺，辞别朝廷，回归故里。然而，天下大乱，哪来净土？不久，张献忠进入四川，仁寿县城沦陷，知县被杀。"居庙堂之高则忧其民，处江湖之远则忧其君"的李春旺痛心疾首，组织抵抗。其间，张献忠曾派人劝说拉拢李春旺，身处绝境的李春旺正气凛然，严词拒绝。"耻与逆贼为伍。"在离哨楼村不远的张家顺江三桥，李春旺与张献忠对垒，"败走籍田"。长太息曰："天下事不可为矣。"

　　一腔英雄血泪，饮恨自尽。明朝末期，那阵惊慌失措的历史脚步，在僻壤之哨楼村，留下了忠烈千古的最后烙印。

　　李春旺第十六世孙、雕塑家李长青带领我们参观了村史馆。小小哨楼村，方圆不足二十里的土地上，有史可载的进士、举人、贡生五十余人，秀才三百余名，堪称中国村庄史上的奇迹。村史馆的雕塑墙上，李天厚、李如柏、魏光宇、张联珠、李钦斋、辜卫忠等哨楼村的先贤，如波澜壮阔的英雄史诗，纷至沓来。他们挥舞如椽大笔，谱写人生传奇，与王侯将相的生死沉浮、波澜壮阔的中国历史息息相关……

伫立在村史馆前，行走在哨楼村的历史长河里，我浮想联翩。我想起了幼时读书、看电影的时候，每到精彩激昂之处，便心潮澎湃、挥斥方遒。钦羡那些王公贵胄，指点江山，扭转乾坤，以一己之力，改变社会状态。对于那些金榜题名、一飞冲天、荣尊宰相者，更是内心崇拜，五体投地。这样的时刻，我常常突发奇想，是什么样的神奇壮丽的山河沃土，天显异象，地降祥瑞，让那些家国倚重的英才接踵而至，经邦济世的人杰如雨后春笋？

多年之后，唯余一丝卑微的愿望：亲临这样英雄传奇的山河，感受先贤精彩纷呈的人生传奇，聆听瞬息万变、朝代更迭的天籁，领悟滚滚红尘之中的人间大道。

魂牵梦绕，寻寻觅觅。蓦然回首，这样光芒四射的锦绣山水，居然就潜藏在故乡的土地之中。

青山依旧在，浊酒喜相逢。

所幸今天，我正激情昂扬，站立在这传奇的土地之上，挥锄挖地、提桶浇水，把一株小树栽在哨楼村，把心也栽在了哨楼村。

**作者简介**：夏书龙，四川仁寿人，四川省作家协会会员，乐山市作家协会副主席。发表散文、小说等一百五十余万字。出版散文集《马边乡村记忆》《活得纯粹》，小说集《春风不相识》《有火的地方一片红》，主编《马边彝族自治县志》。

# 哨楼村里人家

郭明兴

在我读中学时，语文课本上有一篇《桃花源记》，那是东晋一个不愿为五斗米折腰的县令弃官归隐之后的杰作，老师如讲神话故事一般给我们描述，于是"采菊东篱下，悠然见南山"的世外桃源景象，一直留存在我的脑海里。世上真有这样一方净土吗？

今年初春时节，我们驾车从乐山出发前往哨楼村。小车在乡村路上缓缓前行。刚下过小雨，窗外空气格外清新，远处山冈上林木青翠，嫩黄的油菜花在春风中摇曳，粉墙黛瓦的农舍点缀在连绵起伏的山野间，梯田里的红壤散发出独特的味道。哨楼村的乡村风光，犹如一幅淡雅的水墨风情画。

哨楼，一个新奇的字眼，撩拨起我的思绪——过去只知道眉山是东坡故里，却不知道还隐藏着这么一个原有"土岗楼"的古村落，这宛若桃花源的清幽形貌，是文中的田园乐土吗？

步入哨楼村服务中心广场，一座新型的川西民居建筑——"哨楼村村史馆"赫然映入眼帘。入门处是偌大的一组人物浮雕，十二个不同时期的乡贤人物雕塑，姿态各异，栩栩如生。两旁一副对联"廉泉让水地；文里武乡风"格外醒目，耐人寻味，据说这是清人题写的，原来镌刻在村头石壁上。村史馆分为六个部分，通过史料文字、图片和实物记录哨楼村的过往烟云，浓缩了哨楼村历史的变迁。

哨楼村在明清时期有一个儒雅的名称，叫"敬恭里"，其地理位置处在仁寿县"人文渊薮"的中心。长期以来，哨楼人受耕读文化的熏陶，拥有耕读传家的观念。村里崇文重教，学风纯正，好学勤读的氛围向来浓郁。其实，安顺和谐、孝敬宽仁、慕贤尚德，正是中华民族世代相传的美德。《仁寿县志》记载，哨楼村第一位进士李春旺，衣锦还乡后，曾经在仁寿县城创办教育，鼓励族人参加科举考试；四川大学经学元老辜增荣，民国时期也曾在村里办过私塾，体现了他谦恭礼让、以退为进的人生态度。

据相关资料介绍，在哨楼村先后隶属的贵平县、瑞云乡、安下乡、文公区的二十平方公里范围内，先后诞生文武进士、举人、贡生不下五十名，文武秀才三百余名，从政有方、治学有成的名宦硕儒代不乏人。哨楼村的辜氏、李氏曾经是著名的科举家族，其中辜姓一族诞生进士举人多达二十人，李姓一门十举贡。两个家族不仅诞生了全县七分之一的明代文科进士，还诞生了明清时期全县五分之一的武举人。而除文采斐然的秀才进士外，还有钦差大臣、御前侍卫，有被清代道光帝旌表建坊的节孝妇女，有川南北伐军总司令，有民国时期的知县，有中国地球化学标准物质勘探的开拓者和奠基人，有四川著名古琴收藏家。他们居庙堂之高，则忠于国家、忠于人民；处江湖之远，则孝亲爱民、崇德向善。这些经哨楼村这方水土培育而成的才俊，其事迹载入了《明史》《崇祯长编》《仁寿县志》《李氏族谱》《张氏宗谱》等史籍。

20世纪50年代从哨楼走出去的魏伯良将军，书写了由战士到将军的传奇，亦是哨楼人能文能武的见证。他是新中国海军潜艇学校的第一期学员，担任过东海舰队副政委，后来成为著名的书法家。

说起来，仁寿实在是一方神奇的土地。就在距哨楼村不远的地方，有两位连毛泽东主席都钦佩的人。一是南宋名臣虞允文，被毛泽东赞誉为"伟哉虞公，千古一人"；二是大词人孙光宪，他的词作多次被毛泽东在诗词中引用，并临摹手书。

而曾经担任全国政协副主席的杨汝岱，则是仁寿人民爱戴的老书记。杨汝岱从方家区走上县委书记岗位，他多次亲临哨楼村指导农业生产，为哨楼村的建设和发展奔波，与哨楼村人民结下了深厚的情谊。20世纪70年代还率领十万仁寿儿女修建黑龙滩水库，跋山涉水，足迹遍野，"草鞋书记"的称号由此而来。

改革开放的春风春雨浸润乡村，饱受儒家文化熏陶的哨楼人更是精神焕发，他们心系故土，建言献策，再展宏图。如今四通八达的乡间公路，打开了哨楼村通向外地的大门，乡村建起集田园、景观、文化、非遗于一体的特色廊道，

2021年，哨楼村被评为四川省"乡村振兴"省级示范村，多年来久藏深闺的古老乡村，突然间成为世人竞相参观的新秀，乡村文化的振兴，给哨楼人带来无限风光。

多年来，人们已经习惯把桃花源作为理想王国的代名词，然而陶渊明早已带着对桃花源"后遂无问津者"的遗憾驾鹤归去，留下一个令后人魂牵梦萦的桃花源梦。而构建和谐社会，实现乡村振兴，已然成为人们的共同意识和自觉行为——今天的哨楼，才是真正现代意义上的桃花源里人家。

**作者简介**：郭明兴，中国散文学会会员，四川省作家协会会员，文学季刊《三江潮》副主编。著有散文集《拜神秘大佛》《逐梦旅痕》《重走草鞋渡》。

# 乡土魂

田 禾

从成都出发一路向南，城市的灰霾被逐渐茂盛的绿所取代。一望无际的平原沃野，阡陌纵横，平原渐渐消失，步入波浪状起伏的缓丘。远处总有一段青黛色山脊接住你的视线，重重叠叠，如锯齿，如墨线，如蛾眉。车经过小溪、河流、沙地、田埂、茶垄、草坡，像一首曲调越来越悠远的歌，让人从心里想吹出欢乐的口哨声。伴着轻快的口哨声，一个平整的坝子接住了连绵的山丘小路，灰瓦白墙的哨楼村村史馆到了。

## 乡土根与魂

地承天，故定宁。地定宁，万物形。

每一个村庄都有自己的历史，但不是每个村庄都有村史馆，不是每座村史馆都有乡贤雕塑。哨楼村的村史馆承载着这方土地的厚重与文脉。

步入村史馆，迎面而来的是哨楼村历史上的十二位文武乡贤的雕塑，群雕前排站立着李春旺。李春旺，明神宗万历年间（1573—1620 年）生，是哨楼村第一位文科进士。他十五岁中举人，二十五岁中进士，三十二岁起在崇祯身边任职，身处乱世，正直敢谏。传闻流贼入蜀，欲拉拢李春旺，为己所用，春旺怒斥之，战败，退走籍田铺，叹曰："天下事不可为矣。"遂自尽。他成长于乡土、守卫着乡土，又魂归于乡土。

群雕前排右边站立者为辜有闻，哨楼村辜氏族人，是清代光绪丙子科武进士，居官八载，虽异常清苦，却不妄取民间一钱。地母般端坐于群雕中心的是一位妇女李萧氏，十六岁嫁给雕匠，丈夫早逝，她上孝老人、下抚幼子，儿子考中武举人后上报朝廷，为母亲建造了"圣旨节孝牌坊"。

群雕就地取材周边漫山遍野的紫土，这使得乡贤们连接着大地，像从泥地里长出来的。

哨楼村村史馆的家族祠堂中陈列着家训家规："敦孝弟以重人伦，笃宗族以昭雍睦。重农桑以足衣食，黜异端以崇正学，明礼让以厚风俗，训子弟以禁非为，正心尚正，谨言慎行，知己安分，明伦执礼，尚选举，尊贤才，敬耆老，正伦理，倡勤俭。"天下之本在国，国之本在家，哨楼村的家风家训传承着儒家的忠孝节义和家国情怀，坚守着乡土的根与魂。

# 天意与人魂

给我们讲解的是哨楼村村民李长青，他是李萧氏的第九世孙，"钦斋泥塑"第七代传承人。作为生长于此的村民、李氏子孙，他为乡土立传，为先贤树魂，参与筹建了村史纪念馆。馆内乡贤浮雕群像的设计与雕塑皆出自他手。因为他，那些离我们遥远的先贤人物逐渐变得鲜活立体。

李长青身着长衫，戴着眼镜，微皱起的双眉带着读书人的气质和沉思，幽思深远的双眸带着生长于此的李氏家族的神与魂。

雕塑是用手指触摸灵魂的艺术，唯有"得其神"的雕塑才有灵魂。那些泥土在李长青指间逐渐有了形状，灵魂逐渐有了载体，指尖所至，便是用自己的灵魂对接先贤的灵魂，便是对先贤的追问和摹画。是叩问天意，更是审视自我。

多少年后，当肉体入土成灰，唯有精神还在指引着一代又一代的人前行，当肉体凡身和滔滔言辞都成了过眼烟云，唯有雕塑还在。雕塑是永恒的丰碑、无言的大师、先行的文明，十二先贤的雕塑立在哺育他们生长的乡土上，向每一个过往者、每一位子孙讲述着家风与传承，彰显着忠孝节义的儒家精神。

廉泉让水地；文里武乡风。

清早，李长青在栗林坡的李氏祖宅舞棍。一招一式，他将棍舞得虎虎生风。

李长青一直在续就传承家谱。他说自己读过庚子科进士写的文章，那是一篇充满预言性质的文章，作者在文末，专门说他要为老孺人预测占卜一下未来："愿为君卜之于是乎"，要"佑启后人九重恩渥"。

李长青说自己正是"李萧氏"老孺人的第九世孙。自李氏一世祖普材公于明朝洪武二年（1369年）入川至今，已经六百多年了。家族命运连同国运更替，几经沉浮。

第一回叫李春旺，1622年，中文科进士。

第二回叫李有春，1822年，中武科举人。

第三回，应该叫李长青（曾名李长春），2022年，他编写了《李春旺年谱》，参与筹建村史馆。

"栗林坡李氏再次兴旺起来，正是在我这一辈。看来我今生的所有福报、所有贵人扶持、所有幸运，皆是祖先福荫的结果。"李长青说。

在他所站立的地方，他的八世祖武举人李有春想必也是这样日日练功，弓如霹雳弦惊。他的十六世祖李春旺，在外敌入侵时，想必也在心中喟叹"了却君王天下事，赢得生前身后名。可怜白发生"！

也许，时隔六百年，李长青与先祖的重逢，是轮回、是天意，更是他与家族的一次双向奔赴——他在寻找家族精神与传承，家族精神与传承又何尝不是在找寻他？

## 乡土塑乡魂

发育于江河岸坡、沟谷崖壁的紫色沙土是雕塑的天然好材，为摩崖造像及石窟石刻的发展提供了物质基础。哨楼村境内自汉代已有人类活动，境内有十余窟崖墓，大约起源于当时。唐宋时期，巴蜀佛寺林立，高僧云集，北方的士族与匠人大量南迁，为这里的石窟和摩崖造像的发展提供了重要动力。他们在这片土地上孕育、构建、雕琢了一个艺术世界。哨楼村的山野之间至今分布着多处石窟及摩崖造像。

发源于清代道光年间哨楼村的钦斋泥塑，距今已有近两百年历史。"趣、雅、灵、巧、精、仁、道"是钦斋泥塑的七字艺诀，那些生于泥土长于泥土，在泥土中流汗流血的小人物的喜怒哀乐、举手投足、悲欢离合，是钦斋泥塑最广阔的素材来源，唯有在泥土里、在生活中开悟，才能得其魂。

而让钦斋泥塑的传人李长青创作出大仁大义的儒士何栗、大彻大悟的哲人南怀瑾雕像的，是"悟"。这是一个书生对士大夫的解读，也是一个后生对先贤的致敬。

**作者简介：**田禾，女，四川洪雅人。作品散见于《四川文学》《中国文化报》《中国旅游报》《四川政协报》等报纸杂志。曾获四川省报纸副刊好作品奖。

# 哨楼村

罗 鸿

雨一直在下，把银白的水泥路面洗刷得十分干净，路旁的冬水田清澈明净，宛如婴儿的眼睛。鸡鸣犬吠，时有相闻。去往哨楼村的路上，大片大片的枇杷树映入眼帘，一条蜿蜒蛇形的水泥路把我带往绵延不断的山坳里。

长期囿于城市的喧嚣，只觉得眼前的一切很清新，像诗，也像一幅淡淡的水粉画，山青，水秀，是传说中的江山图吗？我惊叹于一方的山与水，总是会把一个地方塑造成丰富多彩的生灵画卷！脑海里有很多东西在翻涌在跳跃，我从未如此迫切地希望早些抵达目的地。

哨楼村和广袤土地上千万个村子一样，有农田、庄稼、树林和朴实厚道的村民，但我确信，因它那厚重的历史、耕读传家的好风气，它就是一个别处不能比的独特地方。一个面积十多平方公里的村子，自明朝以来却走出过进士、举人、贡生、秀才三百五十余名，不能不令人惊叹和好奇。

明朝天启二年（1622 年），二十五岁的村人李春旺参加会试，一举金榜题名，成为哨楼村第一位进士。他勤政爱民，一生担任过许多重要的官职，虽生逢乱世，依然敢于直谏，曾弹劾明末奸臣周延儒。据《仁寿县志》记载，李春旺官归乡里后，十分重视教育，亲自在县城兴办黄门塾馆（因为李春旺的官职工科给事中，古称"给事黄门"），这是全县第一所私塾。自此，这个看似偏远的小城里，名门望族乃至一般文人学子，勤学诗书，蔚然成风。

不知此时我们走过的路，是否也是李春旺走过的路？彼时，他察看乡情造福乡里，一定走遍了每个山坡，他的鞋上一定沾满过这紫色的泥土，那道旁的荆棘大约挂破过他的衣衫。村人亲切地唤他"阳俶先生"，和他谈论粮食的收成，交流关于子孙教育的问题。他笑容满面，说出的每句话就像乡野的春风一般熨帖着父老乡亲的心。他们的身后，明末的天空正风云变幻，山雨欲来……

崇祯十四年，张献忠部进入川南后荼毒生灵，仁寿县失守，民不聊生。张献忠仰慕李春旺的声名与才学，想拉拢和利用他。但李春旺根本不愿与之为伍，还愤怒地斥责他是逆贼，"举锹抨击贼首，皮破血流"。李春旺不敌张献忠，退走籍田铺。此时，落日西沉，暮色笼罩大地，李春旺悲怆地回想着自己的来路，不禁仰天叹息"天下事不可为矣"，年仅四十四岁的他选择了自杀殉国。

疾风知劲草，板荡识诚臣。此后，他的乡人和族人每每提及他，便会热泪盈眶。为了纪念他，他们把居住的村庄起名为"晓止村"，"晓"代指阳俶先生（"阳俶"指太阳初升），"止"则暗指他的死亡。晓止村是今天哨楼村所辖处的旧名。明末的那轮红日沉入漫漫长夜，此后的几百年光阴里，李氏家族、辜氏家族、张氏家族、鄢氏家族在这里繁衍生息。无论面对贫穷还是战乱，他们从来没有忘记耕读传家的祖训，也没忘记像阳俶先生一样重视对子侄和孙辈的教育。

中国传统社会耕读传家文化源远流长，由先秦萌芽，经孔子、孟子等一批思想家代代助推，逐渐形成了耕读文化与耕读教育的持续传承。两千多年来，无论是封建社会士子、落榜考子半耕半读，还是那些"啸歌弃城市，归来事耕织"的隐士，抑或读过私塾的农庄主、较富裕的"自耕农"耕而向学，就算是最为底层的雇农贫民，也无不期盼着后代通过读书走上仕途，改变命运。

于此耕种，重建家园，孕育希望。

因这良好的学习风气，哨楼村乃至整个仁寿县，一直因人才辈出而远近闻名。两百年后，清代同治三年（1864年），仁寿张家桥还兴办了免费的官学，仁寿各村的幼童都能在本村或者邻村就近选择私塾上学，哨楼村的私塾更有本村科举落第的生员回来任教。至此，偏居一隅的哨楼村人文蔚起，从村民的院落到宗祠寺庙，到处书声琅琅。

群山环绕，哨楼村静谧、安宁，雨水的滋养又使整个村庄显得润泽、清明。我从未到过这里，在蒙蒙烟雨中打量着它时，却又仿佛早就见过它，或者，它和我想象中的模样是一致的，这也是我理想的村庄的模样。这样的村庄里看得见炊烟、乡愁、家风，还能时刻感受到祖先对子孙的教化和期望。

在村史馆里，我看到这样一些介绍：

光绪三十年（1904年），举人杨道南管理仁寿县教育工作，派遣哨楼村辜氏族人辜大渤到日本留学，攻读师范课程，又在鳌峰书院旧址创办全县第一所新式小学堂。

民国二年（1913年），村人辜增荣任四川临时省参议会议员，并于民国五年（1916年）担任仁寿县鳌峰中学堂堂长。

民国四年（1915年），仁寿县共有高、初两等小学堂十八所，初等小学堂一百三十五所。

民国时期，哨楼村辜姓、李姓两家考入省级新式大学堂的有十余人，考入县级新式中学的有二十余人。

我久久地伫立在那里，为那些文字而深深地感动，也陷入深深的思考。

在哨楼村，一个经济条件好的家庭并不能赢得众人的尊敬，但如果哪家有个成绩好的孩子，却一定能得到所有人的喜爱。这里的村人虽然不富裕，但人们并不羡慕财富，更多的是尊重知识。一位年过八十的老人告诉我们，他家四世同堂，一直有个不成文的家规：不管是哪一代人，只要娃儿说要看书、要做作业，那么农活、家务活都不必做了；相反，要是读书成绩不好，那就叫"不争气"，必须得"弄到"山坡上去干农活，让他吃苦受累，到肯认真学习为止。如果娃儿实在不能考学，那也要送去参军，必须让他学习，必须有上进心……

很难想象，这朴实的话出自一位老农之口。

而此时，一缕清风拂过，身后也好似传来阵阵琅琅书声，久久萦绕在哨楼村的山冈上。

**作者简介：**罗鸿，女，四川南充人。四川省作家协会会员。出版散文集《吾家有美》《此地有名》《烟雨塔影》等。

# 盐道上的哨楼村

王钟麒

新年伊始，春暖乍寒。我们一行去哨楼村寻找盐史遗迹。

哨楼村位于方家镇东南方向，由原晓止、菊塆、长富、哨楼四村合并而来，面积 11.4 平方公里。东与曲江乡毗邻，南与友爱村接壤，西与东岳村相连。全村辖十七个经济社，总人口五千六百余人，耕地三千三百亩，"鱼椒之乡，特色小镇"为其突出优势。村外一湾清流，旷野叠翠。

一行旅者，直奔观光主题——哨楼村村史馆。

村史馆背靠山丘，建在宽阔的广场前。走进大厅，赫然出现该村历代乡贤的群雕泥塑像，气势恢宏。

《哨楼春秋记》中这样写道："悠哉吾哨楼，僚人穴居，渐有人迹。"村史馆的策划与建设者、讲解员李长青告诉参观者，群雕中的十多位士绅，居中一位就是李长青的先祖，从湖广入川后的第六代传人李春旺。到第十代，又涌现出研究易学，以诗文、泥塑闻名的李钦斋。

时光流转，当人类跨入万象更新的 21 世纪，打捞哨楼村历史的重任，自然落到李家后代、年仅四十二岁的李长青肩上。这也是哨楼村李氏传承人李长青从策划与建设村史馆，再到搜集整理村史资料这一系列浩大工程的使命担当。

村史馆分六个板块设计，展陈丰富，史料翔实。笔者震撼于一个小小的哨楼村，历史上竟然出现过这么多的乡绅名士。一个人才辈出的小乡村，竟有着如此波澜壮阔、震撼人心的人物传奇。

《天启壬戌科进士同年序齿录》有载，李长青的祖上"李春旺，四川成都府仁寿县，字醴生，号阳俶，灶籍"。仅凭"灶籍"二字，便可知悉李长青的先祖从事过盐灶。

灶户作为一种籍别管理，始于元代，成熟于明代。朱元璋制定人口统计方法，按所从事的职别，分为军、民、匠、灶四大类，这就是灶籍的由来，灶籍世代相袭。民国时期的犍乐盐场，仁寿县最著名的盐井中坝井、杨泗井，均距哨楼村约二十公里。历史上一度管辖过方家区域的贵平县、平井县，均为仁寿产盐要地。据当地村民讲，哨楼村附近的山坳下，曾有开井熬盐的遗迹。村民打水井，至今仍能挖到咸水泉。

其实，古代的仁寿县，就是巴蜀井盐的产盐县。仁寿古称陵州，地名来源之一，因县城北街有一口老井名"陵井"，故得名陵州。北宋沈括《梦溪笔谈》载："陵州盐井，深五百余尺，皆石也。"另据《陵州图经》的描述，陵州盐井，后汉仙者沛国张道陵所开凿。周回四丈，深五百（"五百"二字原缺，据明抄本补）四十尺。置灶煮盐，一分入官，二分入百姓家。故而，仁寿自古因盐聚人，因盐成邑。

仁寿在明代产盐量较丰，至清代盐井萎缩。民国时期，仁寿盐区与井研盐区合称井仁盐场，统归犍乐盐场管辖，也是嘉定府产盐盛地。清代乾嘉以后，民间有"金犍为、银富顺"之称，"金犍为"则指广义的嘉定府。而仁寿与井研盐场，民国各设三个场务所，仁寿盐井主要分布在杨泗、中坝、奉泉及县城附近，方家哨楼村一带小盐井，因卤水过淡，渐被淘汰。

李春旺出生于成都府仁寿县安下乡（今曲江乡），系一户世代从事盐务的"灶籍"。明洪武二年，李氏自湖广黄州府麻城县孝感乡入籍四川仁寿安下乡李家祖屋塆，后迁至李家碥盐井湾。从这些翔实的记载，可以断定李氏入川因盐致富，之后有李春旺勤奋嗜学，以"会试二百四十七名，廷试三甲二百二十四名"考上进士，而后为官勤政。

《哨楼村志》里说："在今哨楼十二组，崇祯年间曾任主考官的举人蒲笃于此开设盐场，后来人们为了纪念蒲笃，将此区域唤作'蒲主考'与'盐井地'。李春旺的祖籍地'祖屋塆'，即今哨楼村盐井地附近。后迁至与哨楼村相隔数里的李家碥盐井湾（今曲江）。"可见在哨楼村区域，恰如《哨楼春秋记》中所写的"盐场林立"。

一直以来，我觉得哨楼村穷乡僻壤，却要建哨楼抵御外敌，说辞太过牵强。如今方知，哨楼村为盐运古道，这里曾掘井熬盐。富庶的村民兴建哨楼，共同抵御外敌匪患。该村因建哨楼得名，就有了合理的解释。

山色朦胧，微雨盐风。"哨楼百里驾车行，盐道放飞好心情"的诗句从我的嘴角蹦出来。

**作者简介：**王钟麒，男，四川乐山人。中国文化管理协会会员，四川省散文学会会员。出版散文集《盐风吹过》。

# 在哨楼村，找寻有关黑龙滩的印记

李　艳

哨楼村是仁寿县方家镇一文化村，历史上匪患猖獗，先民们在山上建哨楼，故而得名。

之所以称其为文化村，概因村里有点名气的点位都与文化有关。如：哨楼山上放哨的人一旦发现匪情，就会打锣预警。打锣的地方在今哨楼村四组，曰打锣山。哨楼村自湖广填川后人气大增，习文习武均成风气，出了不少文武科第人物，如第一位归乡后在县城办教育的进士李春旺，清同治癸酉科武举人辜有闻……辜氏一族作为填川大姓，在村里留下了辜家宅院、辜氏族谱等。

在我所知道的很多传统村落里，能够容纳如此众多生动鲜活的平民化形象的可谓绝无仅有。

乡村安静，但并不沉寂。2020 年，为响应中央"望得见山，看得见水，记得住乡愁"的号召和"乡村振兴"的要求，哨楼村人自己策划、设计、建设、施工了一座村史纪念馆。哨楼村忽然生出了新的光彩。

三年后的某天，我因哨楼村建作家林来到哨楼村。走进村史馆，我大为惊诧，深深地被一种弥漫着善良、传统而又坚定的气息吸引。尤其是"红色哨楼"板块的"黑龙滩文化"。

1970 年开始修建水库时的黑龙滩，和此时的黑龙滩起码隔着五十多年的岁月，但又仿佛什么都没有相隔。

我仰头细看。然后从哨楼村出发，再次认识黑龙滩。

# 一

仁寿地处川西台陷龙泉褶皱车与川中台拱、威远穹隆接合部，地质特征决定了仁寿是一个重度缺水地区。资料载：唐乾封二年（667年），大旱，百姓断粮；宋绍熙二年（1191年），旱，三年复大旱，饿死者众；明嘉靖二十三年（1544年），七月至次年六月大旱；清乾隆四十三年（1778年），大旱，遍立人市卖子女……水，死死扼住了仁寿人的咽喉。

时间定格在1970年春。仁寿县革委会会议室。

县武装部部长、革委会主任崔二奎，县委副书记杨汝岱等领导，商议打穿二峨山，引都江堰东风渠的水，在仁寿修建一座大型水库事宜。

水库工程浩大，牵涉面广，需要全盘综合考虑。全县的财力、物力和人力是否充足？

当年河南林县修红旗渠，条件同仁寿一样，九年终于建成了震撼世界的红旗渠，我们仁寿建一个大型水库，难道还不成？

林县人民"使高山低头，河水让路，引来漳河水，改变了林县世世代代缺水的面貌"。仁寿人也能够做出惊天地泣鬼神的事业。

林县提出"重新安排林县河山"，完成了艰苦卓绝的红旗渠工程；山西提出"重新安排昔阳河山"，引发了全国学大寨的热潮，仁寿人也要有"重新安排仁寿河山"的气概。

商议结果，只要有勤劳勇敢的仁寿人，就能干成修建黑龙滩水库的大事。

领导的讲话自带信仰的光芒。人人在摩拳擦掌中迎来了修建黑龙滩水库开工奠基：修建黑龙滩工程需要人，我们上！修建黑龙滩工程水利战士需要报酬和口粮，我们给！修建黑龙滩工程需要生活物资，我们筹！修建黑龙滩工程需要机具设备，我们造……陡然间，仁寿县从南到北变成了红旗的海洋。

这个千百年来一直固守着日出而作、日落而息传统生活方式的农业小县，虽不知水库建设为何，但此时，眼见建设的人们虎胆豪侠、铁骨铮铮，惊羡之后，却也自感天地正宽，无拘无束。

# 二

修建黑龙滩水库，有一人需要特别提及，即被四川人民称为"草鞋书记"的杨汝岱。

杨汝岱，1926 年出生于仁寿县汪洋镇。因为缺水，仁寿县的百姓不能体面地生活……杨汝岱从小就饱尝缺水的苦。

新中国成立后，杨汝岱因文化水平高和思想觉悟高，成为县土地改革工作队队长，继而一路从仁寿县方家区委副书记，再到四川省委书记，最终成为第八届、第九届全国政协副主席，官至副国级。

仁寿县决定修黑龙滩水库时，杨汝岱正在方家区委副书记任上，拍板的领导人里有他，以后带领百姓修坝筑堤的人里也有他。没有激昂慷慨，却有一种走向自由世界的深沉执着的力量。

黑龙滩水库工程是个系统工程。大坝、输水隧洞、灌区渠系……前前后后修建了十五年。所用的条石，就相当于从仁寿砌了一条宽四米、厚四十厘米的条石路到北京。

如此浩大的工程，需要大量人力、物力和财力支撑。让全县人民都喝上黑龙滩水，说这句话不容易，做出决定更艰难。

但杨汝岱懂得，完成工程的根本出路就是发动群众。黑龙滩水库工程要完成，最终还是要依靠仁寿人民。仁寿县一百多万人，凝聚起来就是巨大的力量。这就是战天斗地、改变仁寿现状的力量！

杨汝岱还和过去一样，穿着一双草鞋，走遍了跟黑龙滩水库有关的山山水水。每到水库大坝、渡槽、隧洞等重要建筑施工前，他都要到现场听取技术人员和干部的汇报，而后鼓励大家"鼓足干劲争上游，忠心献给毛主席"。话语间流动着饱满的精气神。人群中一个人从中汲取到了能量，另一群人又从这个人的描述中汲取到能量，相互传递着，传递下去，没有间断。

五十多年啊，绝不是轻飘飘的。事实证明，黑龙滩水库工程造就了"自力更生，艰苦奋斗，一不怕苦，二不怕死，实干、苦干加巧干"的仁寿精神，这种精神在今天，乃至将来，都不过时。

# 三

哨楼村所在的方家镇当时叫方家营，即直接受杨汝岱领导的乡镇。每当说起黑龙滩，老一辈的人便有道不尽的故事。

1970 年 7 月 1 日，是黑龙滩水库建设史上值得记住的一天，黑龙滩水库工程正式开工。

一大早，空气中还有一丝丝凉意。来自彰加、富加、文宫、方家、钟祥和北斗六个营的两千名水利战士，胸前佩戴大红花，高举红旗，敲锣打鼓，齐声高唱革命歌曲，雄赳赳气昂昂地奔赴那长满树木、荆棘丛生、重峦叠嶂、沟壑纵横的建设工地。

也许是因了杨汝岱书记的亲自领导，从方家出来的水利战士，个个雄心勃勃，本着"一不怕苦、二不怕死""活着干，死了算"的决心，大有逢山开路、遇水架桥的气势。

先期到达的各营按指挥部事先分配的地段，用镰刀、斧头砍伐树木、清除杂草，修建简易工棚。

山区气候多变，一会儿下雨，一会儿出太阳，每天工作十多小时，跑尺的在山坡上、沟谷里跑一百多公里，司镜的从早到晚站着，闷得像在蒸笼里，身上的皮脱了一层又一层。女战士更苦，为了躲避蚊虫的叮咬，只好"全副武装"，身上的衣物从早到晚都是湿漉漉的……

营队里，每天琢磨的是怎样在不被别人知道的情况下多干活、多做贡献。以至于工地上常出现"英雄事迹"，却不知是谁。这一作风延续到黑龙滩水库工程全部完成。

方家派出的常年工程队就有十二个，参战人员三千七百余人。水库大坝主体采石和安砌，东干渠主体工程的白燕嘴渡槽，打挂石渡槽，石龙沟一、二号隧洞，大地湾至白岭坳明挖暗拱和扶底扶坡工程，李家沟水库和方家干渠、向加支渠、金鸡支渠等渡槽隧洞工程，均留下了方家常年施工队的身影。

方家还成立了突击营，每年有一万多民工战斗在工地上……整个黑龙滩水利工程建设中，方家营一直是先进集体。吴树科、熊吉慎、杨玉文和廖正江获先进个人。

黑龙滩水库工程浩大，施工环境相对恶劣，以当时的技术条件，无论怎样防范，都难免发生安全事故。截至1977年，因公牺牲一百三十三人，方家占了二十人，年仅十八、青春活力的朱德军便在其中。

# 四

听闻这些事迹，我难禁热泪。人生可以不成功，但绝不可以不追求。

一切，往深里说，我觉得都是因了此地特有的文化。干旱导致饥荒，饥荒引来匪患，强烈的生存欲激发出斗争精神。

我在村史馆还了解到哨楼村的祠堂文化。六百多年来，辜氏、张氏、李氏等家族的贤达，利用各自的家族祠堂，如《辜氏家规》中的"正直温良，严谨勤勉，静定简朴，谦逊操守"……使得重人伦、兴教化的良好风尚成为村民精神文化生活中不可或缺的一部分。

村史馆这小小的空间，可以聚敛人气。我一直在琢磨这个水库的层次感，一代又一代的仁寿人受益于此，他们满是温暖故事的记忆在此交叠，直叫人感叹：人类困于局限，而又勇于超越，当真了不起。

一滴水可以折射世界的真相，哨楼村的背后，是时代的缩影。

黑龙滩水库从拍板到修建，本身就是一批又一批以杨汝岱为首、品行端庄、饱读诗书、有崇高威望、为社会做出重大贡献的社会贤达，嘉言懿行，垂范乡里，努力涵育文明乡风的结果。

新世纪的精英一批又一批来到这里，不为表面的风风雨雨所惑，按照哨楼村自己的节律生长。这一极为重要的历史展望越来越显示出深远的意义，时时在我的生命中回响。

**作者简介：**李艳，笔名雁子。四川工程职业技术大学教授。中国散文学会理事，《德阳散文》主编。德阳市三星堆文艺奖、四川散文奖获得者，已出版散文集《灵魂的维度》《守望》。

# 哨楼春秋记

李长青

廉泉让水之地，文里武乡之区。

哨楼村，处天府腹地要津，跨二千载文明。汉为武阳郡东，魏属平井县地，五代孟文同乡，宋与状元共梓，明末敬恭之里，清初安下之甲，民国北伐重镇。"贵平、平井、广都、陵州"村之古邑也，"菊塆、晓止、哨楼、长富"村之今名也。

贤哉吾哨楼，古陵州名星之渊薮，自来科甲蝉联，文武并重，忠孝节义，青史流芳。辜氏一族十代联科，簪缨盛族；李姓一门十举贡，两杆三牌坊；张氏曲江贵胄，军功世家，文采华章；辜将军、李副使，蒲主考、王训导，天子门生，里间状元，明清六百载，崇文重教，秀才三百名，举贡五十余。沙场常留英雄身，翰墨屡闻乡人名，贞女于此美名扬，显宦过往扶马头。

壮哉吾哨楼，僚人穴居，渐有人迹。湖广填川，辜李张黄，百川流汇于斯土。御外敌而筑哨楼，得名有年。积善之地，物产丰饶，曾经盐场林立，而今绿水青山，百姓乐业安居。千载兴衰，民风依然淳朴；世代农桑，黎民犹存忠义。摩崖雕刻，国之重宝，千年风华犹存。钦斋泥塑，蜀中名品，皕载神韵传承。

斯人也，耕读传家，文武双修，代出英杰。

斯地也，毓秀钟灵，粮棉薯果，百里传扬。

斯文也，上效朝廷，下教黎民，家国倚重。

斯武也，保家卫国，北伐增荣，辜氏有闻。

哨楼村，天府之名区也！陵州之厚土也！

哨楼村，人杰地灵，物华天宝，奕世隆昌！

　　注：《哨楼春秋记》由哨楼村进士李春旺第十六世孙钦斋主人李长青撰文，2022年草拟，2023年4月中旬定稿。其时李正负责哨楼村的村志编纂、文史挖掘、村史馆策划、设计及乡贤浮雕创作。该文回望哨楼村域两千载春秋沿革。对哨楼村域乡贤、人文做了全面回顾，高度凝练，是哨楼村域内第一篇对自身历史做全面回望的文章。李长青先生祖上于明代洪武二年以灶籍身份入川，是最早进入该村域的大族，至今有六百多年的血缘传承。李先生"睹乔木而思故家，考文献而爱旧邦"，苦吟成句。

　　**作者简介：**李长青，1982年生于仁寿县晓止山栗林坡（今属哨楼村十六组）。诗人，雕塑家，地方文史研究者，巴蜀文艺奖获得者。中国民间文艺家协会第十次全国代表大会代表，四川省民间文艺家协会副主席，四川省文学艺术界联合会专家库成员，眉山市政协委员，哨楼村村史馆策展人。

# 李春旺上崇祯帝疏

〔明〕李春旺

臣观封疆之任，有战守奇正之略，然必本于好谋，而后胜算多；激劝之权，在赏罚臧否之明，然必恊（协）于公论，而后人心服。昔街亭之败，诸葛亮请自贬三等，以督厥咎。盖军律必凛若严霜，大臣身负斧钺，以听皇上之恩威，然后三军知警，而善后可图。廼（乃）大凌之岨（衄），羞中国而长夷氛，未有若斯之甚者。以文武将吏、掳者、亡者言之，张春、张鸿功、汤廷耀等三十余员名，何可纲、孙定辽等三十余员名，以士卒言之，班军二万五千余人，战兵一万五千余人，川兵二千余人，夷丁、西兵各不下数千余人，凌城内之居民，其数不与焉。生者驱而为辫发左衽之羣（群），死者之肉供啖剥，骨备烘熬，与夫塞堑填壕，原野厌人之腥，川谷流人之血，父失其子，妻失其夫，招魂望祭于万里之外。嗟乎，此赳赳桓桓，非皇上多方鼓舞，以备干城爪牙之列者耶！此林林总总，非皇上之赤子，训练之惟（唯）恐不习，抚恤之惟（唯）恐不周者耶！至于为千为百之马匹，如山如云之火器戈甲，皆拱手奉之，以借寇而资敌。如泥如沙之刍粮金钱，筑愁筑怨之雉堞楼橹，皆化为丘墟烟云而不可问。然则大凌之决于筑者，其能逃失策之诛乎？夫城大凌者，所以为进取恢复之计也。然预计战守，使虏不敢逞者，所以为伐谋制胜之前筹也。今战守何若，而城且安在乎。事关（关）军务，不许抄传。当日枢辅孙承宗之请于皇上者，奉有俞旨与否，臣无繇知。巡（巡）抚丘禾嘉、宁前道臣陈新甲，当日有无商确（商榷），意见依违与否，臣亦不能悉知。若皇上未有俞旨，而悍然行之，是专擅也。或曰：事不中制，阃外可专。然必询谋佥同，三占从二。假令抚道止之而不纳，是刚愎也。或曰：众人难与虑始，大事何妨独断，然天下事必择利多害少而为之，今无一利而有全害矣，冥行一跌，是疎（疏）躁也。且拥纛阅（关）城，旷日持久矣，未见一将一兵一马之强人意，而猥言进取，形见势诎，是欺蒙也。且精锐物力尽付凌城，而阋（关）门之上全无中坚后劲之势，自负老成知兵，几以人国侥幸，是骄玩也。刚愎、疎（疏）躁、欺蒙、骄玩，枢辅于此数者已难解免，若其专擅，罪顾可胜诛哉？至于祖大寿，不过听其指使者也，又何尤焉？是役也，国势为之益弱，人心为之益摇，全恃公论不淆，国法不贷，犹可激励士气，亟办良图。至于阵亡将士之家，凡可吊死扶伤、存孤睸（赒）寡者，并乞勑（敕）下该部，查照恩例，多方优恤，尤收拾人心之一要也。臣蒿目时艰，拊心军国，恩怨祸福，皆不遑顾，不禁流涕为皇上言之，伏惟立赐采纳施行。

**作者简介**：李春旺（1597—1641），字醒生，号阳傲，明神宗万历二十五年（1597年）生于仁寿县安下乡，属今仁寿县方家镇哨楼村人。二十五岁考中进士，治《诗经》，精营缮之学。官至河南按察副使，诰授中宪大夫。虽身处乱世，却正直敢谏，四十四岁以身殉国，为朝廷尽忠守节。有《上崇祯皇帝疏》《向家堰通济桥记》等存世。

第二辑

心归哨楼

# 红土地上长出的春

周闻道

一看，哨楼村的这片土地，就是刚整理过的。

我得出这样的结论，至少有三个根据：一是颜色。一色的红，红得轰轰烈烈，与四周星星点点裸露的陈年的土，和旁边山坡上成片成片的绿，形成强烈对比。二是色泽。就像刚剥了皮的葱，新鲜得朝气蓬勃，可拧出水，没有一点儿老旧的陈腐之气。三是规整。同样红色新鲜的田坎，横平竖直，把土地规划成一块一块的田，大的小的，长的方的，依次排列，井然有序。这很容易让人联想起"农业学大寨"时的梯田。不过，现在不叫梯田，叫"天府粮仓"。

多少有些失望，在这样的仲春季节，来到这片刚整理过的土地。虽然很新鲜，但新鲜的红色泥巴全部连成一片，看不见春天应有的鸟语花香，甚至有点儿荒凉。突然感觉，有时候，新鲜也不一定是好事。因为还耕，进行土地整理，一切都彻底改变了。多少草叶被厚土覆盖，被春天遗忘；多少桃李花木被连根拔起，成为春天的枯枝败叶。难道就以这样的失望，走进哨楼村的春？

让我得到慰藉或者说得以释然的，是刚发芽的玉米。

发现，源于对失望的不甘心。被这种不甘心驱使，我从村委会出来，本来是要到村头堰边的井水桥启闭机（自动闸门）处，迎接乐山来的几位朋友。走到路上，见到旁边的红土地，我实在忍不住，就顺着一节新鲜的田坎下到田里。是出于好奇，想好好观察一下这新鲜的红土地，却发现了正在发芽的玉米。起先并没有认出是玉米，只当是一株普通的野草。小时候在乡下天天割猪草牛草，对野草很熟悉，但眼前的草才刚刚冒了一点点芽，葱尖那么大，究竟是巴地草、铁马鞭、垂盆草，还是菊苣、高丹王、节节草等，根本难以确定。便去轻轻抚摸拨弄那草。这一拨弄，那叶芽就一下翻了底，露出了它刚刚脱开的胎衣——原来是一粒玉米。哎哟哟，从小在农村生活了那么多年，还不知道刚发芽的玉米是这个样子。抬头仔细一瞧才发现，这样长出玉米叶芽的坑不止一个，而是一排一排，规整地排列着。我这才确切地断定，这块新整理的红土地上，已经种上了玉米。叶芽虽然刚刚挣脱母体，刚刚破土，未来还要走过一季，但已释尽春的样子。我有些汗颜，但更多的是欣喜。因为从这刚整理好的土地上，不，是天府粮仓的红土地上长出来的叶芽，显然，比任何野生的草都更有意义。

记忆被这粒发芽的玉米激活，我的思绪和好奇心很难停止。

我的老家也是红沙土。童年，爸爸妈妈到齐肩的玉米地里除草施肥，常常把我放在地边。玩着玩着不见了大人，便急了，一头钻进茂密的玉米地里找，越钻越深，越找越怕，哇哇大哭。爸爸妈妈只能从我的哭喊判断出大致方位，很难一下判定我的具体位置。他们只得顶着炎热天气和毛刺刺的玉米叶，焦急地满地寻找。找到我时，我和爸爸妈妈都满脸满手划满了条条血红色的印痕，汗水一浸，火辣辣地痛，痛得一身毛曲曲的难受。想到在秋天的晒场里，男的女的、老的少的围在一起"剐苞谷"时的情景。女人们聊着张家的媳妇儿漂亮，李家的娃儿成得事。还想到，在玉米收新的季节，妈妈早早起来，推着石磨，将刚收回家的嫩玉米磨成细腻的面，烙成粑，用桑叶包好，塞进我的书包里……

只是，后来老家的土地，全部承包给了一家农业公司。先是种了几年的玫瑰，好像亏了。承包易主，又见地里一会儿种西瓜，一会儿种蔬菜。听说思蒙河的一场大水，把新接手的老板又冲垮了。换来换去，就是很长时间没有见到种玉米了，秋收时晒坝里的风情更难再见。未曾想到，玉米竟跑到了这里！

我轻轻捧起这刚破土的玉米叶芽，仔细打量了一通。它的母体，它的破土，它生长的样子；然后，又轻轻地把它放进红土地里，给它围上一层薄薄的细土，固住它的根。轻柔的风，拂着我的思绪。我甚至想到，当年从中美洲舶来东方的第一粒玉蜀黍（玉米），也是这样在红土地上发芽生长的吧？

看着这从红土地里长出来的玉米叶芽，我仿佛看见了长大的自己。

翻过一道田坎，到了另外一块田。惯性思维的驱使，我本能地想再看看这块地里的玉米，包括种玉米的坑和刚破土的玉米叶芽，与刚才的那块地有没有不同。可是，坑和芽都没有发现。仔细再看，仍然没有。正感到奇怪，我看见了地沟里的水。再进一步观察，才发现这是一块田，而刚才那块是地。

在农村，虽然田和地可统称为田地，但在农人眼里，它们还是有一些区别的。地，主要是指那些处于山坡上，或者地面有一定坡度，不是很平整，不能蓄水种植水稻之类水生作物的土地。而田则相反，主要指地处平坝，或地面平整，能蓄水种植水稻等水生作物的土地。人们常常把田里生长的水稻、小麦，即大米、白面称为"细粮"，而把地里生长的玉米、高粱、土豆、红苕等称为"粗粮"，不是简单的称谓差异，至少在农人眼里，更是品质和档次的差别。

一坎之隔，田地之别，我不得不仔细观察一下这田里的水。

不观察不知道，一观察见到了奇妙。这田，除了拥有农村传统田的共性特征外，有一点却与众不同——水。一般农田里灌溉的水，都是遵循"水往低处流"的原理自流而来，或是通过提灌站提升，再由沟渠输送而来的。惊蛰时节，红土地上的稻秧，刚在不远处的"秧母田"里播种，还要个把月，才能移栽到这虚位以待的稻田里。村里其他稻田的灌溉，或这块田栽秧灌溉的水怎么来的，我不知道。但眼前这块田里的水，似乎就是从这田的地下渗出来的。这令我联想到哨楼村的一百多口井和方曲河。据说，村里人的生产生活用水都来自它们。于是，我突然想到，这红土地里的水，不应该是从外引来的，也不是先前想到的那样从地下浸出的。浸没有生命力，浸只是一种遭受挤压时的外溢。而是长出来的，就像这地里的玉米、水稻、大豆、豌豆、小麦、花椒一样，从红土地上长出来的。长才有生命力。因为长具有内在的动能。因为从这红土地上长出来的水，家和根，都在这红土地里，充满了生命的活力。这样的水是生命之源、活力之魂。能够长出水的土地，还愁什么，还有什么长不出来？

确实，千百年来，这里长出来的物华天宝数不胜数。

哨楼村的村史馆，收藏着这片红土地上长出的精华，物质的、精神的、人文的。走进村史馆的大门，就有一幅浮雕群像吸引着你。赭红色的基调，就是泥土的色调，准确地说，就是哨楼村红土地的色调。只是，看上去比井水桥处红土地的色泽要更沉实更厚重些。我理解，不是色调的不同，而是沉淀的结果，这沉实厚重里含着沧桑，负着重托。耸立的群雕人物：李春旺、辜有闻、张联珠、李钦斋、魏光宇、辜增荣、李萧氏、鄢明才、袁朗如……

看上去，很像是从厚重的红土地上长出来的树，英俊、挺拔、坚毅、善良。现在，他们以群雕的形式，屹立在这片红土地上。他们每一个人，都有在这片红土地上的生长经历、生长的故事、生长的精神标本，"廉泉让水，文里武乡"只是一例。

怎么能辜负了这片多情的红土地！生长是一个多么好的词，多么好的状态。我也要与这片土地的生长连在一起。不如在这里规划一片小树林，邀约文朋诗友种下一棵自己钟爱的树，种下诗文，种下爱与牵挂，让它们自由生长……

# 哨楼回响

刘裕国

春暖花开的时节，走进四川省仁寿县方家镇哨楼村。这是一个有着厚重历史文化的村落，眼前的村史馆，建筑精美，环境幽静，被如浪的绿色小山丘簇拥，在阳光下恣意释放着绚烂的色彩。

这里距离仁寿县城有二十多公里，参观人群却络绎不绝，人们不仅被哨楼村的悠久和厚重所吸引，还由衷赞叹馆内以钦斋泥塑为主体的叙事方式，新颖，生动，奇妙！

钦斋泥塑就诞生于哨楼村，是国内外知名的泥塑艺术品牌，是川派泥塑的杰出代表。钦斋泥塑传承人李长青是位八〇后，是土生土长的哨楼村人，他对民间技艺的传承与坚守，在当地传为佳话。

## 追梦路上矢志不移

见到李长青，他高挑的个头，修长的身板，剑眉下一双锐眼忽闪着亮光，他正在村史纪念馆忙个不停。村史馆建设时，他是设计者；村史馆开放后，他当解说员。用泥塑讲述村史、记录乡愁，源自他心中的梦想与追求。

地处北纬三十度的仁寿县人文荟萃，古称陵州。此地毗邻峨眉山，受儒释道三教影响，自古以来雕刻造像之风盛行，文物名胜众多。

李长青很庆幸自己生在一个延续了两百年的泥塑世家。据《李氏族谱》记载，李家祖先明代入川，家族中曾有人在朝廷做工科给事中，负责监察工部的建筑工程雕刻等。李氏直系祖先前后有三人因为从事雕刻被写进县志。岁月悠悠，衍生出钦斋泥塑，世代传承，在当地久负盛名。他的父亲李永贵，一生务农，继承了祖传的泥塑好手艺，他的民俗泥塑成为村里人家寿宴、嫁娶的必备礼品。

1982年，李长青呱呱坠地，父亲满心欢喜，他期待儿子将来成为钦斋泥塑的传承人，便给他取名"长青"，寄望李家泥塑艺术长青。李长青的出生地在哨楼村十六组晓止山旁，小院落是清代道光壬午年（1822年）祖上考中举人后修建的青瓦古宅，是一座典型的川西四合院民居。院落前的水塘、竹林、田坝，是他儿时的乐园，他说："我从小就爱到田埂上玩泥巴，经常玩到吃中午饭要大人喊才回家。"家庭熏陶，耳濡目染下，三岁时，李长青就会用田里的泥巴捏小人、做手枪之类的玩具。十多岁时，他的泥塑作品在县教育局组织的艺术比赛中获奖。

李长青对非遗泥塑一直很痴迷。他从不满足在学校里取得的成绩，课余时间，潜心学泥塑，跟喜欢美术的同学一道寻访乡村周边的摩崖造像，临摹学习，寻找一切可能寻到的泥塑教材。这时期，他看了一部影响他追寻泥塑梦的电影《泥人常传奇》。整整一个暑假，他把自己关在家里，照着电影里的泥塑作品捏出了两大箱子泥人。

1996年春天，他放学回家时，在田埂上捡到一张残破的《四川日报》，展开一看，上面刊登了一整版大邑县《收租院》泥塑作品的照片。他如获至宝，第一次被四川的民俗风情泥塑所震撼。

20世纪末的乡村，人们对非遗和传统艺术的认知和重视程度还远远不够。村民常说："长青这孩子，聪明伶俐，应该去名牌大学好就业的专业学习，做民间工艺能有多大出息？"父亲听了摇摇头，坚持尊重儿子的梦想。李长青思来想去，认为要想在雕塑领域干出点名堂，还得去专业美术院校深造。父子二人打听到四川美术学院是西南地区唯一的专业美术院校，尤其以雕塑专业闻名全国，开办有附属中学，初中毕业生可以先报考附中，再升入美术学院就读。1998年春节，李长青刚过十六岁生日，第二天，跟随同乡到了重庆黄桷坪，希望能考上设在这里的四川美院附中，结果没能如愿。他又回到仁寿县读高中。2001年，李长青再到重庆黄桷坪，当时他只想考四川美术学院雕塑系，但因为文化课偏科，再次未能如愿，最后被四川美院成都分院装潢设计专业录取。

一年以后，李长青做了一个出人意料的决定，放弃装潢设计专业的学业，办理退学手续。为了追逐泥塑梦的农家少年，把文凭看得如此轻，这在当时，走出这一步需要莫大的勇气。2002 年 9 月，他第四次来到重庆黄桷坪，在四川美术学院雕塑系进修。他太爱雕塑，在这里，他见到了儿时就膜拜的《收租院》泥塑作品原件，并且可以直接师从主创人员王官乙、龙德辉教授。李长青喜出望外，庆幸自己选对了路。他珍分惜秒，课堂聆听，课后求教，为学泥塑，像一只被鞭子抽打着的陀螺，全身心旋转。这一年他修完了四川美术学院的雕塑课程，还从生活费里省下钱，买了两百多册美术书籍，并跑遍了重庆大足石刻等古代石雕景区。

李长青选择了另一条全新的求学路。他在黄桷坪街上租下一间房子，一方面在雕塑工厂赚取生活费，另一方面游学于川渝各大高校，从陶艺、摄影、文学、编导等专业里，吸取对泥塑艺术有益的养料。这期间，他自费走访全国多地，从西南到西北，从华北到华南，行程数万公里，风餐露宿，考察了国内主要泥塑产区、石窟、庙宇、道观、博物馆等，对中华大地上的经典泥塑，进行全面深入的实地了解和临摹学习。

## "造像"充满审美意趣

2008 年，李长青信心十足地回到家乡，开始探索传统泥塑创作和当代创新的路子。

刚开始，他扎在仁寿县龙正镇工作室，与父亲合用一个泥塑工作室。他说："游学多年，感觉父亲才是最好的非遗老师，因为父亲的泥塑区别于美术学院里西式的雕塑艺术，它依靠中国人的审美直觉来做一件作品，是'心塑'。"

李长青讲了一个故事："有一天，我把父亲的一件表现乡村儿童嬉戏活动的泥塑《射拱》放到了自己的 QQ 空间里。几天后，北京、新疆、成都做雕塑的朋友纷纷留言，夸赞说，你最近的《射拱》做得真好，生动有趣，脱离了习作气，比以前进步多了。我说，不是我做的，是我爸做的。朋友们震惊之余，都建议我应该继承我爸的这种古法塑造法。从这时开始，我决定跟父亲从头学习，吸收传统泥塑非遗技巧。"

在父亲手把手的指导下，李长青从采泥开始，一点点地重新学习传统非遗泥塑做法。泥塑的第一步是备料。大热天，李长青头顶烈日，自驾农用小货车，驶进丘区的田间空地，选择可塑性好、无杂质、能搓成条、弯曲成圆圈而不断的黏土，一铲一铲装上车，拉回工作室，作为钦斋泥塑材料。

接下来是练泥。将泥土放在太阳下曝晒，晒干后砸细成粉末，然后过筛，加水，像和面一样和匀，存放一个冬天"发酵"，开春再取出，用木槌反复砸打、"醒泥"，同时往泥中加入一比一的量的棉絮，让两者充分融合。这道工序很关键，父亲常在一旁把关。

李长青说，做大型泥塑，需要先搭骨架，就像人体要有筋骨。搭骨架的传统材料是木料，采用榫卯结构，而这项工艺，是木匠的基本功，李长青从头开始学，一步一个脚印。

在现代泥塑工艺中，有一个步骤叫"造像"，就是用泥塑造一个基本的形象。李长青解释说，老祖宗留下来的钦斋泥塑，沿袭了古代艺人的做法，叫作"开相"。这个说法有更深层的意思，它指的是精神层面的"相"，区别于一般意义上的"造像"。为此，他在雏形准确的基础上，注重细部刻画，力求线条流畅，人物形神兼备，主题更加凸显。对一些需要表面光洁的泥塑，就用毛笔蘸水，将泥坯表面刷洗数遍，直至表面光洁。

李长青说，泥塑做好后，通常要放在阴凉通风处，待它慢慢干透。最后将水性颜料调水融合，在干透的泥坯上画出人物肤色、服饰，配上道具。对颜料的选择，过去钦斋泥塑先辈主要选用植物颜料、矿物颜料，物资匮乏时，他们就自己用植物提取颜料，或者用不同颜色的泥土来进行组合"替色"，甚至"用石灰水作白色""用锅底灰加米汤作黑色"也尝试过。

李长青忠实于传统用色，坚守泥土本色。他以哨楼村的泥巴为主体，还外出采集泥土，每到一个地方，都注意收集不同颜色的泥土，陕西白鹿原、西安兵马俑坑附近工地、江西景德镇、四川眉山三苏祠等地，都留下了他收集泥土的足迹。

本色泥土的混合运用，让钦斋泥塑变得更加"原汁原味"，更富乡土味。

李长青创作的《乡村戏班》，主体造型使用眉山本地的黄泥巴，戏班子主角手里抛撒的手绢，使用"眉山红泥"；白色的牙齿，使用本地观音土。再比如，李长青来到苏东坡故居文物发掘现场，拣选灰色泥土，制作出栩栩如生且充满书卷气的苏东坡泥塑肖像。

李长青认为，未来钦斋泥塑艺术应该吸收我国古代造型艺术，包括书法、国画、泥塑石雕等的精华，既要有中国味、有民族性、接地气，还要有时代感。他近些年创作的《四川老茶馆》《理发》《磨剪刀》《书先生》《钟馗出巡》等代表性作品，都彰显了他的这些创作理念。

创作过程中，李长青大胆地吸收其他传统艺术门类的工艺技巧，促进钦斋泥塑在创新中发展。比如，钦斋泥塑《四川老茶馆》中的桌椅板凳，他用了传统木雕技艺，吸收了中国古建筑引以为豪的榫卯结构技艺。茶馆里面人物坐的竹椅，吸收了国家级非遗"眉山竹编"的工艺思想。在《掏耳朵》这幅作品中，人物服饰的制作，他吸收了陶艺工艺，先将陶泥制成片，然后穿在衣服表面，从而增加了飘逸、灵动感。作品《齐白石》，在面部、服饰妆彩时，李长青吸收了中国传统工笔画的着色技巧；帽子、拐杖、眼镜等的制作，都采用了新工艺。

这些做法，得到了业界大家张锠教授、赵树同的肯定，他们认为，大胆吸收其他工艺技巧，中国泥塑才会实现守正创新，才会更有活力。

2017年，李长青和父亲李永贵同时被定为"眉山市非物质文化遗产项目钦斋泥塑的代表性传承人"。近年来，李长青声名鹊起，被吸收为中国雕塑家协会会员，担任眉山市雕塑艺术协会会长、眉山市政协委员，当选中国民协第十次全国代表大会代表，获得第六届"四川省农村手工艺大师（雕塑类）""四川省乡村文化和旅游能人"称号。

# 钦斋泥塑"火"起来

中国艺术研究院研究员、中国非遗学创始人苑利和"泥人张"第四代代表性传承人张锠共同认为，钦斋泥塑李长青的作品夸张生动，市井气息浓郁，川味儿很浓。《四川美术史》作者唐林说："李长青走出了一条属于自己的路，他所传承的钦斋泥塑既传承了古代制作的方式，又融入了当代审美理念，在四川的造型艺术作品中可谓独树一帜。"四川美协原副主席杨梁相说："一见到李长青的民俗作品，就激动得热泪盈眶。"

还原村史，记录乡愁，李长青让钦斋泥塑非遗声名远扬。

2023 年 11 月 11 日，中国地方志工作办公室党组书记、主任崔唯航在参观完李长青用钦斋泥塑复原的哨楼村村史后高度评价"哨楼村村史馆的打造，在各个方面都具有典范意义"。

李长青的家乡哨楼村，文武科甲蝉联，在明清时期，村里诞生过数量众多的进士、举人。村域周边有上百处唐宋时期的摩崖造像遗迹。现当代，哨楼村人在迎接解放、土地改革、兴修水利、脱贫攻坚等各个历史阶段，都留下了诸多感人故事。2020 年，仁寿县决定在乡村振兴战略中，打造方家镇哨楼村村史馆，以推动乡村文旅融合发展。当时，李长青已在眉山市设立了钦斋泥塑工作室，受到地方政府的邀请，他欣然返乡，全身心投入村史馆的策划与建设。

走进哨楼村村史馆序厅，乡贤人物泥塑群像首先赫然映入眼帘，十分引人注目。四十平方米的泥塑浮雕墙，以村内崖壁对联"廉泉让水地；文里武乡风"为创意点，塑造乡间风物，写意村落山水，充满立体感和大气势。浮雕墙上是十二尊乡贤人物泥塑雕像，人物造型各异，或安然端坐，或凛然挺身。浮雕运用了圆雕、高浮雕、浅浮雕、阴刻等艺术形式。雕像共分两排，前排左侧是哨楼村第一位文科进士李春旺；中间是清代仁寿县节孝女性的典范人物李萧氏；右边是哨楼村辜氏族人，光绪丙子科武进士、钦点蓝翎御前侍卫加三级的辜有闻。后排人物，是不同时期的秀才、举人、进士和艺术家。形象生动的泥塑群像，凸显了各自的身份特征和精神气质。李长青解释，把三位乡贤放在前排中心位置，是因为在他们身上很好地体现了哨楼村的文化核心：文武双全、忠孝节义。

值得一提的是，村史纪念馆的泥塑，满是"乡土味"。工艺源自钦斋泥塑，用料是村里紫色泥土，色彩质朴，质感温润。村民走近一看，顿生一种亲切感，一位村民观后说："用我们田里的泥巴讲村史故事，用本地泥巴塑造本土乡贤，巴适得很哦！"

哨楼村曾经是四川井盐制作地之一，第二展厅的盐文化浮雕，用钦斋泥塑呈现盐井架和盐场，生动形象地复原了古代哨楼村的制盐场景，给人以无尽的遐想空间。

第三展厅的"红色哨楼厅"，表现了中国人民解放军进军大西南，途经哨楼村时的历史场景。队伍威武雄壮，群众热情欢迎，解放军与百姓握手攀谈，泥塑群雕将军民鱼水深情再现得栩栩如生。

馆内文物展厅、乡土民俗展厅，满眼的钦斋泥塑特有的艺术表现形式，内容丰富，塑像多姿多彩，各时期民居风貌、生活场景等都一一情景复原。不少作品构图意趣盎然，造型妙趣横生，引得观众忍俊不禁，久久不肯离去……

近年来，李长青钦斋泥塑非遗作品的研学活动十分活跃。2023年暑假期间，他与地方政府合作开设的非遗公益课很受欢迎，村里有三十多名留守儿童、上千人次游客参与。他们来到村史纪念馆会议室，兴致勃勃地听李长青用大屏幕讲非遗泥塑课，并参与现场体验。李长青还受邀到四川多所中小学、大学以及公园、博物馆等场所开展非遗讲座和展演，累计达两百场次，每年开办常态化非遗讲座、研学讲座二十余场。

李长青的泥塑作品，在国际、国内、省级大赛中参展并获奖三十多次。其中，《齐白石》于2014年荣获第九届中国海峡艺博会金奖、中国工艺美术最高奖"百花奖"；《乡村戏班》《掏耳朵》先后荣获中国美协陶艺委员会主办的第四届和第五届中国西部陶艺双年展优秀奖，2019年《乡村戏班》再获四川省文艺最高奖"巴蜀文艺奖"。

2017年春节，经中国人民对外友好协会推荐，李长青的钦斋泥塑非遗作品代表大陆非遗参加"香港欢乐春节文化庙会"。2017年5月，《四川老茶馆》的六人套件和五件桌椅板凳道具，由四川省美术家协会陶艺委员会选送参加第三届法国大皇宫国际艺术双年展。参展结束后，组委会现场收藏了三件来自中国的作品，其中一件就是李长青的《四川老茶馆》。2019年，在联合国教科文组织主办的"历史村镇的未来国际会议"上，钦斋泥塑受邀参展，并被摆放在展厅的重要位置。联合国教科文组织官员对钦斋泥塑作品赞不绝口，频频伸出大拇指，并邀请李长青合影留念。

与此同时，钦斋泥塑非遗文创衍生品也广受市场青睐。2023年，云南一位民俗收藏家在丽江开办了非遗民俗博物馆，一次就向李长青订购了四十万元的文创产品，收藏了他的代表性民俗作品三十五套，其中泥塑人物一百多件。李长青积极参与当地政府组织的非遗项目扶持活动，先后获得奖励和资助一百多万元。

哨楼村钦斋泥塑非遗技艺焕发出耀眼的光彩，回荡着时代的足音！

**作者简介**：刘裕国，男，四川大英人。《人民日报》高级记者，中国作家协会会员。出版小说、散文、报告文学作品十五部（含合著）。

# 无名的河山

李银昭

　　之前，我不知道哨楼村，更没去过哨楼村。现在知道了，刚从那里回来。

　　去哨楼村，是因一片树林，树林在半坡上。

　　大约两年前，眉山的朋友说，要在那里种树，邀请我也去种。他说，种树的都是一些著名的作家，并说了好几个人的名字。他说的名字里，确有中国文坛上一流的作家，当然，也有名不太副实的，如我等。

　　在大地种一棵树，不管有名的人或无名的人种，也不管种在哪山哪坡，都不是一件不好的事，种了也就种了。人，一个一个来，树，一棵一棵种，不少人种下了不少的树，渐渐地，少树的半坡，就种成了林，无名的山，因一片"作家林"，也就渐渐有了名，名声还传得越来越远。

　　种下树的半坡旁，有一条河，穿哨楼村而过。

　　十年前有人在河边放牛、游泳，三十年前有人在河边放牛、游泳，七十年前有人在河边放牛、游泳。但没人知道这条河叫什么名字。不知道名字，是因为这条河没有名字。一位老人站在烈日下的河边，给我说这些事。老人七十多岁了，他说，小时候他就在这里放过牛，游过泳。这条无名的河，现在有名字了，叫方曲河。给河取名字的就是这位年过古稀的老人。

　　老人我认识，姓辜，现生活在成都，是一位厚德的长者。

　　当年他放下牵牛的绳，拽住去远处的梦，越走越远。可牛绳像一根风筝的线，既给他力量不断往前，又使他如水般柔情，忘不了渡他过河的牛背。

　　方曲河，体量实在小，只有九公里长，源于方家镇，流经哨楼村，至曲江镇，就以"方曲"这两镇的首字作了河的名。这名，就是河的全长，就是河的整个

"一生"。

"给每一条河、每一座山，取一个温暖的名字"，突然想起一句诗，记不准谁写的，也不知老人知不知道这句诗，但老人就生活在诗里，把事情做成了大地上的诗——哪管山大山小，哪管河短河长，哪管山河米粒一般大。

不怜一滴水，怎爱一条河？不疼一棵树，怎爱一座山？方曲河的水，浇过了村庄，润过了田野，最终流进了岷江，流进了长江。

我扭头看老人，他没看我，他还在看河，满脸慈祥。

看老人时，他的不远处是片竹林，竹林里有炊烟升起，他祖上的老房子就在竹林间。房子老了，比人老得快，比老人更沧桑，没了房子的生气。老人就常回来，带上一家三代老老少少。炊烟，让老房子过上了生活，也热闹了一片竹林，更像是为大地上无名的河、无名的山，撑起了可直达天空的旗杆。

"方曲河，方曲河。"老人看着河，唤着河的名字，就像一位老外公，站在河边，唤着、等着他回家吃饭的儿孙。

方曲河，无声，像一位沉默的老人。

老人，像棵树，默默地站在河边。

离了哨楼村，驱车往家走，路的两旁，满眼都是绵延起伏的川中丘陵。在丘与丘之间，蜿蜒如蚯蚓的，那就是无名的小河；在小河两旁，起起伏伏如坟头的，那就是无名的小山，一条一条、一座一座，无边无际，无际无边。

**作者简介**：李银昭，四川盐亭人。中国作家协会会员，中国散文学会理事，四川省作家协会散文专委会副主任，四川经济日报社原总编辑。冰心散文奖、报人散文奖、四川文学奖获得者。

# 哨楼村的乡村美学

杨菁芝

就像世界上没有一模一样的两座山峰，世上应该也没有一模一样的两个村庄。

在去哨楼村的路上，我曾以古希腊哲学家赫拉克利特的逻辑，来想象它的与众不同。在走进以后，我又自觉不自觉地被美神密涅瓦驱使，以伊斯特惕克式的思维，去观察这里的一切。于是发现，美的高雅趣味不只是在希腊的天空下形成的，而是在于劳动和创造，包括古希腊，包括哨楼村，包括一切具有美的气质、美的特征的地方。哨楼村的不同在于它的乡村美学。它让我想到了马克思的美学定义，"人是按照美的规律来塑造的物本"，村庄也是。

美感就这样获得。甲辰龙年二月，第一次走在去往仁寿县哨楼村的路上，村口小河边，微风摇曳着芦苇，绿油油的油菜花田冒出一抹抹鲜亮的黄色，远处山丘上小树林带着朦胧的雾气，竹林下的村庄一片静谧，我立即被这美丽乡村吸引，下到河滩拍下全景，留住初春的生机。

"哎哟，下面是稀泥！"有草，却没有风吹草低。两眼只顾着手机取景框的我，被河滩上诱人的野草蒙蔽，一脚陷进了泥里。泥又糯又软，越想抽身陷得越深。等到深一脚浅一脚爬上岸来，低头一看，鞋边鞋背被泥涂抹得不像样子，像穿了个土色的颜料盒子。

才到村口，我便与哨楼村的泥土有了这番如胶似漆的接触，这给我别样的情怀和感受。

主人径直引我们到了村史馆，楹联"廉泉让水地，文里武乡风"，应该是对这里古往今来人文精神的高度概括，是人对这个村庄重塑的结果。我还是第一次走进一个村庄的"博物馆","苔痕上阶绿,草色入帘青",想必此村也是"谈笑有鸿儒,往来无白丁"吧。

我的"想必"很快得到了证实。我带着些许好奇,跨进村史馆的大门,与迎面的巨型浮雕撞了个满怀。这是三面环墙的一组人物泥塑群像,站立或端坐,读书、交谈或凝神思考,每一位都神气活现。打动人的就是这种内在的神。原来,有神的雕塑可以超越载体,以一种美的力量打动人。比如从众多雕塑后走出的这位年轻小伙,身着长衫,鼻上架副斯文眼镜,左看右看,跟刻有"李春旺"名字的那一尊很"眼熟",难不成他从雕塑里走了出来?

原来,这位小伙子正是这组雕塑的作者李长青,哨楼村李氏家族的第十六世孙,钦斋泥塑非遗技艺第七代传人。他饱含热情地介绍了村史馆里每件实物和资料的来历,包括到浩如烟海的地方史志里淘,走门串户动员村人奉献,从传说中整理。在他的经年收集、走访、挑灯夜战查阅考证下,这里的一张张照片、一段段文字、一件件实物终于得以呈现。我们在村史馆看到的只是最终的结果,而艰辛复杂的建造过程已被省略。令人称奇的是,在二十平方公里范围内,哨楼村文武并重,先后诞生了闻名全国的进士、宰相、著名词人,有辜氏一族十代联科,李姓一门十举贡、两杆三牌坊,张氏军功世家,文采华章;明清秀才三百名,举贡五十余。还有明代移民入川以来,族人、文武乡贤十二位。"村史馆是全村人向祖先感恩和致敬的地方。"李长青说,在这里一遍遍讲到先祖的名字和故事,是全村人的荣耀。

泥塑《理发》《掏耳朵》《茶馆》《乡村戏班》吸引了我的目光。它们不仅让我获得了一次难得的民间审美享受,还让我了解了这个村庄淳朴的乡村生活。这是典型的乡村日子,你看,《掏耳朵》的两个人,一个很投入很细心地在掏,竹椅和水杯意味着他是位"职业"能手;另一个坐着的男子表情扭曲,似乎在忍受着某种难以名状的感觉,是紧张,还是酥酥麻麻?他的表情,让人忍俊不禁。《理发》,在乡村,不仅仅是简单修剪头发,而是一种社交活动。坐着的人穿着红色长袍,表情平静,仿佛在享受着理发的轻松与惬意。理发师正用一把黑色的剪刀为乡亲修剪头发,这是乡村特有的互动与关怀,人与人之间的亲密与和谐的体现。背景中的木椅和毛巾体现着乡村的原始风情。《茶馆》表现的是人们围在茶馆里,品茶聊天,享受生活的放松和随意，慢生活的吸引，桌上的书本和笔诉说着哨楼村人对知识的渴求和对文化的传承。《乡村戏班》仿佛一扇时光之窗，令我窥见哨楼村厚重的文化和祖辈们的日常生活。时间定格在某个热闹的午后，戏班成员们身着华丽的戏服，有的正在唱念做打，有的在演奏着乐器，他们表情生动，动作各异，脸上洋溢着乡村人的纯朴、热情。戏的内容虽然没有说，但其核心就是表现社会。

李长青曾在诗里写自己"在造菩萨的泥中受了戒""和泥呼吸着同样的命运"。这一点我完全相信，在带着情感创作的时候，自己就成了作品的一部分。这也符合人与艺术、作品与作者的审美关系。哨楼村的子孙，是钦斋泥塑的传人，还是中国八大美院之一——四川美术学院的学子。钦斋泥塑以泥土为身躯，岁月为笔触，一刀一泥，细细地诉说着逝去的时光。哨楼村的泥，在先辈那里长成了"手艺"，子子孙孙在糊满泥巴的手掌上，在一声声泥堆的捶打中，在带着体温的揉捏里，完成了黏糊糊的美的接力。年轻的李长青用泥的美学表达，把先祖们诗意地留在了过往，哨楼村便有了代代相传的古老传说。

这些泥塑，让我仿佛看见乡亲们正赤脚行走在田间地头，与温润的泥土对话；炎炎烈日下，挥舞着锄头，汗滴禾下土，为大地留下一道道深深的沟壑，播种、收获。我仿佛触摸到稻田里金黄的温暖，听见风吹麦浪翻滚的声响。哨楼村的美，是从泥土里生出来的形式美，是历史文脉中传下来的文化美，是乡贤乡亲心灵流转的情感美，是独属于这个村庄的个性美！

村史馆入口与出口之间的距离，只有几百米，我却在此获得了对泥土的美学重构：人类在法国蒂克·杜贝尔洞穴群的尽头，发现了距今一万七千年到一万两千年间用黏土做成的两头野牛，记录着人类活动的遗迹，这是泥土作为艺术起源的明证。土色包括赭石、赭土和赭色，作为专门的色系，代表着大地、自然和原始的力量，由此演变而成的暗红色和柔和的黄色，曾经主宰了西方文艺复兴和巴洛克时代的色彩。时代在进步，主色调也在更新，理所应当。

想起当下我们正在进行的乡村振兴，正在建设的美丽乡村。眼看高楼林立的现代都市越来越像一个模子，一个个的古镇开发得"似曾相识"，更多人意识到，乡村，是祖辈留下的最后的图纸，必须充分"构思"方能下笔。不必羡慕城市那亮晃晃的不锈钢，也不必热衷于现代都市流行的莫兰迪灰。世界上不会有两个一模一样的村庄，美丽乡村，自有我们的乡村美学，或许有一天，温情的泥里就出来个"中国泥高级土色系"当惊世界殊呢？

回程又来到村口，不自觉低头看了一眼进村时那双泥鞋，不知何时，鞋上的黏泥已成粉，掉下，鞋恢复得几乎白白净净。难道是泥早知道我要进城了吗？黏糊，是一种不舍？

**作者简介：**杨菁芝，笔名花想容，女，四川资阳人。中国散文学会会员，四川省散文学会副会长，"四川青少年散文作家"平台总编辑。

# 哨楼村的风

彭建群

初春的风，当然是春风。

是的，初到哨楼村，当微风轻轻拂我脸颊的时候，心里竟悠然漾起一种如沐春风般的惬意。因为时节，因为这风，因为对哨楼村历时已久的向往，还有此行的目的——我要种棵树。

一场春雨刚刚光顾，不仅光顾了哨楼村，也光顾了我居住的峨眉山。我好像并没有太注意峨眉山的这一场雨，而哨楼村的雨我不仅注意了，还特别有感觉。雨使原本干净的村委会院坝，像是又被人精心洗刷了一遍。风跑过来，只有舒服，没有扬尘。

不说春风十里，就是一里也是享受。行走在这新鲜感满满的村庄，感受那来自村庄上空清爽的风。风，轻轻的、柔柔的，带给人一丝惬意，我曾经无数次幻想自己有一天能变成风，变成自由的风，随时都能去我想去却没有涉足的地方，去看我想看的人。

春风拂面，携带着花香，携着山野泥土的气息。花香和泥土的气息，都随风吸进人的肺腑。我想，风此时如果要对我说什么，一定就是肺腑之言。那么，人在村里走，恰如其时的风，要告诉我什么呢？是这如画的风景——与风有关的景，还是哨楼村的前世今生？人们常说，第一印象很重要，哨楼村于我也是。

大凡传奇的地方，都有传奇的故事相伴。哨楼村当然是个传奇的地方。哨楼村的前世不叫哨楼，叫"敬恭里"。说起这个更名，故事就有一些年头。人们会提起咸丰十年，谈起曾经的匪患。土匪们对张献忠屠城没有办法，却从那里学到了洗劫村庄，滋扰百姓。官府自顾不暇，哪管得了百姓。"从来就没有什么救世主……全靠我们自己。"那时,马克思、恩格斯还没有出生,还没有《国际歌》,全靠自己救自己。其实,自救是一个艰难的话题,没有长矛火药,没有专业训练,却要挑战武装到牙齿的悍匪。以守为攻的村民选择了以防患优先,于是有了哨楼,当然是修建在村里最高处的狮子坳上,瞭望、放哨、发布匪情。方法很土,就是打锣示警,甚至先叫那山"打锣山",后来才取了个稍微洋气点的名字——哨楼。由于哨楼屡立奇功,人们干脆以哨楼为村名。

哨楼何在?我寻找着,却看不到传说中的哨楼。在漫长的历史长河中,随着战乱的平息,哨楼没有了,化作了地上的泥土,这一方人的记忆被百姓珍藏。保存至今,不仅化为村史馆里的骄傲,还充当精神的标本,像春风一样,不时地带来最新的信息。心中的哨楼,总牵动着村人。有什么风吹草动,村委会便摇旗吹哨,村民们会迅速行动。村史馆吹响了乡情之哨,牵引八方游子记住乡愁。当然,现在的哨声不是抵御外敌,而是一旦国家需要,哨楼村就能挺身而出,输送人才;一旦乡村振兴,哨声响起,他们就能够万众一心,踔厉奋发,振兴家园。

听着村人的介绍,我有一种穿越之感。

"廉泉让水地;文里武乡风",这是雕刻在哨楼村石壁上的一副对联,横批是"敬恭里"。这是清代文人对哨楼村的咏叹。其中的"风"字,似乎就是对这里古往今来人文精神的高度概括。这风不仅仅是风景,而是一种氛围、一种气象、一种环境、一种精神,更是文风、武风、节孝忠义、清正廉明,是一个村庄的气质。古人称之为"风俗":"风者,气也;俗者,习也。"宋代的程颢、程颐把"生养遂,教化行,风俗美"作为社会安居乐业的三个基本标志。由风,我明白了哨楼村所承载的厚重和深远。

在哨楼村辜正贤的小四合院,我看到了一对九十六岁高龄的夫妇。说起四合院主人辜正贤的好,老两口纷纷竖起了大拇指:"孝顺、有文才,修过黑龙滩水库。"由于老夫妇耳朵不好,只能从他们嘴里听到只言片语,但是那表情,那几个简单的词句,却给了我很大的信息量。我想,这一定又是一户有良好家风的人家。在他们建于清康熙年间的堂屋里,我的猜想很快得到了证实。辜氏家族家规:"正心尚正,谨言慎行,知己安分,明伦执礼。"

带队的哨楼村党支部书记张国君介绍说:还有《周氏族谱·圣谕》中的"重

农桑以足衣食，黜异端以崇正学，明礼让以厚风俗，训子弟以禁非为"等，都是哨楼村的家风。

在哨楼村，优良的家训、家规、家教、家风宗族文化，滋养出了一大批优秀的人才。报效朝廷、辅佐君王的股肱重臣，造福黎民、恩惠众生的贤达志士。其中，辜延泰是明崇祯六年（1633年）癸酉科举人，曾任广西保昌知县，一心为国。辜有闻，虽为进士，为官八年，却异常清苦，地方人士争相送万民衣伞，以表爱戴。他在任上去世，家人无钱办丧，同乡京官崇敬他的义气，筹资将他殡殓，其子扶灵柩回到村里入土为安。如此清廉，实属千古奇闻。

这样的文里武风，吹拂着哨楼村的土地，沐浴着这里的一代又一代人。比如，文武双全的辜增荣，不以资财为足，而以藏书宏富，以经解经，重教兴文。还有村人李春旺，情系桑梓，捐资建桥，以身殉国，尽忠守节。钦斋泥塑非遗项目的第一代传人李有春，处世有季布之风，文章与士子唱和，塑技屡与僧道相往还。李有春之母李萧氏，乃节孝女性之典范。后学辜学照英勇善战，屡立军功，护卫家乡，有家国天下情怀。生逢乱世的他常叹："文官不要钱，武官不要命，何以天下不太平……"

张国君介绍了很多，我只记住了几个闪光的名字：辜延泰、辜学照、辜有闻、辜增荣、李春旺、李有春、李萧氏、李天厚、李如柏、魏光宇、张联珠、李钦斋、辜卫忠……

哨楼村崇文重教、文武并重、忠孝节义的风。这风吹拂着哨楼村的土地，也吹拂着我，浸润着踏上哨楼村土地的我。令人惊奇的是，我竟然也沾了文墨，诗兴大发，不由得在心里吟诵起李白的诗句"大鹏一日同风起，扶摇直上九万里"，苏轼的"我欲乘风归去，又恐琼楼玉宇，高处不胜寒"……

是的，正是这股风，将我吹到了哨楼村，吹进了二月的田野。

虽只一天，这股风却把我的思绪吹得很远，吹到了两千多年前，与古人同饮古井水；吹到了五代，与孟文同乡；吹到了宋代，与状元同榜；吹到了明末敬恭之里，看到了进士、举人、贡生、秀才三百五十名。特别是明清两代六百年：辜氏一族，十代联科；李姓一门，十人贡举；张氏一族，曲江贵胄，军功世家；看到了辜将军、李副使、蒲主考、王训导，天子门生，里闾状元。

哨楼村的风将我带到了当下，村党支部书记张国君正在为我们介绍，村子不光要春风吹拂，更要有文化，还要有传承，还要有保护。

据张国君介绍，哨楼村是仁寿县方家镇的边远村，全村人口五千六百余人，耕地面积三千三百亩。过去，交通闭塞，车辆无法进出，农产品难以运出，村民生活基本靠外出务工维持，留在家中的大多是些老幼病残，田土大面积荒废，村子缺乏活力。好在有了党的政策的春风。

年轻的八五后张国君，毕业于四川师范大学文理学院，是哨楼村的第一代大学生村干部。他放弃了在大城市工作的机会，毅然回到家乡——仁寿县方家镇。经过两年多的农村工作磨砺，张国君得到了锻炼和成长，镇党委、镇政府经过研究决定，破格任命张国君为哨楼村党支部书记。上任后，他集思广益献智慧，开动脑筋寻发展，带领哨楼村"两委"班子，用他们的智慧和勤奋务实的工作态度，统一了党员群众"穷则思变"的思想，扩建村道，将乡村道路由两米宽加宽到六米，让大货车直接开进村子，使村里的农副产品能顺畅地进出；招商引资，引进腾飞公司在哨楼村建立花椒种植基地三千多亩；整理出大片撂荒土地，扩大耕地面积；建立集体经济，探索建立村办企业；对方曲河进行了维护改造、梳理，河堤上安装了启闭机，既蓄水抗旱，又防涝防洪，让哨楼村的母亲河清澈明亮美丽。

党的富民政策春风吹拂，落后的哨楼村，正在发生着翻天覆地的变化。如今，又建起了能让人记住乡愁的村史馆。记录村历史、地理、经济、文化等各方面的发展变迁，留住乡愁，传承文化，回望历史，重温旧籍，垂范后世、砥砺今人。春风一直在吹，岂止是十里。

村里有了这些年轻人，他们带着学得的知识和智慧，带着全新的理念和年轻的朝气，带着开阔的眼界和广博胸襟而来，何愁乡村不振兴？

驻足其间，农家丰收的笑声被风吹来，吹进耳里。我不切实际地想，如果得以生长在这里，自己会怎么样呢？不是如果，其实自己曾经就生长在故乡那个小山村，当初自己之所以拼命逃离，是因为它贫瘠，曾经的离乡是为了更好的生活。几十年来，在外打拼的日子里，思乡之情却一直萦绕心间，愈来愈浓烈。我想，故乡现在也该乘风而上，变得如桃花源般丰饶美丽了吧？

一阵清凉的风，从古井吹来。我神清气爽，回过神来，哦！那风是现代乡村文明的风，正从哨楼村徐徐吹来。

风，又是风。不，是又起风了。我从月亮坝过来，站在古井旁边，乍起的风，让我有一种好兆头的感觉。《三国演义》中的胜者，就是成功利用了"东风"。"欲破曹公，宜用火攻。万事俱备，只欠东风。"东风是从东边吹来的，哨楼村的风也是。

"好风凭借力，送我上青云。"这是现代人的壮志。哨楼村便是借着国家实施乡村振兴的东风，乘风而上，腾飞千里。

眼前的哨楼村，平坦的双向车道，一头系着乡村，一头系着外面的世界。眼前的田，是丰收的梯田。眼前的坝，是亮晃晃的月亮坝。眼前的河，是清澈美丽的方曲河。眼前的屋，是一栋栋的小楼小院，楼在花园里，蝴蝶翩翩起舞。眼前的景，是一幅幅乡村振兴的美好图景。

东晋大文豪陶渊明说："缘溪行，忘路之远近。忽逢桃花林，夹岸数百步，中无杂树，芳草鲜美，落英缤纷……"如今的哨楼村，处处都似桃花源，但不是梦想，而是现实。

又想到陶渊明了。他笔下的那句"开荒南野际，守拙归园田"，早已道尽人生之旅，弯弯绕绕，曲曲折折，终归还是要回到生长的故土。是的，回归。如今，更好的生活就在身边，更好的生活需要自己去创造。八五后的张国君就这样回来了，成为一名村干部，他找到了自己心灵的根。张国君说，他很安心，能将自己所学所思所想付诸工作，落实到田间地头，带着一群年轻人，改换乡貌，注入灵魂，他很满足，很有成就感。李长青、张凯也回来了，他们都是考上大学，走出哨楼村又重归哨楼村的杰出人才。

现在的哨楼村，真正是"望得见山，看得见水，记得住乡愁"的地方，是一个有着发展前景，适合"吾心安处"的村庄。

历史风云变幻，哨楼村依然，但今非昔比。

春风吹拂，哨楼村春风得意：村里 2021 年被评为四川省乡村振兴省级示范村，2022 年度被评为眉山市村级集体经济增量收益"十佳村"，2023 年被评为省级"七无"平安村，2023 年村史馆被评为"四川省乡史村史和社区博物馆建设示范项目"……

站在方曲河边，远近融为一体，古今的界限开始模糊，四周被风环境。举目望去，哨楼村如威武的雄狮，矗立在这片土地上。

我浑然忘却了自己，更忘记了时间。

一天的时间太短，我们恋恋不舍地离开了哨楼村。

回程的路上，我对文友说："我宁愿化为一阵风，一阵能造福万物的风，一阵自由自在的风，无拘无束地游荡在天地之间，游荡在哨楼村富饶美丽的土地上，去贴近和感受这片土地……"

**作者简介**：彭建群，中国散文学会会员，四川省作家协会会员，四川省文艺传播促进会副会长，四川省散文学会乐山市分会常务副会长，乐山市作家协会散文专委会主任。发表作品多篇，出版《飘飞的蓝裙子》《栀子花开》等文学著作。

# 哨楼村的哨楼

若 若

去哨楼村的路上，我一直在想象哨楼的样子。

巍然，庄严，带着几分神秘，高耸于山岭之巅。四野开阔而深远，带着警戒的肃然——方圆数十里，一点轻微的风吹草动，都逃不出它的法眼。危险的讯息，则以雷霆般的速度，传递到军机处。然后，杀敌号令如冰破，哗啦啦，声猎猎，漫山遍野。

那必然是壮观又振奋人心的，充斥着热血的奔涌与捍卫家园的豪气。

但是，哨楼村的敌人是谁呢？外敌？不太可能。尽管仁寿地大物博，但地处西蜀一隅，鲜有遭受外敌侵略的历史或可能。那么，是当年的屠川之劫，逼得当地人不得不抱团御敌？还是粗衣农夫与彪悍土匪的博弈？毕竟疆土广袤，不乏占山为王、过路要钱的"枭雄"。

冬雨纷飞，久违的甘霖润泽大地，开往哨楼村的车内欢声笑语。车外葱郁的油菜、常青的树木飞掠而过，蜀地乍暖还寒的雨天，给人以温润的安稳。国泰民安的年月，再怎么想象，哨楼也必然是安宁的，只以高瞻远瞩的姿态，彰显它的威严。

真是有意思啊，还没有见到哨楼，我已在文学的意象里左奔右突。我的想象带着唯美的愿望。尽管我知道，哨楼村只是一个地名，名副其实与名不副实都有可能。

说来凑巧，我就出生在一座叫哨棚的山上。但那山又矮又小，与险峻、高大、威风凛凛的哨楼没有半点联系。我曾在想象中赋予它各种故事情节和场景，并实际探寻过山名的来处。可我的父母、我的祖父母，乃至村里更老一辈的人，全部以茫然的表情回应我。我还查阅过村里、乡里的资料，翻过县志，但一无所获。我的哨棚山是一个空空的地名，可以轻易将人的思绪引向遥远，带出忧患的枝叶，却没有可以回望的路径。

忧伤起了调子，低低地回旋，拽着期待的兴奋和对哨楼的遐想。

我知道我的村庄、我的哨棚山并不是孤例。世界一直在书写沧海桑田，经济的浪潮汹涌而下，我们目睹了太多的村庄被连根拔起，太多的地名消失。这些年，我每次回老家，总是希望与村子的过往取得联系。但是，相关的记载与记忆，稀少到要大海捞针。捞着了，也是枯瘦干蔫，形销骨立——除了以记录人丁繁衍为主要内容的族谱，乡村从来就缺少文字的参与。而老人越来越少了，他们的记忆在灰色的时光里乱窜，叙述颠倒、模糊，拼凑不出完整的版本。年轻一代则成批离开故乡，奔赴城里和远方的灯火食色。摒弃祖辈赖以生存的土地，栖身的房屋像旧衣物般被扔掉，把村庄丢在身后。我在哨棚山上发呆，直到夜晚来临。黑暗在夜色里纷纷落下来，覆盖所有的钩沉和回望、坦白和隐秘，覆盖日渐颓败的村子。我眼睁睁看着村庄的履历，成了虚无的黑。

车子沿着蜿蜒的乡村公路前行，窗外的农舍、坡地、水井、池塘、庄稼、冬水田、果树、草木……散发着特有的气息。这是哨楼村的味道，也是我熟悉的乡村味道。它们在日落星垂里成长、衰老，又在四季轮回里重新丰沛、繁茂，生机盎然。

味道依然，景象类似，哨楼与哨棚对视。记忆搁浅在哪里？站在时间的此岸，能不能找到溯源村庄过往的河道？作为防御的符号，哨楼的身上，还有没有瞭望与警戒的光芒？

事实上，至少现在，哨楼村见不到哨楼。让人浮想联翩的哨楼，一身铁骨早已散落，无处可寻。那些穿林打叶的号角，风萧马鸣裹挟起的旌旗漫卷；那些萌发、鲜活在我脑海里的画面，在看见那座不险不陡，跟老家的哨棚山差不多的小山丘时，发出了湮灭的叹息。

哨棚，哨楼，我再次与中空的地名重逢。

只是这一次，感伤还来不及探头，惊喜便笑出了声。

是的，惊喜来得如此突然——哨楼村竟有村史馆。我以为的，会在鸡鸣狗吠里日渐残缺，会在人们的口口相传里慢慢隐匿、失踪的，在我父母、乡人中问了千百遍的乡村之谜，在这片土地上生长的伟大或者平凡的主角，宏大、细微的事件，因为村史馆而如此真切、清晰地呈现出来。一个村子，以史馆的名义，记住了村庄的生成和兴衰流变。

这是哨楼村人自己策划、设计、建设、施工，耗时三年建成的纪念馆。在这里，村庄白纸滴墨的开村史远至秦汉，村民沿着姓氏的脉络和分支，抵达祖先的基因和先前的风气，探访自己的来处，厘清各个姓氏族人的渊源脉络。繁育发展，挫折奋斗，抵御侵略，捍卫热土……一帧一帧，在崇文重教、文化传承的河流里慢慢流过。一切有迹可循，记忆完整。

我如释重负，有一种他乡遇知己的释然，这个地形地貌与故乡相似的哨楼村，这个铭刻过去的村史馆，将我对家乡不可追忆的过往、对空白地名的耿耿于怀，缝补得光滑平整。

"咸丰十年，匪患猖獗。村民募捐，在山上建有哨楼放哨，练民团。后来遂称此山为哨楼山。新中国成立后，哨楼山先后演变为哨楼大队、哨楼村名。"

《仁寿县哨楼村志》里的记载，简短、清晰，说清楚了哨楼村名字的来龙去脉。那座曾浴风而立，昼夜不息守护村民的哨楼，承载了安稳生活信仰的哨楼，被人们和历史永久记住了。

隔着厚厚的玻璃，隔着一百多年的光谱，我听见奋起抗争、同仇敌忾、誓死守卫家园的呐喊——那是当年亲身与悍匪过招较量的武举人叶会川的手书。他蘸墨落笔，将那段土匪来犯与村民抗击的故事写进了《剿匪纪略》。于是，那场为族人为家园为村庄的抗击，便显得如此蓬勃而真实。那座坍塌的哨楼，从岁月的浮尘中探出脸，重新屹立在了我们面前。

我在那壁雕塑前久久伫立。吸引我的不只是十几个乡贤栩栩如生的神态，更重要的是他们站出了哨楼的气质——好像有点牵强，但确实是我立于墙前，抬头仰望的真实观感。也许，神凝久了就是这样。他们倚山而立、而坐，目光带着洞察世事的深邃，居安思危的凝重。

那些深邃和凝重，一如哨楼的高耸，裹挟了忧患的马蹄，以微妙的声响和质地，敲响这片土地的警钟，让村人能够安心睡觉、种地、读书。于是，这山清水秀的村子，就一直回响着"崇正学，明礼让""仁义礼智信""温良恭俭让""忠孝勇恭廉"的嘱托和家训。

难怪，自明朝以来，这小小的村庄，相继走出了三百多名秀才、举人。他们在浅丘青山的村庄里耕读，从曲河古井的炊烟人家出发，走向中原大地，走进了中国历史显赫的版图。而以哨楼村为中心辐射开去，方圆二十平方公里的范围内，更是涌现了包括北宋状元何栗、抗金名相虞允文、著名词人孙光宪、国画大师石鲁等在内的名人。

雨一直下，打乱了原本要去转山看水访幽的计划。我们聚集在村里的会议室，听村主任的隔空导游。看得出来，这是一个从土地里长出来的村里汉子，沉稳、内敛，又不失热情。

村主任摒弃了客套的言语，直接端出村里值得书写的地方，就像乡下的人，捧出最好的食物招待客人。他从哨楼山的行政区划、地理位置、家族文化，讲到村里的天然气、自来水等基础设施的建设、生物质颗粒燃料项目的实施；从历史文物的寻找、保护，到乡贤先烈的杰出事迹、大义之举……娓娓而谈，珠溅玉滚。我数了一下，他列出了三十二个重点、十八位名人。每一个地方的前世今生，每一处遗迹的深远影响，每一个祖先的德隆望重，都在他的瞳孔深处跳荡着亮光——环顾四野，目之所及的万户人家皆在日月山川里，岁月流转全部照进现实。

我在他的瞳孔里，看到了村里的树，它们低调，也高亢。无论品种、高矮，粗细，都将根深深扎进土地，而目光，却一直向上，向远。

事实上，村子里的树，就是村庄忠实的瞭望者。从开村栖居，时间更迭，到现代化的农业发展、新的田园牧歌唱响……村子所有的变迁、繁荣，都瞒不过它们。它们也是村庄的回望者，土地经历的沧桑、苦难都留在它们的纤维和肌肤里。从某种意义上讲，它们就是现代村庄的哨楼。

我们到哨楼村，就跟树有关——村委会前面的那方空地，不久后，会长出一片小树林。百余名作家将亲手种下自己喜欢的树。哨楼村村委会将派专人对小树林进行养护。

我不知道这算不算是一个创举。可以肯定的是，这是哨楼村对乡村文化、文明的又一种延续和传承——让作家与村庄相遇，让一棵树和一片小树林成为他们结缘的象征。从此，无论作家身在何方，总有一片乡愁的月光，在回望的时候，落在哨楼村的这棵树上；总有滚烫的呼吸，与这片树林的枝叶缠绕。作家的树在村里生长，根深叶茂，葳蕤朝上。而村庄的目光，将沿着作家的文字，望风披靡，击水千里，扶摇而上。

风摇动山间的树，轻软袅娜，又浩浩荡荡。站在村委会门前，看着黝黑、质朴的村主任穿雨而过，走向那片即将成林的空地。关于树木与树人，关于人文渊薮，我有了另一种期待。

会当凌绝顶，居高远望，这是哨楼的气势。

**作者简介：** 若若，本名罗晓蓉，女，四川犍为人。中国散文学会会员，四川省作家协会会员，文学编辑。

# 以敬畏的方式走进一方水土

何泽琼

这是我第一次走进哨楼村的深处，走进一方水土。

哨楼村在仁寿。对仁寿最早的记忆，源于当年在师专英语班读书时，二十五人的班有十三位是仁寿的同学，让八三级英语二班成了一半的仁寿班。仁寿同学不仅有明确的地域标签，更有鲜明的勤奋标签。他们不是抱着课本啃，就是跟着收音机练口语，废寝忘食的苦学精神给我留下了深刻印象。参加工作后，每到一个学校都会接触到仁寿老师，他们无一例外地表现出踏实勤恳的好品质，及至发现出众的仁寿人无处不在。我于是自发地给仁寿人定义并贴上了标签：勤奋、肯吃苦、优秀。

尽管提前做了功课，我仍然是带着疑问走进哨楼村的。当年我那些操着一口浓重方言的仁寿同学，只说家乡苦得很，可到底是怎样的苦法，其实并无一致的说法，从列举的那些例证看，其实那个年代到处都有苦楚。但有一点却并不是到处都有，那就是仁寿人在外干大事的多。仁寿出人才早已不是传闻，那是怎样一片重礼兴学的土地？勤奋吃苦、踏实肯干的仁寿人，他们又是如何练就那样的品格的？

此刻，走进仁寿深处的一个村庄，不能不心怀敬畏。

如果仅仅停留在表象，我想我无法找到真正的答案。我不能只关心这片土地今天的面貌：满眼如画的绿水青山，如银带飘在山间的进村公路，和谐美好的村落环境。我必须以敬畏的方式，深入土地的深处，透过它粗糙的肌理，触摸它深厚的积淀，追寻发生在这片土地上的沉重过往。我要到哨楼山、月亮坝、方曲河，到滥沟湖、凉水井、菊塆，还有蒲主考、敬恭里、栗林坡，以膜拜、阅读、聆听的方式，探索一片土地生生不息的密码，追寻那一脉千年的耕读之源。

当我第一次将目光聚焦在哨楼村时，它给我的印象是亲切而熟悉的。起伏舒缓的浅丘，馒头一样的山包，数不尽的山塆，连依偎在山麓的民居也似曾相识。岷江右岸丘陵中的我的老家，不就是这样的吗？有一瞬间，我似乎觉得这就是我的老家，而我也有一种回乡的感觉。可眼前的勃勃生机、崭新气象提醒我，这不是我的老家，这是和我的老家地理上相似的另一片乡土，它属于另一群人。

费孝通先生在《乡土中国》里说，中国社会是乡土性的，乡下人是黏在土地上的。即便生活在城市的人，根也在农村。中国人与土地的羁绊，早已深植于血脉里。人生长在一片土地上，俗称"土生土长"；人到外地身体不适，那是"水土不服"；人老了要"叶落归根"，死后要"入土为安"。中国人的恋土情结，与生俱来。电视剧《亮剑》中，国民党高级将领楚云飞离开大陆时，只带走了一捧大陆的泥土。电影《隐入尘烟》中有一句朴实却直抵人心的台词："啥不是土里头生的，啥不是土里头长的，土都不嫌弃我们，我们还嫌弃土吗？"

中华文明溯源，本质是农耕文明。千百年来，乡村一直是中华文化的源头和载体。传统的中国文化，是土地里长出来的。人依托土地生存，延续着血脉与烟火，也延续着一方民风，一方农耕习俗。中国人的文化中，土地的印记无处不在。神话传说中盘古开天辟地，女娲以泥土仿照自己抟土造人。农耕社会的春祭秋报，敬拜土地是一项重要的内容。在众神中，土地神庙一定是最多的。或恢宏殿堂，或简陋木屋，甚至小小岩洞，山坡上、地边上，到处都供着土地菩萨。农历二月初二，是土地菩萨的生日，靠土地为生的人们，从来不吝啬他们的虔诚。在人们看来，土地神掌管并保佑着他所管辖区域内的所有人、动物、植物及一切地上的生灵。

人，对于所生存的土地，是无法选择的。无论它肥沃或贫瘠，无论它开阔或偏僻，儿不嫌母丑，是我们的文化，也是土地意识的体现。

比如，眼前这片土地——哨楼村。

没有藏龙卧虎的雄秀大山，也无润泽一方的大江大河；不见一马平川的辽阔原野，也无一览千里的云中高台。只有覆盖着紫色土壤的低矮丘陵，绵延在川西平原南部的龙泉山麓，以及人们曾经赖以为生的一百多口古井。

很显然，这算不上是一片肥沃的土地。如果按《白鹿原》中把土地按天、时、地、利、人、和六个等级划分，这片土地最多也只能算"人字号"土地，相当于鹿子霖家的慢坡地。紫色土，这种由紫色或紫红色砂岩、页岩岩层上发育而成的土壤，虽然矿物质丰富，但土层浅薄，储水能力弱，且有机质含量少，是典型的旱作土壤。在自给自足、农业文明不发达的年代，人们要在这样的土地里刨食，并不容易。

更重要的是，储水能力弱，决定了这片土地缺水。

逐水而居，是人类生存的古老法则；与水为邻，使人类便利地获取生命之源，以满足生产生活所需用水。缺水，缺的是生存逻辑。

可是，哨楼村人依然选择了这片土地，从两千年前，到三百年前，义无反顾，而且来了就不走了，落地生根，把这里作为他们栖息的家园。李姓、辜姓、张姓、周姓……陆续迁徙而来，繁衍生息，直至鸡犬相闻，烟火相望。凿井而饮，耕田而食。一季又一季的耙梳，换来一场又一场的收成。人们用勤劳的双手，让一片荒无人烟的土地渐渐焕发生机。

多情的土地留住了人，粗糙的沙土却保不住水。

这片土地对水的渴求，从它接纳远来的人们就已开始。

没有湖河可供灌溉，生产用水愁煞人。雨水来了，很快又流走了。干涸的土地，常年缺少水的滋润。正是"有雨水外流，无雨吃水愁，十年有九旱，用水贵如油"。

缺水，注定了这片土地上的人们生之艰辛。

翻开陵州历史，是一行又一行触目惊心的旱灾记载：唐乾封二年，陵州大旱，百姓断粮；宋绍熙二年，陵州旱，三年复大旱，饿死者众；明嘉靖二十三年七月至次年六月大旱；清顺治六年（1649 年），大旱，赤地千里，逃亡殆尽；民国二十四年至二十七年（1935—1938 年），春夏干旱，禾苗枯萎，饥民四处寻水；1937 年，千余人拥进县府，逼迫县长到城隍庙社坛求雨……

水之殇，带来的是人之灾、地之痛。

不屈的人们，顽强地与干旱抗争着。他们像生命力顽强的树一样，把根的使命深深扎进贫瘠的土中，努力汲取着土壤中稀薄的水分。掘井找水，挖塘蓄水，修堰引水，人力担水，水车车水，甚至跪地喊水，拜佛求水。水啊水，依然只是日夜的想念。多少个久旱不雨的时日，人们守着龟裂的田土欲哭无泪。多少个大雨倾盆的夏日，雨水漫过田野淹坏庄稼，径自流去，无可奈何的人们，捶胸顿足，望水叹息。

所幸有红苕。宽厚的土地，不会让耕耘它的人失望。紫色土，生不出更多的稻谷，却以漫山遍野的红苕回馈勤劳的人们。拖家带口的红苕，以它的实诚温暖着人们的胃。至今仍记得当年师专仁寿同学说的话："我是啃着红苕考进来的，这辈子真是把红苕吃伤心了。我以后参加工作了，哪怕是顿顿吃玉米麦面，也再不吃红苕了！"三十年后开同学会，说到当年的贫穷，这位同学却说："现在想来，我们仁寿人应该感谢红苕！"我相信他说的是心里话。在经历了几十年的人生起伏之后，他悟出了生存的含义，懂得了什么是感恩。

正是红苕，养育了一代又一代哨楼村人。

今年七十六岁的辜正贤，提起当年的日子，只说红苕。地窖里过冬的红苕，是一家人大半年的口粮。煮红苕、红苕汤、红苕蒸饭、红苕稀饭、红苕干、红苕片……一年三百六十五天，多半时间红苕当顿，全村人无不这样。

这片干涸的土地，不止生长救命的红苕。还有一种东西，从厚重的土地中萌芽，在粗粝的砂石中磨炼，历经岁月洗礼，不屈地生长，那就是仁寿人吃苦耐劳、坚韧不拔的精神。

这种精神，只属于这片备受干旱和苦难煎熬的土地。

穷则思变，旱久思泉。几百年来，这片土地上的人们治水的脚步，从未停止。五十多年前，十万仁寿人喊着"重排山河"的口号，肩抬背扛，拼命奋战，历时三年建成四川第一座大型引水灌溉工程——黑龙滩水库。没有现代化机械，数十万立方米的条石，全靠人力抬运安砌。几万民工组成的抬工队伍，吼着"嗨哟，嗨哟"的抬工号子。哨楼村村民参加的方家营，十二个连队三千七百多人，承担大坝的采石和安砌，成为主力军。或两人、四人、六人、八人抬运，更大的，甚至需要十六人、三十二人合抬。在合力抬运劳动中所产生的抬工号子，吼出的不是原始的诗歌，而是改天换地的精气神。仁寿人凭借这种精神，造出了"川西第一海"，改写了十年九旱、靠天吃饭的缺水历史，实现了"天干不见干，旱田变粮川"的梦想。

在哨楼村村史馆的墙上，镌刻着一行醒目的文字："吃苦求生存，吃苦求发展，吃苦求改变。"

仁寿人"特别能吃苦"的精神，被描述为"仁寿精神"的重要特征。这是对这片土地上的人们所具有的精神与品格的最好诠释。

这种精神品格，渗透到仁寿人的血脉之中，渗透到哨楼人的血脉之中，绵延不息，激励着一代又一代哨楼村人。这种精神穿越时空，映照一片土地脱贫致富的坚实脚步，也鼓舞着乡村振兴的前进风帆。在以张国君、张凯等为代表的哨楼人对家乡的坚定守望中，在哨楼人立足土地、产业调整的不断探索中，在今天深耕细作、改良调节的天府粮仓建设中，我们依然能感受到这种特有的精神。

这片土地，不只生长红苕，不只生长精神，更生长缱绻的乡情。

这乡情，源自淳善朴素的乡俗，源自崇文尚学的乡风，源自割舍不断的乡愁，源自一代又一代走进来、走出去，又返乡归根的仁寿人。

书写着哨楼春秋的村史馆，如一座人文丰碑，镌刻着这片土地上那些虽然远去却依然响亮的名字：辜有闻、李春旺、李有春、李钦斋，更有辜延泰、辜增荣、辜学照、鄢明才、张联珠、魏光宇……小小哨楼村，一片不起眼的浅丘，哺育的先贤英才数不胜数。怎能不让人肃然起敬，这一方神奇的水土。

哨楼村人尊敬从这片土地上走出去的人，亲切地把他们称作"乡贤"。按照《汉语大词典》的解释，乡贤，就是乡里中德行高尚的人，即本乡本土有德行有才能有声望，并深为当地民众所尊敬的人。哨楼村的乡贤们，是担得起这样的尊称的。

别处是一方水土养一方人，我甚至相信，哨楼村是一方人让这方水土更加丰饶。

我刚进哨楼村时的疑惑，似乎已找到答案。

不需要导游和解说员，这一方水土，以沉默的姿态，以浮雕般的记忆，告诉了我一切。

**作者简介：** 何泽琼，女，四川省作家协会会员。作品发表于《钟山》《散文百家》《星星》《青年作家》等文学刊物，出版散文集《陌上行吟》《温暖的橘子》，小说集《我在柳江等你》。

# 心归哨楼

王　清

　　站在哨楼村的土地上，看不见传说中的哨楼。曾经图腾般的建筑，随着岁月的浮尘与烟云，似乎已渗进这方天地间的血脉里，幻化为一粒粒庄稼、草木的种子和方曲河的水，深深扎进了泥土。

　　拔地而起的村史馆，穿越时空，吹响了乡情之哨，牵引八方游子，燃起万千念想。沉睡于血脉里的"故乡"苏醒了，沸腾了，母亲般地呼唤着：归来吧，归来吧……

　　回归，是因为曾经的离开，是因为长久的漂泊。离和归、漂和安，是两对相亲相爱的孪生兄弟。离别，晕染了金色的归来。还乡的一颗颗心、一双双手，一笔一画绘出了哨楼乡村振兴的蓝图。

　　资金和项目善解人意，或者说也曾经历过相同的漂泊，最知归的意义，它们不断地涌入，让哨楼春意萌动。如油的春雨亲吻了每一个角落，让古老的哨楼村脱胎换骨，俏丽动人。从天空中俯视，一条条水泥路，如参天大树，干、枝、丫舒展延伸，连通了路边的黛瓦白墙、山林田野；爬墙的管道，把水、气背到了屋子里；数不清的池塘如天镜，映照着哨楼的昨天、今天、明天。

　　希望，那粒最美的草木种子，吐出了嫩芽，挂在了树梢，滑到了鱼塘，拥抱了农家。经过高标准农田建设改良、优化的土地，探出褐色的、滋润的小脸蛋，整齐划一的田埂，打出了方格子、长格子……绵延成片；田埂上的沙柳，笔直挺立，如一面哨旗，傲然宣告着对土地的敬畏。此时，棉花已从这片土地上隐退，带着刺的柑橘、藤椒登场，迅速扎根，苗壮生长。油菜和稻谷，更是飞扬出金色的阳光、米谷的芳香。

　　古井田记得，它千年的涌流，也没有改变这里曾经的贫瘠。这里的土地，干黄、单薄，如"小萝卜头"的几撮头发，稀拉松垮，揪人心紧心疼。没有北方黑土的广袤丰沃，让人忍不住想张开怀抱，用结实的红苕来填充，用软软的棉花来包裹，用一口口方塘去滋润。可就算填得满满当当，六分田土，仍是粥少僧多。高产的红苕，支撑大半年的口粮，红苕加米，和着凉水井的水，一煮，一熬，一勺子下去，仍然清凌凌的，像一面镜儿，映着孩童咧开嘴露出的小虎牙，欢喜地闻着米粒儿的香。遍野的棉花，积攒着乡亲们的希望，顶着朵儿的脑袋，白茫茫铺满田野，却因产量、质量不如新疆棉，没了好的市场、好的价格，没有温暖土地，也没有温暖村民的腰包。

　　赖以生存的土地，裂开了缝隙，像竭尽身心也无能为力的父亲母亲，让哨楼人无所依从，生活的烦恼赤裸裸地摞在了灶台。生存下去，让更多的人生存下去，他们一个人出走，一批人走出……

　　撕扯开的伤口，泛着生生的疼。离别的哀思，在王维的《送元二使安西》中，是"劝君更尽一杯酒，西出阳关无故人"，在贺知章的"少小离家老大回，乡音无改鬓毛衰"里，"在家千日好，出门时时难"的古训里，化为伤痕。在陌生的他乡，哨楼人用力气，用三分聪明，挣得碎银几两，将哨楼村的根须扎向了远方。

　　走进辜氏宅院，听辜家后人讲起辜恕的故事。他，是第一代出走的哨楼人，他为了家族的"生"，豁出了自己的命。兵荒马乱的年月，他不惧可能变成炮灰的命运，自卖其身，充当了国民党军队的小兵，换得几十个大洋的安家费，留给父母和弟兄。枪林弹雨中，他从国民党军队跑到解放军阵营，为解放新中国冲锋在前。他的经历，与CCTV-8播出的电视剧《狗剩快跑》的主角狗剩的故事几近重合。编剧塑造狗剩这个人物的时候，肯定有一个原型。他一定不是辜恕，但一定是中华大地上千千万万的辜恕；狗剩，只是他们的代名词。后来，辜恕在"文化大革命"时期被打成右派，平反后被安置在新疆。过细粮关的时候，他回川把父母接到身边，共度那段艰难的岁月。2005年，耄耋之年的辜恕写下"滴水施恩涌泉报，兴隆家族乐无边"。

　　听到这个故事的时候，我顿觉"同室操戈""众叛亲离""大难临头各自飞"等不合道德伦理的用语，在哨楼没有用武之地。倘若不服气，来个武斗干一架，它们都只有仓皇落阵的狼狈样儿。

慢读哨楼村的发展史，仿如翻开了一部耕读传家的厚重大书。这部大书在仁寿乃至眉山，都是耀眼夺目的存在。明代文科进士李春旺，是《仁寿县志》记载的第一位归乡后在县城办教育的先贤。他十五岁中举人，二十五岁中进士，四十四岁以身殉国，为明朝尽忠守节。他深知读书可以开蒙、改变命运，让人生更有意义的道理。手执一把火炬，点亮"东风夜放花千树"，一吹，文曲星扎堆赶往哨楼。明清以来，哨楼村各家族的后人，涌现了辜延泰、魏光宇等进士、举人、贡生五十多位，秀才三百多位。新中国成立以来，"家有读书郎，不得下泥塘"，更是哨楼父老对学子的殷切期望。少年们挑灯与书相伴，以笔为矛，走进了中师、中专、大学……一路长成了族人的骄傲，也用笔杆子挑起了哨楼建设的大梁。前路有光，心底敞亮。

一代代哨楼人前赴后继，开卷、开智，明心、明志，持家、爱国，忠孝两全的精神内核，在哨楼无限延伸，走向未来的未来。

参观村史馆，我见到了张国君、李长青、张凯三位八〇后，他们都是考上大学，走出哨楼村，又重归哨楼村的当代哨楼村的人中才俊。

村支书张国君，黝黑、微胖，鼻梁上的黑边眼镜平添了几分斯文。大学生村干部转为事业编制的他，按惯例可以回镇上，在"机关"更加优越的环境中工作。可哨楼村的乡贤们急了，联名找到镇领导："书记啊，镇上不缺一个事业编制，哨楼村缺了一个他不行呀。"就这样，一干十年，哨楼村的乡村振兴打破了干部任用的常规。

张国君记得，是他和村委会干部一起，发出了"建设哨楼"的邀请帖，"妄图"聚合哨楼村在外游子的心和力，共绘这片古老土地的美卷。"妄图"一说，是村委会没底，他们摸不准哨楼游子的心，怕他们近乡情怯，更趋于绕道，更想远离。雪花一样的回音接踵而来，如那曲江河，绵延不绝。村委会的心热乎了，他们坚信，在这片深情的土地上，有乡贤文化的底色，是可以长出梦想的。

没有一个人能赢得所有人的满意。有人的地方，就有是非。村委会前的一口方塘，一池荷花，知道村委会的酸甜苦辣。张国君说，世上本没有路，路都是跟着脚走的，遇上泥泞，脚印踩出的路会更清明。

李长青和村委会副书记张凯是同学。他一袭青衫，白面清秀，是明朝进士李春旺的第十六世孙。乍然一见，你会以为穿越到了民国，脱口而出"谦谦君子，温润如玉"的赞语。李长青深研了自己的家族史，每两百年就会出一位文化人，作为眉山文艺名家的他，擅长泥塑艺术，得到村委会的邀请共建村史馆。巧合也罢，使命也好，历时三年，村史馆建成，捋清了哨楼村从哪里来的灵魂之问。

出去是行走，归来是讲述。

李长青化身讲述人，将"哨楼春秋""红色哨楼""乡土哨楼""忠孝哨楼"等六个篇章一一讲来，生动还原了哨楼村的历史。

在哨楼村村史馆入口处，一群以"廉泉让水地，文里武乡风"为主题的乡贤人物浮雕直击人心，明朝文科进士李春旺，清代节孝女性李萧氏，清代武科进士辜有闻……他们神情各异，目光如炬，挺拔的身姿挑起了时代的脊梁，"忠、孝、廉"的人物故事，在历史长河中泛起了点点浪花，辉耀着哨楼村的文化与文明。

如果说，哨楼是哨楼人的物象图腾，那么，村史馆、先贤就是哨楼人生生不息的精神图腾。

精神总有一些外延。窃以为，哨楼人有着睿智的哲学思维，笃定的家国情怀，透着谜一样的豪迈与自信。他们喜欢直抒胸臆，比如给村里一条长四百米、不足二十厘米宽、形似游龙的山涧，取了个超大气的名——黑龙江，这条江得吓坏真正的黑龙与江，不敢来此一探，因为他们的名字直探事物的核心——生命之源：水。

哨楼村归属于方家镇，仁寿的镇还有高家、曹家，谐音的富加、彰加……乍听一股脑儿带"家"的镇名，我一头雾水，惊讶于取名的简单。但简单是不是对应着不简单？不是。一个个带"家"的镇，恰是暖心的方向，恰是家国情怀在这片地域命名中的岁月留痕。

乡村的生成，始于一个个"家"，落点萌生，盘枝拔节，方成村落，终有"家乡"一说。中国人的春运大潮，千千万万人的时空大挪移，就奔着春节几天的阖家团圆。家乡，承载着一个人的成长记忆、情感和故事，无论走得多远，家乡都是抹不去的身份标识、地缘密码。短暂的归来与团聚，承续着不离的乡人、不舍的乡情、不散的乡魂。村子里的一棵树、一口塘、一缕炊烟、一脉族人……莫不是思念的慰藉、归依的理由。仁寿人，浓郁的家乡情结，随风绽放，芳菲满庭，生成了"望得见山，看得见水，记得住乡愁"的青绿山水。他乡遇故知，"我是方家的""我是曹家的"……瞬间蹦出浓浓的家乡味儿，掏得离人心窝子发痒。

还有二十多天，便是农历龙年新年。平坦的水泥道两旁，不时见到锃亮的两层楼房，入户的门庭上，大多有一瓷砖横联，"幸福之家""吉星高照"……穷其一生，除了一日三餐，人最渴望的是什么？不外乎幸福二字。民安与国泰，密不可分。哨楼人纯真，喜欢把心剖开，晾着。一份赤诚的渴望，让日月见证，让星辰指引，拧成串儿的愿景，"丁零零"清脆响亮，漫过青黄交替的田野。

门庭外，三三两两坐着收拾烧火柴的，修补出水道的，清理花园杂草的，一攀谈，原来是打工人回乡，趁着过年时节清整、归依好眼中的家、心中的家。离开家乡的他们，无不已是二十年之久。那一年，清风呼呼，远方隐隐，土墙茅草乌泱泱。清风找着缝隙钻进每一户人家，吹进了改革开放的声音，捏着泥巴的他们，把耳朵追到了开放的远方。远方没有家，但有对更好生活的向往。稚嫩的青年、络腮胡子的壮年，拎着一个背包、几件换洗衣服，赤手空拳闯天下。沿海的工厂、繁华的都市，渗透着他们的汗水与泪水，一双双黝黑、粗糙的手，拨亮了生活的光。春节也许是一个借口，归来是魂。

新年的哨楼村，炊烟袅袅，空气里弥漫着欢声笑语。

村史馆热闹起来，成了返乡哨楼人的必游景点。张国君站在村史馆前，望着远处的山丘，一半欢喜，一半忧虑。他欢喜着年的味道，忧虑着年后的寂静。可不是，新年一过，村民们又得为了生活远走他乡。一盘算，全村五千多人，有两千多人在外务工。

心已归，身难归。

这是乡村的现实，也是乡村的阵痛。溯源人的精神世界，可以在自我的认知上，一步一步构建；哨楼人，正全力以赴构建着一个村的人文精神、经济框架。又一代人的青春在哨楼绽放，发展的车辘辘滚出了一路的花，哨楼村，等待着务工大军的回归潮。

清脆的童谣在如水的月华下流出：月亮坝，月儿光，清清我心亮堂堂，照亮村口小池塘……

牵住乡思，不忘归来。不论相隔多远的游子，内心的荡漾，都是这方故土世代情怀的留存与延续。哨楼村的魂哟，将如天上明月，永远亮在人们心上。

**作者简介：** 王清，笔名清秋，女，四川洪雅人。中国散文学会会员，中国林业生态作家协会会员。

# 千丘怀藏月亮坝

范学清

每个人的心里，可能都装着不一样的山水。有的人向往三山五岳、大江大河；有的人却喜欢偏居一隅，坐看云聚云散，花开花落。在故乡，在生命诞生和成长的地方，我们总会留下深深的足迹，别样的情愫。

记得第一次与故土别离，是有一年春天去姐姐家。那时小外甥女还不会走路，姐夫出去打工了，姐姐一个人上山干农活，忙着种玉米，就叫辍学后的我去帮着照看小外甥女。可能还不到一周吧，我就想家了。有一天午后，趁小外甥女睡着了，我一个人赶紧爬上姐姐家背后的山丘，站在上面眺望家的方向。其实，姐姐家与我家只是相邻的另一个生产队。我站在这个叫"梨儿园山"的山丘上，看不到另一座叫"灰窑山"的山丘下我家的房子，却能看到房子背后葱茏的竹木，以及旁边山坳上的几棵梨树，开满了雪白的梨花。那一刻，年少的我只觉得两眼一热，禁不住泪水盈眶……

后来，年龄稍大后，出门在外打工，听到一首叫《你在他乡还好吗》的流行歌曲，才知道这就是故园之恋，这就是乡愁。

## 月亮如梦

月亮坝里耍大刀——明砍（侃），这句从小就耳熟能详的俏皮话，也叫歇后语，出处竟然就在方家镇哨楼村月亮坝，让我这个本县人士也颇感意外。或许是我孤陋寡闻，对家乡本地文化了解得不够多。而月亮坝，这个明亮如水的名字，当它单独出现在手机上的文档资料里，立即，以急速颤动的频率，触发了我潜意识中一根敏感的神经。镌刻在记忆深处的一幅画面，荡漾了一下，便被悄然唤醒，在脑海里，在思绪里，卷轴般缓缓打开了。

月光便从云翳中倾泻下来，洒满了岑寂的山野。

那是多年之前的一个暮春，夜归，近子时。我大概才十二三岁的年纪，和小伙伴们去邻村看坝坝电影回来。在路口分散后，我一个人摸索着走回家。走到我家的土坎下面时，一轮下弦月，带着些微橘红色的光，跳出云层，斜照在一片水汪汪的刚耙过的稻田里，以及紧挨着稻田的一口堰塘，将光影反射在土坎上，反射在一棵百年乌桕树空洞的树干上，以及我家房屋斑驳的褐黄色的土墙上。随着水波漾动，清风微拂，宛如一幅巨大的电影银幕，就这么活生生地呈现在了我眼前。

四周蛙声如鼓，此起彼伏；萤火虫打着无数的灯笼，忽闪忽闪地飞舞。一只白鹭，不知道从什么地方惊飞而起，长声唳叫，也翩然进入了这画面中。

当时，我不禁呆住了。我停下脚步，惊奇地凝视着这童话世界里才会出现的美景。实际上，当时我对什么是童话还不甚了了，只是觉得眼前的情景太特别了，太富于诗情画意了；实际上，当时我对诗情画意也不甚了了，只是觉得眼前是一种出乎意料的神秘而震撼的美，直达朦朦胧胧的心灵……

我站在屋下的田埂上，贪婪地注视着这一切。我没想到平时司空见惯、熟悉得不能再熟悉的地方，普通得不能再普通的地方，竟悄然隐藏着这样独特而美妙的另一番景色。

直到月光又被云团遮蔽，光影变得暗淡，我家的房屋竟又匿身于若隐若现的夜色之中，我才仿佛从一场幻梦中突然惊醒过来。

我环望一眼周围茂密的竹木和山丘之形，没有了月光照耀，仿佛一切又变得怪异而陌生。仿佛刚才那一幕，只是这片千丘之地不小心泄露出来的一点点秘密。但是，已经足够让我为之迷醉，足够用一生去回味和怀想了。几颗星星闪现出来，像是窥视着我的几只猛兽的眼睛，在夜空中忽隐忽现。我突然感到有些冷和害怕，心怦怦乱跳，急忙转过那棵乌桕树，快步跳上石阶，走过院坝，吱呀一声打开虚掩的堂屋门……

这之后，这样的情景，便时时出现在我的梦里。尤其是在离家打工的头几年，对故乡亲人的思念之情，有时特别强烈，常常在梦里回到故乡的山野田湾、池塘小溪。在夕阳西下时，牵着牛，背着一背箦草，手握一把镰刀，走过那些土坡和田埂。

我在梦中常常回到那萤火虫飞舞的黑夜，回到那在月光中波影漾动的老屋。土坎上那棵百年老树空洞的树干里，长年塞满了一个他乡漂泊之人热切的相思。

在时间的重复与叠加之后，脑海中浮现这样的一幅画面，有时，我已分不清是真实出现过，还是只是长久离开家乡之后的一个美丽的梦。

如果说一千个人的心里就有一千个哈姆雷特，那么一千个人的心里或许就有一千个迥然不同的家乡，在不经意间拨弄着悠悠的心弦。文学大师沈从文在《边城》中，把贫穷偏远的湘西、沅水、凤凰城，写成了自己灵魂的故乡，让人神往，趋之若鹜。而在我的心目中，我的理解是每当站在屋背后的山丘上，遥望四周如浪涛般延绵起伏的川南丘陵，凡目之所及之处，凡留下自己趔趄足迹的泥路草径，凡留下自己喜怒哀乐的田湾坡野，都是属于家乡的范畴，都让自己眷念怀想，难以忘却。

月亮如梦。其实每个人的心里，都隐藏着一个最美的家乡，却从不轻易表露。

# 走进哨楼村

出成都平原正南，约二十公里的龙泉山脉，便是川西丘陵的起始地仁寿县。仁寿县，曾置名武阳、怀仁、普宁、陵州或隆州，始建于秦。隋开皇十八年（598年），隋文帝结束十六国时期统一中原后，普施恩泽，以新建的仁寿宫赐名仁寿县，谓仁德而长寿之意，并沿用至今。与辽阔的平原、高峻的大山、苍茫的沙漠戈壁、一望无际的大草原不同，这里千丘延绵，田土相连，春花烂漫，四季常绿。宛如一个水灵灵的邻家女孩，你打开窗子，就会看到她蹦蹦跳跳走过的样子，听到她如画眉鸟般动听的歌声和笑声。

古蜀地古称西海。在漫长的地质演变中，软硬相间的紫红色砂岩和泥岩经侵蚀剥蚀后，形成坡陡顶平的方山丘陵或桌状低山，丘坡多呈阶梯状，多达三至四级，海拔高度大都在二十至五十米，整齐浩荡而又错落有致地排列在天空之下。这种就像一口铁锅倒扣的穹隆地貌，有时就如同一座天造地设的八卦迷宫，不熟悉路径的人走进去，看到的一座座山丘高低形貌都大同小异，相似度极高。山丘上的路，七弯八绕，从一座山丘拐向另一座山丘。如果不开导航，简直让人分不清东南西北，转了一大圈，却又回到了原点。不过，民间风水学有句俗话说：山主人丁水主财。所以我时常想，仁寿县作为一个国民生产总值名列全国前茅的百万人口大县，是不是与这片独特的丘山地貌有莫大的关系呢？

这一座座低矮、普普通通的山丘，却物产丰富，播种即有收获，不负天府之国的美名。许多南方和北方的农作物，包括粮食、果木、菜蔬，比如水稻玉米，高粱花生，大豆小麦，白菜洋芋，李、梨、桃、杏，以及柑橘、樱桃、核桃、枇杷、葡萄、石榴、桂圆、杨梅乃至无花果、火龙果和芭蕉树，都能在丘山之间看到它们随风摇曳的身姿。其中红苕的产量最高，曾创纪录地亩产万斤以上，所以仁寿县也被戏称为"红苕县"。过去粮食缺乏的年代，出产的小麦和水稻要上交公粮；而这些救命的红苕，掺杂一点苞谷面、瓢儿菜或青菜，几乎就能吃上半年。所以，其褒贬之意，只有真正了解这片土地的人才心知肚明。1976年，时任农林部部长沙风曾在方家区增新公社蹲点调研半个月之久。他就住在农民家里，每天和农民一起吃红苕混合苞谷面熬成的糊糊。

这一座座看似贫瘠、岩石裸露的山丘，有容乃大，韧性十足。据相关统计，其人口密度达到了每平方千米五百人，甚至远超一些富饶的平原地区。山塆之间，形成了众多炊烟相连、星罗棋布的农舍和村庄。每天早晨，不知道谁家的一只公鸡的一声啼鸣，就可以带来隔山隔坳此起彼伏的呼应。

丰富的物产以及频繁的人员往来，历来就与成都平原存在着密切的互联互通关系。特别是在城市化加速发展、成都平原面积日渐缩减的今天，盆中丘陵俨然已成为成都市周边重要的"天府粮仓"丘区示范区和高品质农副产品保供基地之一。

哨楼村，月亮坝，就隐身于这片丘山田湾。

"漠漠水田飞白鹭，阴阴夏木啭黄鹂"，这是唐代诗人王维《积雨辋川庄作》

中的诗句。2024年1月21日，我和仁寿县作家协会的文友们参加"哨楼村作家小树林启动仪式"。那一天，恰好也下着雨。虽然是冬雨，但却是一场久违的雨，一场即将唤醒春天的雨。即使是在凛冽的寒风中，山坡上依然柏树苍翠，田野里油菜和小麦青绿，让人不禁油然而生久旱逢甘霖之喜悦。雨和水，对于这片千丘延绵的土地，自古以来就是难得的恩赐。

而在哨楼村，偏偏就有这样的恩赐。

当导航提示已经到达目的地时，我们便急不可待地向车窗外观望。哨楼村，以过去设置碉楼防范匪患的哨楼山而命名，距离仁寿县城十二公里，眉山东部新城十公里，成都天府新区经济圈十五公里，到天府国际机场也只有四十公里。有广洪高速出口，毗邻蓉遵、遂资眉、成渝高速，交通便利，区域优势十分明显。过去那种陷没膝盖的"稀泥烂沼"，开车没入车轮的黄泥巴土路，如今已消失无踪，硬化后的乡村水泥公路几乎通往家家户户的大门口。待车子转过一道山弯，我们便看到了明晃晃的一片水，看到了纷飞的雨滴落在水田里，像花朵一样扩散而开的涟漪。月亮坝，这块隐身于三座山丘之间、形如弯月的大田，以饱满丰腴之态迎接了我们，让我们在雨的滋润中，在清冽的空气中，感受到了哨楼村扑面而来的热情，感受到了春天的临近。

哨楼村村史馆，是我们下车之后，不约而同首先寻找的目标。这里是一片梯级建筑，紧挨着月亮坝的是一个停车场。停车场里已经支起了一个用帐篷搭建的临时"厨房"，飘散着白雾般的水蒸气，农村办"九大碗"坝坝宴的厨师已经在忙忙碌碌、热气腾腾地准备午饭了。

从右边的通道上去，是哨楼村村委会办公室。这个村委会办公室建筑颇有特色，门廊是具有古典特色的镂空设计，而且里面的设施设备的现代化程度也特别高，空间宽敞明亮，开放式柜台办公服务给来这里办事的村民提供了极大的便利，与我们平时所见的村委会办公室大不一样，科技感和现代感十足。

出来后，往右再走上几级台阶，又是一个小广场。广场上有一尊"拓荒牛"的雕塑，在细雨中仍然高昂着头颅。仿佛这头金色的犍牛已经嗅到了春天的气息，正在迈出春耕的步伐，引来众多诗人作家冒雨拍照留念。

早前看过一些相关的历史书籍。据记载，四川历史上曾有几次因为战乱人口凋零，田园荒芜。最严重的两次分别是元末明初和明末清初。特别是在明末清初，有资料记载，人口曾达一千万的四川省，战乱后十室九空，只剩下不到五十万人。富饶的天府之国杂树丛生，衰草连天，成了野生动物的天堂，就连"花重锦官城"的成都市区里面都有老虎出没，其境况相当惨烈。《仁寿县志》上曾记载，即使是在20世纪60年代，在仁寿县满井乡龙泉山余脉猫儿山上，还曾经捕获过一只大老虎，据说这张虎皮现在还被人收藏着。

经过"湖广填四川"的人口大迁移，历经三百多年的繁衍生息，在这片土地上拓荒的牛、拓荒的人们，用自己的辛勤和汗水，使这片土地重新恢复了生机和活力，使人类文明在这片土地上得以接续，并焕发出独特的光彩。哨楼村厚重的文化和历史，毫无疑问是其中不可分割的重要组成部分。站在哨楼村村史馆里，置身于丰富而直观的实物资料展陈中，时光仿佛可以倒流，让我们不由得慨叹，得以重温那些艰难困苦而又铁骨铮铮的蹉跎岁月。

哨楼村人，最初主要由辜氏、李氏、张氏、黄氏等几支家族构成。明洪武年间（1368—1398年），辜氏族人率先从江西迁徙而来。一路风尘，疲惫不堪的他们，在枯木草丛中发现了两口土著僚人遗留下的水井。风餐露宿，饱尝奔波之累、饥渴之苦的他们，扯掉蔓生的杂草，拂去漂浮的落叶，用双手捧起来，喝上一口甘甜清冽的井水，可以想见是何等兴奋与喜悦！哨楼村的先民们，当即决定在这里定居下来，开始了垦荒耕耘，开始了繁衍生息，开始了与豺狼虎豹的搏斗，在这片土地上赓续生生不息的生命之火。

他们开荒耘田，养蚕绩麻，纺线织布，春种秋收。他们从零开始，给每一座山丘和田湾重新命名。比如哨楼山、打锣山、狮子坳、灯杆山、马道子山、和尚山、晓止山、辜家坝、李家坝、月亮坝、张家湾、栗林坡、敬恭里……一块又一块开垦出来的大大小小的土地，在村民的生产生活中，也有了耳熟能详的好听的名字。据《辜氏族谱》记载，最先移民来到四川的辜氏四兄弟，其中老大不幸早亡，没有留下后人。剩下的三兄弟开枝散叶，而今仅在仁寿一县就有十多万辜氏族人，并且不断向简阳、双流、资阳、乐山，以及重庆乃至贵州和新疆迁移，成为赫赫有名的大族之家。

哨楼村的先民安顿下来后，一脉相承耕读传家的良好家风。在哨楼村方圆二十公里范围内，曾经涌现出众多的先贤。比如贵平镇五代词人孙光宪，瑞云乡北宋状元何栗，藕塘乡"千古一人"虞允文，以及近代陆相生油论的开创者青岗乡人黄汲清，清代武榜眼龙桥乡人成必超，长安画派的创始人文宫镇人石鲁，一心为民的"草鞋书记"汪洋镇人杨汝岱，以及当代中西文化研究的扛鼎人物、龙桥乡人、北大知名教授辜正坤等等。可谓江山代有才人出，长江后浪推前浪，这片延绵起伏的千丘之地，养育了众多的先贤俊杰、名士大家。

"廉泉让水地；文里武乡风"，敬恭里崖壁上篆刻的这副对联，很好地概括了哨楼村人对这片土地的文化传承。他们互敬互爱互让，互相尊重，邻里关系融洽，谁家有困难都愿意帮忙。常言说抬头不见低头见，乡里乡亲的，讲究和为贵，和谐共生，内心里纵有什么疙瘩，也不轻易撕破脸皮。"吃得亏，才打得拢堆"，凡事给别人留有余地，背后下刀子使黑手最让人不屑和鄙夷，朴素的话语中蕴含深刻的为人处世的哲理。文可安邦定国，武可上马提枪，保境安民，建功立业，家国情怀在偏居一隅的哨楼村并没有被遗忘，哨楼村的人视野是开阔的。国家兴亡，匹夫有责，他们与整个民族的命运时刻保持着紧密的联系。

明末进士李春旺宁愿杀身成仁，尽忠守节，也不肯苟且偷生；八国联军入侵北京，蓝翎御前侍卫辜有闻敢于独守昌平，护署五印；民国七年，为反对北洋军阀独裁统治，辜增荣在张家桥首先成立了川南北伐军并亲任总司令；当抗日的烽火在长城点燃，仁寿籍川军重要将领潘文华、唐式遵、董宋珩、陈万仞、傅秉勋，无一人退缩，主动请缨带领子弟兵亲临抗战第一线英勇杀敌。宁愿站着死，不愿跪着生，抗战期间，没有一个投降的穿草鞋的四川兵。而作为兵源大县，仅仁寿县在新中国成立后就有两万多人参军入伍，许多人参加了1950年的抗美援朝，1962年的对印自卫反击战，1979年的对越自卫反击战，涌现出了一级战斗英雄李华云，"一不怕苦，二不怕死"的特级战斗英雄阳廷安，东海舰队副政委魏伯良少将等保家卫国的优秀人物。

1970年修建黑龙滩水库，奋战在主体大坝上的抬工队和打石匠，是赫赫有名的主要由哨楼村人组成的方家营。

2016年开始的脱贫攻坚、乡村振兴，哨楼村又率先吹响了行动的哨音。以青花椒、鱼塘养殖产业为龙头，该村带动乡亲们脱贫致富，并成为四川省乡村文化振兴重点村。

走进哨楼村，才知道哨楼村蕴藏着丰富的移民文化、历史文化、民俗文化，足够让人惊叹并倾慕不已，亟待挖掘整理并妥善保护。让这片人文荟萃、人才辈出之地，继续焕发出新的活力和熠熠的光彩，这是我们每个仁寿人义不容辞的责任和义务。

# 哨楼村的水

水生万物。人文蔚起的哨楼村，同样与水息息相关。

哨楼村先民最先发现的那两口井，一口叫凉水井，一口叫古井田，是哨楼村一百多口井里最出类拔萃的两口井。

有井的地方，就有人家，就有葱茏的竹木，就有烟火，就有生生不息的繁衍与传承。美中不足的是，水，对于这片岷沱两江流域之间的千丘之地，历来就显得吝啬。

而在哨楼村，这两口井的出水量，不仅可以灌溉农田，满足周边居住的数百村民的生产生活用水，还溢出成溪，流入方曲河和黑龙江，最后，被拦蓄整治为波光粼粼的滥沟湖。

哨楼村的水，被哨楼村人精心呵护着，成为滋养这一方水土的蜜汁。

过去，每年秋收之后，人们还来不及稍事休息缓解一身的疲惫，就要整饬冬水田。凡是用作冬水田的田块，都要赶在汛期的最后一场大雨前，把田埂上的杂草清除干净，用锄头或木棒把田埂重新捶打一遍。如果发现田埂上有鱼鳅、黄鳝或田鼠钻的洞，就要找来石块堵死。然后，牵来水牛，扛来犁铧，把"夹担"套在牛脖子上，手执一根细细的黄荆条，扶住犁铧，嘴里嘘嘘吆喝着，沿着弯弯曲曲的田埂要反反复复犁三遍以上，让田泥充分具有黏性。然后把牛放在一处背阴的山坡上吃草，犁田的人再把田泥用手抱起来，均匀地铺在田埂上，这样可以有效防止渗水。整治好的冬水田，可以保证在第二年开春播种时都蓄有水。

但冬水田毕竟田埂不高，蓄水有限，遇上久旱无雨就困难了。于是人们又想出来筑堤修堰的办法，几乎每一个山塆里，都有一至两个蓄水可达一至两米的堰塘，面积因地势而定，小的一两亩，大的有十几亩，夏季有的放干栽秧，有的就喂鱼，成为星罗棋布于丘野中的一片片水塘，有效缓解了人们对水的需求。在别的地方，蓄水的大田大都叫"山塆堰塘"。而在哨楼村，有一个更具形象化、诗意化的名字，叫"月亮坝"。由此可见，哨楼村的文化氛围确略胜一筹，名不虚传。在耕读传家的良好氛围里，六百年出了三百多个进士、举人和秀才，无疑就是最好的例证。

造堰筑塘，蓄水保水，一个又一个的月亮坝，深藏在这片千丘之地，其密度，可能早就打破了吉尼斯世界纪录——如果有这方面的纪录的话。

冬水田和堰塘，过去让水车发挥了作用。吱吱呀呀的踩水车的声音，成为哨楼村春天里优美颤动的音符。这里的人们，用超越别人的辛勤劳动、吃苦耐劳，用脊背上滚落的一粒粒汗珠，播种收获，生生不息。

至于修水库，则是新中国成立后开展集体生产劳动后的事了。因为一旦遇上大旱之年，这片远离大江大河的丘陵，不用说耕种了，往往连吃水都变得困难。据《仁寿县志》记载，历史上曾多次发生因为干旱饿殍遍地、十室九空的情况。水，一直以来，牢牢地扼住了这片土地的咽喉。

但这片千丘之地的人们是不会屈服的，他们要在这片土地上生存下去，他们有重新安排山河的勇气和信心。这股豪迈之气，一旦被激发出来，就是改天换地、扭转命运走向的英雄气概。

"千古一人"，是毛泽东对陵州虞允文的赞誉和评价。在采石矶，以一万八千老弱病残溃败之卒对二十万虎狼之师，想想那绝处逢生的惊险程度吧！可一介书生虞允文站出来了。这个原本是在前线犒军的中书舍人，主动挂帅，力挽狂澜，率军击败了不可一世的金国皇帝完颜亮，让几乎崩溃的南宋朝廷延续了一百多年。那顶天立地的豪迈之气，直冲斗牛。

1970年，一脉相承这种豪迈之气的仁寿人，开始修建黑龙滩水库。仅仅一年多时间，就建成蓄水大坝；三年时间，就让都江堰的水流进了千丘之地的一块块稻田，为大面积种植高产稳产的杂交水稻打下了坚实的基础。顿顿吃白米干饭，在20世纪80年代，在这片千丘之地，终于梦想成真。

2019年，由哨楼村乡贤辜仲江主持并命名的方曲河改造完成。月亮坝，在碧波荡漾的方曲河的环绕中更加明亮了。哨楼村率先实现了世世代代梦寐以求的水旱从人的夙愿，并且正在逐步实施农旅融合与产业升级。

上善若水。如今，哨楼村人在返乡大学生、村党支部书记张国君的带领下，以水养人，以水富民，正在谱写新的时代篇章。

# 玩泥巴的人

在哨楼村村史馆，我意外欣赏到了丰富多彩、栩栩如生的泥塑文化展示。古朴的创意，泥土焕发的蓬勃生命力，让我在惊奇之余，不禁想到了自己玩泥巴的年代。

过去，每年开春后，如果雨水少，一些高坎上的冬水田就会逐渐干涸。田里不规则地裂开一道道或大或小的缝，这样，人走上去就不会塌陷了。这样的干田坝对我们那个年代的小孩子来说，好比现在城市里的游乐场。

我们放下割猪草的镰刀、背篼，挽起袖子和裤脚，在田里扣黄鳝，捉泥鳅。

往往是在寻找到一个指头大小的洞口后，我们翻开上面的泥块，可以清晰地看到黄鳝和泥鳅隐藏在田泥里的轨迹，仿佛一个圆形的小小的"隧道"。泥鳅的洞稍浅一些，很快就可以看到它蜷缩着，被我们尖叫着"暴露在光天化日之下"。泥鳅身上有黏液，很滑，捉在手上很容易被它挣脱，不过在没有了水的干田坝里，它只能徒劳地挣扎。

而黄鳝的洞要钻得深一些，而且还有岔道，通往另一个出口。有经验的扣黄鳝的人，即使是在有水的水田里也能把它捉出来。多年以前，我常常看到它们像蛇一样拼命甩动着尾巴，被扣黄鳝的人攥在手上装进鱼篓或口袋里。

当干田坝里泥鳅和黄鳝的洞被我们搜寻完毕之后，我们又开始玩新的花样。我们把田泥挖起来，一块一块地揉搓、拍打，做成泥人样，还会粘上鼻子，描出眼睛和嘴巴；或者用两根小木棍把两个圆形的泥坯连起来，做成汽车或拖拉机的形状；想象力丰富、有创意的小伙伴，还会做成电影里看到的坦克或飞机的样子。我们做好之后，就把自己的"作品"小心翼翼地藏在田坎边上花开得金黄的油菜地里，或者藏在仿佛睁着无数大眼睛的胡豆花丛里。过几天再来看，虽然泥巴差不多干透了，"作品"却已经变形、开裂。可我们还是会兴高采烈地"把玩"好一阵。那兴奋劲儿，可能并不比现在游乐场里的孩子们逊色。

可惜我们没有老师指导，连初级水平也算不上，只是自娱自乐而已。

而在哨楼村，玩泥巴的人却玩出了高水平。

在哨楼村村史馆，进门就是一群栩栩如生、神态各异的泥塑人物雕像。仔细观赏之下，我觉得它们并不逊色于富丽堂皇的希腊雕塑艺术，其独特的造型和风格更接地气，更生活化。经了解后才知道，钦斋泥塑艺术诞生于清道光年间，至今已有二百多年的历史。2015 年，李钦斋泥塑文化被列入四川省非物质文化遗产名录。

为我们讲解的李长青，就是哨楼村泥塑文化的非遗传承人。1982 年，李长青出生于哨楼村栗林坡，为明代崇祯年间进士李春旺第十六世孙。他自幼随祖父、父辈学习泥塑艺术，并且曾考入四川美院进修，学习设计、雕塑，后来专攻泥塑雕像。

李长青人如其名，面容清瘦，一身青衣。虽是一个"玩泥巴"的人，却年龄不大，还自带一种清新脱俗的道庄之气。他创作的泥塑作品《掏耳朵》《打围鼓》《苏东坡》等，以惟妙惟肖的神态，生活化的泥塑语言，荣登大雅之堂，先后获得第三届法国大皇宫国际艺术双年展参展艺术家奖、中国工艺美术最高奖"百花奖"、四川文艺最高奖"巴蜀文艺奖"，四川省文联 2019 年度优秀艺术家称号、四川省乡村文化和旅游能人称号、四川省农村手工艺大师称号等国际国内各种奖项三十余项，五次被央视报道。不仅如此，李长青还酷爱写作，一篇《哨楼春秋记》文字功底深厚，语言灵动。2019 年，他还被收入《四川当代诗人名录》。

尤为难能可贵的是，2022 年起，李长青还担任哨楼村村史馆的文史挖掘和设计展陈工作。我们眼前这座古朴典雅而又不失现代气息的哨楼村村史馆，设计、装修、布展均出自李长青之手。这个多才多艺的"玩泥巴"的人，化腐朽为神奇，得到了联合国教科文组织官员、清华美院"泥人张"传人张锠教授、著名雕塑家赵树同等国内外同行很高的评价。

在葱翠的竹木掩映下的哨楼村，真是一个藏龙卧虎之地，让我们这些也玩过泥巴的人大开眼界，打心眼里佩服。

# 打板儿，与不得不说的传奇

在哨楼村村史馆，摆放着风簸箕、鱼笊、火钳、连枷、米筛、箩筐、木桶、坛罐等众多乡村生产生活用具的一个角落里，我意外发现了过去盖草房用的梭板、刀架子，以及拍打新筑的土墙用的一个多年不见的物品——"打板儿"。

弯木成材，过去说的就是打板儿。因为打板儿是选用天然弯曲的一截木头做成的，底面平滑，而把柄要上翘，成为一个整体，拍打墙面的时候方便用力，并且经久耐用。这个就有点意思了。

打板儿，在本地的方言俚语中，有时也指话特别多的人。比如说这个人是个打板儿，就是说这个人话比较多，喋喋不休，没话也要找话说，相当于北方人说的"话痨"，特会侃的那种。

有多少年没见过打板儿了？细细一回想，至少应该有四十多年了。而这件物品，被我捧在手上把玩，可以追溯到刚开始有记忆的时候。因为那是我第一次使用打板儿，完成了一件"艺术作品"。

回望小时候，可能每个人都有几个最初的记忆片段，深深地刻印在脑海里，就像春天最先长出的几片叶子，带着细密的茸毛，还凝结着一颗颗水珠。

史铁生在《消失的钟声》一文中写道：人的故乡，并不止于一块特定的土地，而是一种辽阔无比的心情，不受空间和时间的限制；这心情一经唤起，就是你已经回到了故乡。

在月亮坝，在哨楼村村史馆里，我同样有这种失而复得的感觉，仿佛又一次回到梦中的故乡。

1971年，因为修黑龙滩南干渠，我家老屋要搬迁，在"灰窑山"山脚下重新修房子。先是修了两间土墙草房安顿下来，1973年，又修建了三间土墙瓦房。当时还不满五岁的我，记得有许多人挑着篼篼挑土，有男有女，摩肩接踵；父亲、哥哥、姑父还有几个本生产队的男人，站在土墙上，用一头扁一头圆的碓坑棒，把倒进夹板里的泥土杵紧、压实。他们的吆喝声和笑声，听起来是那么快活。随着筑墙用的夹板不断升高，黄褐色的土墙也一面一面矗立起来。另外还有两个老人，用打板儿噼噼啪啪地拍打填补着墙面，让墙面光滑紧实一些，显得不那么粗糙。

有一天中午，大人们去吃饭喝酒的时候，我们几个小孩子折了几枝柏树杈，偷偷溜了进去。我们吃力地拿起打板儿，把柏树杈的形状拍打在墙面上，就像一朵朵盛开的菊花，特别好看。

那个年代，农村修房子几乎清一色是筑的土墙，房顶上盖的是麦草和稻草，简称"茅草房"。盖麦草耐久一点，将凌乱的麦草梳理过之后，可以三四年不用换。而稻草腐烂得快，两年左右就要扒了重新盖过，不然下大雨大漏，下小雨小漏。睡到半夜起来，迷迷瞪瞪地找锅碗瓢盆接床帐上漏下的雨水，是那个年代的人永远不能遗忘的记忆。如果漏雨的地方正好在土墙上，那冲出的一道道沟壑，就像看到了黄土高原的仿真模型。

曾经听别人讲过一个真实的笑话。说是有一个光棍家和一个寡妇家紧挨着的一堵土墙，有一天晚上下暴雨被淋塌了，露出一个大缺口，就像开了一道房门，两家人变成了一家人。光棍叫寡妇修，说孤男寡女地住一起不太好；寡妇却说没钱修，叫光棍自己想办法。光棍说修可以，你得管饭。寡妇同意了。

可是三天后，这个年轻的光棍也没把墙修好，反而对比自己大了七八岁、以前好像并不太上心的寡妇说不用修了。寡妇问为啥，光棍说我们都在一口锅里舀饭吃三天了，还修来干啥？没想到寡妇也心领神会，满口答应，说墙不修可以，房门总要安一扇嘛。就这样，一场暴雨反而成就了一段姻缘，成为那个年代为数不多的一件因祸得福的好事。

而我家房子上的檩子和瓦，全部都是从搬迁的老房子上拆下来的。那座老房子，原本是川西风格四合院的木头板壁房，是新中国成立前本县的一个袍哥大爷修建的，也是我爷爷的一个本家堂兄。袍哥大爷病重弥留之际，把这座房子送给了教私塾的我的爷爷居住。土改时，又把厢房和下厅陆续分给了另外几户外姓人居住。搬迁时，大家按人头分了一些木材和青瓦，另外选地方重新建房。

可惜，我家的土墙瓦房已垮塌多年。要不然，可能还会找到自己小时候遗留下的"艺术作品"。

我还记得一件事。有一年冬天，父亲背着我去"红山谷"的舅舅家。舅舅虽然是乡医院的医生，家里新修的两间屋子却也是"茅草房"。那天半夜，我正睡得迷迷糊糊的，突然被父亲抱起来跑出房门外。房门外是舅舅一家人的哭喊声、吵闹声。原来，舅舅家新修的两间房子土墙裂开了，向一边歪斜，房梁上咯吱咯吱地乱响，已经快要垮塌了。父亲和舅舅不顾危险，急忙找来梯子爬上房顶，用斧头砍断连接新房和旧房的房梁。不然，有可能把原来的旧房也一起拉扯垮塌。

那天晚上，我和几个表兄弟在舅舅家的牛圈里，铺上稻草裹着被子睡，又冷又怕，冻得瑟瑟发抖。

但谁也没想到，1979 年土地包产到户后，农民世世代代居住的土墙草房，《茅屋为秋风所破歌》，没过几年就成为"被改写的历史"。1982 年，我三哥分家后修了三间"茅草房"。但六年后，他就把"茅草房"全扒了，用养猪、编箩筐和做小生意攒下的一万元左右，直接超越当时农村流行的小青瓦房，新修了三间一楼一底的预制板结构的砖瓦楼房。那也是我们村的第一座楼房，当时有许多人来看稀奇。

这以后的 20 世纪 90 年代的农村，修建预制板结构的砖瓦楼房的越来越多，成为新的流行趋势。

拍打土墙的打板儿，早就没有了用处。代替它的，是砖刀、泥掌、灰板、吊线锤。

这些是一个泥水匠必备的工具。学泥水匠，成为当时在家务农的年轻人的热门首选行业。

泥水匠师傅开始吃香，大概是在 20 世纪 80 年代初期。那时，我们整个公社只有两个泥水匠师傅，一个姓刘，一个姓夏。而姓夏的师傅还是姓刘的师傅的徒弟，才刚刚出师。据说那些年拜师学艺的人特别多，要有一定的亲戚朋友关系，人家才肯收。这两个泥水匠师傅每年正月间收的腊肉鸡鸭、白酒糕点、米粑之类的拜年礼品，听人说要堆满一间屋子。

领头的泥水匠师傅，也就是包工头。以前修建砖瓦结构的房子时，房主要自己备好砖、瓦、沙子、水泥（或石灰）、木料，之后，就去找包工头谈工钱。谈好之后，还要找个公证人手写一份合同，选择一个黄道吉日开工。房主中午一般要管一顿饭，给匠人蒸一甑子白米干饭，炒两个油荤菜，或下鸡蛋面；后来条件好的房主还会杀一头猪招待匠人，一天吃蒜苗回锅肉，一天吃卤水点的豆花儿，轮换着来；条件差一点的有隔两天或三天才吃一次肉，但一大锅豆花儿或血旺汤随便吃。酒当然是必不可少的，那种本地酒坊酿的苞谷酒，真正的粮食酒，度数一般都在五十二度以上。但下午还要干活，匠人们也都适可而止，会少喝一点，尽量不喝醉。烟有一支一支散的，后来也有每人每天甩一包的，不过大部分是八分钱一包的"红芙蓉"或"经济"烟。在当时的农村，这待遇已经算不错了。到上梁那一天，房主还会请亲朋好友和参与建房的石匠、木匠、泥水匠大吃一顿，一个个喝得脸红脖子粗，寓意着鸿运当头。上梁的木匠和泥水匠师父，还会额外获得一个红包，我老家的土话叫"耍分儿钱"。

泥水匠师父收的徒弟，一般都先从小工做起，比如搬砖递瓦、挑沙拌灰。师父虽然也给一点打杂工钱，但都很少。徒弟还要随时买一包好点的"大前门"或"白芙蓉"烟放在身上，时不时地给师父打烟，点火。这样干上一年半载，跟师父混熟了，有个好印象了，师父看你头脑活泛，才会叫你提砖刀上墙试一试。

泥水匠这门手艺和别的手艺一样，讲究眼力和耐性，讲究熟能生巧。砌砖的时候，要求横平竖直，灰线均匀，特别是墙角要砌正，呈直角，要眯着眼睛用吊线锤仔细比对，上下要垂直，不然，就容易歪斜，砌着砌着墙可能就倒了。刚开始的时候，徒弟肯定都砌不好，肯定要被师父骂。遇上脾气暴躁的师父，有的还可能挨耳屎（指打耳光），或踹屁股。因为砖墙一旦歪斜了，就必须拆了重砌，浪费人工和砂浆。

好在形势比人强。农民手上一旦有了积蓄，改善居住条件无疑是首选。农村修新房子的越来越多，泥水匠根本忙不过来，唯一的办法只能是不断"扩招"，徒弟带徒弟，徒弟又带徒弟，徒弟又当起了包工头。如此循环，各村各乡的建筑队如雨后春笋般冒出来，方才满足不断增长的建房需求，农民的居住条件得到了极大的改善。过去农村存在了几千年的茅草房，由比比皆是很快变成了"凤毛麟角"。现在，如果在哪里看到一堵还没有倒塌的土墙，感觉就像发现了文物一样。

如果说 20 世纪 80 年代，农村因为自身需求培养出来了第一批泥水匠，那么在 20 世纪 90 年代，随着城市化建设和房地产市场的开发，一大批建筑公司应运而生。过去的包工头，许多变成了大老板，纷纷走出家乡，走出四川，到深圳、广州、北京、上海等大城市发展；而泥水匠这个称呼，却在不知不觉中统一变成了提着灰桶的农民工。而且，还有越来越多的农村女性也加入了这个队伍，成为工地上一道独特的风景线。

有人说仁寿的女人天生丽质，肤色好，所以仁寿被称为"肤白县"。既有小家碧玉之玲珑，又具备大家闺秀之韵态，稍微打扮一下就有与众不同之美。但这些工地上的女人，这些流水线上的女人，以及一年四季仍然埋头躬耕在土地上的女人，她们任劳任怨，把自己的美丽隐藏在勤劳的双手间、流淌的汗水里。她们孝顺老人，照顾家小，辛勤劳动，做着又苦又累的活，为了家庭，她们甘愿付出一切。过去那些古老的石牌坊早已一座座倒塌，但她们却固执地坚守着世代不变的信念。

有了男男女女的农民工，城市里就有了高楼大厦；有了老老少少的农民工，公路、铁路变得四通八达；有了这些最舍得干、最吃苦耐劳的农民工，他们在北京、上海、广州、深圳，在长三角和珠三角的工地上，工厂里，流水线上，脚手架上，在改革开放的四十多年里，用一代人的青春和汗水，谱写了一部属于自己的不得不说的传奇。

他们每年挣回来的丰厚的劳务费，为反哺家乡的经济发展做出了巨大的贡献。他们获得了除土地之外的另一份收获，创造了 GDP 之外的另一部分GDP。有人开玩笑说，仁寿县城的消费水平已经与省城成都无差别了，好像这也是事实。就像过去被人看不起的红苕，如今倒成了餐桌上的稀罕之物。

我相信，其中也有众多哨楼村人背井离乡，走南闯北，饱尝辛酸的艰苦经历，在打工路上，留下了他们许多难以忘怀的悲欢记忆。哨楼村今天的新面貌新变化，离不开他们的血泪、艰辛、苦痛、忍耐与挣扎。许许多多长年坚持在外打工的农民工，不光在家里修了楼房，在城里也买了电梯公寓，出门还有了自家的小车。这样的巨变，这样的标配，当年那些住茅草房的人，都异口同声说，做梦也没想到呢！

并且，还有不少敢想敢干敢闯的哨楼村人，在时代的浪潮中学会了做生意、办企业，开阔了视野。比如方家镇青花椒产业基地创始人辜玉田，结合家传秘方，以自己研发的"非遗"专利产品——"飞泉鲜花椒油低温制作技艺"引入重庆茂田食品开发公司后，取得了非常不错的经济效益，带动了更多的乡亲共同创业和致富。

写到这里，才发觉好像有点跑题了，像个絮絮叨叨的打板儿。不如，我就再"打板儿"一下。漫步在哨楼村村史馆里，身处时光的往复穿梭中，我看到在这片千丘之地繁衍生息的人们，不屈从于命运，怀藏一个月亮之梦，奔赴异地他乡、天南海北，与时代堪舆同步的精神向度，堪比"湖广填四川"之后，一次规模更大的反向人口大流动。山高人为峰，海阔心无界，他们和她们，并没有桎梏于相对封闭的自然环境；他们和她们，在今天的乡村振兴中，依然是不可或缺的主角，依然拥有不可忽视的一席之地。

　　**作者简介**：范学清，笔名昨夜枫雨，四川省作家协会会员。在《星星》《延河》《四川日报》《湖南日报》等发表过作品。获得过《中国作家》《诗刊》《星星》等多种征文奖项。

# 哨楼村的地域密码

张　霞

小时候逃学，母亲常常这样威胁："霞姑儿，你再不认真读书，长大把你嫁到仁寿，天天吃红苕，噎死你！"

不知道仁寿在哪里，但母亲的言外之意我懂——仁寿很穷。

母亲还说，我有个大娘，家在仁寿，那里缺水，土干，不产水稻，只能天天顿顿吃红苕。那时，我对嫁不嫁没概念，但从平时的接触中，略知大娘的穷，平添了几分对大娘一家艰难生活的担忧与惆怅。

几十年，说过去就过去了。我没有嫁到仁寿，甚至都没到过仁寿，自然不了解仁寿几十年来的变化，只记住了仁寿穷。踏上仁寿方家镇哨楼村的旅程，赴"作家小树林"植树之约，脑中突然冒出小时候母亲调侃我的那句话，更激起我的探求欲，探山、探水、探人。

我是脑子里带着仁寿的"穷"，踏上仁寿土地的。

小车七弯八拐，从 213 国道进入县道乡道村道，一路上穿行，大片大片的油菜花扑面而来。沿途一块块水亮亮的方塘中孪生出另一片金黄的油彩，天光云影，水灵灵的呀，哪里缺水？一座座长满葱郁柏树的小山丘，坡上裸露出褐色红土的皮肤，略显干燥。我生长在有"绿海明珠"之称的洪雅，见惯了巍峨的山，磅礴的绿，淙淙的飞瀑流泉，突然在绵延矮小的丘陵地带奔驰，着实多了几分陌生感。

更陌生的是，居然有叫"哨楼"的村。

听到哨楼村的名字时，我脑海中浮现的是老电影《地道战》《地雷战》《平原游击队》中阴森森的画面，画面上是灰砖堆砌的圆圆高耸的哨楼，那是敌人的哨楼，和碉堡一样，矗立于村落的要塞，常有荷枪实弹的鬼子，在里面探头缩脑。也有我方的哨楼，一点即着的烽火，直冲云霄的狼烟，呼啸而过的弹雨，四处弥漫的硝烟……

事实与想象往往千差万别，当我们来到哨楼村才发现，这里根本没有什么哨楼。曾经的哨楼，已经很遥远，遥远到清王朝的咸丰十年。当时的四川，屠城刚过，匪患又起，为防匪患与战乱，百姓自发筹资集劳，在村庄最高处的狮子坳修建了一处哨楼，并以此称呼村庄。是的，一开始只能算称呼，还不能叫命名，也没有机关正式给这个村庄以这样的命名，与许多同样的村庄一样，只是称呼。称呼着称呼着，就成了名字，被政府默认了，编进了地名目录里。

曾经高耸哨楼的狮子坳山，满山是郁郁葱葱的柏树。只是时过境迁，昔日的哨楼这一叫法早已没入历史的烟云。但村庄还在，还叫哨楼村。之所以仍然保留了这一叫法，是百姓对那段保家卫民历史的怀念，是留守的精神家园，也是警醒。我的疑惑也由此而生：俗话说，前事不忘，后世之师，有着如此坚韧血性的族人，又怎么会永远贫穷呢？

快到哨楼村村史馆，大路旁有一口井，"凉水井"三个字，楷书工整，字体遒劲，风骨卓然，镌刻在井壁上，赫然醒目。石头砌井沿，水泥勘四周，地面平坦，修葺一新，整洁无尘。围栏照影，我们的笑脸在井水里荡漾。我纳闷了，不是说缺水吗？这里怎么有水井？这一问才搞明白，明朝以前即有此井，疑为旧蜀人所造。这一问，问出了一个石破天惊：像这样的古井，哨楼村有一百多口，星罗棋布。

我在脑子里留存了几十年的印象开始动摇。水是生命之源，生命起源于海洋，胎儿在羊水里孕育。小时候母亲不是说仁寿缺水吗？难道……我顺便问同行的村人，也证实了母亲的话。但那是老皇历，村人说，过去的仁寿，确实是"下雨往外流，无雨吃水愁，十年有九旱，用水贵如油"。村人强调，那是"过去"，现在已经是2024年了。

改变，不是等来的，是干出来的。首先是解决人的饮水问题。

当然不是一天两天地干，也不是一样的干法。比如，最早有着明朝服饰的旧蜀人干。他们焚香跪拜土地神，祈求土地菩萨保佑。有穿着长衫子、留着长辫子的清朝人干。他们拿起铁锹、锄头凿土挖井，没日没夜。有喊着"农业学大寨""人定胜天"的人干。记不清他们挖了多少个无水的旱井,不知经历过多少次深不见水的沮丧和苦痛。终于,满身的汗水与满眼的泪水化作清凉甘甜的井水。第一口井必须有个名呀。"凉水井?""好,就叫凉水井!"井里咕咚咕咚的冒水声,"出水了!出水了!"的奔走相告之声,在村落间交织升腾。

时隔几十年、几百年,我来到哨楼村。不是求水,而是欣赏。我临井细观,似乎听见千百年来村民络绎不绝来此取水的笑声,看见1949年12月16日解放军开过哨楼村时,为不给老百姓添麻烦,来此饮甘甜清凉的凉水井水,军帽上的五角星在井水里闪烁着迷人的光。

有了凉水井这口母井,自然就生出成十上百口"子井"。开始的几口取名还带着雅气,就像我们刚开始写文章时,总爱写花儿、鸟儿、月儿:"甜水井""月儿井""方口井"……后来井多了,干脆就叫最老的井为"古井",叫既饮用又浇田的井为"古井田"。从此,千家万户门前,小径阡陌,交通如一根根脐带,伸到井边。

饮水问题解决了,地里的庄稼灌溉怎么办?

褐色红土不保水,井水供了饮用没多少富余。即使有富余,也无法引流灌溉漫山遍野的庄稼地。智慧是逼出来的,办法是想出来的。村人就地取材,挖塘蓄水,靠天吃饭也要有"钵钵"装呀。难怪,一路走来有数不清的方塘,睁着水汪汪的大眼睛。可是,池塘只能靠天吃饭,天干时,不见水,只裸露着塘底龟裂的皮肤。没有源头活水,生命面临枯萎。水旱从人,不知饥馑。青衣江、岷江远水解不了近渴。要长足发展,一劳永逸,仁寿必须有自己的"江"、自己的"海"。

新中国成立后,在上级党委政府和水利部门的支持下,仁寿县党委和政府带领百万仁寿人,发出"重新安排仁寿山河"的豪言壮语。从1970年起,数十万仁寿儿女,一群群红苕喂养起来的血肉之躯,历时多年,用一双双粗糙的手,一根根钢钎,一把把铁锹,一只只箩筐,全靠肩挑背扛,牺牲了一百三十三条鲜活的生命,一千二百零五人致残。硬是凭着艰苦卓绝的精神,愚公移山一般,挖出一个"西蜀第一海"——黑龙滩水库,挖出了一个"高峡出平湖,当惊世界殊"的当代奇迹。

在仁寿,有人这样向我介绍黑龙滩的不易:李冰"积薪烧岩、劈山引水"

治理都江堰，用了八年。我们仁寿儿女用十五年，开凿出新中国成立以来四川省第一座大型引蓄灌溉工程，改写了农业大县仁寿及周边多个县（区）约四百万人"看天吃水"的历史。黑龙滩、凉水井、古井，一条长四百米，宽不足米把，形似黑龙的小"黑龙江"，哦，还有长约九公里的方曲河，滋养方家镇、曲江两岸的生命。

水，还是水，不再是仁寿的伤痛，而是自豪。

在仁寿，水的故事仍在续写。水库、池塘、水井里的水自己跑不进厨房灶台、锅头。如今又有自来水管飞檐走壁，家家户户浴室、灶头，用水即到。哨楼村七千八百九十二亩土地，玉米大豆青纱帐舞动丰收的衣袖；青花椒探出油光光的小脑袋，窥探主人数票子的喜悦。整齐划一的高标准农田，敞开红褐色的胸膛，任清流亲吻，秧苗苗壮。

"问渠那得清如许，为有源头活水来。"

活水来自古井、方塘、"黑龙江"，来自黑龙滩和方曲河，也就是哨楼村的地域密码；仁寿人勤劳坚韧的"拓荒牛"精神，就是解码器。吃红苕搂不饱肚子的年代已成历史，甚至，红苕已成为城里人追求绿色食品、追忆乡村似水流年的新宠。一方山水养一方人，成就一方民俗民风。翻开《仁寿哨楼村志》：晓止山、扶马头、蒲主考、马道子山、栗林坡、牌坊坳、敬恭里……每一个名字背后都是一段传奇、一种文化，是地域密码的基因传承：廉泉让水地，文里武乡风。

哨楼村村史馆，装进哨楼村历年的记忆。

在哨楼村村史馆，拂去岁月厚厚的尘封，敞开记忆的闸门，你不仅能寻到古井、方塘、方曲河、黑龙江、黑龙滩的前世今生，还能看到这一方水土养育出的代代英贤。一幅幅、一帧帧引领我们恭敬前行。一尊尊乡贤浮雕，目光如炬，穿越回明清，讲述他们的故事。明代文科进士李春旺，是《仁寿县志》记载的第一位致仕后在县城办教育的先贤。他十五岁中举人，二十五岁中进士，四十四岁以身殉国，为明朝尽忠守节，为仁寿、为哨楼村树起丰碑。

只要井在，河在，黑龙滩在，水在，奇迹就在不断发生。明清以来，哨楼村和各家族的后人，涌出了辜延泰、魏光宇等进士、举人、贡生五十多位，秀才三百多位。新中国成立以来，少年们挑灯夜读，以笔为矛，走进了中师、中专、大学，秉承耕读传家、忠孝节义之精魂。仁寿人一路长成村人的骄傲，也用笔杆子挑起了哨楼建设的大梁。

哨楼村人手握地域密码解码器，致力于乡村振兴。"眉山市乡村振兴科技孵化器"创建的哨楼村"作家小树林"，引来全国上百名作家诗人走进哨楼村，植树、书写，让文化赋能乡村振兴。我在圣贤堂前种下一棵茶树，以求像古时贤人那样，"浅品清茶，细悟人生"。

草木会发芽，孩子会长大，树要睡过几载，才能等到新芽。

没想到，小时母亲的一句调侃，竟成谶。我果然"嫁"到了仁寿，不过不是母亲做主，而是周闻道先生"做媒"，由他发起的哨楼村"作家小树林"活动，笔为证，文为书，树为魂，我以一棵树的名义，"嫁"到哨楼村，不吃红苕，只喝廉泉、沐武风。

当然，拥有了密码，我还要聆听哨楼村时代的哨声……

**作者简介**：张霞，笔名空谷幽兰，四川洪雅人。中国散文学会会员，作品散见于《中华辞赋》《语文报》《四川经济日报》《四川文艺报》等报刊。曾获四川省省级文学征文大赛一等奖。

# 终归田园

余四勇

三千年读史，不外功名利禄；九万里悟道，终归诗酒田园。这是南怀瑾先生对人生的参悟，道出了人生最美好的归宿。

回归诗酒田园，大概是所有中国人内心一直怀有的梦想。然而，工业文明、城市文明又是现代人"人往高处走"追求的"现代化"目标，几乎没有哪个村庄能够逃离城市化的洗礼。我们曾经以为城市的光鲜亮丽必定是乡村的未来，甚至"美丽乡村"也是由城里人的田园梦和乡愁所定义的。不知道是因为出身农家，还是长期从事"三农"工作，我虽然也享受着工业文明和城市文明的成果，但对这种乡村的消失，还是感到一种隐隐的担忧。

就这样，我沉溺在这"两种文明"的冲突中：现代社会如何回归诗酒田园？当我"问道"哨楼村后，心里有了答案。

也许，世界上本来就没有完全平坦直达的大路，但丁在《神曲》中设想的人生"三界"，其实就是生命的宿命提醒，预示着做任何事情，都可能经历多重考验。比如那天，2024 年 1 月 21 日，我以"五新"而非"五星"的姿态——一名驾驶新手、写作新人、求知者，行走在一条陌生的乡村"新路"，去完成一项富有巨大挑战的新的书写时，就有一种强烈的"炼狱"感受。但还是要出发，不是身不由己，而是心甘情愿，世间的许多事，都不能简单地用非此即彼去判断。我第一次独自驾车翻过丘山、穿越风雨、绕行小道，到了仁寿县方家镇，参加我向往的哨楼村"作家小树林"热身活动。

诗酒田园的概念，是在我走进哨楼村，领略了这里的田园风光，参观了村史馆藏，聆听了村民故事，感受乡村振兴的希望，洞见古今后形成的，只是，我在"诗酒田园"的前面加了一个定语"现代"。是的，哨楼村就是我心目中的现代诗酒田园。

终归诗酒田园，最重要的就是一个"终"——终于。

是的，终于。它代表着历经岁月坎坷、阅尽世间铅华后的最终选择，在历史光影和现实境遇里，找到自己的精神归属。

寻脉五千年中华文明史，诗酒田园本就是中国文人追求的理想生存目标和精神原乡。舜帝在历山精耕细作，并推广到普天之下的农耕文明，是中华文明强大生命力的来源。《诗经》里劳动人民的吟哦倾诉，成为中国田园诗意流淌的发端。陶渊明"采菊东篱下，悠然见南山"，孟浩然"开轩面场圃，把酒话桑麻"，韩愈"坐茂树以终日，濯清泉以自洁"，苏东坡"走遍人间，依旧却躬耕"，曾国藩"有子孙，有田园，家风半读半耕"……

盛唐诗歌、锦绣宋词、大家散文、名臣家训，字里行间虽意象缤纷，内核本质却始终如一。简洁明朗的东方审美语境，先贤对美好生活的定义与哲思，无不折射出中国人，特别是文人的理性世界和心灵家园。而这些，在彼时彼人，却只能梦想着《桃花源记》，吟唱《归去来兮辞》，有着难以言说的伤痛与无奈。

长久徘徊于这样的"终于"里，情绪难免受影响，对"彼时彼人"，总有着深深的遗憾与怜惜。"终归诗酒田园"，总是伤痛与无奈吗？会不会有一种更积极的向往与格局？

哨楼村告诉我，不仅有，而且是精神原乡的重要标志。

不信，先看哨楼村四个古村落的名字：菊埼、晓止、哨楼、长富，这地名里隐藏的地域历史文化密码，理想与现实、诗意与忧患，交织得那么紧，岂止是一个"伤痛与无奈"所能解释的。看这里的区位，无论天府腹地，还是黑龙滩、天府机场、仁寿县城"金三角"黄金交会处，都配得上"天府"的盛名。再看这里的历史人文，无论是两千载文明足迹和海量历史文存，还是清代文人为本村题写的对联"廉泉让水地；文里武乡风"，都可窥见这里村干部廉谦，民风淳朴，村人文武双全，乡邻和睦相处……

这样的诗酒田园，既有乡村的质朴，又有诗意的栖息，既有现实的生动，又有历史的纵深，求之而不得，好个终归。

现实的桃花源，就在哨楼村。在我开着车，小心翼翼、战战兢兢，沿着一条不宽不窄、蜿蜒的水泥村道盘山而上，又翻山而下的时候，就乍然出现。感觉不是现实，是马致远的诗，"小桥，流水，人家"。只是没有了诗中的幽暗部分，没有"枯藤，老树，昏鸦"，也没有"古道，西风，瘦马"。一切都在现实中，在眼前。道路井然，土地平旷，屋舍俨然，油菜青青，农舍安静，良田层叠，桑竹摇曳，河流逶迤，山色入塘。这里不仅有江南的柔美，还多了沟通天地的从容与大气。农家小院书声琅琅，留存着深厚悠长的文脉，亦有着不一样的灵气与通透。狮子坳、哨楼山、敬恭里、菊塆、月亮坝、凉水井、解放路、晓止山……一块块标牌掠过车窗，仿佛一个个古老的故事从头说起。

狮子坳形似雄狮，蹲踞作势，是进村的必经隘口。怪不得当年的哨楼要设置在坳头。据说在清文宗咸丰年间，匪患猖獗，村民募捐建哨楼于山上，练民团，保家园，哨楼村因此得名且沿用至今。哨楼村的真正长治久安，让哨楼遁入历史，还是在 1949 年 12 月，中国人民解放军的一支部队走过这里之后。哨楼村人感恩记情，在此条石护坎、沥青铺设，修了"解放路"。行驶在解放路上，心中是满满的敬仰与感动。那曾经奋战的生命终会渐渐故去，而历史的印迹却难以磨灭，还将越来越深刻，因为红色基因已写进你的我的、满坡满地、遍山遍水的诗行。

一口口湖塘星罗棋布，那水如同神奇而深情的画笔，在大地上画下了生命与希望的脉络；一田田庄稼整齐列阵，积善之地，物产丰饶，是对哨楼村最长情的告白。"绿水青山就是金山银山""望得见山，看得见水，记得住乡愁"，这里就是答案。

水塘边的一黛瓦赤檐、白墙明窗建筑，以"哨楼村村史馆"的名义，把发生在这里的故事一一收藏。这是哨楼村人自己策划、设计，历时三年建成的村级历史纪念馆，馆内外总面积六千余平方米，序厅、哨楼春秋、红色哨楼、乡土哨楼、忠孝哨楼、展望哨楼，六个展区一一展开。实物呈现、史料展陈、文字描述、重要场景还原、重要人物访谈，深度还原哨楼村的历史。

每个人的心里都有一块诗意的圣地，承载着耕耘与生长的美好。哨楼人心里诗意的圣地，或许就是这矗立在大地上的村史馆。它如同哨楼人灵魂的皈依，收藏了太多川流不息。绵延千里的故事，涌动于厚土之下沉默不语的生命的气息，使无数跋山涉水不曾放弃的归心终于泊岸，使万般千回百转未曾消失的情意慢慢浮现。它与天空相映，印记星辰的轨迹，迎送迁徙的鸟群；它与大地相生，滋养一座村庄的万物，永远给予一方柔软与安宁。将诗意留住，回到生命的源地。在哨楼村村史馆，行走、聆听、凝视、触摸、对话、感悟，仿佛穿过诗意的时光隧道，向我们款款走来的，我们以为是热情的主人迎接远方的客人，留神一看，才发现自己也是其中一员，在欣赏诗酒田园的时候，自己也成了风景……

跟随主人的讲解，仰望历史的天空，跨越时间的长河，星辰闪耀，星光如炬，随便一个注目，都令人动容。李春旺，号阳俶，太阳初升之意，明末曾任河南按察副使，虽身处乱世却正直敢谏，以身殉国。后人为纪念他，将家宅后山取名为"晓止"山，晓止，乃太阳落下之意。我想，又何尝不是"知止"之意呢？生逢乱世的辜学照常叹："文官不要钱，武官不要命，何以天下不太平！"身为昭武都尉将军的辜有闻异常清苦，卒于所任，竟贫至无以为丧。曾任成都市市长的袁朗如内外兼修，善书画、工于诗、精于琴，率领百姓开凿堰渠，百姓拥称"袁公堰"……

哨楼村斯地、斯人、斯文、斯武，文化浸润，生生不息。

最好的诗歌来自心灵，最美的风景永远是人。这是一片承载历史与现实、平凡与神奇的土地，这是一方写满光荣与梦想的热土，这里的每一寸土地，无不让你感受到强烈的振兴律动。

农村乡野有一种生命力，平时似乎销声匿迹，春风一吹，须臾间就会活跃起来。对哨楼村来说，最有象征意义的是，离乡的人儿又渐渐回来了。他们中有青年也有老年，有党员干部也有寻常百姓，有退休高干也有商界名流。他们从城市回到乡村，进入山间田野，从春夏到秋冬，昼夜不止，以跨界之识，行振兴之举。没有这样的经历，不知道他们归乡时的心情，他们可能也说不出诗酒田园这样文绉绉的句子。但我相信，他们是带着田园一样的心境、诗酒一样的情愫回来的。这是植根于人性深处的本我存在。曾经污浊干涸、而今清澈流淌的方曲河，如同闪亮的缎带，带来生命的给养，是献给归乡人最好的礼物。因为清澈，可以明鉴，而成暖流，这股热流汇合了家乡所有的爱与包容。

村党总支书记张国君，黝黑的面庞，壮实的身材，一副大度宽厚、朴实憨厚的模样，但大大的黑框眼镜，也挡不住他眼里的光芒。2016年，他作为大学生村干部走马上任，村委的家底只有一间平房和两千元现金。村民纷纷背井离乡，不外乎想多挣几个养家的钱。留下的人老的老，小的小，不知道谁起了个"386199"的绰号。哨楼村和各地许多村庄一样，成了"空心村"，人空，心也空了，弥漫着空洞的疼。

张国君从上任的那一天起，就把自己交给了这片土地。守土有责，他深知，实施乡村振兴战略，产业振兴是核心，人才振兴是支撑，文化振兴是灵魂。于是，他和村委班子及众多乡贤带领全村人，千方百计、千辛万苦筹集资金，又从仁寿农商银行贷款两千多万元，整合资源，精打细算，专款专用，培优种养产业，大兴水利设施，建设高标准农田，建立村史纪念馆，引进生态燃料项目，吸引村民返乡创业。

张国君说，他们所做的一切，都是为了把空了的心找回来。守住田园，就守住了乡村的根本；有了根本，"终归"才有依托。

十年树木，也树村。拿哨楼村人的话说，这些年乡村从脱贫到振兴的变化，可以概括为"路上山，水上山，荒山变金山"。

不仅仅是用事实说话，还有用数据。张国君说，他们村全村一千九百零一户，五千六百二十九人，2023年人均可支配收入两万七千元；除了是天府粮仓外，村里还发展了蔬菜、藤椒、肉牛、养鱼等产业，培育新型农场主二十三家。燃气覆盖率百分之四十八，自来水安装百分之九十八，网络覆盖百分之百，卫生厕所普及率百分之九十五。现代农业产业初具规模，农旅融合已然形成；绿色生活方式进家入户，生态文明全面提升；诗书继世、耕读传家，既是村民家风，也是村约村风。

"四川省乡村振兴省级示范村""眉山市村级集体经济增量收益十佳村""四川省乡史村史和社区博物馆建设示范项目"……

仍是田园，或者说终归田园，但已不是那个田园。

党总支副书记张凯，是一位八〇后年轻人。他既是被"终归"召唤回来的返乡农民工，也是乡村振兴的带头人。他头脑精明，敢拼敢干，当年的外出是迫于无奈，选择了销售煤炭、经营超市，挖到第一桶金，是靠吃得苦中苦；而毅然决然选择返乡创业，则是乡村这个根的召唤与血脉里"终归"基因的苏醒。

返乡后再次创业，张凯再次受挫——生态养殖的一万五千只鸭，突然遭遇瘟疫的袭击，欠下高额债务。但是，有了那个骨子里的"终归"，他没有再选择出去。他抹干眼泪，在获得仁寿农商行的贷款支持后，转而发展藤椒。有文化，肯钻研，技术过硬，适销对路，张凯很快成为当地的藤椒种植专家，走上了致富之路。2016年，张国君举荐张凯入村班子，张凯的主要任务就是指导带动更多的村民种植藤椒。一个"终归"，带动了无数个"终归"。哨楼村所在的方家镇，目前种植藤椒两万余亩，亩产值六千多元，仅此一项即为村民每亩增收两千多元。

仍是那个田园，但不在文人诗文里，归来在哨楼村。

"田园"到底有何意？万物生长、生生不息，安定富足、宁静祥和。《论语》中有一段孔子和子路、曾皙、冉有、公西华讨论个人抱负的精彩对话。孔子和其他三位同学讨论的时候，曾皙在旁边悠闲地鼓瑟。轮到曾皙时，他铿然拢瑟，坦然而言："莫春者，春服既成，冠者五六人，童子六七人，浴乎沂，风乎舞雩，咏而归。"夫子喟然叹曰："吾与点也。"季羡林先生认为，孔子与曾皙所向往的这个境界，就是社会安定、经济稳定、国家自主、天下太平，每个人都享有真善美的人生。近代学者辜鸿铭在其《中国人的精神》一书中说，真正的中国人，有这样的气质，从容、镇定、历经磨炼后的成熟，那是一种难以言表的"文雅"，是灵性和理性的完美结合。何以如此？答案只能是来自中华文明和中国精神。城市化进程加快的同时，村庄亦成为新市民家庭的稳定器和动力源，既为其完全融入城市提供强有力的支持，又为其可能遭遇的进城失败提供退路。我想，正是日益振兴的田园，给了哨楼人温文尔雅的心境与宁静祥和的生活。

一场文事，一阕风雅；一程问道，一脉文化。

**作者简介：**余四勇，笔名斯咏，女，四川洪雅人。中国散文学会会员。有作品发表于各级报纸杂志。

# 遇见一场雨

王曾玉

　　一场巧遇的雨，为我们的哨楼村之行蒙上了一层神秘的面纱。

　　神秘源于巧遇与稀罕。从 10 月中旬到 1 月 20 日，连续三个月，四川盆地始终艳阳高照，寒流未现。气温的持续不下，让植物蒙了圈，茶树开始抽芽，玉兰萌发出骨朵……一切都乱了套。

　　一冬不冷，不下几场冷雨，营造出"雨雪雾雾"的氛围，还叫冬天吗？2024 年 1 月 21 日，一行作家到仁寿方家镇哨楼村，参加由四川省作家协会指导的"作家小树林"文化兴村活动。作家们将根据自己的喜好，在哨楼村种下一棵属于自己的树。

　　既要种树，哪能少得了水？雨来得好，也来得巧。一大早，气温骤降，有瑟瑟寒意袭来，丝丝缕缕的雨雾，若有若无地萦绕，接着便开始淅淅沥沥起来。下雨了，雨越下越大，一下就下了一整天，为小树林的葳蕤增加了天意的神秘。

　　生命起源于水，这是铭刻在生物基因中的。

　　水，是人类文明的源泉。先人逐水而居，繁衍后代，才催生了文明。人类早期的古文明，无不与水有关：尼罗河、幼发拉底河、底格里斯河、印度河，分别孕育了古埃及文明、苏美尔文明、古巴比伦文明和古印度文明；黄河和长江，则是中华文明的摇篮；对世界影响最深远的古希腊文明，诞生于爱琴海……

　　水，影响了人类在全世界的分布，也可以决定文明进程的快与慢。

　　仍然是水，让我的思绪回溯到哨楼村。可以想象在远古时期，哨楼村还没有形成村落，更没有因匪患而生的"哨楼"这个带有战乱意味的地名。在今天叫作哨楼山、打锣山、和尚山等的山上，树上筑有树窝，崖壁凿开有土坑（蛮洞），一群穿树皮、着草裙的远古村人，在这里快乐地生活着。他们"断竹，续竹；飞土，逐宍"，白天攀岩爬树，摘果逐兽，结网掷叉，捕鱼捞虾；夜晚围火烤食，歌之，舞之，蹈之……也许，这就是哨楼村最早的文明，与其他地方并无差别。

都是因为水——水在何处？

水在井里。上古尧时代，人们"日出而作，日入而息。凿井而饮，耕田而食"。开凿井泉，就有水饮。这是古人的智慧。河姆渡的水井遗址，碳14的测定早已证实，五千七百年前的人们，已经掌握了打井的技术。相比于喝原始方曲河的地面水，原始哨楼村的人，也意识到井水更清纯甘甜，饮之爽身怡心，不易腹泻。于是，他们掘出了"古井"和"凉水井"。文明在世界各地，都以惊人的相似之处成长。

水的功能不止饮用，从渔猎文明到农耕文明，水进一步推动了文明的进程。哨楼村人似乎更早意识到这个问题。村里的黄土，不储水，还很贫瘠，曾以干旱闻名，以产红薯著称。坡上的玉米、大豆，每到下午就蜷缩起叶子，开启减少蒸腾作用的自我保护模式。从古至今，哨楼村对一场雨的渴望，都是望眼欲穿的。

无须穿过时空的隧道，就可以想象古哨楼人遇见一场雨，比此刻的我还要激动的心情。长久的烈日暴晒，滴雨未下，田间坡上，地表龟裂，稻粟萎靡……这时，突然天色暗去，大雨倾盆。哨楼人站在光秃秃的土地上，欢快、激动、膜拜！他们虔诚地跪地，感谢上苍普降甘霖，赐予他们极少的可耐干旱的食物。他们用宽大的叶片收纳雨水，拿出所有的陶器承接雨水，希望能留住雨水。但是，仍收效甚微。特殊的土壤结构，使落在土地上的雨，来得快，去得也快。

这时候，塘出现了。哨楼村最早的塘是哪一口，村里的人说不清楚，村外的人更说不清楚。但有一点是说得清楚的，就是哨楼村最早的塘，与其他地方的塘一样，是自然形成的。长期的降雨和地表径流，汇集于低洼地带，便成了塘。后来，聪明的哨楼人受到大自然的启示，开始学会储水——掘土成塘。雨下到土地上，渗入地下成为井水，流入塘中成为塘水，这是用水智慧的提升。在哨楼村，方塘一个接一个，足有百多口，仿佛大地的眸子，清澈透亮，熠熠闪光。

历史上的塘发挥过多种作用，蓄水、灌溉、浣洗、饮用……

在哨楼村，也不例外，这是塘最早的功能。哨楼村的塘，不知从什么时候开始增多的，是在明末那场惊天动地的大屠杀之前，还是之后？可以确定的是，哨楼村的人口与四川许多地方的人口一样，曾遭遇不少的劫难，有过断崖式的减少。否则，就不会在汉代崖墓的遗迹上，再现多个家族迁移至此的记录。

从这些记录中，我们看见了那场声势浩大的移民潮。明朝、清朝或更早，麻城、孝感或广东，李姓、辜姓和张姓，千里迢迢，拖家带口来到这里。他们筚路蓝缕，以启黄土。塘，无疑会随着人口的增多而增多。于是，流动的水变成了停驻的水，从天而降、顷刻消失的水，靠塘储蓄了起来，听候村人的差遣。水旱从人，农作物的状况得到改善，靠天吃饭变成了靠自己。如此，塘越挖越多便不难理解，毕竟要养活那么多张嘴，这一点，可以从族谱这棵老树的枝繁叶茂看出。

哨楼村的塘，让天上下的、地上流的水，在村子里驻足的多了起来。一切就随之发生了改变，即俗语所讲，一方水土养一方人。短短两三百年光阴，从这个穷乡僻壤、犄角旮旯之地，走出去文进士、武进士、举人、贡生五十多人，这是罕见的现象。文明的脚步在哨楼村迈得又快又大又稳。到如今眼前耳目下，还诞生了化学专家、绘画大师、音乐大家、泥塑家……文、武、科学和艺术，全面开花，哨楼村俨然有了一套自己独有的文明。除了穷则思变的逻辑，历代学子超越常人的努力，再次验证了人类文明与水有着千丝万缕的牵连。水可以生出物质文明，物质文明可以促进精神文明，这才是"风水"二字的本质内涵。

"半亩方塘一鉴开，天光云影共徘徊。"显然，南宋朱熹是了解方塘的，他把方塘比作镜，照亮的当然不只是天光云影，更是历史。透过方塘这面镜，我们看见如今的哨楼村，靠山吃山，山上长满了花椒、竹子、水果；靠水吃水，塘里养满了荷和鱼；山水结合的山冲里，则是层层叠叠的高标准农田。养荷养鱼种粮就是养胃，解决人生存的需求，也是养眼，但终极目标是养心。

春天来临，水暖荷知，它们从沉睡中苏醒，开始伸胳膊伸腿儿，春心萌动，绿意渐染。仲夏季节，荷出落似豆蔻少女，芙蓉出水，翠裙袅袅，秀项婷婷，粉面娥娥。加之"鱼戏莲叶东，鱼戏莲叶西……"撑小舟，入藕花深处，与易安争渡……这次第，会撩动多少蠢蠢欲动的出游之心。如此这般，有了荷和鱼的加持，哨楼村的塘，便多出了文化、美学和经济学的价值。

让哨楼村的水长出美学价值的，还有黄土。

水可以冲刷黄土，使其溶解、流动，一泻千里。也可以让平躺的黄土立起来，成为精神坐标。液态的水，融入固体的黄土后，便有了不同的形态。或动物，憨态可掬；或植物，清雅娟秀；或人物，栩栩如生……这叫"钦斋泥塑"。

哨楼村村史馆进门处，矗立着一壁大型人物泥塑，他们是哨楼村的历代先贤。精美、生动、传神，历史的沧桑感与生命的质感、时代的动感融为一体。惊讶、惊叹、惊奇，却并不惊诧，毕竟这是李氏家族近两个世纪的美术结晶。从进士李春旺第十世孙李钦斋，到第十六世孙李长青，经过六七代人的传承和精进，"钦斋泥塑"早已成为知名的泥塑艺术品牌、非遗文化，蜚声国内外。

但是，流动才是水的天性，哨楼村也不例外。

一滴雨不汇集成流，很快就会被蒸发得无影无踪，何况在十年九旱的仁寿。一曲流水不汇入江河，在干燥的土地上，流着流着就会消失。流水不腐，不流的水必腐，水是不能豢养起来的，它们会成为死水堆积的废物。唯有源源不断的活水，唯有孜孜不倦地流动，才有灵性。再大的水，非流动不能致远，这一点，哨楼村的水懂，它们不满足于井的深藏，塘的故步自封，它们进化成河——方曲河，从方的塘出发，奔向曲折回环的大江大河，气势磅礴的大海大洋，如同哨楼村人，一代代走出去，融入外面的大千世界，寻求更广阔的格局和视野。

下到哨楼村的雨，是幸运的，因为它们成了这里的方塘和方曲河的主人，当然也就是哨楼村的主人。我相信，即便流出哨楼村的水，也会像哨楼村外出的人一样，终会回来的。只是，他们回来的方式不同，人是被乡愁唤回，而水，则是被魂唤回。它们会在某个江河湖海蒸发成气，飞上天空，携带着各地的祝愿，通过一场又一场雨，再次回到哨楼村来。就像从哨楼村走出去的学子们，学成返村，带回新的科技知识，用在农业养殖、水果栽培上，助力村民。村史馆是他们返乡的聚集地。

想到这里，我突然有些激动：这场巧遇的雨，难道是哨楼村返乡的"村魂"为我们的到来举行的欢迎仪式？或者说，我们恰巧赶上了哨楼村"村魂"的返乡仪式？

　　我相信，遇见的这一场雨，是一个新的美好缘起……

　　**作者简介：**王曾玉，笔名曾玉。中国散文学会会员，四川省作家协会会员。有现代诗、散文、古诗词和文学评论等散见于《中华诗词》《星星》《四川作家》《四川诗人》等刊物。出版诗集《我喜欢的寂静》。

# 风过哨楼

李海燕

风很轻，携着花香，从车窗外钻进来，分不清是菜花、橘花、李花还是其他的花。总之，这香是山野独有的味道，与那些人工的香味截然不同。

这是我第一次去哨楼村。初春的阳光在林荫路上洒下斑驳的影子，绿色的藤蔓沿着路边的白墙攀爬，铺天盖地的油菜花在黄土地上熊熊燃烧。

索性将头探出窗外。我听到流水哗啦啦的笑声，一条小溪蜿蜒穿梭于金黄、翠绿、雪白之间，间或拐个弯，伸向平坦开阔的大坝。几方荷塘，水光流转，车窗仿佛成了几面小镜子，不断切换着风景。垂柳扰乱了阳光，蜻蜓抛下完美的曲线，轻轻吻过水面，又飞起……

同行的朋友告诉我，村庄离不开水，哨楼村也不例外。这里有井、有河、有江。丰富的水源，滋养着这方土地，哺育着勤劳智慧的哨楼人。

一水护田将绿绕，春风拂柳送青来。

朋友说得没错。走进哨楼村，就走进了绿水环绕的诗意栖居地。水在井里，清绿如墨，一探头就照见自己。耕地的、割草的、背娃的，往井里一照，都不禁发笑：自己的脸在阳光跳动的水波间晃荡，聚拢又散开，清晰了又模糊，不见眉和眼。怎会是这副模样！满意与不满意都不会生气，井像母亲，和蔼地看着她的每个儿女。照见自己其实没有多大意义，村民最在乎的，还是井的作用。井是村民最宝贵的资源，奋斗的、成功的、外出的、留下的，都以井为骄傲，为希望，为动力。当然，井也没忘成全每一个人。

村里的人，靠着井生活，依着井发财，枕着井做梦，向别人绘声绘色讲自己与井的故事。据村里的人讲，这里曾有一百多口古井啊。千百年来，哨楼人凿井而饮，耕田而食，古井田、凉水井是见证。水在河里，河里流淌的，就是哨楼村的历史。那些曾经的动荡、风云、人物、事件，忧伤和快乐，不幸和幸运，都被这河结绳记事。于是，方家和曲江的人，干脆称方曲河为母亲河，有什么称谓能有"母亲"亲切、伟大、深情？

水生万物，无水难为稻粱谋。于是我想，所谓风水，不就是风和水的最好融合。在哨楼村欢快流淌的方曲河边，我想起了家乡的那汪绿水。

我的家乡离哨楼村不过几十里。和哨楼村一样，那里浅丘起伏。我家坐落在浅丘间一块不大不小的平坝上。屋外也有一条小河，不舍昼夜，一直安静地流；四季的风，从门前吹过，不知是水陪着风，还是风陪着水，总之，风和水一起，滋养着坝上四季交替的生物。因此，坝上最多的是绿。有人说，这绿是被水浇出来的；也有人说，这绿是被风吹出来的。绿披在年轻的植物头上，就像村姑们头上的秀发。竹林是绿的，小麦是绿的，玉米是绿的，水稻是更绿的绿，连水流都一圈一圈地闪着绿光。儿时的我们，在碧绿的油菜地里捉迷藏，在苍翠的枝丫间荡秋千，在清清绿绿的水中捞鱼虾。我们和绿做伴，映衬着绿，打扮着绿，显得绿更绿。

可是，十五岁那年春，爸妈种的水稻不绿了。红彤彤的五月，连日响晴，旱了一冬的小河，再也挤不出更多的水。热烘烘的风，把田地吹裂，生了口子。一茬茬麦桩眉眼焦黄，菜籽秆风一吹就能烧起来。那年，东风渠的水迟迟没有来。老爸的脸一天比一天黑，眼角本来就明显的皱纹，被热风一吹，似乎要与龟裂的稻田比狠。为了让饥渴的土地喝上一口水，他抽过井水，舀过河底的渗水，试过废弃的石膏洞里的碱水，甚至为了抢一点小雨后的积水，差点和邻家表叔大打出手……秧苗并没能成功种下去。后来，心急火燎的乡亲们去了市政府。市长没见到，水却很快通了。一周后，坝上一片新绿，鲜嫩的秧苗，在风中轻轻摇摆。

我想，方曲河的风和水，也有着和我童年一样的故事。

走在方曲河边，风无约而来。我有一种好兆头的感觉，心生欢喜。油菜花最懂我此刻的心情，顾不上含蓄与斯文，在风中轻歌曼舞。我以为是花感染了蜜蜂，蜜蜂在花间嬉戏，想起那首《酒醉的蝴蝶》。可是，听见村人的喃喃自语，我无地自容。村人说，你看那蜜蜂，好忙好忙，生怕错过花期，就要饿肚子。

矫情与肚子，竟相距这么近。醉酒的蝴蝶一心想飞离，却怎么也飞不出花花世界；而蜜蜂，应该和我一样，不舍得离开这片金色的田园吧，这是它的命根。风可以吹走一片片花瓣，却无法吹走一只蜜蜂。蜜蜂的飞，让刚进村时闻到的山野的香，又增加了几分山野的甜。再过不久，这片金黄将蜕变为新绿，等待一场场风的到来。

风是自由的，但自由的风并不游手好闲。它在为水和蜜蜂当啦啦队呢，有时还直接下场，为羞涩的花儿传播种子。风打发走了四季，留下过日子的村民。有井，有河，有江，哨楼村人自然不会为水发愁。何况他们还有新修的提灌站和启闭机。那些与干旱抗争、靠天吃饭的日子已经远去。黑龙滩、黑龙江，母子连心，一脉相承。黑龙滩的水流经哨楼村，流经月亮坝，温柔呵护着热爱她的一切生物。高峡出平湖，曾经的龙滩壮歌我没有听见，但在村史馆，我看见了哨楼人风餐露宿、肩挑背扛的身影。奋战十五年，重排山河，一湖清水养一方人——哨楼村八千多村民做到了，仁寿十万修库大军做到了。

我有些欣慰，甚至骄傲。绿水环绕、轻风拂面的，不只是哨楼村，我的家乡也一样。自从那年有市政府的关怀后，老家的坝上再没缺过水。每年四月，春风送暖的季节，东风渠的水，总是提早到来。屋外的小河一年四季清波荡漾。坝上还是那么绿。有风的时候，这绿色就和掠过它们的风，组成稚气的小合唱，沙沙——沙沙——那些与水有关的故事，在时间的流逝里，被风带向远方。

山间的轻风远去了，如庄子般逍遥；遁迹的蝴蝶，不知是不是当了风的跟屁虫，田间没有它的影子。没有远去的是什么呢？坝上的明月，田地里的庄稼，山上的果木，屋边的竹林，村里的水井，村口的方塘，以及村里千百年传承下来的文化基因和忠孝节义。

廉泉让水地，文里武乡风。

风和水，不仅是哨楼村的名片，也是村史馆的门面。一走进村史馆，一股暖风扑面而来。浓郁的文风、淳厚的家风、质朴的民风在这里交融。泛黄的书页，磨旧的老物件，守护着哨楼千年时光，悄然诉说着哨楼人耕读传家、文武兼修的往事。是的，这里一度文风斐然，武事兴隆。顺着湖广填四川远道而来的李家、辜家、张家，他们隐忍生离死别的疼痛，放下爱恨情仇，拂去一身的尘埃，在哨楼这片陌生的土地上扎根、生长、枝繁叶茂。我看见被清代道光帝旌表建坊的节孝女子李萧氏，看见哨楼村第一位文科进士李春旺，看见清代光绪丙子科武进士辜有闻，看见中国地球化学标准物质检测中心奠基人鄢明才……他们是湖广填四川移民的后代，是哨楼村风水光耀的门楣，他们以浮雕的形式被镌刻在历史的长河中；他们身姿挺拔，目光如炬，穿越历史的风烟，深情凝望着哨楼的子子孙孙。

历史被浮雕定格。一座浮雕，就是这座村庄的骄傲，也是这座村庄的精神图腾。筚路蓝缕不要紧，跋山涉水不要紧，人生之路、创业之路，只要在走，总能抵达终点。何况哨楼藏风聚气，得水为上，天时、地利、人和，成就了这个村庄最好的风水。一方水土养一方人。自力更生，从无到有，敢教日月换新天，哨楼儿女骨子里流淌着不屈不挠的血液，忠孝节义、先贤遗风，是他们心中的"哨楼"，更是他们从不言弃的自信和底气。

乡贤浮雕的创作者李长青，是哨楼乡贤李春旺的第十六世孙、"钦斋泥塑"第七代传承人。多年前在报社做副刊编辑时，我在记者的文字里遇见过他。当我走进村史馆，这个身着长衫、儒雅谦逊的男子，老友聊天般娓娓讲述起哨楼的前世今生。他如数家珍，甚至对每一个旧文书、老物件，都能深情解说它们背后的故事。那一刻，我才知道当年记者采访他时，他说"吾继祖先之基业传习之，日积月累乃成"的深意。对"钦斋泥塑"的传承需要日积月累，一个村庄文化的传承、文明的浸润、家风的养成不也同样需要日积月累吗？那一刻，我才明白，为什么哨楼村能建成这样的村史馆。在丹棱幸福古村、太和永丰村，我遇见过同样的村史馆。古色古香的庭院，民俗风情、农耕文明、地方特色一览无遗。不同的是，哨楼村村史馆更有"人"气，小小的村庄，名人贤士二十有余。他们心系乡里，福泽一方，厚德载物，成风化人，不正是一个村庄文明史生成最好的养分吗？

走出村史馆，似乎从历史回到了现实。阳光更暖了，风也大了些，广场中央红旗猎猎。广场边上，工人们正为前不久设立的"作家小树林"种草、施肥。百名作家慕名而来，种下花和树，书写诗与文，一个村庄凭借自己的文化积淀，吸引着更多的文化汇聚，这在哨楼是新风清泉。在这片生机盎然的小树林，我没能以作家的名义种下一棵春天的树，但有什么关系呢？哨楼的风水春色、书香文脉已在这个春天种在我的心里。

这个春天，风吹过"作家小树林"，吹过藤椒园，吹向初具规模的两千七百亩高标准农田。我看见农人在风中迎面走来，笑语盈盈。在他们身后，青瓦白墙与青山绿水相映，诗意田园的画卷徐徐铺开。八十岁高龄的辜老先生专程从成都回到家乡，想为这幅画卷涂上灵动的色彩。一群画家、乡村设计专家站在方曲河边，听他讲述哨楼的过往，描绘哨楼村多姿的未来。

在辜老先生身后，哨楼村党总支书记张国君神情专注，安静聆听这位老村民的讲述。千年就是一步。当年的少年小辜从哨楼村出发，归来已是辜老。几代人在方曲河水边，在春风里站在一起，讲述过去或者现在，都不需要转换。他们共同的心愿，是让乡亲把日子过得红红火火。

此刻，风吹过他们，也吹过我。一只燕子飞向"作家小树林"，停在一株新栽的玉兰树上。也许，那燕子像人，从这里飞出，飞过敬恭里，飞过晓止山，飞出月亮坝，看过山山海海，最终循着春天的气息，跟着一场风，又飞回到了这里。就像曾经的我，一度逃离家乡，逃离因缺水而不安的夜晚，逃离因贫穷而狭隘的人心。那些面朝黄土背朝天的耕作，一度被我嫌弃。我曾以为，头也不回地走出乡村，走向城市，就是梦想和骄傲。走出半生，才发现自己最眷恋的，竟是曾被自己厌弃的那片土地、那口乡音。日后能等候我、抚慰我的，依旧是乡间的清风和屋外的流水。

此刻，我与哨楼村的农人迎面走过，我们素不相识，却点头微笑。这笑，像井水一样纯净，像春风一样宜人。当我想到，在这个春天，我们被同样的风吹拂过，从同样的水边走过，就感觉自己也成了哨楼村人。

**作者简介**：李海燕，女，四川眉山人。中国散文学会会员。发表多篇散文、诗歌。

# 李长青和他的哨楼村

李康云

2024年1月21日一早，从乐山冒雨驱车一百二十多公里，十点，终于抵达仁寿哨楼村文学采风活动现场。简朴而感人的开幕式后，我们很快被带到了哨楼村村史馆。小小村落居然有村史馆，不禁让人疑惑。

馆外冬雨密实，村野更显寂静。馆内却早已人头攒动，人们兴奋而安静地听导游解说。那解说员笑容帅帅的，普通话虽然只有二级甲等的水平，不是很标准，但讲得颇有激情。不喜拥堵，等六十多名省内作家被那男子的声音带到前面去了，我才安静地浏览展陈。"前言"简朴、厚重，果然有故事。大厅正面，赫然出现该村历代乡贤雕塑群像，说是湖广填四川六百年间村里出了三百才子、五十进士，群雕十数人，是乡贤代表，居中领头的是几百年前贵为河南按察副使的李春旺，雕塑栩栩如生，应是出自哪位大师之手。再往侧面展墙看去，赫然出现竖排的红色黑体字《哨楼春秋记》。

该文五百余字，春秋笔法，小村历史古风扑面而来，署名：钦斋主人。噫，何方遗老高人悄然出世于此？不禁慨然。继续游览，忽然得知那钦斋主人并不神秘，正是前面那个口若悬河的帅气解说员，名叫李长青，一身灰色棉布长衫，颇似从旧时代复活的艺术家。听旁人说，他是哨楼村村史馆的馆长，更是此馆建设设计者、展陈设计者，今天贵客光临，他亲自担任讲解。远远看去，他鹤立人群，灯光下，好似一束有声音的光。

他一直被人群围绕，不便强行插话做更多了解。直到午后他都没能闲下来，返程后，我终于设法加了他的微信，是夜，在他朋友圈里，找到了《哨楼春秋记》原文和文末十八条注释。文如其人，换个角度了解他。

　　文章首句"廉泉让水之地，文里武乡之区"借用清代文人给哨楼村的题字，一句话写哨楼村。

　　第二段："哨楼村，处天府腹地要津，跨二千载文明。汉为武阳郡东，魏属平井县地，五代孟文同乡，宋与状元共梓，明末敬恭之里，清初安下之甲，民国北伐重镇。'贵平、平井、广都、陵州'村之古邑也，'菊塆、晓止、哨楼、长富'村之今名也"。我看除"腹地要津"略显夸张、"二千载文明"可待考证之外，其余村史演变叙说简洁有力。

　　第三段："贤哉吾哨楼，古陵州名星之渊薮，自来科甲蝉联，文武并重，忠孝节义，青史流芳。辜氏一族十代联科，簪缨盛族；李姓一门十举贡，两杆三牌坊；张氏曲江贵胄，军功世家，文采华章；辜将军、李副使、蒲主考、王训导，天子门生，里闾状元，明清六百载，崇文重教，秀才三百名，举贡五十余。沙场常留英雄身，翰墨屡闻乡人名，贞女于此美名扬，显宦过往扶马头"。简要百余字，村史文明的内核如撬开核桃幽壑，文武精华如珠贝出壳，乡风民俗、筝韵响遏。短短文字如盐井钻头取出的盐卤精华，点点滴滴都是四川村落文明的味道。稍加品味，那里面都藏有湖广填四川的李氏、辜氏等一干生民六百年命运的深海。

　　第四段："悠哉吾哨楼，僚人穴居，渐有人迹。湖广填川，辜李张黄，百川流汇于斯土。御外敌而筑哨楼，得名有年。积善之地，物产丰饶，曾经盐场林立，而今绿水青山，百姓乐业安居。千载兴衰，民风依然淳朴；世代农桑，黎民犹存忠义。摩崖雕刻，国之重宝，千年风华犹存；钦斋泥塑，蜀中名品，祀载神韵传承"。此段描述颇有历史质感，便是李长青为哨楼村展陈的"海货"了，人脉迁徙繁衍、哨楼御匪、乡邻和睦、盐风和畅、民生忠义、生态蓬勃，远超我所了解的仁寿同类乡村。不过，"悠哉"若改为"壮哉哨楼村"更得劲儿（现已改）。

　　文末写道："斯人也，耕读传家，文武双修，代出英杰。斯地也，毓秀钟灵，粮棉薯果，百里传扬。斯文也，上效朝廷，下教黎民，家国倚重。斯武也，保家卫国，北伐增荣，辜氏有闻。哨楼村，天府之名区也！陵州之厚土也！哨楼村，人杰地灵，物华天宝，奕世隆昌！"此段以人、地、文、武、楼，五字六句排比，村风文明得以提炼，尽管作者文末情思宣泄稍盛，不如古代"记"文锵然含蓄，这李长青却已然不简单。

说到"记"这个文体，源起先秦，盛行于两汉时代，官方、私人以此记人记事及物言情，文体开始独立。魏晋南北朝到唐宋，"记"逐步融入个性，思想张扬，留下《桃花源记》《岳阳楼记》《醉翁亭记》《游褒禅山记》等三五百字文体成熟的不朽文字。元明清至近现代、当代，"记"的元素在小说、散文、报告文学等体裁中不但没有被分解，反而将作家情怀和思想推举到了叙事美学的极高境界。这或许是人类写作对抗 AI 写作的终极武器。今读李长青《哨楼村春秋记》，文心凛然、诗意盎然，以普通乡村史传文明记忆，烛照当今中国脱贫攻坚、乡村振兴的伟业景像，虽遗憾作者为此着墨不够凸显，但已是当代乡村记忆"记"中翘楚，不再苛求。

及至读到文末简介，名号赫然。此前只知是馆长，不承想他是哨楼村1982 年生人。自幼家学笃厚，跟随祖父、父辈习得民间泥塑技艺。青年求学于四川美院，后专攻泥塑，成为川派泥塑代表人物、非遗传承人、雕塑家、民间艺术家称号都已是国字号。艺成于眉山创建钦斋文化传播公司，在业界成为眉山雕塑协会会长，俯身躬行民间泥塑，抬头成为眉山市政协委员，同时致力地方文史研究，闲时啜茶著诗文，待神志澄澈，力著泥塑文化学术论文，登上中国当代雕塑艺术的最高论坛。眉山、太和镇、老家哨楼村，他都有居所。他的泥塑精品《掏耳朵》《打围鼓》《苏东坡》走出四川、走向全国乃至参加法国大皇宫国际艺术双年展。同样是取材民间凡人众生嬉笑怒骂的传统技艺，同样是栩栩如生的泥塑人像，比起作家冯骥才一千一百多字短文《泥人张》里技艺卓绝的清末民间艺人张明山来，李长青不仅是家族的宠儿、泥塑艺术的宠儿，更是中国改革开放以来时代的宠儿。李长青深得七代家传泥塑绝技，活跃于当代文艺风头，甚至五年前敢于探索创新，"泥塑＋科技"利用 3D 打印技术，创新了当代泥塑的艺术手段，提升了泥塑作品的效率和品质。乡贤群雕也是出自他的手笔，给民间艺术的发展带来充满想象力的诗意启迪。

没想到，长青还果真是一位诗人，他有旧年诗歌《清明祭》：

我身着古时的衣衫／奔波了万里百年／才来到祖先们的坟头

我访问了民国的亲人／访问了清朝的亲人／访问了明朝的亲人／

访问了唐朝的亲人

我从西蜀／一路湖广，一路江南，一路陇西

我从盛世／一路太平，一路风雨，一路向北

我从血缘的末端／穿越了历史的迷雾、荆棘、悲欢／才回到血缘
的起点

我是皇帝、武将、进士、举人、秀才／在蜿蜒的泥泞路上播下的
一粒种子

我曾是大唐的声音、明朝的奏章、清朝的弓矢、民国的书卷……


诗歌描述了他寻根问祖的虔诚。他酷爱地方文史研究，主要致力于仁寿乃至四川及西南李氏族谱中杰出人物的搜集整理，这对我有特别的吸引力。四十三年前，我十七岁离开与哨楼村相距二十公里的白马村上大学，后来先后在阿坝、乐山两地的大学教书近四十年。虽然时常回老家参加清明会，但对仁寿李氏族谱传承总是不甚了解，深感对不起列祖列宗。几年前，我在江油李白纪念馆虔诚拜读刻在高墙上的《中华李氏基因流变迁徙图》，对"天下李氏出自陇西"半信半疑。那年夏天，汗水湿透T恤，迷蒙了眼睛，搞不清楚陇西之前的李氏渊源，只记得有一对母子逃进深山吃李子续命繁衍始姓李的传说，更弄不明白如今李氏的状况。

长青的研究给我带来了结遗憾的契机。他先是慷慨发来"西南李氏寻根联宗筹委会"正在编辑完善的《四川各地李氏简介》文档，天哪！三百三十页，二十三万余字，已查明四川各地李氏八百二十四支，半数以上保留了字辈歌谣。他又发来《四川省仁寿县李氏简介》，页码不多，但记录了四十五支李氏，半数以上有族谱字辈歌谣。我飞快寻找仁寿县彰加镇、始建镇、宝飞镇三镇交界处白马村的李氏记载，有李氏，但对应族谱字辈，没有我"继开宗祖志，建成永世勋……福寿安康宁"族谱字辈的家支记载。我给长青回信说："但愿将来搞清楚，记录为仁寿第四十六支李氏。"

我和长青虽同姓不同支，一番交往，却倍感亲切。不过，如今姓氏整理，只是为了让后代不至于数典忘祖、忘了来路；同在哨楼村一方水土生存，只是为了平安繁衍生息。长青介绍说，哨楼村五千多人，光是来自湖北麻城孝感的

李氏就有一千三百多后人，同村还有来自广东的一百多李氏后人。数百年来，与同村的辜氏近千人、张氏、黄氏等家族嫁娶互通，鲜有内斗，世代友好。是的，一处和睦村庄，便是一座混血的心城，心城凝聚便是乡村振兴的万世基因。诚如长青《哨楼春秋记》所记，数百年来，当异乡变成了诸姓生生不息的故乡，一旦匪情来袭，哨楼山哨声即起，他们就会同仇敌忾，诸姓已然一家人；一旦天开清明，国家用人，哨楼村就能挺身而出，全国一家亲；一旦乡村振兴哨声再起，他们就能够万众一心，尽心勤力，振兴家园。

　　实话说，对李长青的哨楼村，我是羡慕的。仁寿县三十五个镇、二十五个乡，五百二十七个村，共一百六十七万人，相当于阿坝州十三个县八十万人的两倍之多。走遍阿坝、甘孜、大小凉山、广元、巴中、达州等欠发达地区，各地也推出了类似哨楼村这样的乡村振兴典范村，典范的示范性的确十分强大，但类似我老家白马村这样十户迁离五六户进县城务工、买房，即便政府翻耕了土地，号召回乡耕种，也不愿回乡的空心村依然不在少数。短短三年多，曾经闭塞欠发达的哨楼村，奇迹般地蜕变成为全省乡村振兴示范村，关键的因素是人，不是人心齐不齐的问题，而是乡村治理的领头人集体有无想象力、有无创造力的问题。

　　哨楼村不是李长青一个人的哨楼村，他只是文化反哺乡梓、创造新时代村庄文明的文化使者。哨楼村更是返乡大学生村支书张国君、副书记张凯等的哨楼村。哨楼村当然更是八十多岁拄着拐杖奔赴工地、化解村民疑虑的老村主任李述清以及五千六百多名村民的哨楼村。显然，这也是仁寿人民，甚至是四川人民拿得出手的典范村。几年前，"一个都不能少"的脱贫攻坚，早已是国际公认的世界减贫治理历史上的中国奇迹。如今乡村振兴方兴未艾，哨楼村可以称为世界减贫治理史上中国奇迹中的"奇迹"。

　　"奇迹"之所以诞生，正是因为有老当益壮的辜仲江等当世贤德的出谋划策，有历任老村长李述清们的鼎力支持，有李长青、张国君、张凯等回归家乡才俊者的想象与创造，更有历代先贤文明基因、文化自信的传承影响，以及政府、百姓同心同德的领导与付出，才有如今哨楼村村富民强的盛况初现。

　　人才立体多元联动、产业立体多元联动，一方村落土地，才有如此村域文明的蓬勃、壮丽。

李长青只是其中的一员，仍将是哨楼村未来的建设者、创造者以及雕塑者。

**作者简介**：李康云，男，四川仁寿人。教授、作家、评论家、诗人。四川省作家协会会员，四川省文艺评论家协会会员。出版论著、编著六部。

# 哨楼村的红土地

刘小苇

## 一

带着意犹未尽的心绪，我们驾车离开哨楼村村史馆，行进在哨楼村通往外界的公路上。

窗外掠过连绵起伏的青绿色小山丘……快看，那座最高的山丘，就是哨楼山。顾名思义，哨楼山应该是有哨楼的。不错，一百多年前，为防土匪，村民在这儿修建了哨楼，从此村庄也叫作了哨楼村。如今哨楼荡然无存，但村名依然叫哨楼。这是村人对先祖英勇抗暴、保卫家园的纪念，也是村人坚守"思忧患而自省，知不足而前行"的古训，激励自己不断前进的动力。看见那一方波光潋滟的湖面了吗？它就是滥沟湖。它并不是天然的湖泊，而是近年来村人在原来的一条名为滥沟的水道上修筑水坝，引水至低洼地，蓄水八万方而形成的。但湖边那条路是老路，村民们听老辈人讲，解放仁寿的那年，部队就是从这条路去仁寿的。当时哨楼村的百姓听说要解放仁寿，都欢天喜地迎接解放军，端茶送水，还自告奋勇带路，都想为解放仁寿出一份力。如今说到这段历史，村民还都引以为豪，就把这条路叫作解放路了。

过了滥沟湖，有一条小河静静地陪伴在我们的车旁，缓缓流淌着，它叫方曲河。它也是近年来经过清淤疏通后，实现自流灌溉，成为哨楼村水系主动脉的河流，故而被哨楼村人亲切地称为母亲河。

# 二

忽然，前方一片红光闯入我们的视线。定睛一看，是平平整整等待播种的土地。这就是传说中的高标准农田吧。啊！原来哨楼村的土地是红色的。这红土地随着山丘起伏，转化为奔涌的红色波涛，在阳光照耀下泛出红色的波光。我感觉这红土地似乎是哨楼村红色的肌肤，又似乎是哨楼村人奔涌的热血。

蓦然间，我的心犹如被这红色照亮，先前在村史馆参观时强烈感受到的哨楼村人的精神文化血脉，在这片红土地上找到了归宿。

是的，正是有这红土地的滋养，哨楼村才走出了众多值得自豪的先贤。

我记住了那位清官辜有闻。他明明生活在那个"三年清知府，十万雪花银"的时代，可他在清光绪年间（1875—1908 年）当了整整八年官，却家徒四壁，还常常食不果腹。甚至穷到去世后连办丧事的钱都没有，还是众同乡感念他的清廉，共同筹钱将他安葬。一个穷困潦倒到如此地步的清官，无论在什么年代，人民对他除了敬仰还是敬仰。

这片红土地上，还滋养出了吃苦耐劳、尊老爱小的女性楷模李萧氏，四川大学国学和经学的元老辜增荣，以身殉国的青年英才李春旺，"钦斋泥塑"创始人李钦斋等诸多乡贤。

说到"钦斋泥塑"这项非物质文化遗产，我脑海中就闪现出哨楼村村史馆里《先贤群雕》《钟馗出巡》等栩栩如生的人物形象和《皓月》《书先生》等颇具现代感的抽象派雕塑作品。让我惊讶的是，这些居然都是哨楼村本土青年李长青的杰作。

坦白地说，过去，我一直认为我国的人物雕塑与欧洲雕塑无法相比，如意大利米开朗琪罗的《大卫》、法国奥古斯特·罗丹的《思想者》、古希腊阿历山德罗斯的《断臂维纳斯》，都给人一种直抵心灵的震撼。而以往我见到的我国人物雕塑，多是庙宇佛像。这些雕塑的人体姿态和面部表情都比较单一呆板，缺乏个性。但是，在哨楼村村史馆里，李长青的作品就实实在在摆在那里，它们虽然默默无言，却以惊人的生动形象让我不能不校正过去的看法。

李长青是幸运儿，他生逢改革开放的盛世，又善于在波澜壮阔的中西方文化艺术交融的大潮中畅游，他既继承了祖传"钦斋泥塑"的精髓，又吸收了西方雕塑艺术的精华，成长为我国新生代雕塑家中的佼佼者。难怪哨楼村人尊他为当代的乡贤。

在我眼中，哨楼村红土地滋养出的当代乡贤不止一个李长青，数得上的还有辜仲江、辜文育、邓文清等人。

我们见到的村史纪念馆是李长青的杰作，但发起人却是辜仲江，整治"方曲河"也是他总策划的；辜文育不但为家乡引进花椒种植，还促成了滥沟湖、石河堰的建设；邓文清自己富裕后不忘故乡，带着资金回乡建立了上千头肉牛的养殖基地，了不起啊！

三

是的，哨楼村的古今乡贤都值得我们敬重。但是在我内心深处，对那些至今辛勤耕耘在哨楼村红土地上的看似平凡的村人，更加充满敬意。

不是吗？我们眼前这欣欣向荣、享有四川省省级乡村振兴示范村殊荣的哨楼村，不正是他们日复一日的辛勤劳作换来的吗？

我前些年到过一些乡村，看见许多地方的年轻人离乡背井进城打工，留在村里的老弱妇孺无力经营好土地，一些曾经的良田甚至杂草丛生，一片荒芜。这样的景象就像一块大石头压在我心中。如果大量的土地无人耕种，就没有收成，长此以往，会不会在某一天又发生饥荒呢？

我为什么会产生这种担忧？因为虽然现在我们的生活衣食无忧，但我从没忘记几十年前经历过的饥饿滋味。那时我家住在成都工学院，即现在四川大学望江校区内。那些年城里人虽然有国家配给粮食，但是定量特别少，根本吃不饱，又没有市场可以买到一粒粮食。我家经常从教职工食堂买回炒熟的厚皮菜，冲上水加几小块面皮就是一顿饭。有一天，妹妹吃菜汤面皮时忽然兴奋地欢呼："妈，我吃到油渣了，好香哦！"我一听，赶紧用筷子翻挑我的碗，希望也找到一块油渣。这一翻不打紧，翻到一条一寸长的虫子！"啊呀！"我惊骇得一下就从坐着的小凳子上弹了起来，把碗也打翻在地上了。这时母亲才反应过来："哎呀！哪来的油渣哟？妹妹肯定是吃到虫子了！"妹妹一听，哇的一声大哭起来，我也跟着大哭。现在想起来，那时母亲看着我们的可怜相，心里不知有多苦多痛！

往事不堪回首，而此刻我望着眼前大片等待耕种的红土地，如同吃了一颗定心丸，有一种特别踏实的感觉。

我似乎看见，随着季节的变化，哨楼村的红土地上，春天，覆盖着碧波荡漾的滚滚麦浪和灿若黄金的油菜花，地头田边，豌豆花、胡豆花在春风中翩翩起舞，它们告诉我：有我们在，闹春荒的日子一去不复返了。夏天，一株株强壮的玉米列队站成茫茫青纱帐，躲藏在里面的玉米棒子调皮地探头探脑，咧开喜悦的大嘴，露出一排排整齐的牙对着我笑，还和它脚下的红苕、土豆一起合唱着丰收曲。秋天，稻花的芬芳漫卷过红土地之后，又用金黄的颜料把红土地晕染成世界上最美丽的丰收画卷，直不起腰的稻穗呼喊着我：快来收割我呀！快把我装进粮仓！

可别以为我这是幻觉，我坚信，这就是哨楼村红土地上美丽的风景。

因为我看到，哨楼村耕耘的这片红土地已经不再是过去小农经济的模式，而是我们四川"农业强省"的大手笔——"天府粮仓"计划的一部分。"天府粮仓"计划为振兴乡村规划出宏伟蓝图，"以粮为主、粮经统筹、农牧并重、种养循环、绿色生态"。哨楼村人在村党支部的带领下，正凝神屏气、聚精会神一笔一画地描绘着这蓝图的一部分。

在哨楼村起伏绵延的山丘红土地上，我已经看到，古老的人畜耕作已经被小型农业机械耕作取代。但仅有机械化是不够的，必须确保灌溉用水，粮食才能丰收。这不，从我们的眼前一一掠过的滥沟湖、方曲河都是哨楼村的重要灌溉水源。还有古井、凉水井，这些世代相传的水源，也齐心协力地润泽着哨楼村的红土地，保证粮食的丰收……

然而，生活的经验告诉哨楼村人，只有粮食丰收，还过不上富裕的生活。要想富，搞好粮经融合发展必不可少。于是，他们有了上千亩的青花椒地，有了上千头肉牛的养殖场，有了上千亩的养鱼塘，他们的蔬菜产业也形成了规模，还开发了药材产业。他们还知道，一个村庄要想富，集体经济的发展也很重要。

近些年，哨楼村建立了供销社、劳务公司、生物燃料厂、冷库、农产品分拣中心等集体经济实体，2022 年集体经济收入七十八万两千元，2023 年又上升到一百零九万元。

不过，他们并不满足于只搞好粮经融合发展，如今的哨楼村又瞄准了农旅融合发展之路，不但建了村史馆，展出哨楼村厚重的人文历史，还沿滥沟湖、方曲河铺上曲曲弯弯的石板小道，在坡地种上绿茵茵的草木，将哨楼村绘成了一幅湖泊、河流与山丘田野相映成趣的美景图。今年春天，又引进我省近百名作家亲手种植了一片"作家小树林"，建立了作家书屋，为作家们近距离了解乡村面貌的变化，创作抒写乡村振兴作品提供了最接地气的平台。

哨楼村所做的这一切，其实都是为了振兴家乡，让留在家乡的村民，也能过上好日子。正如党总支书记张国君所说："我们希望一步一步，将家乡真正打造成望得见山、看得见水、记得住乡愁的地方，让家乡父老兄弟姐妹都能过上幸福的生活。"

我们的车渐行渐远，哨楼村的红土地，消失在我的视野之中。但我分明感觉自己已经化作一棵小小的山茶树，将根深深地扎进了那片红土地。

**作家简介：**刘小苹，笔名笑在最后。女，四川乐山人。中国散文学会会员，四川省作家协会会员。出版散文集两部。

# 前　哨

滕礼建

与许多村庄一样，哨楼村由农舍、堰塘、沟渠、田园、山林等组成。它安卧于川西南的一片浅丘。最重要的区别，当然是它的名字。在这个问题上，村庄与人差不多，名字包含了取名者的很多想法，想法中就隐藏着秘密。

哨楼村因在名字中冠有"哨楼"二字，让它不仅具有了身份标识，更隐含了一些神秘色彩。关于哨楼的猜测与好奇，"哨"是前哨？还是后哨？我有诸多想象。

说起来也很简单，哨楼村其实就是仁寿东北部的一个自然村落，由龙泉山脉的缓冲支脉牵引着，山势平缓，秀美朴实。蜿蜒的乡间马路，串联户户人家，房前屋后的丛丛竹林，虽然茂盛，但略显单薄，没有像川西平原那样连成气势的林盘。反倒是一层层的新鲜梯田，不是金色，但黄得耀眼。沉默于角落里古朴沧桑的老屋，宁静中蕴含着一种说不出的桀骜个性，包含着哨楼村前世今生的信息。

哨楼村包含的信息，不仅仅属于哨楼村，更是川西村落的一个缩影。村庄虽然不大，来头却不小，直接连接着明末清初的那场大移民——湖广填四川。

遥想当年，为什么要来一场这样大规模的迁徙？其实那是川人的痛。一些村民家里保存下来的族谱，至今仍然清晰记载着"湖北麻城孝感乡"这样的原籍。他们来了就来了，来到哨楼村落地生根，与原住民休戚与共、携手共建自己的家园。但是，由于迁徙是被迫的，并不是"理想国"，何况刚刚遭受那场屠城浩劫的四川，社会动荡，民不聊生，匪患不断，想象中的耕读传家、忠厚继世的安宁生活，也只能停留在意识里。还好，深藏于哨楼村人深处的倔强，并没有随迁徙丢失，也没有被动荡磨平。自发组织，家族抱团，力求自保成为必然。文攻武卫建哨楼，察敌情，鸣锣传信，戮力御敌。因为哨楼耸立在村庄高处的狮子坳，往往在村庄遭遇危急之时，为村庄提供最前沿的及时的信息，是地地道道的安全"前哨"，为乱世中的生存立下了汗马功劳，以此作为村庄的命名，为的是牢记这段历史。

事实上，哨楼的这种前哨作用一直延续着。

在历史演变中，哨楼村演绎着精彩的人物事件。一群饱经沧桑、勤劳勇敢的哨楼村人，但求温饱又充满向往。哨楼村始于方曲、融于仁寿、扩至川西南，在旧时穷苦的大环境中自然生长。但在这里安家落户的人，并不安于现状。他们穷则变，变则奋发，民风里"忠厚传千古，诗书继世长"的基因，激励着哨楼村人。一批批哨楼村勤修苦练的人脱颖而出，他们敏锐地探视着精彩的世界，审视着历史进程的每一个瞬间。哨楼村人也是仁寿地域社会变革的吹哨人，哨楼村读书人又是哨楼村的前哨人。精英总在历史中闪耀，文武进士相继而出。

清朝武进士辜有闻，不仅是辜氏族人的骄傲，也是哨楼村人的骄傲。他们骄傲的不只是那个科举的"进士"头衔，还有"廉泉让水地，文里武乡风"诠释的前哨精神。在这个前哨精神谱系上，还铭刻着许多县人的名字，比如，受人爱戴的北宋文状元何栗，南宋爱国名相虞允文，抗日名将潘文华、董长安……文化的力量是无穷的，它激发出哨楼村人内心深处的底气，驱使他们奋斗不止。

时间不居，这种前哨精神，一直在哨楼村传承，成为哨楼村人前行的方向，仁寿人的精神坐标。

前几年，我参与德国EE·D基金会、中国农业大学人文与发展学院发起的"留守人口家庭干预"项目，结识了仁寿曲江中学的同行李老师，听她情深意切地讲述起，哨楼村人辜仲江情系乡梓、关爱家乡青少年成长的事迹。作为一个外地人，也不能不充满敬意。这次终于见到了辜老，耄耋之年，仍风度翩翩。到了哨楼村，更知道了，这个村，这一方的发展建设与精神力量，不仅有先贤的播种，如辜延泰（明，举人）、李春旺（明，河南按察副使）、李天厚（清，举人）、鄢明才（国家科技进步奖获得者）、辜毓芬……更有一代一代后人的接力，辜老就是其中的杰出代表。

　　哨楼村精英人物，是仁寿大环境中永续发展的经典，傲立在时代的前哨，不断丰富着地域文化的独特内涵。精英们浑然天成的哨楼精神，诠释着哨楼村人的智识底蕴。"读书改变命运"是哨楼村人的共识。仁寿教育是四川教育界的一面旗帜。文化名人的魅力，足以穿越历史的尘埃、现实的屏障，直击心灵。这个出类拔萃的群体，不只是典范，更关键的是他们的言行举止和思维，前哨般指导着敏捷的后人，激发潜藏于心底的动力。

　　保家卫国是有志青年的崇高理想，也是哨楼村人生活的另一种选择。

　　在哨楼村"作家小树林"的启动仪式上，我有幸见到了魏伯良。活动开始前的自然走动交流，他以一个普通长者的样子，在人群中有说有笑，并没有引起包括我在内的太多人的注意，直到当仪式开始，会场工作人员介绍才知晓，他就是哨楼村邻村的曲江人，更是原中国人民解放军海军东海舰队副政委，大名鼎鼎的魏伯良将军，一众作家无不肃然起敬。我这才想起，他曾在几年前为青神锦绣大道题字，并参加了题字的揭幕仪式。因为他的穿着太普通，以致让我没有留下深刻的印象。再次走近，我蓦然发现，魏伯良将军人如其名，刚正挺拔，说话声音浑厚，精神矍铄，谈笑间大大咧咧，具有浓厚的军人气质。据说，魏伯良将军十八岁从军，从水兵班长成长为正军级少将，曾三次受到毛主席、周总理的接见。在闲聊中，村领导还向我介绍了另一位哨楼村军旅英才辜卫忠。他曾经是解放军第十八军的进藏兵，还曾以"军队干部"的身份，任四川阿坝州若尔盖县委书记，任职期间抓"牧工商"一体化发展，使若尔盖县成为全省畜牧系统先进典型。还有哨楼村人、军旅精英辜毓芬，毕业于四川陆军军官学校，现仍履职军队……

　　我不知道从带有鲜明防卫色彩的"哨楼"，到这些从哨楼村走出的军旅精英之间，有没有所谓的"大道天成"的内在联系，但是，他们在部队这所大学校所表现出来的共同的勇敢、勤奋、智慧，却使哨楼精神在另一个维度熠熠生辉。他们在部队的关怀下，成长为当代人民军队的佼佼者，也成为哨楼村人"前哨"般的仰慕对象。军人强烈的政治意识、社会责任感、专业素养是哨楼村人眼里的一座丰碑。军人的荣誉、精神，触动哨楼村人每一根敏感的神经，激发少辈们斗志昂扬，催生他们对军营生活的无限向往，令他们纷纷踊跃参军，报效国家。

　　军队是国泰民安的钢铁长城，是安全和发展的"前哨"。从祖国各地退伍回乡的人们，带回植于骨髓里的军人意志品质，个个光芒四射，垂范着哨楼村的每一个角落。上溯百年，军人气息生生不息、源远流长，沉淀出哨楼村特有的军人力量——"铁打的营房，流水的兵"。这些军人把从各地获取的信息传递回家乡，每一条信息都是一针兴奋剂，刺激着哨楼村人的神经，拓宽哨楼村人的视野，增长哨楼村人的群体认知。从这里出发的军人是哨楼村人笃行天下的哨声！

哨楼村还有一批优秀的人才走进来。20世纪六七十年代从成都、重庆、自贡等城市来了一批知识青年，他们带来了城市与生产、生活的理念。他们普及知识、传播文化，推动乡村发展。他们的知识、技能为农村注入了新的活力，推动着哨楼村的发展。知青的到来启发了哨楼村人的智慧，改善了闭塞村落的生产条件和劳动方式，促进了哨楼村人素质的全面提高。哨楼村尽情吸纳新鲜事物，有容乃大。哨楼村在知青的引航下，也成长起来一批初、高中学历的年轻干部，他们吃苦耐劳，带领群众参加黑龙滩水库建设，彻底改变了哨楼村缺水的历史。

厚积薄发的时机终于来临，改革开放初期，部分"敢吃螃蟹"的哨楼村人，勇敢地走了出去。有的远去广东、江浙务工找机会，有的就近在成都、重庆寻发展。无论是投入建筑业、运输业、餐饮业做小生意或养家糊口的普通打工仔，还是抱有雄心壮志的"小老板""大老板"，都在这个改革开放的时代发展得如鱼得水。虽然初始的劳动单调疲惫，汗水和努力交织，但也孕育出了希望和梦想。

十年努力一桶金，他们的回乡就是一种震撼。小洋楼拔地而起，彩电、冰箱、摩托车陆续进入先行者的家。他们身着西装，脚踏皮鞋，昭示着前哨的荣耀。或羡慕或妒忌催生动力，渴望富裕的祈盼在哨楼村人心里油然而生，哨楼村最快融入城市化进程的高速运转中。又是十年，这群哨楼村人在精彩的世界收获着自己的甜蜜。有的在仁寿、眉山、成都置业，有的储备了原始资金后开创了自己的事业。他们完善了属于自己的物质和精神底色，由衷地自信，展现出造与化的升华。

"琵琶轻扫动人怜，须信行行出状元。"他们是行业翘楚，昭示着对美好生活更高远的向往；再过十年，这群前哨人猛然回首，金山银山不如绿水青山，开启乡愁之旅。思维的积累、视野的格局让他们重回故里捡拾庭院，回味家庭的温馨、家族的温情，用认知的经验与财富开启了养殖业、种植业、冷库，花椒林、养鱼塘、苗圃、果蔬园应运而生。他们再次抢占高地，勇作乡村振兴的前哨人。随着哨楼村影响力的扩散，乡村风貌的建设升级，灵敏的哨楼村人，早就嗅到国家加快乡村振兴的气息，以闻鸡起舞的精神，寻求发展，包括出去和留下。

乡村振兴，文化当然要在场，不能缺席。

哨楼村是传承村落文化的前哨，哨楼村村史馆在仁寿县甚至整个眉山市，其规模、馆内呈现堪称典范。李长青是哨楼村村史馆馆长、钦斋泥塑非物质文化遗产传承人。初次见面，我就被他一身复古棉长衫、文质彬彬的外表吸引，一篇《哨楼春秋记》更显他的明经擢秀。我总想提问：我们青神的雕塑大师李耀奎、李刚师徒为城市塑像、修复庙宇、维护古建筑，每年收入不菲，你为什么不入此业？当我看到他来源于生活场景的件件泥塑品时才恍然大悟——哨楼村是钦斋泥塑文化的根，李长青立足哨楼村还有更大更远的目标。他不拘于现实物质温饱，守望着具有地域特色的泥塑艺术的前哨。近年来钦斋泥塑非物质文化遗产闪亮登场央视，泥塑作品已销往中国香港乃至海外。辜家、李家的家规、家风渗透哨楼村人的认知，鲜活的村史是一本灵动的教科书。乡贤人物举止行谊，砥砺今人。沧桑悲欢的人物事件更体现了哨楼村人的领悟。今天的哨楼村，整洁的村道如彩带般环绕村庄，苍翠欲滴的柏树与波光粼粼的水塘相映成趣。人们感受着大自然的灵性，生活得坦荡从容。村民自主搭建经济合作平台，推动哨楼村经济发展。哨楼村重点打造符合本地产业特色的花椒林，以科技为支撑做大做强特色农业；名家大师、工业、旅游业也参与到哨楼村的乡村振兴。

眉山市乡村振兴科技孵化器，不仅是全国首创，而且还敏锐地捕捉到"文化兴村"的动向。他们与作家结缘，积极捐建和参与，更是精神的贴近。由著名作家周闻道、杨献平发起的"作家小树林"活动，来自成都、乐山、眉山的近百名作家，满怀憧憬地走进哨楼村，种下一棵心仪的树，种下一个美好的心愿。山水有情，人有情。一袭时光玉雨点点，等待已久的朱颜，敞开心门迎接春光。

"深入生活、扎根人民"的文化实践团队，走进哨楼村，这个阅历广博、智力超群、知识渊博的团队，是乡村振兴科技的引领者，是乡村文化的建设者，是生态保护的践行者。他们将更加全面地策划哨楼乡村振兴模板的理论成果，总结推广哨楼乡村振兴的鲜活模式，弘扬哨楼勇立潮头的前哨精神！

**作者简介**：滕礼建，笔名沫水，男，四川青神人。四川省散文学会会员，青神县作家协会副主席，青神县散文学会副主席。

# 哨楼雕塑

袁瑞珍

一股氤氲的气息在哨楼村弥漫。山间、地头、方曲河、古井、竹林、农舍，眼前的一切，都因村史馆那一整面墙的群雕塑像鲜活起来，立体起来，艺术起来，让人不得不去探究，这个山村究竟蕴藏着怎样的历史底蕴。

沿着一条正在修建的乡村公路，我们的车在坎坷的路面上慢速行驶，四周山林葱郁，静谧祥和。早春的风还有些凛冽，油菜花却已绽放出灿灿的金黄，空气中带有山野的清香，方曲河如一条玉带在村间蜿蜒，红色的土地呈梯田状在山间环绕。这是一个典型的丘陵山区，哨楼村宛如受宠爱的孩子，被四周青山环抱着，安详地坐落在这片山地中。

车快行至哨楼村村史馆时，远远见一个清瘦的身影正在向我们眺望，便知道那一定是朋友闻道先生嘱村委会派来陪同参观的人。下车见面后一阵寒暄，我们知道了这个清瘦俊逸的年轻人叫李长青。他着一件深灰色的中式薄棉袍，清瘦的脸上架一副方框近视眼镜，嘴边挂一个微型麦克风，一副颇具民国风范的解说员形象。我心中顿生好感，便随他走进哨楼村村史馆，却不料他一开口解说，便让我大为惊异，不得不对这个村、这个人刮目相看。

首先映入眼帘的是村史馆大门两侧的一副对联"廉泉让水地；文里武乡风"，我们对这个村的了解，便从这副对联开始。

李长青说，这副对联由清代文人为本村题写，雕刻在本村的石壁上，横批写的是本村明清时期的村名"敬恭里"，意思是说村里为官者廉洁，民风淳朴谦让，人才文武双全。这副对联如一阵温煦的风扑面而来，瞬间就让我们沉浸在哨楼村的古风古韵之中。

当进入村史馆大门时，我眼前一亮，一幅由十二位文武乡贤组成的精美浮雕映入眼帘。于是哨楼村这个古老村落的文明发展史，便被这幅栩栩如生的浮雕诠释并演绎得淋漓尽致。

浮雕中那十二位文武乡贤人物，从历史的沧桑中走来，身着不同年代的服饰，表情惟妙惟肖，举止或儒雅或豪放，或端庄或沉稳。他们无声地站在那里，携着历史的烟云，穿越数百年时间隧道，与我们相会在这座古老而年轻的山村，令人深切地感受着哨楼村这块土地上曾经的显赫与不凡。

随着李长青的解说，我们的思绪游走在哨楼村的前世今生中。

这个村村名的由来，是因村中狮子坳连着的一座山。清咸丰十年，匪患猖獗，村民募捐，在山上建有哨楼放哨，练民团。后来遂称此山为哨楼山。新中国成立后哨楼山先后演变为"哨楼大队""哨楼村"等。

哨楼村钟灵毓秀，有着深厚的人文历史背景。过去这里盐业发达，属于富庶之地，现在村里仍有盐场遗迹。还保留着汉代崖墓十余座、唐代摩崖造像一百余尊，人类活动的历史可以追溯到汉代。文教一直比较兴盛。明清时期，各姓族人移民入川，其中十几个姓族落户哨楼村，而尤以李姓、辜姓、张姓为盛。村中历来崇文重教，鼓励族人参加科举考试，一共诞生文武进士、举人、贡生五十余名，文武秀才三百余名，出现了辜姓、李姓两个著名的科举家族。其中辜姓一族诞生进士举人二十人，李姓一门文武进士、举人、贡生就达十二位，国子监生、秀才八十余名。两个家族不仅诞生了全县七分之一的明代文科进士，还诞生了明清时期全县五分之一的武举人。哨楼村周边十几公里区域内，历史上也是出状元、宰相和厅级、处级干部的地方，诞生了仁寿历史上百分之九十以上的顶级人才，直至 2000 年，仁寿县的文科状元也是出自这个村。同时，历史上武风也盛。村里有一处叫马道子山的地方，又名圆山顶。清代时期山顶建有马道，村民曾在此山跑马练武而得名。这个村还有一个特别之处，自汉代始便有人从事崖墓雕刻，至唐代，雕刻臻于完美，明清时期，石雕牌坊一度蔚为大观。据不完全统计，截至 20 世纪 60 年代中期，村子周边有大型石雕牌坊、举人桅杆八座。其中著名的李萧氏石雕牌坊的雕刻者，正是钦斋泥塑的非遗创始人李有春。泥塑艺术还需要一种特殊的泥料，而哨楼村就具备得天独厚的条件，特产一种紫色黏土。这种黏土塑形效果好，非常适合泥塑艺术的创作。

　　注视着这幅精美的浮雕，心里正想询问出自哪位雕塑大师之手时，只听李长青轻轻说道："这幅雕塑作品是我设计创作的，而创作灵感，正是来自'廉泉让水地；文里武乡风'这副对联。我选本村泥土原料，用家传'钦斋泥塑'非遗技艺创作而成。2022 年年底开始设计，2023 年 5 月制作完成。"

　　这番话让我惊得瞪大了眼睛，看着眼前这位文弱书生模样的李长青，居然有点不真实的感觉，但似乎又觉得创作这样的作品非他莫属，因为他浑身散发的书卷气与飘逸的艺术气质，与眼前浮雕中那位乡贤李春旺的神韵何其相似！

　　原来，李长青出生于文艺世家，祖上来自北方泥塑重镇甘肃陇西，后来迁移到江南。明代洪武二年，又由江南迁至湖北麻城县孝感乡蒿枝坝，再迁入四川，落籍仁寿县安下乡二甲，户籍为"灶籍"，即专事盐业生产的工人之家。其第十六代先祖李春旺，是哨楼村第一位文科进士，出生于明代万历年间，十五岁中举人，1622 年二十五岁中进士，二十六岁起先后任河南长葛、杞县知县，三十二岁被崇祯皇帝钦点为工科给事中，辅助崇祯皇帝处理政务，后来官至河南按察副使，正四品衔。他虽身处乱世却正直敢谏，曾弹劾奸臣首辅周延儒，四十四岁时因不愿向张献忠部妥协，在大高寺坡下顺江三桥激烈反抗，最后以身殉国，为明朝尽忠守节。为奖励他的功勋，朝廷赐银修建了李家大院。之后的一百多年里，这座大院内李氏后人中举的就有三位。其第八代先祖李有春，其父李仙斌是一位从事石雕的攻镌处士（雕匠的别称）。1822 年李有春考中武举人，但他酷爱泥塑，据说常骑在马背上边闲逛边捏泥人，与他的孙子李钦斋共同创立了"钦斋泥塑"，距今有近两百年的历史。李钦斋系清末秀才、诗人、易学研究者，在村中担任私塾先生三十余年，有诗文数首存世。善诗文的他将泥塑与文学融合，主张"艺文相融、雅俗共赏、器以载道"的艺术观点，自此"钦斋泥塑"具有了浓浓的书卷气。他用毕生经验总结出了"趣、雅、灵、巧、精、仁、道"七字艺诀。这七字涵盖了泥塑艺术创作的方方面面，一直流传下来。

　　李长青是李有春的第八代世孙。由李长青传承的"钦斋泥塑"，于 2015 年被政府列入非物质文化遗产名录，是国内知名的泥塑艺术品牌，受到了联合国教科文组织官员、国内外同行的高度评价。这种艺术血脉，就这样在一个家族中一代代传承下来，并发扬光大，不断创新，在哨楼村这个小山村绽放出泥塑艺术的耀眼光华。

　　这让我对李长青充满了好奇与钦佩。透过这幅浮雕作品，我们不仅走进了哨楼村古老的文明，也走进了这位雕塑大师不凡的人生。

　　也许李氏家族血脉的传承，在某一个点位上，应和艺术基因的召唤，必将诞生一位艺术天才。1982年正月初七，在栗林坡晓止山旁的李家大院，一位鄢姓女性怀孕整整十二个月之后，一声清脆的婴儿啼哭声打破了山村的宁静，让酷爱国学、颇喜吟诗作对的祖父李泽远和擅长传统生肖题材及泥彩塑创作的父亲李永贵喜出望外。他们对这个孩子寄予家族的厚望，而李长青自幼便显现出过人的聪慧与天赋，对泥塑、诗歌表现出浓厚的兴趣。三岁时便跟父亲在家门口的水塘边捏小猫小狗、小手枪等泥塑玩具，十几岁时已经做出了很多作品，被村人称为"神童"。十五岁那年，有电视台专门给他拍了人生第一部个人纪录片，在地方上引起轰动。2001年，十九岁的李长青考入梦寐以求的四川美院，但录取专业却是装潢设计。因一心热衷于雕塑，2002年，他毅然决然地自动退学，放弃来之不易的学业，"跳槽"到雕塑系进修。为了能更好地表现雕塑作品的内涵和神韵，他像海绵般吸收各方面的知识，采用游学的方式，到各名校旁听自己喜欢的文学、编导、摄影、陶艺等课程。同时他沉下心来大量阅读中外优秀的诗歌、散文、小说等文学作品，收集、挖掘和整理李氏家族及哨楼村的历史文化，创办了四川省钦斋文化传播有限公司和龙驹场工作室。李长青继承了钦斋泥塑"艺文相融"的艺术观念和工艺技巧，同时对四川及国内优秀传统泥塑有所吸收，使濒临绝境的家传绝技重新焕发生机。

　　在艺术追求与实现人生理想的历练中，李长青不断吸取艺术养料，取得自我突破与创新。在塑造技艺上，他强调书写性、瞬间性的同时，更注重审美直觉性。他所塑造的人物，形神兼备，要么儒雅端庄，要么夸张生动，使他的作品呈现出不同的格局与气象，不仅具有学院派的诗意表达，也有生机盎然的民俗生活情趣。但无论哪种表现形式，其作品都透射出浓郁的诗书文化韵味，这也是他与国内其他雕塑流派和雕塑家的显著区别。

　　他的作品给我留下了深刻的印象。《皓月》，那是由一摞书堆砌成的月亮。其抽象又具象的艺术表达中，散发出的浓浓书香，让人产生在月光下静静阅读的美好情愫。《书先生》是书砌的人和魂，表达出书籍对一个人灵魂的洗礼。哨楼村十二位乡贤中李春旺的塑像，所透出的儒雅、飘逸的气质与爱民尽忠的仁义品质，令人过目难忘。而《掏耳朵》《茶馆》等作品，则将四川人的市井生活气息表现得惟妙惟肖、妙趣横生。

这些历练与潜心钻研，为他的人生铺就了一条通往成功的道路。到目前为止，从哨楼村走出的年仅四十二岁的他，已成为全国知名雕塑艺术家、诗人、地方文史研究者，川派泥塑代表人物，钦斋泥塑非遗传承人，四川省美术家协会会员，四川省文联民间文艺家协会理事，四川省文联艺术指导委员会委员，中国雕塑家协会会员，中国民协第十次全国代表大会代表，中国民协首批青年委员，眉山市雕塑协会会长，眉山市政协委员等。其代表作《书先生》于 2014 年入围第十二届全国美展；《齐白石》荣获中国工艺美术最高奖"百花奖"；《茶馆》参加第三届法国大皇宫国际艺术双年展并被收藏。获得四川文艺最高奖"巴蜀文艺奖"，四川省文联 2019 年度优秀艺术家、四川省乡村文化和旅游能人、四川省农村手工艺大师等荣誉称号。先后荣获国际国内奖项三十余项，五次被央视报道。2017 年，反映他艺术创作的纪录片《指尖上的泥塑》一经四川卫视播出，国内数十家电视台先后转播，斩获中国电视艺术家协会的两项大奖，后被央视网收录。

他对雕塑艺术的坚持与一路走来的艰辛，对先祖的敬意及对故乡深沉的爱恋与感恩，让他感悟颇深。当作品《茶馆》即将赴法国大皇宫参展之际，他情难自禁，写下了《写给泥》这首诗："一路泥泞／一步一个泥巴脚印／谁也无法先知／在生命里千山万水不经意的洼地／路遇普通的你——'泥'／然后种出花和芬芳／被慧眼人惊叹／扶掖，束之高阁／我和泥呼吸着同一命运／你平凡时我亦平凡／你绚烂时我也惊艳／烈焰煅烧时／化身高雅的瓷／被生活践踏时／承受为通往远方的路。"

这是李长青对"钦斋泥塑"一往情深的告白，也是对故乡哨楼村深情的歌吟与对当下实施乡村振兴的美好祝愿。

**作者简介：**袁瑞珍，女，四川夹江人。中国作家协会会员，原中国核动力研究设计院党委工作部副部长。出版文学专著四部，其中散文集《穿越生命》获第八届冰心散文奖。

# 村之魂

郎德辉

　　写下这篇文章的题目"村之魂"后，我陷入了深深的思考。魂是什么？

　　魂是精神层面的东西。对于一个人来说，魂是一种情绪、一种精神的内涵。而对一个国家而言，魂是国家和民族的崇高精神。

　　带着这样的思考，我走进了眉山市仁寿县哨楼村。我曾在四川水利系统，从事过十多年农田水利管理工作，我将以水利人的特有视角，甚至是挑剔的眼光来观察、探究，为什么哨楼村会成为一个水润而成的小村庄？它的水从何而来？我要寻找自己想要的答案。

　　我在成都出生、长大。小时候，父亲多次给我讲起他的老家——四川中部丘陵地区乐至县所辖的一个偏僻的小村庄，讲他老家门口的那口郎家池塘。父亲说有了郎家池塘，才有了郎家正沟人的繁衍生息，才有了生命中魂之所系的家园，是这塘、这水养育了沟里的人啊！有了水，才有了正沟村落，才有了正沟人的水事活动，才有了正沟人的丰衣足食。因为父亲对我水文化的启蒙，若干年后，我以成都知青的身份从插队的川西北安县农村考入水利院校，成了一名水利工作者。或许这一次走进哨楼村，也与父亲的启蒙有关，与我跟水的情缘有关。

　　进村后，目光所及是修到田间地头的标准化石渠，流水潺潺。蓄水八万方的滥沟湖波光粼粼，古井田、凉水井等古井修复一新。水源充足的农田里，小麦、油菜等农作物长势喜人，村民的房前屋后种满了鲜艳的花草。一派水文化气息扑面而来，令人陶醉。

　　水润而成的哨楼村，给我留下了美好印象。稍一挖掘，发现它的美丽神奇，是近百年来哨楼村人前赴后继，不断从事水事活动的结果，是哨楼村人与水打交道铸就的魂之所在。哨楼村人创造出了属于他们自己的水资源保护、水环境保护和水环境治理的水文化。

水文化是一种颇具个性和地域特色的文化。一般来说，它是指从事水事活动和与水有关的文化现象。水文化与人们的生产、生活以及健康的生存状态有着直接联系，并对社会的政治、经济和文化产生重大影响。而哨楼村的水文化表现在哪些方面呢？在这个小村庄，我边走边看，想努力地投入它的怀抱，去感受哨楼村水文化的魅力。

"根在这里，叶总依依。"解读哨楼村的水文化，离不开水与人的关系，离不开对村之魂的发现。在哨楼村，村干部与我谈得最多的话题是与水相关联的人与事。在与他们的交流中，我嗅到了一种水文化的气息，感受到他们身上的一种情绪、一种纯粹。

哨楼村村支书张国君是一位大学生村干部，2013年，张国君毅然辞去了成都那份每月六千多元薪水的不错工作，来到哨楼村一干就是十年。从队长，村副主任兼队长，干到2016年担任村支书，带领大家整治方曲河和古井田、田水井等，开发水资源，保护水资源，保障全村的农业生产用水和生活用水。张国君深有感触地说："在农村基层干久了，对哨楼村有感情。我最大的收获，就是得到了老百姓的认可。在这里工作挺好的，不想离开这里！"谈到哨楼村水资源的现状，他说："过去村民们吃了没有水、缺水、少水的苦头，即使现在的水源较丰富了，水利条件也改善了，生产生活不怎么缺水了，但未雨绸缪，重视水资源保护和利用，平时储备足够的水，以防天旱，已成为村民们的共识。"

张凯是个土生土长的村干部，现担任村党支部副书记。在张凯心里，哨楼村就是他魂之所系的地方，是一个逐梦圆梦的精神家园。前些年，张凯在外创业，且很成功，家乡日新月异的变化，让他毅然决然回乡再创业。回到家乡，经历过挫折失败，现在他承包的二百多亩青花椒种植产业已见成效。水生万物而利万物，一提到与水相关的话题，他滔滔不绝："水滋养了我们的一切，我们有责任、有义务，把水资源利用好、保护好，助力我们的生产生活。"

人来到这个世界，一直在寻根的路上。追寻自己灵魂深处所向往的纯真和真实的生活，是许多人的初心。两位年轻的村干部对水与哨楼村密切关系的认识，惊人地一致；其对哨楼村的精神和情感的投入，也是惊人地一致。或许这正是哨楼村独具地域特色的水文化对他们的浸染使然。

正是哨楼村的水文化给了哨楼村人不一样的精气神和一股强大的凝聚力。

哨楼村的辜仲江，是从哨楼村走出去的一位领导干部，他退休前是四川省人民政府副秘书长。数十年来他魂牵梦绕着哨楼村，对村里的一沟一溪、一草一木都爱之深。张凯说："我们眼中的秘书长不但为全川人民操着心，还为哨楼村操着心，他这个'家长'，时刻为大家、小家的发展方向把脉掌舵。在哨楼村保护水资源，开发利用好地表水和地下水方面，辜老先生也是功不可没。在水利设施上，他亲自协调方曲河建设两千七百米，提灌站五座，启闭机五台。"

疏浚清淤，水旱从人。哨楼村的水资源保护和水利设施的建设取得今天的成就，离不开像辜仲江先生这样情系哨楼村。魂系哨楼村的哨楼人，离不开哨楼村村民的支持和参与。方曲河经过彻底的治理，不仅消除了脏、臭、涝的现象，还实现了自流灌溉。现已达到丰水季节防洪冲沙、枯水季节蓄好水的效果，从容地把水资源留在村里，满足了周边农田的灌溉需要，从而实现了自流灌溉，保证了高标准农田有充分的水源。

在仁寿，在哨楼村这些水事活动中，它折射出一种战天斗地、勇于进取的精神。20世纪70年代，仁寿人民齐心协力修建了四川省第一座大型水库——黑龙滩水库，因工程浩大，施工条件艰苦，导致一百三十三人牺牲，一千二百余人受伤。当时方家营参建的社员就牺牲了十七人，有的家庭哥哥牺牲了，弟弟申请上修建前线；有的家庭弟弟牺牲了，兄妹俩抹去眼泪立刻投身到水利建设之中。无数水利战士以青春和生命的代价谱写了激情年代的壮歌，其感人事迹动天地、泣鬼神。这人与水密不可分的关系，如今已变为精神的遗产，化作一种村魂留在哨楼村这片多情的土地上。

从水润而成的哨楼村一路走来，从岁月的时光隧道里走来，从康熙年间辜氏族人迁徙到这里开发哨楼的历史中走来，各种大大小小的水事活动直接影响着哨楼村，改变着哨楼村，成就着哨楼村。

因为情之所系、魂之所系，因为一代代哨楼村人的苦心经营，哨楼村壮大起来，成为一个和谐的家园。哨楼村人共同的水文化情结已形成一股强大的凝聚力，形成了哨楼村以水兴村、产业兴旺的经济发展势头。

水是生命的摇篮，是万物生长的源泉。有了水才有了哨楼村，有了水才有了根的茂盛和叶的相依。有着两千多年悠久历史的哨楼村，因水而生，因水而文明。而这个曾不起眼的小村庄在与水打交道中所积累的一种生存之本和生产之术，在哨楼村的文明进程中发挥着重要作用，并彰显出一种水之精神和人水和谐、人水共生共荣的内涵。兴水利，求生存，谋发展，逐渐注入哨楼村人的灵魂，成为他们生命的图腾。

"真不想离开这里了"，对哨楼村的表达纯粹而真实。哨楼村实现了小河流大变化，小村庄展新颜的华丽转身，令人刮目相看，更令逐梦而来的有志之士找到了强大的精神支撑。让我们看到了哨楼村人身上一种久违的平凡中的崇高，感受到一种在水文化的浸润下成长的力量。

不长的时间，我连续三次走进哨楼村，走进这个水润而成的小村庄，去寻找我想要的答案。我找到了答案。在哨楼村村史馆，《知青岁月》的展板引人注目。20世纪60年代末、70年代初，一群成都五中的初、高中毕业生，先后插队落户到仁寿县增新公社（现哨楼村）。这两百多名大城市的青年学生，与贫下中农同吃同住同劳动，参加农业生产和黑龙滩水库建设，把他们最美好的青春岁月留在了这里，给当时交通闭塞的哨楼村传播了文明。社员们称知青为"我们最亲的人"。

历史有着惊人的相似。四十多年后，一大批大中专毕业生像张国君、张凯一样，放弃了在城里工作的优越条件，自愿到农村基层工作。他们在有意或无意之间，接过了当年知青手中的火炬，用21世纪知识青年的激情去照亮振兴乡村的前进道路。

三进三出哨楼村，与它说再见的时候，依依惜别之情涌上我的心头。一代代哨楼村人在前赴后继的水事活动和兴修水利中所展现的不惜牺牲自我、无私奉献、与水共荣共生、战天斗地、勇于开拓的精神，不正是村之魂吗？

告别哨楼村时正值午后，在初春和煦的阳光下，这个别样的小村庄宁静而美丽。在乡村振兴和奋进新征程中，哨楼村这个小村庄一定会谱写出更多时代华章。

**作者简介：**郎德辉，笔名蓝天，四川省作家协会会员，四川省散文学会副会长。在《中国青年报》《四川日报》《星星》等报纸杂志发表作品一百六十余万字。出版散文集、小说集等多部。

# 哨楼村的新故事

刘玉莲

哨楼村是先生的老家，很早就耳闻那里出过不少乡贤，但一直不曾踏足，自从在方家镇的第一次乡贤会上听到隆重的推荐，才有一种心心念念的向往。等我先后去了三次，想写，却又不知道如何能够恰当地为哨楼村写点什么。

以前，我可能只是哨楼村的一个听客。但是自从去过，听了那里过去的、现在的许多故事后，哨楼村的人，哨楼村的景，哨楼村的山水，总会时不时出现在日常生活中。于是我与哨楼村之缘，仿佛一次又一次地有了某种越拉越长，越来越明媚朗润的连线。

第一次相约去哨楼村，是在成都与辜老的一次邂逅。闲谈是从老家开始的，辜老的老家就在哨楼村，他三句话不离家乡的变化，滔滔不绝地细数这些年回哨楼村看到的人和事。作为仁寿媳妇，我难免心里痒痒。在我尚未回去的时候，长青老师又联系我，说是要来家里找些老照片。长青老师说他正在给建设中的哨楼村村史馆做设计，听到他介绍的一些情况，久居外地的我们更是有了前往看看的兴致。

等我们真的回到仁寿，时间恰好是 2022 年 4 月里的一个阳光灿烂的日子。先生在这里出生，尽管多年不曾回来，但回到老家，总是有一种特别的晴好在心里。先生领着我，一边走过新修的小河边，一边和乡镇上一群年轻人畅谈起了少年趣事，小时候在河沟里、水田里抓鱼鳅、黄鳝，等等。大家不时开怀大笑。走过一片蓄满水的塘，我们来到了新修的村委会前面。没想到村里也有了党群服务中心，老百姓大事小事在一间屋里就可以全部办理。先生带来了赠给村里的书，还有一幅《天道酬勤》书法作品。我们一行人兴致勃勃地在此合影留念。

我相信，刚才发生的一切，都会留下美好的记忆。

午饭就在村委会里，全是村干部就地取材自己做的，许多菜都弥漫着儿时的味道，比如红苕饭、豆花汤、回锅肉，在仁寿县都具有特殊的意义。记得曾有一些外地人，就把"吃红苕饭的"作为骂仁寿人的鄙夷之语，它们是落后、土气的代名词。但今天回味起来，却是唇齿生香。

不久，我又和朋友去了一次哨楼村，是去一个厨师的老家，除了再次品尝了童年的味道，还见识了新型乡村。这是一个三进合头的小院子，老宅翻新，宽敞明亮，干净整洁，与城里的洋房没有什么区别。区别是周围的环境：青山、绿树、碧水、黄土地、橘子林。院内的城市风格，与院外的乡村气息，竟是如此水乳交融，浑然一体。

我们绕着果林拍了许多照片，只是橘子青涩奶气，不忍采摘，更不敢入口——酸牙。主人说，再等半个月，就甜了。过去我一直以为只有丹棱的春见才好呢，没有想到现在仁寿的柑橘，品种也丰富多彩，远销全国各地。

只是，过去的厨师，现在已经是老总了，早已不做厨师。他说，只有偶尔朋友们到了家，自己才亲自主厨，做几道拿手菜。他的拿手菜是做鱼，那鱼是黑龙滩的鱼，是真的不错。厨师说，虽然已经在城里买了房子，儿女都在城里读书就业了，但是自己还是舍不得这里的老宅，这是父辈们遗留下来的根基啊，所以还是回来把老宅修缮修缮，偶尔回来住住，落叶归根。每次回到老宅就觉得心情宁静，特别安然。大约，这也是从古到今中国人的一种不舍乡愁吧。先生曾经说过，不管你在哪里工作或生活，只要你是中国人，就应该不忘爱国。我想，爱国，最朴素的起点，大约就是热爱脚下的土地吧。这乡村的土地，千百年来，不知蓄满了多少代多少辈的热爱。

第三次到哨楼，那是相当隆重热烈。四川省作家协会、散文学会的众多老师，提前一个月就预约了时间，齐刷刷来到哨楼村。为了这次活动，他们应该是精心策划，准备充分。那一天的哨楼村，用一句俗气的老话来形容，倒还很贴切：群贤毕至。特别热闹，特别喜庆。近百名作家来到了一个小小的村庄，当然是一件刷新历史纪录的事件。特别是著名作家阿来老师的到来，格外惹人注目，各级媒体的记者们围绕着阿来老师，采访记录了很多难得的场景。作家们在这里栽了树，建设了一个"作家小树林"，还为哨楼村的图书馆捐赠了许多书。

还有杨和平、王野、杨星皞等书法家、画家赠送的书法、绘画作品都挂在了会议室、村史馆，成为一道独特的文化景观。

按照主办方要求，"种一棵心仪的树"。我选种了一棵玉兰，先生选种了一棵红枫，都是各自"心仪"，并无刻意。闻道老师一看，笑着说："好啊，你们夫妻'玉树临风'。"一听，乐了，真有那个意思。闻道老师对所有作家说，种下一棵树，就种下了一种牵挂。于我们夫妇，似乎更贴切。

有了牵挂，明年春天我们还会回来。到时候，还会去看看哨楼村"作家小树林"里我们的玉兰和红枫，还会去看看那里的方塘古井，还会去吃回锅肉、红苕饭、青豆花……

我相信，这些都会沉淀为故事，讲给外面的人、城里的人、以后的人听，让他们听得津津有味、目瞪口呆。然后直奔哨楼村，也走我们走过的路，也登我们上过的山，也喝一口我们喝过的古井里的水，甚至也在我们种树的地方"种一棵心仪的树"——当然，要看还有没有位置。

种下一棵树，就种下一种牵挂。有了这份牵挂，我们会时常关注这里的新变化，让哨楼村的新故事，随着指尖的翻飞，飘过千山万水，落进眼帘，一次次绽放如花！

**作者简介：**刘玉莲，笔名洪雅阿莲，四川省作家协会会员，中国散文学会会员。曾出版散文集《月光祝福》《幸福海》《记录美丽》，发表小说《鸽子花开》《小城小区小事》。

# 村史馆，打开乡愁的钥匙

罗 坤

乡愁，是思念，是亲情；乡愁，是回望，是根脉；乡愁，是眷恋，是风物。无论你是达官贵人，还是平民百姓；无论你是离开家乡，还是回到家乡，那里的一山一水，一村一寨，一粥一饭，都在你的记忆中……

而今，随着乡村振兴战略的实施，广大农村村貌整洁、生态宜居、产业兴旺、生活富裕，望得见山，看得见水。村民们要如何才能记得住乡愁呢？村史馆就是一把打开乡愁的钥匙。

走进哨楼村，一座座浅丘包裹着大地，浅山上绿树成荫，山下果树葱茏。一条条沥青路伸向远方，一河清水，两岸花开，十里画廊，美轮美奂。

山美了水美了，要如何才能记得住乡愁呢？八十岁高龄的乡贤辜仲江一直有修一座村史馆的想法，这一想法很快得到了村委书记张国君及村中能人李长青的支持。说干就干，李长青立即策划、设计村史馆。选址、设计、施工，经过三年多的建设，一座占地约六千平方米、建筑面积一千平方米的哨楼村村史馆于 2023 年 10 月 28 日正式开馆，分为序厅、哨楼春秋、红色哨楼、乡土哨楼、忠孝哨楼、展望哨楼六个部分，通过实物、史料展陈、文字描述、视频播放、重要场景还原、重要人物访谈等多种形式还原哨楼村的历史。

从空中俯瞰，整个村史馆犹如一个"凹"字，是典型的农家四合院，五千多平方米的院坝被四周的房屋围在中间，院坝入口处一座"拓荒牛"塑像骤然映入眼帘，一下子把我拉回到 20 世纪六七十年代的农耕生活：哨楼村的田地在凉水井的灌溉下，阡陌纵横，良田千顷。漫漫冬季里，先辈们套牛拉犁，翻耕水田。水牛在前面哞哞地叫着，耕田人在后面用鞭子抽着牛屁股，吼着号子。小伙伴们在田里捉黄鳝、逮泥鳅。黄鳝烧来盘起，泥鳅烧来直起，焦香焦香的，吃完满嘴都是灰。

这座年轻的乡村村史馆外形质朴，仿佛历经时光雕琢，诉说着哨楼村久远的故事。走进哨楼村村史馆，映入眼帘的是哨楼村乡贤浮雕群像。乡贤浮雕群像是李长青首次将泥塑这门传统技艺融入公共艺术空间的尝试。他创作的《苏东坡像》《钟馗出巡》《掏耳朵》等大大小小、各具神态、栩栩如生的泥塑作品给村史馆带来了浓浓的乡愁。在入口处的泥塑浮雕群像上，或者在展陈的文史实物里村民们就可以找到自己祖先的名字，这让村民们有了一个情感寄托的地方。

在乡土哨楼展示厅里陈列着 20 世纪六七十年代用过的各种箬笠、蓑衣、暖水瓶、收音机、老电视机、老自行车、老电话机、算盘，勾起村里老人们无尽的回忆。各式各样的香烟纸壳、老照片、小人书，泛黄的家谱，超大的坛子，能支蚊帐的床，蒲扇；更有趣的是木匠师傅吃饭的工具墨斗、推推，看得我眼花缭乱；小时候母亲用来捣糍粑、捣黄糖的臼（对窝），随着捣棍有节奏的声音，又软又糯的糍粑溢满臼；烤火笼，20 世纪七八十年代村民外出时用来暖手，饿时可以在上面烤两块玉米或红薯；撮箕、隔塞（簸箕）、箩筐、竹席、晒席等勾起我们无尽的想象……

有人擦肩而过，有人驻足对话。在乡村旧物的当代叙事里，总会烙下许多过去的人生活的印痕。在一架布满伤痕的风簸箕前，我上下打量，久久凝视，脑子里不断想象着它曾经"战斗"过的农家小院，曾经"剥离"过的粒粒谷子、玉米、大豆、麦粒……

小时候，风簸箕在哨楼村是常见的农具，家家户户都有一架。每当水稻、麦子、玉米、豌豆等农作物收成时，放在角落里的风簸箕就会被搬到"舞台"中央，让它闪亮登场，高光一回。

经过几天曝晒的粮食，身体里的水分被蒸干了，但有糠壳、泥灰、杂草相伴。不管是辜氏、张氏、李氏，父辈们都会用风簸箕将这些杂质分离开来，好让粮食干干净净地去粮仓睡觉。

记得年幼时，母亲早逝，为了帮父亲干点活，只有风簸箕一半高的我，搭上一个小板凳，将一小撮一小撮的谷物端起，爬上板凳，再倒进风簸箕，等风簸箕装满了，再爬下板凳，然后踮着脚，摇动扇叶，将夹杂在谷物里的瘪壳和尘灰吹走，颗粒饱满的谷物则又重新回到箩筐里。

风簸箕就这样将我的幼年剥离，将我的贪心剥离，将我的傲慢剥离，使我成为一个纯粹的人。由此，我对风簸箕情有独钟。

总以为风簸箕会一年又一年在哨楼村转下去，突然有一天宣布它将要成为过去，心里总有些落寞与惆怅。今天，风簸箕又回到了哨楼村，又住进了我的心里。它不曾斑驳失色，也没有停止转动，一次又一次为我扫除人生的阴霾，让我收获一仓又一仓精神的粮食。

看着哨楼村村史馆里的风簸箕，我心里的粮仓沉甸甸的。不止风簸箕，史馆里展陈的对窝、拌桶、锄头、扁担、镰刀、铁锤、钢钎等每一件乡村旧物，以及红色哨楼里那些背着枪的战士，拿着铁锤和钻子修建黑龙滩的前辈们，都是永不老去的乡愁，不舍昼夜地讲述着他们那个年代的故事。只要他们的故事未完，我们在哨楼村的记忆就不会凋零。

正如李长青在《哨楼春秋记》中写的那样："壮哉吾哨楼，僚人穴居，渐有人迹。"是呀，从湖广填四川，有了辜李张黄；为了御外敌而修哨楼，才得名哨楼村；自宋明清以来，风华之地，物产丰饶，多少乡贤才人努力奋斗，才有了而今绿水青山，百姓安居乐业。千载的风风雨雨，民风依然淳朴；世代农桑，黎民犹存忠义……

我一次又一次在哨楼村里徘徊，终于悟到了。无论是那位身穿战袍的辜姓武举人，还是今天捏泥塑的李长青，还有这个做文学梦的我，同时存在着，从来处来，到去处去，他们及我们从来没有消失过，一如村史馆里的风、方曲河里的鱼，一直都在流动，从来不曾消失，因为它们在乡愁里。

今天的乡村，越来越多的人离开，这是城镇化发展的需求，是历史的必然，但走了的人就是那一份份牵挂、一份份乡愁。不必去埋怨，也不必去强求，修一座村史馆，让他们有一种念想，有一种牵绊。哨楼村村史馆就是打开乡愁的钥匙，如果有时间，不妨回哨楼村村史馆看一看。哨楼村还是那个哨楼村，因为有了村史馆，就有了无限的内涵与外延，在传承和发展中彰显哨楼之美。不妨与风簸箕，与这些乡村旧物说说心里话。

哨楼村的游子啊，让我们记住村史馆，记住风簸箕，记住往事，留住乡愁……

**作者简介：** 罗坤，笔名骆申，男，生于 1967 年。四川仁寿人，现居四川资阳。中国散文学会会员，四川省散文学会会员，四川省诗歌学会会员。在各级报纸杂志发表作品三十余万字。有散文、诗歌多次在全国征文比赛中获奖。

# 井水滋养出的高贵

王云霞

风缓缓吹，雨沙沙下，枯黄的草地，沉睡的麦苗，睡梦中的油菜次第苏醒。我们的车行驶在去仁寿哨楼村的路上，一路新绿簇拥，花香相伴，仿佛穿行于一幅长长的画卷。

哨楼村迎接我们的，是村口的月亮坝。把我们迎进了村，就是迎进了春。雨是春雨，看不见，却感受得到，是王维的"山路元无雨，空翠湿人衣"。雨中的哨楼村，宛若着了嫩绿色纱裙、披上神秘面纱的少女，犹抱琵琶半遮面，遮出了几分羞涩。雨中的麦地绿油油的，与同样绿色的浅山连成一片，连出了一望无际的绿。玉米赶春的节奏显然要慢一些，慢到刚冒了一点叶芽，还没有抽枝展叶。豌豆花却开得正好，如一只只正在驻足观赏美景的蝴蝶，但我知道她们不是为了争春，而是为了将来的结果。争春的是野花，它们在田埂两边开得正旺，生怕别人看不见。新翻的泥土也在争春，以一种与草木花香、轻风湿润调和在一起的气息，无声无息地贴近我们，随着我们的呼吸进入肺腑，洗尽纤尘。

虽然经常到乡村，但我明显感到哨楼村与众不同。不同在哪里？细细一想，应该是高贵。对，高贵，我再次确认。不是吗？这里媚而不俗的花、新而不滞的绿、流而不溢的水、飘而不狂的雨、拂而不野的风、醒而不躁的土地，无处不表现出一种绅士般的高贵！

我原先并没有弄清楚哨楼村高贵的根源，或哨楼村的高贵，是怎样滋养出来的——要知道，一代只能修得富裕，而修得绅士，要三代才能做到。只有绅士，才配得上"高贵"这个词。于是，我仔细在哨楼村寻找，寻找高贵的根。直到看见了这里的凉水井、古井田。据了解，哨楼村有一百多口古井，千百年来，每天都涌出清澈的泉水。

凉水井里的水涌了多少年，村里的老人也说不清楚。能说清楚的是现在，其实不用说，进村就一目了然。井里涌出的水很多，淡淡的回甜，清清的凉爽，用手捧起来，挨近鼻子和脸，有一种凉丝丝的感觉，不知道是闻到的还是触到的，怪不得村里人要以"凉"为它命名。

我今天来了，来到凉水井跟前，并不是冲着这井的凉爽而来的，但这井却以凉爽迎接了我。清凌凌的井水倒映着清凌凌的天空。井台已斑驳，似乎在向我们诉说着它的悠久；打水的粗绳连着一只木桶，静静地躺在一旁，仿佛要向路人倾诉它的辛苦。不喝一口，枉来一趟。我打上来一桶水，清得可以荡涤五脏六腑，涟漪微微荡漾，水里的画面也跟着微微荡漾。水照见柳树的嫩芽，更是催生了我喝下去的冲动。舀起一瓢，舔了舔，淡淡的甜，瞬间舌底生津；再饮一口，意犹未尽，回味无穷。随即倒掉矿泉水换上新的，我们一人带走一瓶。

在把哨楼村的人与井联系起来之前，我是没有想到"一方水土养一方人"的简单道理的，只当路是路，桥是桥，井是井，人是人。直到参观哨楼村村史馆，才震撼于这里千百年来，以哨楼村为核心，原来涌现出了这么多可歌可泣的乡贤：李春旺、辜有闻、辜延泰、杨汝岱、黄汲清、石鲁；稍远一点，还有虞允文、潘文华、董长安……他们居庙堂之高，却不忘家国兴衰；处江湖之远，则孝亲爱民、崇德向善。他们都是喝着哨楼村的水长大的。带领我们参观村史馆的李长青，别看他只是个八〇后，却年轻有为，不但参与了村史馆的设计，他还是个优秀的雕塑家、诗人，馆里精美的雕塑就出自他手，除此，他还有一个身份——哨楼先贤进士李春旺第十六世孙。突然就感到这水的伟大，感到这水不是水，是乳汁！

当想到乳汁的时候，竟禁不住条件反射似的再次舔了舔嘴唇，回味刚才对井水的亲近，甚至轻轻地仰起头，让这如丝的细雨飘落到舌尖上。在哨楼村"作家小树林"，我种下一棵玉兰树，在完成扶苗、培土后，我也没忘从井里打来一桶水，浇在树坑里。"涧花入井水味香，山月当人松影直"，我相信，这井水富含各种微量元素，浇花花香、花大，有灵性，通人性；更何况，水和树都饱含了情。

　　回到家，我欣喜地告诉好友孙艳，我去她的老家仁寿了，还喝了哨楼村井里的水，在那里种下了一棵心仪的树。她睁大眼睛，愣愣地看我半天，仿佛遇见了外星人。过了片刻，冒出句"下次去叫上我"。

　　也许是大家都心里"切切"，"下次"很快就被我们制造出来。初夏，四野还到处都是春的尾巴，我和孙艳就急急地、心照不宣地来到她的老家——哨楼村菊塝。以前的菊塝有五口井，井水甘甜可口。从晨光熹微到暮色降临，来井边取水的村民络绎不绝，古井周围的小路总是湿漉漉的。学着村民，我们放下一只桶，打上来井水，畅饮一瓢，凉凉的，丝丝回甜。抬头展望，树叶绿得发亮，玉米正挂着红缨，藤椒散发出醉人的香味。古井在清晨的阳光下，在阵阵稻香中，呈现出宁静悠然的景象。青石板上，绿色的青苔轻轻覆盖，为这古老的元素增添了些许柔美。我静静地站在一旁，感受岁月的流转和历史的沉淀。

　　轻风微拂，夏阳和暖，我和孙艳穿行于月季花丛中。我问："你养父还好吗？"

　　"去年就走（去世）了！"

　　"一直都是你在服侍，你的养母也是由你养老送终的吧？"

　　孙艳脸上露出浅浅的笑："必须的！"

　　"你是怎么到孙家的？"

　　"我的亲妈就是这菊塝的，那时候（20世纪70年代初）我家姊妹三个，仁寿穷，一年到头只有红苕，我们家特穷，连红苕也吃了上顿愁下顿。我的养母这边他们的二儿子死了，大儿子又出去当了运动员。我的养父——孙爸，在青神黑龙粮站工作，条件比我的老家要好。为了我生活得好一点，家里忍痛把我抱养了出去。我是落到了福地。后来，我和养母到了养父的单位——青神黑龙粮站，我读四年级，转学就转到了你教书的学校。"

　　孙艳带着我在哨楼村转，山不高，井确实多，据说最多时有一百多口。有的井在庭院一角，树荫下，井口已磨得光滑，井台斑驳。有的井在低洼处，四周的草长得茂盛。还见一口井掩映在桃树下，轻轻摇曳的桃子倒映在清澈的井水里，井台上隐约可见"爱护卫生人人有责"几个字。虽然通了自来水，但有的村民仍喜欢喝井水。有井的地方就有家园，有人家的地方一定会有井。日出而作，日入而息，凿井而饮，耕田而食，帝力于我何有哉！

　　这就是哨楼村人的日常生活，太阳出来下地劳动，太阳落山回家休息；打一口井用以饮水，耕田种粮自给自足。一口井滋养几十户人家。打井很辛苦，也是个技术活，先要请村里见多识广、德高望重的老人看龙脉，选准水源充沛、水质清甜的地址，再由打井把式带着一帮徒儿徒孙，加班加点劳作，凿挖大半个月才能完工。然后还要经过淘井、洗井、祭井神、安装辘轳等环节，新井才能使用。每当雄鸡报晓、朝霞满天，村庄的一天就从那眼清亮亮的井水开始。辘轳声声，井水哗哗，汲水的人开始浇灌干渴的日子，把生活滋润得有滋有味、甜甜美美。隆冬井水温润可人，盛夏老井涌出一汪清凉、甘甜的井水，从不枯竭，即使淤积了，简单淘洗一番，又是清泉流淌。

转过一道弯，又是一口老井，井边有取水的痕迹。古井后面有几片竹林，竹林下面是一座古老的茅草屋。我们靠近，门锁着，从门缝往里看，看到的是灶房，灶台、水缸、烧火的小凳。"灶前清，水缸满，小心火烛。"想起我小时候，为防止火灾，每天晚上生产队都要组织人挨户检查，水缸要满，灶前要打扫干净。所以，再忙我妈也要把水缸挑满，即使已上床了，想起水缸未满，也要摸黑挑满水缸。

记得我上小学三年级时，麦收季节，大地干燥得快要烧起来。下午三时许，有人大喊："火烧房子啦！"怎么得了哦！我们村房子挨着房子，屋檐接着屋檐，而且，大部分是茅草房，燃点极低，遇不得一点火星，一户着火，全村成火海。风助火势，肆虐的大火映红了半边天，火舌乱窜，落到谁家的房顶，谁家就有灾难。

有人大喊："快到沟里挑水！"可是，沟里的水被上游的五队插秧截流了。紧急关头，有人突然想起："井水！"于是，全村老少挑着桶、端着盆往井边跑，壮劳力则用湿嫩的竹枝蘸水，使劲往火里扑打。火扑灭了，井水干了。那口井救了全村人。村民看着干涸的井，悲喜交加。喜，火灭了；悲，井干了，以后怎么办？放心，明早又涌满了。

从此，村里人更爱这口井了，每两年的淘洗改为每年淘洗；周围砌上了一圈围墙，安了一道小门，不准小孩随便到井边玩耍；井台贴了那时候稀有的瓷砖，专门请人镶上了"井水，生命之源"几个红色大字。

这里的一景一物，都勾起了孙艳的童年记忆。

我们漫步在老井边，老井沐浴在清晨的阳光下。青石板上，绿色的青苔轻轻覆盖，为这古老的元素增添了美感。我们静静地站在一旁，感受岁月的流转和历史的沉淀。老井，用她甘甜的乳汁，哺育了一代又一代哨楼儿女，还用她的灵性滋养出他们高贵的灵魂。老井，似乎还藏有一种力量——华夏文明之光。

**作者简介**：王云霞，女，四川青神人。青神县作家协会副主席，四川省散文学会会员。在省、市级刊物上发表散文数篇。

# 哨楼村的新哨声

苏万娥

## 一

到达哨楼村时已过上午十点半，超过相约时间十分钟。谁叫今天又下雨又走错路呢！

都说春雨贵如油，今年的冬雨比油还珍贵。大寒了，才迎来今年的第一场冬雨。

早上，我站在路旁等车，冬雨，冷冷的冬雨带着寒气而来。它轻轻盈盈，飘在脸上，沾在衣上，洗净了纤尘，让人感觉到的不是冬的凄冷，而是由内而外的清爽。

一辆辆车子在高速公路上疾驰，水花飞溅，湿漉漉的路面腾起了薄薄的水雾。

在冬雨的伴奏中，我们心怀喜悦，驱车向哨楼村驶去，为雨，为心中的哨楼。

## 二

哨楼不是楼，而是一个村——哨楼村，位于仁寿县方家镇。

仁寿，古称陵州或隆州，地处四川盆地中南部。隋开皇十八年，官方将普宁县改为仁寿县，"仁寿"便作为正式的地名出现在历史舞台上，并一直保留至今。这个已经存在了一千四百余年的地名，据说源于隋文帝杨坚。所谓"知者乐，仁者寿"，这个县名从此让仁寿拥有了丰富的内涵和美好的寓意。

仁寿虽是近邻，我却了解不多，只知道仁寿的盐、仁寿的人、仁寿的红苕、仁寿的土地、仁寿的黑龙滩水库……

近邻，今天，我终于来了！

# 三

推开车门，双脚踏上哨楼村的土地，那是瓷实的黄土地，和故乡一样，一种熟悉的家园之感便扑面而来。

映入眼帘的是几幢灰瓦白壁红栏的建筑。这是哨楼村村史馆。它坐落在辜家湾——大多是辜姓人家的一个村社。哨楼村的姓氏主要有辜、李、张等，均来自湖广填四川，迁居至此已有几百年历史了。他们在这儿安家落户，繁衍生息，逐渐形成了一个村庄——哨楼村。

"哨楼村""哨楼村"。嘴里叨念着这个村庄的名字，总觉得有点别扭。这个别扭的名字是怎么来的呢？同行的何老师指着前面的一个山坳告诉我，那个大坳口叫狮子坳，它连着的那座大山，清朝咸丰年间，匪患猖獗，打家劫舍，当地百姓深受其害。于是村民纷纷筹资，有钱出钱，有力出力，在山上建了一座哨楼。村民们忙时耕种，闲时训练，并派人每天在哨楼上放哨。后来村民就把这座山叫作哨楼山。村因山得名。新中国成立后，这儿先叫"哨楼大队"，后来又改名为"哨楼村"，已被列入《仁寿县地名录》。

何老师又指着与坳口相连的另一座山说，这座叫打锣山，以前山上的树上悬挂着几面大锣。放哨的村民在哨楼山看见"匪兵"来临，就赶紧通知对面打锣山上的人。当当当当，急促的锣声响起。听到预警，山下劳作的村民让老弱妇孺躲回家，壮男丁则扛上锄头、铁锹、木棒蜂拥聚向村口，吓得匪兵掉头就跑。哨楼村的村民，靠自己的智慧和团结保住了自己的家园。

"哨楼还在吗？"我边问何老师，边把目光投向哨楼山。满山的柏树郁郁葱葱，经过冬雨的洗涤，身姿更加挺拔苍劲。

"早就不在啦！如今，林中连上山的路都没有了！"

哦，哨楼，您的楼已不在，只剩下一座山、一个村庄来见证和缅怀曾经的那段岁月。

不在并不等于消失。哨楼，成了回忆，成了历史，成了一个村庄共同的回忆和历史！

# 四

负责接待我们的是哨楼村月亮坝的李大爷。

李大爷也是一部历史。

李大爷出生在新中国成立前，今年七十九岁了。他个子不高，身材瘦小，但面红发黑，耳聪目明，口齿清晰，行动爽利。他 1968 年曾入伍，1971 年退伍回乡，一直居住在哨楼村。

说起小时候，李大爷记得最清楚的是解放军。那是 1949 年 12 月 16 日上午，哨楼村敞亮的黄色大道上走来了一支身穿军服、肩扛钢枪、身姿挺拔、纪律严明的队伍。

"解放军来了！解放军来了！"欢呼声响彻了哨楼村，李大爷小小的身影也淹没在欢呼的人群中。后来，哨楼村人做向导，解放军又挥师向解放仁寿县城进军。

吃水不忘挖井人，翻身不忘解放军。哨楼村的人把解放军走过的那条路更名为解放路。

"这条路就是当年的解放路！"李大爷站在一条柏油路上，自豪地对我们说。他的身板挺得直直的，两眼凝视着远方，仿佛又回到了 1949 年的烽火岁月。

解放军！解放路！童年的一幕深深烙印在李大爷幼小的心灵上，愈长大印象愈深刻。

我也要当兵！二十四岁的李大爷，不，那时应该是壮小伙，终于穿上绿军装，圆了儿时的梦想——成了一名光荣的人民子弟兵。

# 五

"还是现在的生活好啊！"李大爷乐呵呵地说，"和以前那个苦日子比啊，简直是一个在天上，一个在地下。哨楼村的土是粗沙土红沙壤，不出庄稼，粮食全靠地里种一点小麦，靠河边的田可以种一点水稻。记得我刚退伍那会儿，和娃他妈刚结婚。她抓两把米煮一锅面皮就对付一顿，从没吃过一顿整的大米饭。又缺水。村里有条方曲河，但水流小、地势低，水源全靠井和塘。当时的哨楼村，有一百多口方塘，有一百多口水井咧！比较有名的是井水桥边的那口古井。那是一口百年老井，养育了周边几百户人。它还不算什么哦，哨楼山那边，还有一口凉水井呢，传说明朝以前就有了。那口井水质甘甜清凉，终年不涸，所以取名'凉水井'。新中国成立前，附近数百户人家都靠这口井解决生活和灌溉的需求，救人无数！"

李大爷颇有感慨，随即语气又转为低沉："即使塘多井多，一遇到干旱年景，人畜饮水也成困难，更没法保地里田里的庄稼了。大人愁啊，苦累不说，就愁吃不饱，大家都拖家带口的。水，就是咱哨楼村的魂咧！"

李大爷叹了口气。也许是过去的经历触动了他那尘封多年的记忆。

"后来，修了黑龙滩水库就好多了。"李大爷继续道。

可不是吗，以前哨楼村缺水，不干旱的年景种的粮食仅够吃饱。自从把黑龙滩水库的水引到哨楼村后，哨楼村许多地改成了田，可以种两季，冬种小麦，夏种水稻，人们的主食也由麦面变成了大米。

"大米饭真的好香！"李大爷咂吧咂吧嘴，好似在回味，"那些大塘小塘也由蓄水改为养殖啦，养鱼养虾种藕。那些山地呢，除了种小麦，也种蔬菜、花椒等经济作物。年富力强的我们有使不完的劲。哨楼村的人吃上饱饭了，生活富裕了，都奔小康了！"

　　李大爷絮絮地讲述着。我的脑海中浮现出沿途所见的一方方鱼塘。半亩方塘一鉴开，天光云影共徘徊。清凌凌的塘水，倒映着浅山、绿树、房屋、翠竹。冬雨滴落在水面，漾起无数小小的涟漪。塘里的莲藕早已不复夏日的模样。那干枯的茎，兀自站立在水面；那干枯的莲蓬，低垂着脑袋；那干枯的荷叶，折着脖颈，在寒冷的风雨中瑟瑟发抖……

　　仿佛走进了一幅江南冬日的水墨丹青。

　　塘边翠竹绿树中，掩映着一幢幢灰瓦白墙的小洋楼。

　　荷尽已无擎雨盖。

　　塘边人家留得残荷听雨声。

　　勤劳朴实的哨楼人，在苦中求生存，在苦中求改变，在苦中求发展，最后，把苦化成了甜，变成了诗意的栖居地。

# 六

　　"更别说现在了，你看——"

　　我们顺着李大爷指的方向一看，前面是一片平展展的高标准农田。粗沙土红沙壤被深翻后打成了细碎均匀的土疙瘩，被一层浅浅的水淹没。新筑的田埂规范、端直。雨后的路面亮晃晃、水淋淋的，泛着红沙壤土特有的光泽。几只白鹭从远处飞来，在田间起起落落，悠闲地觅食。

　　"这田改得好啊！种植方便快捷，我们再也不用为种庄稼发愁了！"李大爷发出了感叹。

　　"大爷，传说哨楼村有块月亮坝，它到底在哪儿呢？它有什么传说吗？"我转头望着李大爷。

　　李大爷又呵呵地笑了几声，慈祥地对我说："你面前不就是月亮坝吗？那中间原来有一块田，形状像月亮，弯弯的，所以就给它取名叫月亮田，这块坝也就叫成了月亮坝。喏，就是那块。现在看不出来喽！"

　　李大爷指了指坝中央，无限深情地注视着这片土地。

我顺着李大爷指的方向再一次望向平展展的田野。望着望着，这块崭新的黄土地在我眼中不断扩大、扩大，变成了一坝明晃晃的冬水田。中间那块弯弯的，分明就是一个水汪汪的大月亮。站在月亮田的田埂上，就像站在月亮的边上。抬头，天上一轮明月；低头，水里一轮明月。三个月亮伴着你，无边的诗意在坝上延伸……

我突然羡慕起土生土长而又高寿的李大爷来。他多么幸福啊！在哨楼村出生，在哨楼村长大，在哨楼村成家立业，在哨楼村儿孙满堂，最后在哨楼村安享晚年，直到岁月的深处。

一个人的成长史就是一个村的成长史。

仁者，寿也。仁者，昌也。

# 七

田一块一块往下铺排，一直延伸到河边。我知道，这就是李大爷给我们介绍过的方曲河，是方家镇至曲江社区的一条河道。

望着方方正正的高标准农田，再望望弯弯曲曲的方曲河，我忽生感慨。多么朴素、多么富有哲理的河名！做人要方正，人生有曲折，方曲河，这不正是你要告诉我们的哲理吗？

如今，方曲河两旁已用青石铺设了观光步行道，劳累了一天的哨楼村人也可以像城里人一样，吃了晚饭幸福地散个步，遛个弯儿。不，比城里人更幸福——漂亮的小洋楼，新鲜的空气，满目的青山，流淌的绿水，哪一样城里可比拟、可寻觅？

谁说乡下不如城？如今是倒了个个儿，是城里不如乡下喽！

方曲河水静静地流淌。河边，一丛丛举着金灿灿叶子的高秆植物映入我们的眼帘。

是芦苇吗？芦苇没有那么黄的叶。

是山茅吗？山茅没有那么高的个。

我们猜测研究了半天也没弄明白。

"是甘蔗。细甘蔗。每一根、每一节都甜得很哦！糖厂收去熬糖。"李大爷告诉我们。

哦，甘蔗，仁寿的糖源，说的就是你吗？你举着一枝枝金黄，向哨楼人奉献着甜蜜；你举着一枝枝金黄，向我们报告他们的幸福。

一方水土养一方物，一方水土养一方人。甜，是粗沙土红沙壤里生长的细甘蔗的本色，也是今天粗沙土红沙壤里长大的哨楼人生活的注脚。

我们撑着伞，沿着冬雨洗涤过的青石路缓步往上走。走过了幺囡堰，走过了井水桥，走过了古井，走进了这些哨楼人的生命之源！

"哨楼"的"哨"，也是"哨声"的"哨"。曾经的"哨楼"走进了岁月的深处，今天，哨楼村的新"哨声"开始响在田野山间……

**作者简介：**苏万娥，女，四川洪雅人。中国散文学会会员，有多篇文章在各级报纸杂志上发表。

# 一方清流一捻土

陈美桥

有些地名，以动态形式出现，它们充分调动你的听觉细胞、好奇心和想象力，然后推演出一帧帧有声的影像。

哨楼村即如此。

清咸丰年间，这里匪患猖獗，村民集资在狮子坳连着的山上架楼放哨、练民团，发现情况后，又在相连的另一座山上打锣预警。哨楼山和打锣山应运而生。或许是哨声太深入人心，新中国成立以后，"哨楼大队""哨楼村"就被列入了《仁寿县地名录》。

2024年1月21日，不知从哪里落下了第一滴雨，经仁寿县城到哨楼村，车窗和雨伞上敲出的雨声，像云朵吹奏的口琴声丝丝入耳，又像在迫切传递某种特殊的信号。这一日，恰巧哨楼村村委会在村里举行一帮文朋诗友的植树活动。

雨滴落在村里顶花的枇杷树上，落在压弯枝头的柑橘头上，当它们触碰到村史馆院里那头石雕的拓荒牛时，牛立即变换了色彩，像一头伏在水域的真牛。这头牛健壮、沉稳，额头上弯月似的犄角微微朝下，俨然一位不善言辞、憨厚勤劳的父亲。这些雨，想必是感应到了一棵棵树苗的张望，渴求融入这方水土，落地生根。

有水才有生命呢！雨水从天空滑向山林，渗透田地，蓄积足够的养分，携带有机物和矿物质，酝酿成一股股清流。每一股清流，其实都在期盼诞生的生灵，等待一些人，拿上工具，挥动手臂，将饱含的希望掘出来，成为一口口水井。

在史料明确记载以前，哨楼村就有了水井，现存大大小小上千口。凉水井疑为古蜀人开掘，几百年来终年不曾干涸，人们用它饮水灌溉，迄今还发挥着重要作用。午餐时，吃上一口豆香浓郁的胆水豆花，便觉得是与清流亲密地碰撞。农家大豆与清甜的井水耳鬓厮磨，在嘴里灌满回甘的余味。

这一方清流，养育了"李氏""辜氏""魏氏"等族人，涌现出一大批进士、举人和贡生。他们身居官场，始终洁身自好，以浩然正气影响世代子孙。明朝末年，四十四岁的进士李春旺（号阳俶，意为初升的太阳）不愿对张献忠妥协，在激烈反抗后以身殉国，人们便将家乡的一座山称作晓止山，以哀悼"太阳"的陨落；清道光年间，进士魏光宇捐清俸在龙江上置义渡，又修河建桥、集资设义仓，去任后，百姓为其立去思碑和长生牌位；清光绪年间，进士辜有闻居官八载，不妄取民间一钱，地方人士争相送万民伞，后卒于任所，还是同乡京官高其义筹集资金将他殡殓，扶枢回乡安葬。

而这一方清流，又岂止是水井？哨楼村的民居多傍山而建，喜欢在门口或紧邻之处打造一口口池塘。有些池塘鱼儿在暗自涌动，微风吹皱这方池水，如姑娘手腕处青绿的丝绸，也如鳞纹层层；有些池塘清晰地倒映着干枯的荷茎，像是引导人准确摸到莲藕的位置。这些池塘育物哺人，也清得如一块块巨型的镜面。以水为镜，可以正衣冠。

一个月后的晴天，我与村支书和雕塑家李长青一起走进了辜氏宅院。宅院前这方清流，从前叫滥沟，曾有解放军部队经此地，近年来改造扩建，成了蓄水八万立方米的滥沟湖。

辜氏宅院是典型的川西民居，历经三百年沧桑岁月，老木柱依然顽强地支撑起一砖一瓦。从院里走出去的经学大师辜增荣，任过川南北伐军总司令。堂屋供着先祖牌位，墙上挂着世代家训，主人在屋内写字作诗，先祖谆谆教诲言犹在耳。恰逢正月，不少村民在院门前的台阶处聚集闲聊，望望围在滥沟湖湖边上的垂钓者，看看对面蜿蜒起伏的群山，目光明净柔和，眼里的世间万物，似乎都妥帖得恰到好处。两位近百岁的老主人看过山、望过水，借着拐棍，以我们意想不到的速度，轻捷地登完了所有台阶。

仁者乐山，智者乐水。山是坚实的臂膀，水有博大的胸怀。仁智兼得，促人长寿。在哨楼村两千多人口中，八十岁以上的老人就有两百多位。

水，以清为贵。清流至纯至柔，却能聚合万物，抵达万物，塑造万物。

　　我又一次在村史馆见到了李萧氏，泥塑的她端庄得体，梳着整齐的发髻，眼神如清流淌入心扉，还透着一股坚毅。她是众位先贤雕塑中唯一的女性，也是在封建社会罕见的能载入史册的女性。

　　女子似水，原本柔弱，为母则刚。清嘉庆三年（1798年），二十八岁的李萧氏痛失丈夫，她以纺织为业，用双手侍奉公婆，养育四个儿子，其中一子还中了举人。清道光年间，皇帝被她的事迹所感动，下旨为她修建节孝牌坊。进士魏光宇所作的《李萧氏节孝坊序》，如今珍藏在村史馆的玻璃展柜中，字字句句令人潸然泪下。

　　李萧氏中举之子叫李有春，是钦斋泥塑第一代传人，他文武双全，尤其擅长雕刻，身怀在马背上雕刻的绝技。道光癸卯年（1843年），他亲自在村内为母亲修立石雕牌坊，上面的每一种造型，都雕琢得栩栩如生。只可惜，这座牌坊在特殊时期遭到损毁，现哨楼村村史馆内有一张李萧氏节孝牌坊的照片，是李萧氏九世孙李长青据村中老人回忆，用电脑制作的复原图。

　　李氏雕刻艺术具体从哪一位先人开始，无从查证。据考古发现，哨楼村有处崖壁上的石雕出自唐朝。不知何时，塑造对象从坚硬的石头慢慢转向了松散的泥土。泥的黏性，水的魔力，加上棉花的衔接力，让钦斋泥塑闻名于世，成为四川省知名的非物质文化遗产，就连著名的"泥人张"的传人，都对其赞誉有加。

　　钦斋泥塑传到李长青这里，已是第七代。而艺术的种子要从哪里开始探究？是从清代李有春的基因里寻觅，还是在明朝时，为皇帝监工装修和雕刻工作，涉及空间造型艺术的李春旺身上深挖？更远一些，还要追溯到北方泥塑重镇甘肃陇西的始祖。

　　钦斋泥塑多采用本地泥土，也就是紫色土，这是在紫红色岩层上发育的土壤。这些土壤，大致形成于侏罗纪或者白垩纪的紫色砂岩、泥岩地层，具有不易褪色的特点。李长青用这些泥土雕塑的作品不计其数，当然也包括李萧氏在内的各位先贤。

　　八〇后的李长青，从小随父亲李永贵在田间地头玩泥巴、捏泥人，刚十五岁，就成了媒体专访报道的"泥塑神童"。后来，他毅然放弃学院装潢设计专业，走上了雕刻艺术和各派泥塑技法的游学之路。2008年"5·12"汶川大地震后，他如《西游记》里"宁恋本乡一捻土，莫爱他乡万两金"的唐僧，取到"真经"后回到家乡。

　　如同美人在骨不在皮，雕塑的佳境不单纯追求形似，对事物神态和韵致的精准掌握，是它的灵魂，也是一个雕塑家自己的灵魂。大到整体造型，小到一个眼神、一道皱纹的合理走向，无不考验真功夫。为捕捉南怀瑾先生的气度和神韵，李长青曾穿着长衫，每日走街串巷，揣摩哲人的气质和思想，历时十六个月，一尊儒雅、佛性、仙气的铜像，最终完美地呈现在大众面前。

　　李长青也是诗人，却不是"为赋新词强说愁"。他说诗歌如同骨骼，一字一行都是从他体内自然生长的东西。他的祖父每日都有吟诗作对的习惯，幼年的他长期耳濡目染，刺激了大脑的神经元对诗歌的连接。除了在众多刊物上发表诗歌，他的雕塑如果从意境、结构和张力上推敲，已经超过了美学范畴，一定程度上是诗性的化身和延伸。从郊外找到一块块烂木头，他拿上戳刀和刻刀，让它们叠加组合，弯成了宇宙中一枚奇特的《皓月》。而《书先生》，人头与书交错，书与人面叠合，多维度嵌入，人生这本书，学校这本书，社会这本书，几乎嵌进每个人的生命。

　　与其他派别的泥塑不同，也与父亲的手法不同，李长青的泥塑有粗犷之趣，也有精细之美。他擅长中西结合，注重个体情感传递。在他手里，泥人不单只表达喜怒哀乐，还有场景的叙述和铺陈，以达到丰富的视觉效果。以《钟馗出巡》系列为代表，每个人物的色彩、表情、手中的道具，以及衣服或纹饰上的细微之处，都经多番考究，呈现出一个个生动又神秘的民间故事。

　　《齐白石》也以紫色土、水和棉絮为主要原料，先捏塑其身，后施以彩绘，再用棉絮装点胡须，树根做其拐棍，儒雅清风的艺术老人在展柜里活灵活现，诠释了什么是西方美学和中国传统制绘的融通。这一作品，也获得了中国工艺美术界最高奖"百花奖"。风格迥异的是旁边的《掏耳朵》，一张小木桌后面，站着掏耳朵的师傅，小椅上坐着一位龅牙的农人，正一只眼睛紧闭，另一边眉梢吊起，既有耳道疏通后的享受，也有惧怕伤及耳膜的担忧。这款泥塑表面并不光滑，泥土本身的色彩和肌理，使它显得夸张、朴拙，却不失雅致，延续了钦斋泥塑的精髓和生命活力。

　　世间万物都有自己的历史，每一个村落都是排列和组合的历史。以史为鉴，可以知兴替。

哨楼村的历史，以书籍、史册、视频、实物和泥塑等形式，丰富地陈列在村史馆内。这些历史的挖掘，离不开李长青多年来的考察研究，离不开政府和乡贤的鼎力支持，也离不开每个村民愿意将自己用在需要的地方的意愿。对这些历史的挖掘，是在一方水土中找回族群的文化自信，是在先祖的精神文明中找到适合自己的良方。

一个能展示历史的村庄，值得世人观瞻、敬畏；一个有历史的村庄，总能让我们审视生命，学着怎样有意义地活着。

**作者简介**：陈美桥，生于 20 世纪 80 年代，有作品发表于《人民日报》《啄木鸟》《星星》《金山》《传奇·传记文学选刊》等报刊，著有散文集《四季有味》等四部。

# 关于村的记忆

郭燕萍

哨楼村，美丽而遥远，是一个充满传奇色彩的村落。

所谓遥远，不只是空间距离，更是精神上的。两次驱车去哨楼村，经过的路线是不一样的，既有在高速路上的疾驰，也有在蜿蜒的青山绿水间的穿行，徜徉于色彩缤纷的乡间彩虹路，最险处是差不多仅容一车小心翼翼通过的旧桥。一路上春天的气息扑面而来，桃红李白，春意盎然。

精神距离的遥远，在于我对村庄的疏离。

关于村庄的记忆，总是最容易被乡愁唤醒。比如此刻，当我来到哨楼村。

乡下的生活苦且累，少年时代所看到的是乡亲们日复一日、年复一年的"日出而作，日入而息"，一年到头，人们总是为生存劳碌奔波。劳作的间隙，三伯家的哥哥姐姐们常常站在屋后高高的茶山顶上，张望四周连绵起伏的山峦，也不知道他们在看什么、想什么，是不是也与不懂事的我一样，心怀一种强烈的渴望，在想该怎样努力，遇到什么样的造化，才能走出这个乡村，走向岷江的对岸。岷江的对岸是县城。

随着年纪的增长，特别是自己为人母后，对日子有了更深的理解。家乡成了越来越不可割舍的心灵家园，记忆中的苦也变得甜美。

多年前，我见过一个小小的婴儿泥塑——很小，闭着眼睛酣睡，天真无邪，似乎保持着在母体中的状态，那么生动可爱、逼真形象，出神入化。据说，作品的原型，就是作者刚出生不久的儿子。是怎样的巧手，怎样的细腻，才能做到啊！不，不是巧手，是感情。在对泥塑艺术魅力深深赞叹的同时，更有一种叫情感的东西打动我。

多么有幸，在哨楼村，李长青这个哨楼村土生土长的青年泥塑艺术家，不经意间就和我记忆中婴儿泥塑的温暖重叠起来。在哨楼村村史馆，进门就是一大组泥塑群雕，这是李长青的杰作。十二座人物雕塑活灵活现、神态各异，他们是哨楼村建村以来，乡贤能人的杰出代表。正是因为他们，开创并践行了村史馆门口那副对联的含义："廉泉让水地；文里武乡风。"哨楼村的悠久历史，村人留下的功绩和传说，都化作催人奋进的精神力量，激励着后人不断向前。有人说李长青是用文化反哺乡梓、创造新时代村庄文明的文化使者。艺术家以艺术雕塑历史，劳动人民以勤劳创造历史。

黑龙滩水库是仁寿的"都江堰"，自修建以来，它就以源源不断的清流造福着仁寿人民。据史料记载，哨楼村人是黑龙滩水库建设的大功臣。我见证过那个年代村人的质朴和无私，不管自己是否受益，大家都能团结一致，只要党和政府一声令下，扛上家伙就出发。我家乡的观厅水库和复兴水库，就是这样修建起来的。

纯朴的乡亲最不缺的是劳力，他们总是抱有热情，国家有号召，地方有倡导，他们都是积极响应，立刻投身于火热的建设当中。在我八岁的时候，家里修新房，拖拉机一车一车拉回来火砖、河沙、水泥，每当它冒着烟喘着气，出现在两三里以外的长坡上，我的年轻力壮的父辈，就要迎到两里以外去帮着推。因为机耕道泥土凹凸不平，即使常常用锄头铲修，一遇到下雨也会被车碾出深深的车辙。后来生产队修公路，各家主动出工挖坡、挑土、铺石子，干得热火朝天，很快修出了连接县道的机耕道。那场景是壮观的，现在回想起来也会感动。它虽然比不上黑龙滩水库工程的浩大，但乡人纯朴善良、勤劳无私的品质，乐观积极、战天斗地的精神定是相通的。再后来，机耕道又浇上混凝土，水泥路如一根根丝带，将十里八乡都连通起来。"要致富，先修路"，在家家户户都通了水泥路之后，一辆辆货车从外驶来，柑橘不愁销路了，人们的腰包也渐渐鼓了起来。

徜徉在哨楼村，感受着它的呼吸，它的静谧、安详。我又触摸到了家乡的气息和童年的气息。

在哨楼村的"作家小树林"，我种下了一棵黄桷兰树。它差不多与我一般高，枝丫向四面展开，新叶嫩绿嫩绿的，扎根沃土，呼吸着哨楼的空气，沐浴着哨楼的阳光雨露，把树种下的那一刻，我仿佛种下了故乡。

我对黄桷兰钟爱有加，因为它有修长多姿的花朵形态、独特的香味、典雅从容的气质。黄桷兰夏日开放，在衣领处挂一串，整个人都神清气爽了；在家里放几朵，几天都在花香里度过。因为我喜欢，先生专门为我在阳台种下一株，仅两三尺高，却也开过几朵花，每开一朵，先生都小心地摘下，郑重地送给我。

哨楼村的青山绿水铺展在眼前，亲切、自然。山风拂过脸庞，带来农作物旺盛生长的气息。哨楼村人静静地守护着它，亦如我的家乡白云村温暖的怀抱。

"吾心安处是吾乡"，人性是相通的。

无论是在城里，还是在生我养我的村庄，我的心安然而宁静，一切兴衰都流淌在我的血液里。父辈们用勤劳的双手创造美好的生活，年轻一代又用智慧建设着家乡。

哨楼村，白云村，黄桷兰，萦绕在眼前，氤氲在梦中……

**作者简介：** 郭燕萍，女，四川青神人。青神县作家协会会员。

# 哨楼村的守望

唐　悦

等了四季，我在早春来到了哨楼村。

入村的路，我无意间选择了最为崎岖的一条，在沟壑纵横的山路上将十公里开了半小时之久。因而，当我终于在山路尽头遥望到那方村落时，我的心情是难以言说的激动。

那是入春以后的第一场甘霖，我是风尘仆仆的羁旅客，它伫立在山坳里，见到我，便用温润的雨丝拥抱我。远山苍翠欲滴，竹林连片，错落有致，山间雾气迷蒙，丝丝细雨落入大地，氤氲起泥土的清香。

当我踏实地站立于这片土地，才明白它是一直在等我的，在等待一场宿命的相遇。

我最先遇见的是哨楼村口的凉水井。凌寒渐退，凉水井边已经萌发盎然春意，淅沥春雨轻唤起熟睡的生机。这座明朝之前便存在的凉水井，在此守候了六百多年，终年不涸，附近数百户人家均以此井生活。

走进村史馆，我才得以有了了解哨楼村历史真相的机会。

哨楼村，其有记载的历史最早可以追溯到汉代，属犍为郡武阳县东部。从崖墓雕凿开始，文明的星火点燃，那时候的人们居住在崖穴里繁衍生息，聚居地雏形渐成；唐代咸通六年（865年），都押录事潘演父子捐建了距村数里的大高寺；继北宋之后，陆陆续续有家族迁入，村子日渐壮大；到明代，诞生了本村的第一位进士；清咸丰十年，匪患猖獗，村内设哨楼放哨、练民团；新中国成立后哨楼山演变为"哨楼大队"，哨楼山因此而得名……

数千年来，王朝更替，岁月流转。它始终静坐于仁寿县城一隅，朴素无华地守望着它的子民，还有这个村庄的兴衰。

守一方廉泉让水，望一众文里武乡。

哨楼村的守望，是有目的的。她丰沛的乳汁，是为了哺育一众俊秀清灵。于是，她的子民人才济济，乡贤众多。随便请出一位，都令人肃然起敬。不信你翻翻《仁寿县志》，去看看李氏、辜氏一族。你会看见李春旺，他是《县志》记载的第一位进士。他饱读诗书，官至工科给事中、河南按察副使，施资为家乡修建张氏踏水桥、向家堰通济桥。他刚正不阿，为国尽忠守节，不愿妥协于敌，激烈反抗，最终以身殉国。还有雍正年间（1723—1735 年）的副榜举人李天厚。他恪守规章戒律，做学问从不懈怠，不徒经术，兼擅史才，鳌峰书院山长游文璿称颂他"道冠儒林称雅范，官还故里颂名贤"。乾隆时期（1736—1795 年）有举人李如柏，生而聪慧颖异，嗜好读书，曾任纳溪县教谕。

守望的参天之树，必有其根；怀山之水，必有其源。李氏气节泽被后世，家风家训一脉相承。所有的有志之士，无不仰叹。于是，就有了游文璿的赠联"清词快笔无双士；各族侯门第一家"。

哨楼村村史馆，是一尊守望的雕塑。它把众多的守望集中在一起，不是凑热闹，而是彰显一种力量。在这里，我不仅看见了守望中的震撼，还看见了那种力量的源泉—— 一种家教式的宗族文化。它把千年的历史编纂成册，是哨楼乡土、根脉、血缘的见证。

让我最为感动的，是哨楼史册中不容小觑的女性力量。节孝女性典范之一的李萧氏，她早年丧夫，凭着纺织手艺，上敬多病的婆婆，下抚四个幼子。泥塑者技艺精湛，伫立哨楼村史馆群雕前，眼前的李萧氏端庄、善良、贤淑……你可以把一切描述中国传统女性优良品质的美好之词，全部叠加在她的身上。我仿若穿越漫漫的百年尘烟，在纺车边望见她劳作的身影，一针一线，串联起生活的苦难；她用她苍老的手掌轻拍啼哭的孩子，用她柔弱的身体挑水做饭，床前病榻，孝敬垂老的婆婆。那时的女性，没有接受过优质教育，却贞洁节烈，从一而终，把家族家训言传身教给下一代。一座座泥塑，不仅是历史的再现，更是对哨楼村魂的守望。

泥塑的制作者是李萧氏的后代，哨楼村进士李春旺第十六世孙，川派泥塑的非遗传承人李长青。泥土在他手中总能变成一件件精美的艺术品，选泥、练泥、捏坯、上粉、着色、雕刻，经过千刀万刻，泥土经他之手被赋予了生命。李长青说："如果每个艺术家都是天然的抒情诗人，那雕塑家就是世上最多情的刀客。因为他每一次抒情都要挥舞上万刀。"钦斋泥塑，是记录，是情怀，是传承，也是匠人精神对于历史的复现。在他的刀下，有已经消逝在岁月长河中的《茶馆》；有用诗书砌成的《皓月》；有慈眉善目、长须白发的《白石老人》；有袒胸露乳、开怀大笑的弥勒；有川西民俗《打围鼓》；有汉代憨实古朴的《击鼓说唱俑》……历史的瞬间，在他的刻刀下成为永恒的守望。

就这样，李春旺第十世孙李钦斋创设"钦斋泥塑"，技艺代代相传，后人以此艺诀成一方名匠，"钦斋泥塑"于2015年被当地政府列入非物质文化遗产名录，成为国内知名泥塑艺术品牌。

故事被泥塑固化，而得以铭记，镌刻下的一形一貌，都是泥土与智慧结合的话语体系，承载着历史的重量。李长青承担哨楼村史馆的文史挖掘和设计展陈任务，将所有珍藏的哨楼人物、故事、物品等收集整理，协助修建村史馆，雕刻乡贤泥塑，撰文《哨楼春秋记》……他身着淡蓝色长衫，清瘦精神，侃侃而谈，颈上系着火红围巾，象征着他对文化传承的赤诚热血。几十年如一日，他雕刻的不只是泥塑，更是匠心；他记录的不只是故事，更是人生。

辜家宅院，是哨楼村具有三百年历史的川西民居风貌古建筑，历史厚重，已经被列入仁寿县历史建筑保护名录，辜氏后人仍居住于此。辜氏家族上可追溯至明代崇祯年间，从福建迁至湖北，再从湖北孝感迁徙至四川仁寿县哨楼村。此屋为仕礼家族子孙世代奉祖祭祖之圣殿。前往辜家宅院，需登翠竹掩映、长达数十米的石阶。到达正门，进入中院，穿过两边的菜畦，方能走进大院。辜家堂屋正中匾额题写"祖德流芳"，堂屋正中桌上放置着现主人辜老先生未完成的书法作品，墙上挂着众多笔墨字画和供奉的辜家祖先。木质结构的堂屋经过前些年的修葺，古朴中焕发新生。我不懂得风水奥义，但置身其中便觉周身通泰，灵气穿堂而过，正如堂屋对联横批"春满华堂"，有如沐春风之感。

文明的发祥地都离不开水源。每一个村庄都有水，在哨楼村，也有许多水井。它们既是水的重要源泉，又是守望者。总之，村庄与井与水与人，从来就没有分开过。在哨楼村，还有着只属于哨楼人的"黑龙江"。走近黑龙江，才知它源于凉水井常年涌出的泉水，水流一路蜿蜒，形似"黑龙"，流至滥沟湖而得名。人们以凉水为饮，以江水浣衣、耕作。河流连接的是地域，而流淌的是血脉。

时过多年，哨楼村的基础设施日趋完善，产业发展蒸蒸日上，在 2002 年 10 月引入当时全县最先进的青花椒产业，利用哨楼村特有的土壤水利资源优势，使青花椒长势良好，颗粒饱满，成为方家镇的支柱产业，为哨楼村产业发展注入了新活力。

从村史馆出来，我突然发现，守望，是一种最美的姿势。哨楼村的守望，守望的是千年土地和这片土地上生生不息的薪火相传。哨楼村前贤的汗水，滴落在泥土中，润的是脚下土，养的是廉让魂。勤劳智慧的种子生根发芽，汲取养分，向上迸发出生命的顽强力量。有村人学成返乡，修路架桥、兴办教育；有心人将村的故事记录下来，谱入村史，文脉载道，代代传承。一张张老照片，都是对旧时光的见证。一代代后辈，在土地上辛勤耕作，孕育出葱茏和赓续。有人争取八方资源重塑村庄。哨楼村"作家小树林"的作家们，则以文记事，以树铭志，共塑一个村庄独特的标识。先以文字记述时代，再以树记下牵挂。然后，将文字、树与种树人一并铸成村庄的守望。

我很荣幸，在哨楼村种下了一棵树，留下了一份守望。

亲手种植，亲自浇灌。在三月的和风里种下，而今我的那棵树在哨楼村已生繁枝。脚下新翻的泥土，是哨楼村的乡土。杨柳风柔，海棠月淡。我在二十四岁的年华，便拥有了和哨楼村共同的孩子，她是我来过哨楼的印记，我和哨楼也因这种特殊的际遇，有一种发自灵魂的东西被唤醒，成了我与这里不可分割的纽带。如今，她在哨楼村的一隅守望着我，我也时刻思念着她。在郁郁葱葱的作家小树林里，与哨楼村共生共长。

告别哨楼村时，天微晴，却仍有小雨。挥手作别，自己都觉得，有点像当年徐志摩《再别康桥》的范儿。

> 轻轻的我走了
>
> 正如我轻轻的来
>
> 我轻轻的招手
>
> 作别哨楼村守望的云彩……

**作者简介：**唐悦，笔名棠月，女，四川青神人。眉山市散文学会会员。

# 哨楼长风

杨红英

车窗一打开，风就吹了进来；车多快风就多快，路多长风就有多长。田野的风、春天里的风，就这样与我相遇，柔柔的，轻轻的，吹拂就是亲近。

老家的房子修起后，每个周末我都想回去，陪父母说说话，与两只狗玩玩，再侍弄侍弄花草，把城市的喧嚣抛于身后，日子过得快乐又自在。当接到仁寿县作家协会发来的采风邀请时，一看是周末，我哪里会有兴致，群里转发的资料根本就未打开。最终决定去，还是因为行程减半，不会影响我回老家，也不负盛情。

一行五人一辆车，我们说说笑笑下了高速路，看到"仁寿"两个篆体大字，我的好奇心占据上风，便睁大眼，想看看这片从未踏入的土地有啥不一样。

穿行进入方家镇区域时，我发现从山顶到平坝再到沟壑，鲜艳的紫红色土壤全都经过改造，又铺上一行行白薄膜，长出一株株绿油油的苞谷苗，十分喜人。

进入哨楼村地界，一汪汪比常见的池塘宽阔的水域，频频在车窗外出现，惹得我不住喊叫。因为同属川南丘陵，十年九旱，干旱是常有的事，往往是冬旱连着春旱，春旱连着夏旱。我的老家有好多池塘，又像去年一样干涸了，连水库的蓄水量也还处在低位。更让我惊叹的是，眼前跟我老家海拔差不多的一座座馒头小山上，却长满了密密丛丛的柏树，柏树下是大片大片的油菜花和花椒林。

车窗就是在这时打开的，这几乎是大家一致的意见。

山顶种树，山坡种庄稼，山下田里蓄水，我对哨楼村能将浅丘一带过去最为常见的耕作模式，如此完美地延续下来，十分感动。听老一辈人讲过，我老家那些现在长满杂草或者只能长出低矮油菜的山头，曾经也长满郁郁葱葱的树木。而我也清楚地记得一二十年前，老家一个冲的田里从春到冬都有一汪汪的水。

根据定位下车后，看到聚集的人，我们觉得到了哨楼村，但是这里的房子四五座呈梯级排列着，房子前面有一口看不到尽头的蓄满水的大池塘，四周围着的山顶全是绿油油的柏树，看起来就像一个合围的屏障。这样一种别致的静雅和自成一体的独立性，让我们又不敢将它与基层群众性自治组织——村委会联系起来。

在仁寿朋友的引领下，我们先去"作家小树林"参观。

原来，这块村委会办公室旁几百平方米的土地上，即将通过一棵棵桂花树、铁树、银杏树等树木与百余名知名作家发生不同寻常的关联。说实话，虽然两位文友都热情洋溢地指着一棵树前一块翻开的书样的汉白玉石碑，为我们介绍"作家小树林"活动的初衷和意义，我还是有些茫然。后来，通过阅读一块块同样大小的石碑上不同的介绍，我们才看出了一点门道。包括阿来在内的许多知名作家，都受邀来到哨楼村，种树、写文、赠书。吹一吹田野的风，为哨楼村写下一段段文字，哨楼村则为他们养育这一棵棵由作家亲手栽种的树木。一年又一年，"作家小树林"必将会像山上的柏树林一样葳蕤，一样有故事，还会多一些文气，甚至是灵魂的香气。

我开始琢磨策划人的良苦用心，"一个村，一棵树，一位作家，一篇美文"，可以演绎出多少文里武乡的故事，让吹了百年千年的长风，吹出一片生机。

走出"作家小树林"，到哨楼村村史馆，我蹭了一场讲解。从一群乡贤人物浮雕看起，到"哨楼春秋""红色哨楼""乡土哨楼""忠孝哨楼"，再到"展望哨楼"，我相信走进去的每一个人都会为一个村能建一座六千平方米的村史馆的大手笔所惊叹，更会为一个村能有如此多的史料、如此多的乡贤和如此多的故事所赞叹。

跟着讲解粗略走了一遍，我很想从头再走进去，好好看看这个原本跟我毫无关联的村庄的历史与辉煌、故事与传奇。很遗憾，开完会吃了中午饭，我们就得离开哨楼村。一路上，我一直在想一个问题。晚上，坐在曹家镇的饭桌上，我把话题从眼前的百年梨乡拉走，特地问仁寿文友："哨楼村的产业发展得好吗？"

"还可以吧，有花椒，有水果，村里还有一冷库，据说村集体经济组织的年收入已达百万元，很多地方是比不上的。"文友似乎胸有成竹，介绍得很具体，一问才知道，他曾经在哨楼教过书。怪不得说起哨楼，他如数家珍。不过，文友似乎并不在意这个，又接着说："哨楼村真正的厉害之处，要我说的话就是出了几个人物。"

"出了几个人物？"我还是不怎么理解。仔细一琢磨，文友的话把我带回上午匆忙浏览过的哨楼村村史馆。

一整面墙壁，一大组栩栩如生的人物雕塑，他们就是数百年来哨楼村乡贤名士的代表，这应该就是文友说的"出了几个人物"。人是决定世界的因素，有了人就能创造奇迹。

的确，哨楼村的"出了几个人物"非同小可。这个可能比仁寿县治的历史还要长久的村落，光是在明清时期，就诞生了文武进士、举人、贡生五十余名，文武秀才三百余名。新中国成立后，这里的"文里武乡风"从历史的长河中吹来，吹得更盛，吹成了"文里武乡"的长风，像春风吹过四季，吹遍这里的山水大地。故事依然在延续，从哨楼村走出的大干部、科学家、艺术家，光名字就是一长串。

他们走出哨楼村，却从未忘记自己的根在哨楼村。正是有他们的努力，才引来各方支持，村史馆才会以如此大气精致的布局、翔实清晰的史料，立体多样地呈现在萧萧柏树林中。也正是他们的组织和发动，才有了从自贡移来的长在村史馆前的老皂角树，有了这片蓬勃的"作家小树林"，有了规整的一汪汪水域。

虽然哨楼村的名气已经很大，但仍然像我老家或者所有人老家的村庄一样，在努力探索乡村振兴的新路子。现在，有些产业不够兴旺，有些路子有些迂回，但我相信，在这片始终注重历史传承，注重文脉续接，注重精神赓续的"廉泉让水地"，有那么多从四面八方聚集而来的新哨楼村人，与在这里土生土长的老哨楼村人合力，哨楼长风定将扶摇直上，踏歌前行，将一个村庄的传奇推向至善至美。

返程的路上，我们不再关上车窗，任长风一路护送……

**作家简介**：杨红英，女，1979 年生，四川省威远县作家协会副主席。在《百花园》《都市》《成都商报》等报纸杂志发表作品二百余篇。

# 乡村文明之光

## ——人才辈出哨楼村

彭小平

农历正月，初春的风，悄然融化山溪垂下的冰凌；和煦的春阳，让万物复苏。2024 年 1 月 21 日，搭乘文友的轻车，我慕名前往仁寿县方家镇哨楼村采风，赏景，交友；望山、观水、看流云。此外，我还藏着一颗好奇心，想探一探这块土地上风云人物世代层出不穷的缘由和真相。

导航提示，我们已从简威路进入方家镇哨楼村村道，一摞梯级式鱼塘，澄澈明净，大鱼在水中嬉戏凫游，小鱼飞跃腾空打挺，无忌地纵情欢快。斜坡地上，油菜花艳丽盛开，照映得漫山遍野一片金黄。

车从山脚村道右拐，一座拦水闸，屹立在我们视线的左前方，将原本潺潺流淌的方曲河水，拦蓄在一个圆形水潭中，枯期贮水，满则外溢。水潭与田畴，白日扫掠太阳，夜晚留宿月亮。方曲河，蜿蜒纵穿哨楼村三公里流域，平畴垄亩，青绿相间；两岸竹树，茂密丛生；微风吹过，草木缭乱旋舞；清冽的河水，浇灌土地，配合阳光雨露生长出五谷杂粮。

方曲河，是哨楼村人的母亲河。

村道前方，隆起一座小山，从山脚蜿蜒至半坡，颇具川南特色的民居建筑，次第坐落。独立庭院，竹木依偎，房屋周遭，花草相伴，前后左右，整洁有序，把生息之地打扫得如此干净，布置得如此井井有条，看来这是一个有人爱的村落。

许是受到这方景物的感染，我遂将手机启动至视频拍摄模式，画面中，已经翻耕过的高标准农田，花椒林，皂角树等百年古树，哨楼山、打锣山、灯杆山、马道子山、和尚山、晓止山等山丘重峦，古井、凉水井、黑龙江渠、滥沟湖、月亮坝等水域，扶马头民居、敬恭里、栗林坡、牌坊坳、崖墓（蛮洞）、辜家宅院、李钦斋故居等古迹建筑，它们属于哨楼村，现在，它们也属于我。

驶过沥青村道的尽头，一座凹形建筑悬挂着牌匾，有联曰："廉泉让水地；文里武乡风"。看来，哨楼村村委会就在前方。

果然，凹形建筑就是哨楼村村史馆。据了解，正在接待、讲解的八〇后李长青先生，是土生土长的哨楼村人，别看他年纪轻轻，却是荣誉加身：雕塑家、诗人、地方文史研究者、川派泥塑代表、钦斋泥塑非遗传承人……李长青还亲自参与村史馆的设计建设，殚精竭虑进行各种文史挖掘整理、策划撰写。

馆中展陈，分区域、分时代，既有村史沿革、社会变迁，又有文化特色、文献图片和实物资料等。一方水土养一方人，自明崇祯年间至今，哨楼村及周边涌现出的能人贤达，诸如李春旺、辜延泰、李天厚、李如柏、李萧氏、魏光宇、张联珠、辜学照、辜有闻、辜增荣、李钦斋、袁朗如、辜卫忠、魏伯良、鄢明才、辜文育、余明安等达三百名之多，他们的声名事迹，恰似这方山水上空的繁星。在哨楼村村史馆，凝视着那些珍贵的历史展陈，脑海中浮现的，是哨楼村先贤们勤耕不辍的背影，是他们顽强拼搏的意志、坚韧不拔的毅力、不屈不挠的信念、执着追求的精神和尊师重教、耕读传家的秉性。哨楼历史的天空，璀璨夺目，闪烁着无限的魅力与光芒。

然而，事实证明，辉耀在前台的毕竟有限，更多的感动，是隐匿在光环之后的平凡，是他们默默用朴实的情感、无怨无悔的爱，爱着哨楼这方山水。午餐时，我不经意间看见村委会干部刘玉梅正在厨房帮厨，看她炒菜做饭的娴熟认真的样子，我只能用一句老话来形容：上得厅堂，下得厨房。哨楼儿女肩扛锄犁能够耕地，手执笔杆可以著文，拳握法杖擅长治事，放下一切，服务一切，成就一切。

哨楼村，像一艘张满风帆的航船，载着它的子民，前进、奔赴、游弋、搏击历史长河。哨楼村，是一座富含知识宝藏的学校，用勤耕苦读的良好村风培育优秀人才，它是乡村文明高擎的火炬，照耀沃野山川。

**作者简介**：彭小平，男，四川南充人。中国散文学会会员，四川省作家协会会员，四川省散文学会副会长。出版散文集两部，诗集两部。

# 哨楼拾香

何　瑜

去哨楼村，恰逢初夏。刚刚下过一场雨，天空净净的、蓝蓝的，澄澈而透明。

关键是，空气中还有一股香气。

香得很舒服，我一时又辨不出它的身份，似刚谢的某种春花：玫瑰、芍药、郁金香，或者油菜花、柑橘花、樱花？好像都有一点沾边，但似乎又都不是——这些春天里绽放的花朵，早已是"林花谢了春红，太匆匆"。

好奇心驱使，我干脆把车往路边一靠，停下，下车细寻。对着田野，我使劲做了个深呼吸，憋了憋气，又慢慢呼出。怎么做起"CT"？自己都忍不住笑了。不过，这笑倒让我想到一个问题：我这不是在为大地做"CT"，不是在为大地诊病，而是在寻找一种不知来源的香气。说来真奇怪，当我想到这里的时候，再做一个深呼吸，像刚才那样，竟一下找到了答案。我确认，这香来自眼前的土地；确切地说，就来自哨楼村的土地。我还辨别出，它是春天花的余香与土地之香的融合。说不出有多高兴，刚甩开城市的喧嚣，就拾到了大地的香。

又做了几个深呼吸，把这香吸个饱，才又上车。

带着满腔的香重新上路，似乎眼前的一切都不一样了。这里的土地高高低低，起伏有致，加之挺立的玉米和高粱翠绿欲滴，清风拂过，绿色缓缓流淌，绿与天相接，对面的山巅也像飘浮着绿色云雾。翠绿的玉米，正在拔节，充盈每一粒籽粒。不甘示弱的高粱也逐渐饱满，逐渐褪绿泛红。故意放慢节奏，不与百花争春的野花，在高粱的脚下悠闲地开着。我从它们的叶尖、花间，捕捉到了刚才闻到的香味。

我对在哨楼村拾到的香，有了更新更深的认识——它们不仅属于大地，还属于生命。生命的轨迹在不停地运转，而此时，在我的世界里，时光慢了，岁月静了，思绪悠然了。

在此之前，有眉山的文友建议我去栽种一棵树。同行的李老师，在谈及她在哨楼村种的那棵树时，总是眼中放光。恰在此时，文友电话告知，已为我预留了一棵香樟树。

香樟树。又是香。是巧合，还是天意？一些记忆的碎片，从岁月的深处飘来，悠远、绵长、香，开始拼接。

似乎是在学生时代某个晚自习后的身心俱疲之时，顶着高考的巨大压力，人已仿佛被压扁。我独自踏上回宿舍的路，忽然，一缕花香拂过鼻尖，悠悠然，如梦似幻。平日有同学提及学校教师宿舍旁的杂树丛中植有夜来香，我便误以为那神秘的花香正是源自此。怀揣着几分淘气与好奇，我悄悄潜入那片区域，想成为一名"采花大盗"。然而，夜来香未见其踪，反倒是自己的腿不慎被荆棘划伤，但那一刻，所有的疲惫仿佛都被香化解，只留下一份别样的乐趣与释然。说来也怪，从此以后，无论什么季节，也不管花开还是花谢，只要经过那段路，我就仿佛闻到那香，一闻，全身疲惫尽散。

从此，这沁人心脾的樟香，竟成了我生命的一部分。对樟香，我总是敏感，还带着几分依恋。工作多年后的一个夜晚，我与挚友漫步于凤翔湖畔，不经意间，一股久违而熟悉的香悄然袭来，清雅脱俗。我们心照不宣地循香而去，试图捕捉那份美好，却终是未能觅得源头，只得遗憾止步。但我在心里早已有了判断，就是香樟散发的香。谁知道，友人竟也藏而不露，凑近我耳朵，神秘轻语，是香樟！还生怕我不懂，又补充道，只有香樟，才能散发出这样不俗、具有高级质感、百闻不厌的芬芳。我不语，但有几分自豪。

我对香樟的偏爱，可能还带着几分遗传。昔日里，父亲常提及香樟，倍加推崇。幼时在乡下，也经常看到这样的情景，隔壁邻舍嫁女，条件好的，总会选择有些年轮的香樟木打制嫁妆，还说："此乃神木也，是天然防虫材。"

月前，我有幸赴上海求学，漫步于街头巷尾，最亮丽的一道道风景线，依然是那一株株如帷幄一样密不通风的香樟树。"樟之盖兮麓下，云垂幄兮为帷"，魔都栽魔树，绝配！我生怕自己的心灵已深深被这香樟之道吸引，就像夏日午后的一场绮梦，不愿轻易在那条沉醉的绿意长廊中醒来。自然而然会想起家乡，想起家乡的香樟，以及我与香樟相识相知的往事。现在，在我对香樟的想念中，又多了个哨楼村。我不知道这算不算乡愁，如果算，那么香樟就是我的乡愁的样子。

文友见我如痴如醉，不禁打趣道："'小资'。仅仅一棵香樟树就让你如此，放眼哨楼村，那香气还多的是呢！"

是的，我承认，我有点"小资"，甚至可以说是矫情。但我又坚持，它是真的。它已融入我的血液，是乡愁的根。不然，世上的树千千万，我怎么可能在这神圣的哨楼村选它？

我们的车辆缓缓停驻于哨楼村村委会门前，一池荷花随即跃入眼帘，荷香随轻风飘来，与我心中的香樟相映衬。

我暗自寻觅，想找到朱自清先生笔下那份静谧，却发现眼前的荷花少了那份月华的温柔。花含情，月传情，缺一不可。我四下搜寻季羡林先生笔下的清塘荷韵，却似乎与季老笔下那份历经时光洗礼更显深邃的荷塘之韵有所差异。原来，在阳光朗照的哨楼村，我们清晰见到的每一片碧绿的荷叶，都承载着哨楼村人一段段故事与过往，是难以简单地以某一文学经典为标尺去衡量的。尤其是那绿叶掩映下的荷花的"犹抱琵琶半遮面"，它们在用哨楼村最质朴的语言，诉说着这里的沧桑与坚韧、善良与勤劳。清风拂过，荷花的清香中平添了一股历史的陈香。这股合香，与村史馆解说员的讲述交织在一起，共同诉说着哨楼村的历史与现在。我越来越觉得，在哨楼村选种香樟，是一个多么英明的决定。尽管这个"作家小树林"树木上百棵，我还是暗暗为自己点赞。

老舍在自己一点点旅行经验中，得到一个游山玩水的诀窍：风景好的地方，虽无古迹，也值得来；风景不好的地方，纵有古迹，大可以不去。而今，当我们踏上这片风光旖旎与人文交织的哨楼村土地，这片带着香气的土地，老舍先生关于旅行的深刻洞见，得到了最生动的诠释印证。

是的，哨楼村的美，既有风景和香，又有古迹。

这里的古迹不是古楼庙宇，甚至响当当的"哨楼"，也只是在记载里、传说中。这里的古迹在人文里，在那数以百计的文进士、武进士、秀才、乡贤里。两千多年前的时光深处，在这片土地上留下的最大"古迹"，就是人。既有自然之韵的原始而纯粹，又有历史风尘的流转沉淀，从唐宋到明清，这里都有值得骄傲的人。他们披上一袭斑斓的文化外衣，见证了文明的兴衰更迭。同时，自己也成了这个村庄骄傲历史的一部分。尽管元末的战乱犹如一场浩劫，将这片土地上的一切几乎席卷一空，但再大的洪流也卷不走文化。岁月流转，辜、张、黄三大家族，在这片曾经被世人遗忘的角落找到了归宿，用勤劳和智慧书写了一段段传奇，创造了深藏于岁月尘埃之下，却又时刻散发着独特魅力的人文。

六百余年的风雨兼程，李氏家族尤为引人注目。他们历经千辛万苦，穿越崇山峻岭，跨越蜿蜒河流，终于在这片土地上安下了家，从此炊烟袅袅，灶火不熄，不仅繁衍了后代，更在这片土地上播下了文化与艺术的种子。从进士李春旺的功成名就，到举人李天厚的才华横溢；从李钦斋泥塑艺术的横空出世，到这一技艺在家族中代代相传，不断发扬光大。李氏家族的血脉，如同一条奔腾不息的河流，穿越历史，将智慧与荣耀传递给了后人。而今，站在我们身旁的这位解说者，正是李氏家族荣耀与智慧的传承者——进士李春旺的第十六代后人李长青。他不仅是一位在雕塑与诗歌领域才华横溢的艺术家，更是一位肩负着非物质文化遗产保护重任的使者，对地方文史研究有深厚的造诣。

> 当红灯笼映红了乡下的光阴
> 红色的神光顾了老屋的门庭
> 红尘肉身被熏成腊味美味
> 祖先的坟头，火纸开始呛人
> 鞭炮声此起彼伏，烟花重开
> 年的味道，就渐渐
> 弥漫

李长青这些诗行，不仅是对哨楼村传统年味的呈现，更深藏着对这个村庄人文及祖上德政的缅怀与传承。这份根脉的香气，源自李氏祖先深扎哨楼村这片土地后，世代耕耘的芬芳；这份根脉的香气，成为李氏家族独有的记忆符号。仿佛一条无形的纽带，穿越时空，将往昔与今朝紧紧相系。

日近晌午，家家户户炊烟袅袅，这才将我们的思绪从遥远的历史拉回现实。文友告诉大家："今天中午的每一道菜，皆是源自我们哨楼村自家庄稼地里的馈赠，每一口都是大自然的原汁原味。"此时，盘盘菜肴依次摆开，金黄的玉米棒、玉米饼最抢眼，这就是那满山的绿意孕育出来的，刚从地里掰下，带着田野的清新与阳光的温暖，甜香满溢；还有刚摘下的青椒，辣而不燥，清香扑鼻；自家养的土鸡，搭配简单的葱姜蒜，让我闻到了童年时才有的土产味道；那一碗碗晶莹剔透的米饭，是村头稻田里精心种植的……尤其是席间宾主浓酽的谈兴与笑声交织在一起，温暖而醇香。

总是想起那个宁静的午后，我手持一把沉甸甸的铁铲，在哨楼村这片被历史轻抚的土地上，种下了一棵香樟。它的根，扎在了这里，带着我的爱和情，让我的心里多了一份香。

一直念想，下次再到哨楼村，一定要带回一捧带香味的泥土，偎在我阳台上的花坛里，那里面种着我的香樟……

**作者简介**：何瑜，笔名朵沄，女，四川南充人，中国散文学会会员，四川省作家协会会员，成都市双流区作家协会副主席，校园刊物《杨柳》主编。编辑出版师生文学集《萋草流芳》。

第三辑

种下一棵树

# 从柴桑河到海棠竹里

叶　梅

　　有一些地名，是如此之雅，分布在中华大地上，如闪亮的珠玑，尚未走近，便被它晶莹的光所诱惑了。它们与美丽的山川融为一体，被祖先及后人小心地呵护着，历久弥新。

　　庚子年初冬，我随《中国环境报》"大地文心"生态文学采风一行来到四川眉山，经东坡区、仁寿、丹棱、洪雅、青神几地，一路走来，但见满山秋色未减，红叶纷飞，绿树翠然，古韵犹存而又饱含新生态。

## 一

　　苏东坡一生多在外为官或游历，但无论走到哪里，见了好山好水，都免不了勾起对眉州的回想。有一次在江苏阳羡漫游时，见那独山立于画溪之东，奇美似故乡眉山之状，他不由得心动，叹道："此山似蜀。"这一声叹息，惊倒世人，人们为此竟把独山之名改为蜀山。

　　白驹过隙，那使江南秀丽山水都情愿化为蜀山的古老眉州，在 20 世纪末经历了工业化、城镇化、现代化的几番加速，几番熬炼，河流山川也几度险遭污染，近年来又向险而生，再度焕发本真，呈现出一派雨过天晴的绿色祥和。

　　我们先是来到了东坡城市湿地公园，又听人介绍了仁寿县的柴桑河，感慨中多有怀想。柴桑河，这自带美意的河名由何人所取，一时无从考究，但知柴桑一语出自江西九江一古县名,该县是诗人陶渊明的家乡,因县西南有一柴桑山而得名。陶渊明晚年隐居故里,自是欢喜树木交荫、时鸟变声的田园风光,后人因此便以柴桑借指故里。

这柴桑河想必也有其意。

它虽然并非一条大河,但自仁寿李家沟发源,倒流北行,汇集了十几条小溪,最终汇入鹿溪河、赤水河,进入岷江。两岸人烟稠密,所谓柴桑河,应是文脉相承的眉山人对家乡的一份爱恋呵。

然而,这条河一度因工业开发及两岸人口剧增,水质变得混浊不堪,甚至发黑,漂浮着一层层油腻,隔三岔五泛起一堆堆死鱼。炎热的夏天,臭味连河边的小草都熏蔫了。两岸的人叫苦不迭,从前在河里打鱼摸虾的人们再也不敢与它亲近。据说一个不谙世事的小姑娘曾带着三条金鱼来河边,想将它们放生。没承想到河边一看,吓得掉头就往回走。她说河水太脏了,还是让小金鱼在家里养着吧。

终于有一天,人们意识到,这样的情形再也不能持续下去。眉山人开始迅速行动,眉山各地先后开展了对河流的治理。他们打破行政区域界限,建立三级河长制,坚持"谁污染谁治理,不妥协不放过"的原则,有的放矢,直击河水污染要害。

仅柴桑河全域就查出排污口一百多个,在断污的同时,清除河道淤泥、杂草杂物,禁止肥水养鱼,杜绝畜禽养殖污水直排;全流域推进餐厨垃圾收集转运;加快污水处理厂建设和提标升级。河道治理的顶层设计有了新思考、新理念,定位为成都、眉山同城绿色发展的梦想之河,要成为"天府公园城、眉山创新谷、开放新高地"。

几年的治理过后,河边人亲眼看见那条臭水沟又变回了碧波荡漾的清水河,从前一度不见踪影的白鹭也开始频频光临。河道清淤后也得以拓宽,原似一条小沟渠,而今风吹杨柳波浪宽,最得意处更是成了波光激滟的湖面。河岸上栽种了伏地卷柏、翠云草、节节草、团扇蕨等植物,以及数不尽的花儿,开门见绿、推窗见景、出门入园,成为人们生活的一种常态。

柴桑河生态湿地,还有那东坡城市湿地,体现着眉山人的想象力和创造力,在绿茸茸的湿地与散落的小岛之间,自有蜀山风格的亭、台、榭、廊、桥环绕,一直延伸到人们的生活区,湿地逐渐被赋予"公园城市"的独特内涵。

融入现代元素，延续城市历史文脉，让群众生活更舒适的理念，体现在眉山河流治理的每一个细节之中。

让人好生念想的"柴桑"二字，柴桑之河，故乡的河，又何止在眉山，在四川？无数的乡愁之河，在你我心里，那昨日的悠长，今日的浪花，点点滴滴，都让人疼惜不已。

# 二

丹棱，这美妙的名字，古老而大雅。"县北有赤崖山，高耸赤色有棱，如鸟游之状，拱翼县治，丹棱之名，盖取诸此。"（《今县释名》）始建于隋开皇十三年（593年）的丹棱，名字得来已逾千年。

那座如赤鸟飞翔之状的山下，人杰地灵。北宋年间，当地有一位英俊奇伟的名士杨素，有意重振诗圣杜甫宏远雅正的诗风，专程去到黔州——今重庆彭水，请当时被贬谪于此的黄庭坚，手书杜甫于巴蜀的诗作三百余首，并出资由能工巧匠一一刻成石碑，在丹棱城南三里的高庙沟修建了一座高屋，将石碑全部陈列其间。竣工之日，黄庭坚欣然为之题名"大雅堂"，并作《刻杜子美巴蜀诗序》和《大雅堂记》叙其事。

黄庭坚告诫后人，学杜甫不要穿凿于文字格律之间，而要体会其中深意。虽然难登大雅之堂，但他也相信，总有年轻人会有所醒悟，得其精髓。"后生可畏，安知无涣然冰释于斯文者乎！"

丹棱当属大雅之地，有大雅之风，不仅来自高雅的庙堂，更来自充满人间烟火的江湖，来自芸芸众生。

十年前，四川省针对农村生活垃圾的处理，建立了"村收集、乡镇运输、县处理"的机制。丹棱县委书记一班人专门为此走访了一个个乡村，他们来到了一个叫龙鹄村的偏僻地方，村党支部书记罗朝运一听说要解决垃圾问题，马上就来了劲。

不用说，那时只要一走进龙鹄村就会发现，各家各户的垃圾都是哪里方便就倒哪里。随着数量和种类的增加，大自然的自净能力跟不上，曾经秀气洁净的龙鹄村，走几步就能看见一个七零八落的垃圾堆。下雨天，冲到河里的废塑料、污物将整个水面都盖住了，村民们路过都要捂着鼻子。为了整治河里的垃圾，每年村干部和村民代表都要租船到河里去打捞，一捞就是好几天。

罗朝运跟县委书记结了对子，共同商量垃圾处理的法子。

"开始修建垃圾池，但是时常溢出散落，住在附近的村民就吵闹。"罗朝运话说当年，"那时候，我们修到哪儿就被赶到哪儿。"村里以每个月六百元雇了两个保洁员，但效果也不理想，人少地方大，钱少不积极。常常是前脚才清理干净，后脚又被人倒得满地都是。罗朝运苦恼得很，一次在田坎坝上摆"龙门阵"，说起这事，一位村民笑道："书记，你干脆把全村垃圾承包给我，我负责弄干净，你一年一次性给我钱就行。"

罗朝运一盘算，要得。他请村民每人每月交一元钱卫生费，然后用这笔钱在全村进行生活垃圾承包招标。人们一听好新鲜，全村四百零二户人家，踊跃地来了三百九十八户，七个村民投标，四个村民竞标。罗朝运记忆犹新："当时，一年承包价是五万元，只能向下浮动。竞标村民要上台去面对全村人讲述自己的垃圾处理方案，一开始，那几位还有点放不开，到后来说得带劲，停都停不下来了。"最终，一位村民以三万六千四百元的最低承包价中标，成为龙鹄村第一个垃圾收运和公共区域常态化保洁的责任人。

他又找了两个帮手。报酬由全村每人每月缴纳的一元钱"卫生费"来支付，差额部分由村集体资金补足。

从此，每天一大早，村里的垃圾池就被清理干净了。他们还将村民倒在联户池里的杂草、谷壳等能堆肥的垃圾挑出来，运到组分类减量池里，再经过一定时间的沤积之后埋到村里的果树下。其他垃圾则汇集到村收集站，再由县里的压缩式垃圾转运车运至眉山市垃圾填埋场。一年下来，扣除成本，这几位的所得在八千元左右，虽然钱不算多，但只是他们每天的一个早工。他们干得愉快，还因此赢得了村民们的信任，在大家眼里，这是一件很重要的事。

一元钱虽少，但激发了村民的责任心，不再有人随意丢垃圾，还把垃圾处理编成了顺口溜，"上到九十九，下到刚会走"，全村老少都能倒背如流——

政府投资把池修，垃圾分类往里丢。

菜皮皮、烂果果，入池（沼气池）产气把饭煮。

建筑垃圾没人要，找块空地来埋掉。

塑料纸壳分筐投，卖点小钱打豆油。

电池药瓶有毒害，千千万万入黄袋。

……

如今，走进龙鹄村，立刻能感觉到垃圾分类已经成为家家户户的自觉，原来的露天简易垃圾池经过加门加盖，被改造为垃圾分类亭，红桶收集有害垃圾、黑桶收集其他垃圾，既美观又实用。

罗朝运当选为第十三届全国人大代表，正与外来投资三千万元的企业一起打造"橘橙小镇"。他打趣说，这三千万元可以说是被一元钱吸引来的。

不光是龙鹄村，丹棱全县乡村都建立了垃圾处理的办法，由此成为"丹棱模式"，带着大雅之气推广到了全国。2019 年，丹棱县获得全国绿化模范单位荣誉称号；2020 年，又获得全国村庄清洁行动先进县称号。

大雅丹棱，是洁净的丹棱。

# 三

还没走到洪雅，就听同行的老陈介绍，洪雅是国家生态文明建设示范县，森林覆盖率达到了百分之七十，负氧离子平均浓度达国家六级标准，被誉为"绿海明珠"，天府花园。

老陈从前在眉山市环保局工作过，后来又在洪雅县担任当过领导职务，一说起生态的话题就兴致勃勃，一路给我们讲了不少故事。

洪雅一名，源于县东北的洪雅川，即今安溪河。该河上段名洪川，下段汇入雅河，故名"洪雅川"。全县河流纵横，青山环抱，九湾十八坳，植被丰茂，中草药种类达两千余种，常用的达几百种，其中杜仲、黄连、厚朴、红豆杉等规模甚大。

说洪雅有"十雅"，指美女、奇石、嘉树、香茶、藤椒、好纸及苦口良药等。这良药便是《本草纲目》和《现代中医药大辞典》中均有记载的"雅连"，其品质优良，畅销东南亚和非洲等地，又有以黄连花为原料精制而成的养生茶，近年来也备受人们喜爱。还有一种雅纸，以龙须草为主要原料，手工抄造而成，其色泽、韧性、吸水性、渗墨性都非同一般，早年就曾受到许多著名书画家的夸赞，最擅画驴的黄胄在他一幅《五驴图》上欣然写道："可喜雅纸也！"文化大家黄苗子的赞誉更是洋溢于笔端，曾直接于雅纸上"挥毫落纸如云烟"。

老陈还告诉我，洪雅的企业为了减少污染，采取"煤改电"措施，每年利税几千万的青衣江元明粉公司通过科技创新，两次升级改造，实现了"燃烧零使用，污染物零排放"，以前的废气、粉尘、锅炉排气噪声都不见了。

"十三五"期间，洪雅县专注绿色发展，着力打造健康养生产业、有机农业和生态工业，让当地人民及八方来客吃得放心、玩得开心、住得舒心、购得称心。老陈笑称："要想身体好，常往洪雅跑。"

沿途经过柳江古镇，虽略有细雨，天气却还温和，一路似在森林芳草的亲昵之间。又驱车几十公里，上到远近闻名的瓦屋山顶，却是另一番景象。

那日恰是大雾迷茫，影影绰绰的，几乎伸手不见五指，树梢挂着霜雪，似琼枝玉叶，皓然一色。空气极为清冷、利爽，呼吸间不觉将肺腑中的浊气一股脑儿吐尽。

瓦屋山早在唐宋时期就与峨眉山并称"蜀中二绝"，这山除了走势奇美，东西两侧状若瓦屋，还有从山顶倾下的瀑布、白练似的溪流、热气蒸腾的温泉，也似万壑争流，千崖竞秀。而最醒目的还是那色彩斑斓的森林，郁郁葱葱地覆盖着山体，杉树、珙桐、杜鹃、桫椤、箭竹，成片接岭，参差交错，花落树犹香。

过去洪雅人靠山吃山、靠水吃水，在瓦屋山一带修了几十座电站，开采了多处矿山。可没想到日子越过越穷，生态环境也变得越来越差，有的河道开始断流，鱼儿也渐渐少了踪影，山林满目疮痍。

人们意识到再这样下去，过不了多少年，瓦屋山说不定就会变成光头山了。瓦屋山开始全面治理，首先清退矿山、电站，退矿还林、退电还水。此后全面停止小水电站新建、改扩建审批。这个艰苦的清退过程，涉及业主资产负债六亿多元，几百名职工面临失业，一千二百六十七户四千名分散居民电网全新改造……千头万绪，一件件做起。洪雅县委、县政府为此召开千人动员会，领导分片包干，前后一年多时间，工作人员吃住都在山上，不管夏日炎炎还是寒风瑟瑟，硬是将十四座矿山五十二个矿硐关闭之后再逐一清理，拆除电站四十三座，整改三座，职工实现再就业，债务有序化解。

几年之后，山体得以疗伤，绿色再现。曾经的风洞前爬满了藤蔓、扁叶竹、鸢尾，灌木已与四周的植被浑然一体。瓦屋山核心区和缓冲区纳入生态保护红线，范围扩大至三百九十四平方公里，青山巍巍，一望无际。

# 四

下了瓦屋山，再往前行是青神县。这带有几分神秘的青神，得名于古蜀国第一代国王蚕丛氏，他常身着青衣，教民农桑，老百姓敬他为神，谓之青衣神。

传说蚕丛氏的祖先原为羌族纵目人，散居在岷江与青衣江上游一带的高原，以放牧牛羊和捕鱼狩猎为生。年轻的蚕丛氏后来当上部族的首领，便带领族人走出山地，来到了岷江中游，在这片水草丰茂的地方扎下根来，故而此地称作蚕丛故里。一身青衣的国王蚕丛，时常与族人一起耕耘、养殖，创建了农桑文明，直到建立蜀国。

替百姓做了好事总会有人记得，也总会有人传颂。

中国传统的记忆存在于文字里，也存在于那些大大小小的地名和口口相传的故事里。千百年来，为了纪念和缅怀青衣神蚕丛氏，早在西魏废帝二年（553年），便初设青城郡，其后二年，又于青城郡内建立青衣县。北周大成元年（579年），改名为青神县，并沿用至今。

绵延不断的岁月里，青神人从未忘记这位勤力农桑的蜀王，逢年过节都会敬香祭祀。如今青神县城北又修建了一条宽阔的青衣大道以及青衣神广场，一尊高大的青衣神雕像耸立在那里，凝视和陪伴着来往的人们。而人们投向他的目光里，有自古以来的敬仰，也有新的尊崇。在他开创的古蜀遗风里，辟新业，重农桑，敬天地，爱江河……正一代代传承下来，在青神延续更新。

但同眉山其他地方一样，青神县多年前的生态环境也变得十分脆弱，在眉山近年全力打好污染防治攻坚战之际，青神重点开展了小流域污染的生态治理。

那一江是岷江，五河是粤江、沙溪、筒车、思濛、金牛，三十二条溪则有着数不过来的跳跃的名字，它们来自蜀地的崇山峻岭之中，飞流直下或溪水潺潺，最终汇入岷江。而穿过成都平原，流经青神的岷江，不久之后将到达大佛端坐的乐山，然后自宜宾奔入长江。

这是一段壮丽的历程。

21世纪的青神人、眉山人，不能让岷江在那巍然大佛的眼下，以劣质污水流过，更不能让大佛安坐之时，只能闻到水的恶臭，却见不到鱼虾的欢跳；不能让岷江带病流入长江，给中下游两岸的生灵带来后患。他们打了一场艰难的攻坚战，在青神对小流域进行全面治理，对不同河流采取了多种防污控污的措施。

其中一条思濛河，沿岸原种植油菜等作物的土地，改为以种植海棠、翠竹为主的多层次、多色彩的生态缓冲带，大大降低了农药、化肥使用量，氨氮含量下降近百分之五十。经过修复的思濛河，化作曲折环绕的"海棠竹溪"，植被蓊郁，河水得以自由呼吸，自然净化，水质改善十分显著。

海棠竹里，也由此成了四方瞩目的风景。

那海棠花姿潇洒，雅俗共赏，素有"花中神仙"之称，特别愿意亲近自然万物的苏东坡也曾写过一首《海棠》诗："东风袅袅泛崇光，香雾空蒙月转廊。只恐夜深花睡去，故烧高烛照红妆。"

而今那思濛河边，一棵棵海棠树如美人亭亭玉立，想必春来定是花朵烂漫，秋时则金果满树，灿若云霞。苏东坡"只恐夜深花睡去，故烧高烛照红妆"，只是担心黑夜无法再睹芳容，却不知如今的青神河边、海棠树下又添了闪闪灼灼的萤火虫。那虫儿的感官十分灵敏，对生存环境素来十分挑剔，但近年来，却悄然出现在青神的思濛河边。

每到黑夜来临，它们就翩翩而至，一群群，一阵阵，飞舞在花草丛中，自带光亮，如一颗颗小星星坠落人间。萤火虫映照着那花香海棠、斑斑翠竹、流水欢畅。青神青神，可知否?

2019 年 11 月，全国绿化委员会、国家林业和草原局授予四川眉山市"国家森林城市"称号。难得的殊荣，果真也是名不虚传。此行走过东坡区、丹棱、洪雅、青神、仁寿哨楼村，或所闻或所见，这些古老而又秀美的地方，从柴桑河到海棠竹里，一处处生态环境的历史性变化，见证了如今的眉山清、眉山蓝、眉山绿。

江山如画，一时多少豪杰，那些为保护生态而辛勤劳作、平凡而又了不起的人们也都一一在那画里。

**作者简介**：叶梅，女，中国作家协会第八届、第九届主席团委员，中国散文学会会长。多次担任茅盾文学奖、全国少数民族文学创作骏马奖评委。著有小说集《歌棒》《玫瑰庄园的七个夜晚》，长篇小说《北斗牵着我的手》，散文集《福道》等。

# 哨楼村的琴音

刘馨忆

龙泉山的南端，外延数十公里，几座浅丘间，卧着一个古老的村庄，它就是"廉泉让水地，文里武乡风"的哨楼村。

这个文脉源远流长的哨楼村，离成都很近。不承想，与哨楼村的缘分突然结下。去之前，我对它一无所知；去之后，却一见如故，相见恨晚。

2024年早春，一个薄雾缭绕的清晨，袁瑞珍、刘小苹两位姐姐和我，同坐一辆车，穿过成都川流不息的南部新区，拐入一条狭长曲折的乡村公路，一起来到安静的哨楼村。修建中的水泥路面时断时续，底盘低的车子跑得时快时慢，摇摇晃晃了近一个小时，才到目的地。

绕过田地边竹林掩映的农舍，有一片浅丘之间的开阔地，几座新修的青瓦建筑，静静地散落其间，又相连成片。原来是新建的村委会、村史馆和会议中心。

不起眼的建筑里，竟然藏着六千平方米（室内一千平方米、室外五千平方米）的村史陈列馆，藏着哨楼村几千年来的来去过往、历史人文。所有对历史的细致梳理，都是为了重新出发。在那里，我也听见了不一样的琴音，并在旁边的"作家小树林"种下了一棵梅花树。琴音与梅花，是我与哨楼村之间彼此辨识的密码。

身穿传统棉袍的李长青，修长俊逸，有着内敛静雅之气。他站在村史馆前，等着为我们讲解。由他当向导讲解而进入的村史，细致入微中，带有难得的书卷之气。

他的讲解从他的祖先开始，也从他自己开始。

村史馆迎门而立的乡贤群雕栩栩如生，神态传神，展示着娴熟的艺术功力，而它们均出自这个清朗的青年雕塑家之手。从村里的第一位文科进士李春旺（也是他的十六世祖），到当代科学家鄢明才，弹丸之地的小村子，不仅保存有汉、唐时代的摩崖石刻，仅明、清两朝就诞生了五十多位文武进士、举人，三百多位秀才。近现代，从这里还走出了数十位高官将领，可谓武勇不退，文脉绵长。

让我意外的是，这里还出了一位诗人、书画家、官员兼古琴收藏家——袁朗如。袁朗如的浮雕像，高居群像的上端，怀抱一床古琴，目光幽远。只道他是"柳溪十三琴主"，不承想他居然是哨楼村袁氏族人，世代居住于方家镇。这个为四川留下了顶级古琴的琴主，为官数任，却藏着一颗诗心，不仅善书画，还一生钟爱古琴。归隐之后，他在山麓构筑别墅"渔村"，设琴房，号十三琴斋。依岩泉而居，并引流泉入庖厨，煮茶抚琴，吟诗作画，用现在的话说是足足把生活过成了诗，也成就了他在自然天地里修身养性的梦想。他在《琴斋》一诗中写道："柳溪五朝琴，移来涪水上。平沙一挥手，清响满渔舫。"岩泉清冽的水声，与袁朗如琴音相击相碰，相应相述，该是怎样美妙的天籁之声？

我猜，袁朗如"平沙一挥手"所挥的，应是他所钟爱的宋琴——凤鸣。坐于崖边的石头上，听着崖泉叮咚的水声，玲珑修长的凤鸣古琴置于腿上，手指拂过琴弦，通体黑色发亮的琴身，在阵阵震颤中，发出清亮优美的声音，如凤凰鸣于高冈之上。所谓高冈，必面对低矮山川，或是平畴沃野，视野广阔，田野的尽头许是烟云缥缈，或是云蒸霞蔚，正可映衬从高冈传来的清雅"凤"鸣。这动听的琴音传得如此之远，不正预示着要引来众鸟的和鸣吗？

凤鸣于高冈之上的声音，一定是清亮的，也是幽远的。而"清响满渔舫"的清响也一定包含了缭绕不去的"余响"。

我似听到琴声，听到他的渔村院落，琴音缭绕，众鸟和鸣。

我想起李白的《听蜀僧濬弹琴》里有两句诗，"客心洗流水，余响入霜钟"，是写琴声的幽远，也写那回旋不去的余响。弹者与听者之间，弹者与自己的心弦之间，总是回旋着期待与余响。期待催促音与音的衔接，回响又唤醒着诗心，生长出诗意。蜀僧濬急于西下峨眉峰，只是为将要离开的李白挥手弹奏一曲。他的一挥手，在李白听来，是"万壑松风"。李白的心被琴声的流水洗过，琴音终止之后，心弦依然颤动，真正的音乐才开始响起。心弦与琴声共振之后，留下不绝的余响，这余响是音乐之醉人，也是友情之暖心。不绝的余响升上松林，随长风而远，如蒙霜的钟声，因为霜的"包浆"而更加清远。霜降之后，万物之间都开始疏阔，让远方更远。霜雪的覆盖，使物与物之间的留白凸显出来，甚至使万有背后深藏的"无"也开始显现。钟声与霜雪，使物相远，使空间更空，使时间悠远。有钟声的天地是那么空旷，有钟声伴随的日常生活是那么悠然远引。音乐的余响在松风间远入霜钟，远入万物的共鸣，也让李白留下不朽的诗作。袁朗如的"清响满渔舫"，意象没有"霜钟"那么阔远，但他无疑是陶醉于那琴声的。

至于凤鸣古琴的声音如何清远，我可能终将无缘听到。但对用于斫琴的老木料的嬗变之声，我却是听过的。

七八年前，我在南浔古镇闲逛看水，无意间看见几间连通的临水铺子，屋里堆码着长条形老木料，有着岁月赋予的静静的白。有的粗具椭圆外形，有的已初具琴式，有一斫琴师正在斫琴。我起了兴趣，走入了铺子，看着斫琴师制琴。师傅专注于手上的工作，整个人沉静自在于自己手上的事，一点也不因为我久站于旁而有所旁顾，自有一种吸引人的美。后从屋里出来一位中年男士，我走过去，向他问好，随口问他这些老木料哪里来的，他说是他走村串户收来的。我由衷地赞美那些木料说，这些老宝贝，在你这里变身为琴，有机会说话唱歌了。我那时对古琴兴趣正浓，正在想要不要学习古琴，便问了他许多问题，话题由此聊开去。原来他是一名歌手，在北京还小有名气。有一次，来江南旅行，看见一座老宅被拆除，雕饰及花窗被人买走，而那些厚实的门框、槫、阑额等在地上堆着，他用手擦掉上面的灰，用手敲了敲有着细密纹路的杉木，杉木发出清越的回响，以他音乐人的耳朵听来，那声音是十分悦耳的。他突然想，不就是做古琴最好的材料吗？一连几天，他都在想念那些木料。后来，他留了下来，开始收藏拆除的古宅老木料，也开始以制琴为生。他拿起一块长条木板，悬垂在我的面前，然后用手指叩了一下木料，"咚"的一声，竟有钟磬之声，拖着悠长的尾音。"啊？！"我惊住了，没想到这声音这么好听。他又重新拿起一块木料，再敲一下，声音清亮，质地细密，有小号的亮度。再听另一块，声音清远，有箫的韵味。再敲，声音宽厚低沉，有埙的气质……每一块木料的音质都不错，音调音域则有不同，保存时间都在上百年，有的老宅就存在了数百年。大概来说，木料保存时间越久，音色会越浑厚。

以前听说唐代最负盛名的斫琴大师雷威，为选优质琴木，会专程在大风天气去峨眉山上，以在风雪之中听杉树发出的声音来选择琴木。此前总以为是传说，但那一刻，我相信了这是真的。树与树之间确实存在着差异，正如人与人不同。西方的制琴历史中，也有专门寻找阴面山坡生长的树来制琴的记载。阴面的树生长相对更慢，木质会更为细密，质地会更好，音质自然也更优。听到那些老木料的声音，感觉像是早已离去的亲人，突然开口对你说话，声音里还伸出许多的小手，要来拉你。我想拥有一张古琴的愿望变得强烈。我加了店主的微信，因为古琴保持着联系。

拥有古琴是为了学习弹古琴。有一天，我忽然接到一个陌生电话，说是从我一个朋友的公众号上看到我的文章，才想给我打个电话。一是因为文章她喜欢，二是因为我的名字她也喜欢。她喜欢的理由是与她女儿的名字一样。而她就是一位从事古琴教育近三十年的老师，我们开心地聊了许久。后来，与朋友一起到了她的古琴工作室，朋友去领他的古琴，我则是去拜访她。她让我伏于桌上，耳朵贴着桌面，听她弹了一曲《流水》。那样听去，"流水"在流泉小溪段，已不是流于山涧石上，而是流于自己的耳畔、心上，心弦被有力弹拨，响彻明快的节律，在汇入大河之际，已是波翻浪卷，万马奔腾，摄人心魄。当即我就决定跟她学古琴了。只是后来，我权衡再三，还是最爱写作，实在无暇他顾。买一张好古琴，不弹，总是辜负了它。终究是没有下决心去学习，但并不妨碍我继续爱古琴。

在哨楼村看见袁朗如，怎能不被他怀抱的宋琴所吸引？

袁朗如怀抱的宋琴，如今藏于三峡博物馆。它是现存古琴中音质最好的名琴之一。"凤鸣"二字刻在琴底的顶部，单看琴名篆书，方笔中带有圆劲的笔意，垂笔修长俊逸，最末一笔翻卷上扬，字形也恰如一凤正展翅起飞，又如一凤正引颈歌吟，那样生动多姿，至善至美。琴身油黑锃亮，岁月增添的斑驳红色，绽放成夜色中的花朵。琴身的牛毛断，以及美丽的流水断，让我看到琴声里流过的时光之河，闪动着神秘的宁静波光。上千年的时光，形成的漆下断纹，正是它的时光密码。再过数百年，或许这些断纹会慢慢演变为最为好看的梅花断，它的明亮音色与琴身的梅花流水，会是留在世间的极致之美，给人无穷的想象与期待。

"凤鸣"不仅仅指其音色，也是琴德之所求，社会祥和，以琴歌之。琴声清越平缓，让人思自然与诗意的幽远，涵泳的是文人雅士内求的修身之心。

古琴的初衷，是有要义要说与天、神知道，作为祭祀中巫与神沟通的重要角色而存在的，是礼仪与祭祀的礼器。慢慢地，古琴进入了日常生活。从《诗经》的"窈窕淑女，琴瑟友之""我有嘉宾，鼓瑟吹笙""鼓钟钦钦，鼓瑟鼓琴"，到孔子的"兴于诗，立于礼，成于乐"，操琴这一庄重而高雅的事，慢慢成为社会生活与人文修养的重要内容，也突出了"乐"对于个人成长的重要作用，古琴也渐渐成为文化大咖们的标配和身份的象征。

古代大文豪们往往都善于识音、弹琴。孔子途经幽暗山谷，见当为王者香的兰花独自盛开，与众草为伍，心有所感，停车抚琴而成《幽兰》一曲；司马相如一曲《凤求凰》赢得了美人芳心；蔡邕仅凭桐木在火中的爆响而得"焦尾琴"；诸葛孔明坐在城墙上，不紧不慢地弹琴，唱一出《空城计》而退敌兵；嵇康在生死关头，犹静弹一曲《广陵散》，然后慨然赴死。文人雅士与古琴之间，留下了无数传奇故事，也留下了传世经典琴曲。就连"不解声音"的陶潜，也要蓄素琴一张。琴虽无弦，但陶潜心中有琴，他说："但识琴中趣，何劳弦上音。"李白由此写诗赞叹："大音自成曲，但奏无弦琴。"有多少不朽的诗文，在古琴的琴声里，生长出飞升的迷人羽翅？

古琴，也是文人雅士们参天地、悟自然、正身心的法器与良伴。

《说文解字》讲：琴，禁也。以弦音以禁淫邪，正人之心。从南朝的"竹林七贤"画像砖，到宋徽宗的《听琴图》，再到沈周的《山中幽居图》，操琴者，或坐于盛开的杏树之下，或坐于高耸入云的松树浓荫里，或藏到山高林莽的密林深处，远离市声人境，静静地弹，静静地悟，在琴声与天地自然的交流里，明心见性。王维就是"独坐幽篁里，弹琴复长啸。深林人不知，明月来相照"。只有松风拂来，吹起他的衣带；山月静静地，来看着他弹琴。

因此，古琴总归是孤独者的古琴。弹琴不为取悦大众，因此也不求人来听。知音总是难遇，世间能有几个子期，能从伯牙的琴声里，听到他心中正想象巍峨的高山、汤汤奔腾的流水？能有几个李白，在蜀僧的一挥手间，听见了余响与霜钟？操琴者安于这种孤独与安静，求得内心的丰盈与圆满。孤独与丰盈，两种强大刚刚好，可以相坐无言，相对相安。正是这聆听自己的期待，才唤起世间不绝的琴音。

　　在李长青对乡贤、村史的梳理里，我思绪缥缈，隐约听见了远处的琴音，正穿越时空而来，轻轻响在我的耳畔……

　　我久久看着袁朗如的浮雕像，他远离 C 位（中心），既在远处，也在高处，正是琴德的追求。

　　出了村史馆，站在馆前广场上，开阔的农田在视野里展开，几处村舍在远处，田野尽头，青山隐隐，透着水墨诗意。村支书领着我们走遍了村子的各个重要地点。我看见了哨楼村的"哨"里，有与"琴"相斥相容的沉着之力。

　　哨是不容，哨是警戒，当危险来临时，哨将发出尖厉高音。

　　明朝迁徙入川，来到此地的孝感人，为抵御匪患，在一座山丘上修建哨楼，派人登高放哨预警。一旦匪患来临，紧急高音就从哨楼山上，凌空飞旋而起，扑向隔着一个山坳的打锣山。打锣山便立刻锣声大作。

　　"哨"只是偶尔吹响，"琴"却需要常弹，"哨"所追求的不正是"琴"音里的日常吗？哨的峭拔，需要琴的舒缓来抚慰，哨的尖厉，需要琴的柔软来修正。

　　长长的时间河流里，匪患时有时无，哨楼却一直存在。哨楼的哨、打锣山的锣，渐渐变成哨楼村人内在的生活节奏，变成居安思危的精神象征物。他们一边练功习武，一边耕读传家，追求着内心的琴音。

　　我就在李长青的朋友圈里，看到了他清晨舞棍晨练的视频。长棍在手，上下翻飞，旋转跳跃，虎虎生风。一张一弛的世俗生活，又文又武的精神追求，像基因一样刻在他们的骨子里，代代相传，保持着生命中的内在张力。

　　如今，面对人口流失的乡村，如何实现振兴，是哨楼村人正在思考的问题。隐隐的哨声里，琴音缓缓归来。

　　乡贤浮雕和村史馆，村支书着力介绍的"作家小树林"，藏有越来越多作家签名图书的"作家书屋"，一一修复的水井，整修成片的新农业示范田，都在向我展示呼唤回归的新乡村旅游景象。他们在传承里唤醒新思路，也在新思路里保持传承新样态。

　　新时代的哨楼村，在古韵里延续，也在新韵里生发。哨楼村，触发了我对琴音的念想、期待。

　　哨楼村的琴音，不断地回荡在我的心上，而我生命里的琴音，也在心上不断地响起，流淌成一条波光粼粼的河流……

我们在方曲河边上车，准备返回。路边的大树上，有几只布谷鸟一声又一声地叫着"布谷——布谷——"。绿油油的油菜花已蓄势待放，春耕已在眼前。

**作者简介**：刘馨忆，女，四川邛崃人。中国作家协会会员，军旅作家，大校军衔。作品入选高中语文阅读教辅、高考模拟试卷。出版散文集一部。获第十届冰心散文奖、第四届四川散文奖。

# 像树一样生长

沈荣均

文友在村里种下一棵小树。

村叫哨楼，名字有点孔武样，却并不影响它的文脉气象。哨楼村能够拿来说道的历史，要远远超越一个村子的范围。这要归功于那里的乡风，养人，也养文化。这里前前后后出了好多人物，一身正气的文进士，奋勇御敌的武将军，两袖清风的父母官，心灵手巧的手艺人，有名有姓，一大堆载录在册的榜样。更多的普通人家，默默无闻，种红苕，食红苕，掐红苕花，摆家长里短的红苕龙门阵。红苕认定了哨楼村，哨楼村人提得起，又放不下。原来命里注定有个红苕情结。

食红苕，长精神。这是村里老人口传心授几百年的古训。

老人敢放大话，是有底气的。红苕搁在黄土上活命，也没啥讲究，见风就长。长得快了，苕肉松是松了点，但脚下有地啊，地是头等的资源，无边无垠一大片，原来是风化的石骨子，现在是厚实的黄泥巴。须根藤蔓，竖着扎不动了，耐着性子横扎，以至于哪是须根藤蔓，哪是石骨子和黄泥巴，都分不清了。哨楼村缺水，这样正好，有石骨子和黄泥巴保底，能撑住老天爷几个月不下滴雨。

文友信誓旦旦，以红苕精神为荣。我们都是像红苕一样的草根。黄泥巴肥了红苕，红苕养活了我们。借地上的红苕，点赞地下的黄泥巴。我们以精神的纽带，维系两者的共同命运，其实是自我教育的一套价值说辞。没有为红苕拼命的一股子劲头，哨楼村人不敢说自己是红苕命。说自己是红苕命，是哨楼村人谦卑，在外村人面前示弱，藏锋，下矮桩。仔细想来，也是换一个角度，自己给自己鞭策。

今天讲乡村文化自信。

面朝黄土背朝天，撸起袖子加油干。一把汗水一把苕，黄泥巴上见本色。如果连这点气仗都不敢给自己打，再肥沃的地头，也要打折扣。

哨楼村的石骨子地，贫瘠是贫瘠了点，不影响给红苕输送营养。红苕种了一茬茬，也收了一茬茬。苕，饱了我们的肚子；黄泥巴，弄脏了我们的手。我们为苕鸣不平，又纠结那点泥巴包袱。几个回合的矛盾交锋之后，自然有某种偏执的东西，坚韧地绵延了下来。

比如，绵延了一代又一代的红苕精神。

红苕精神，被村里的年轻人塑到了村头雪白的墙上，当集体意志擦亮，铭记。

文友说，如果自己不是外来人，其实更想学学哨楼种苕人种苕。

村里老人就笑，苕还用种？随便掐一截藤藤，压块泥巴，都会像模像样地活。

村里年轻人强烈建议文友种树。似乎还推荐了很多流行品种：常青的苏铁，黄叶的银杏；四月开花的海棠，八月闻香的丹桂；一年四季，不分白天黑夜，迎风招展的桃李樱、红豆杉……

我理解村里年轻人的直接想法。老人们种红苕，种了多少个一辈子。种出了矜持，也种出了豪放；种出了平和，也种出了脾气；种出了情感，也种出了态度。见红苕说红苕话，不见红苕还是说红苕话，说得我们捧着红苕，半天说不出一句话，也忍不住动真性情。但天天说红苕话、讲红苕事，审美疲劳是一回事，关键是露怯啊，寂寥啊。露怯之后的寂寥，寂寥之后的不卑不亢。不卑不亢的树，正好能与低调的红苕构成村里的新景致。

哨楼村，需要树的点缀和陪衬，以及声送千里的流量。

村里的年轻人，抢着要帮忙。地要选肥的，坑尽量挖规整，土偬好后再弄点苔藓才好看。文友笑道，哪有那么矫情，只要向阳、过风，有块泥巴踩根，高度随意，能与大片小片的红苕混搭，不别扭就行。

文友的树，真的就在路边种上了。有了参差错落的移植，哨楼的村头，兀地起了可圈可点的荡漾。

那些树，是为村里的人、村里的事，情不自禁荡漾的。

文友在哨楼村种下一棵树，也种下了讲述各种荡漾的可能性。

哨楼村，有很多荡漾可述。文进士的荡漾，武将军的荡漾，父母官的荡漾，手艺人的荡漾，千家万户种苕人的荡漾……

每一个人，就是一棵树，一个荡漾的由头。每一个由头，都会繁荣成参天的枝杈，氤氲出广阔的绿云。

文友希望自己种下的树，像那些人、那些事一样，深入黄土，扎根哨楼，仿佛荡漾之后，忽然掀起一大片的生长与迎风飞扬……

文友从城里来，是做文章的。过去也写红苕和红苕花，写得唯美精致，只是每每读起来，总觉得少了点啥。

到底少了啥呢？红苕啥也没说。生于斯，长于斯。随处可见的石骨子、黄泥巴，红苕藤、红苕花，黄灿灿，美滋滋，三五小片，连成一大片。

树的下面是红苕。红苕的身后是更多的红苕，还有石骨子和黄泥巴。守着一旁铺天的红苕和树，盖地的石骨子和黄泥巴，做文章的城里朋友，很满足，也很笃定。

是石骨子和黄泥巴垫高了红苕和树，还是红苕和树支撑了哨楼的文章高蹈？

再高蹈的文章，也离不开石骨子和黄泥巴老老实实地滋养。哨楼村的石骨子和黄泥巴，拜苍天所赐，适合种红苕栽树，更便利文章的土生土长。

文友在哨楼村种树，也种下土生土长的一派哨楼文风。

**作者简介：**沈荣均，四川洪雅人。中国作家协会会员。出版《天青色等烟雨》等文学作品六部。获第十届四川文学奖。

# 哨　声

张生全

## 一

这是一个警觉的村名：哨楼。

我问，为什么会有这样一个村名呢？

年轻的村支书小张说，新中国成立前，咱们这里曾有一座哨楼，村里人躲在哨楼里防土匪呢。

小张进一步描述道，那些年，土匪总是在月黑风高的夜晚不期而至。他们披着蓑衣、戴着斗笠，在山间奔跑的时候，就像一团黑影，寂然无声。唯一细小的声音，就是刀锋在月黑风高下不经意的反光。哨楼的任务就是竖起耳朵，捕捉这些细小的声音，并吹响警示的口哨。因此，哨楼上的人必须非常警觉，不能打盹，稍一疏忽，整个村庄就可能遭遇灭顶之灾。

我问，哨楼还在吗？我又问，能不能带我去看看哨楼的遗址？

小张说，不在了。

小张说，解放了，太平了，不需要哨楼了，哨楼自然就拆了。

小张诚实地说，哨楼不在了，现在也无法确定哨楼的具体位置了。村里八十岁的老支书赵大爷，当年是见过哨楼的。我曾问过他，哨楼的具体位置在哪里，他摇摇头。我很奇怪，他不是亲眼见过吗，为啥不知道？"好几次问，赵大爷都没有回答我，"小张说，"我感觉赵大爷的眼里有一些苍茫的东西，但究竟是什么，我也说不清。"

小张笑着说，不过，哨楼肯定是有过的，可能就在村旁狮子坳的山顶上。看，就是这座山顶！这座山顶，是村旁最高的山顶，哨楼修在上面，不仅站得高、望得远，而且离村子最近。一旦发现险情，哨楼就会迅速吹响口哨。村人们被惊醒后，就能立刻行动了。

小张是一个文学爱好者，他向我描述了哨声响起时，村里"久病成医"的村民行动的场景。他说，村人们的行动，可能是"涨潮"，刀枪蜂起，白鱼乱跳，把土匪拦截或是赶杀在村外；也可能是"退潮"，风息旗偃，白石横陈，村人坚壁清野，迅速躲起来。"涨潮"还是"退潮"，全由口哨通过不同的声音来指挥。小张说，哨楼是指挥部，哨声是指挥员。哨声这个指挥员的判断非常重要，它必须如同弹簧，它的伸缩，能够让哨楼村在历史的惊涛骇浪中，始终屹立不倒。

小张热情地介绍说，哨楼虽然不在了，但咱们会很快重修的。说罢，小张又笑着说道，没有哨楼的哨楼村，还能叫哨楼村吗？

我问小张，你想把哨楼修在哪里？

小张顺手指了指旁边的山顶说，肯定修在那个最高的地方啊。

# 二

我朝小张指的方向望去，那里是一片银杏林。风一吹，银杏叶就翻卷起来，叶面新碧，叶背灰白，就像时间的正面和反面。

我问小张，那片银杏林，是在哨楼拆除后栽上的吗？

小张没有料到我会问这样的问题，他从来没有注意过那片银杏林，他似乎也觉得没有必要关注那片银杏林。他推测说，应该不是吧。哨楼是在新中国成立的时候被拆除的，现在已经过去七十多年了。如果银杏林是那时栽的，现在每棵都得有脸盆粗了吧，可是它们只是锄把粗细啊。

我说，你带我去见见老支书赵大爷吧。

小张问，您是想了解那片银杏林是什么时候栽的吗？

我说，对。

小张一脸不可思议的表情，不过，最终他还是满足了我的要求，带我去见了赵大爷。

赵大爷见我询问银杏林，很激动。他说，到哨楼村来的客人很多，但很少有人关注那片银杏林。他又强调了一句，那片银杏林是真该好好关注。赵大爷急于向我讲述那片银杏林，也因此，那些关于银杏林的残缺不全的故事，便挤着、抢着，缩着、退着，从他残缺的牙齿间，忙不迭地直往外蹦。

是的，那时候砍过一茬……好大的银杏树啊，有的说长了几百年，有的说长了上千年。好大啊，一人抱是抱不了的。银杏树长得很慢，一抱抱不了，说明已经是很老的树了……那棵银杏树真硬啊，一刀砍下去，只有一个白印子；再一刀砍下去，还是只有一个白印子。一群麻雀在上面啄树皮，树下的人喊一声，麻雀轻轻跳一下，又落在树上。干裂的树皮被麻雀轻巧啄破，碎屑纷纷扬扬往下掉。砍树的人，一头的渣渣，一头的高粱花子……银杏树硬，熬火，没有银杏这种硬柴跟铁疙瘩掰手腕，是把铁疙瘩咬不软的……那棵最大的银杏树，砍了三天三夜呢；整整一片银杏林，砍了一个月呢……砍光了，全部砍光了，砍光了就敞亮了。

那片银杏林一直遮着阴，一砍光，天起码早亮一个小时。村里人都很欢喜呢，脸上都是油光，炉火映出的油光，太阳照出的油光……大家都觉得敞亮很好，没人发现这其实是危险。欢喜一阵，没过多久，惩罚就来了。山垮了！山轰隆轰隆垮了……树根原先抓着那山顶，那山顶就像城墙一样，地震都震不垮。银杏林砍光，树根沤烂，山顶的筋骨就断了。筋骨断了，肉就松了……好大的鹅包石啊，轰隆轰隆直往下滚……那天晚上，我正在睡觉，睡着睡着就做噩梦，土匪挥着大刀就朝我冲来。我不晓得自己是在做噩梦，很奇怪，都解放了，土匪早就消灭光了，连哨楼都拆了，还有啥子土匪？但我真真切切看见了土匪啊，真的是土匪啊！从山顶上，大片大片往下冲，像垮山一样，太吓人了。大刀明晃晃的，铁锤明晃晃的，轰隆轰隆就冲到眼前了……当时我好焦急啊，抬不动脚，喊不出声，急得满头大汗，最后终于急醒了。急醒了才发现，并不是真有土匪，而是做了一个噩梦……

赵大爷似乎现在还没有走出那个梦。他说，说是噩梦，又觉得不对，轰隆轰隆的声音依然在响，在后山响。我赶紧起床打开后门，恰好一个巨大的鹅包石朝我直冲过来，吓得我赶紧退回来，关了后门。随即我就听到嘭隆一声，我的后墙壁，被鹅包石砸出了一个大窟窿……我还没回过神来呢，屋顶又哗啦哗啦一片响，就像天上下了一场冰雹……

小张嫌赵大爷讲得太啰唆，急于让他讲完，就皱着眉头打断他说，赵大爷，别讲其他的，接着讲树吧。那片银杏林被砍光了，后来又是怎么栽上的呢？

我朝小张摆摆手，不急，让赵大爷慢慢讲吧。

赵大爷满脸难受的表情。他猛抽叶子烟，似乎想通过抽烟，努力把涌上心头的难受压下去。赵大爷抽了半天，这才接着说道，山顶垮了，矮了好一截。时不时地，鹅包石就往下滚，比土匪还吓人呢。土匪来了，还有哨楼望着，可以提前把消息告诉村人；鹅包石没人守着，雨水一来就往下滚，没有雨水也往下滚。土匪来了，哨声响起，村人就躲了，土匪遇到的是空村；鹅包石大，滚得快，跑不赢的，就要被砸死，有好几次，真差点砸死人了呢……对啊，只能又栽树啊。栽树不是栽树，是蓄根呢。山上有了根，也就有了筋脉；有了筋脉，才能把泥巴抓得住；抓得住泥巴，山顶才会变得像城墙一样，鹅包石才滚不下来呢……栽的什么树？银杏啊，只能栽银杏啊。银杏的根很粗壮，扎得很深，抓得很牢。只要银杏站住了脚跟，抓住了那些鹅包石，鹅包石就安静了、听话了，再也不敢往下滚了……

我问，这些银杏树一直长到了现在吗？

唉，没有呢，后来又砍了呢……砍的时候，才只有锄把那么粗，最大的，也只有小碗口粗……树太小，这次砍起来容易多了，一刀下去，树枝就浑身发抖，树叶就漫天飞……为啥砍？这一次是开山造田呢。上面让学大寨，让把荒山都变成梯田……当时有人反对，说，在山顶上开垦梯田，不靠谱啊。没水源，就只能靠天吃饭，一旦上天不高兴，不下雨，那些田就会干出大豁口，稻子也会干死，颗粒无收呢……现在回想起来，我真是，唉，我真是……整座山头啊，整座山头都给剃光了，都给开垦成梯田了……种出水稻没？水都没有，咋种得出水稻？第一年就干出大豁口了……哪晓得，稻子干死后，雨却降下来了。雨降下来，没装在田里，都往那些大豁口里灌……山顶又给灌垮了，鹅包石又露了出来，土匪一样，一群一群往山下滚……

是不是只得又种银杏了？

是的，只能靠种银杏树长根抓土了。

是不是就一直长到现在了？是不是后来又栽了银杏林，然后长到现在了？

才不是呢，那些树后来又死过一次呢……有人烧渣渣，把山坡上的荒草点燃了，大火一直烧到山顶上，把那片银杏林又烧死了……

是不是后来又栽了银杏林，然后长到现在？

才不是呢……

# 三

是不是因为山垮过几次，把当年哨楼的遗址垮没了？

是啊，山都变形了，哪里还有当年的遗址啊……

# 四

小张急于给我看建成的村史馆。

小张说，您要了解咱哨楼村的历史文化，就去村史馆吧，咱们在那里有完完整整的展示。

小张向我介绍的这座村史馆，修得很气派。我觉得一个小小的村落，修这么大的村史馆，多多少少有些夸张。搞文化是当下的一件时髦事，很多基层都在文化上发力，除了现在的要挖掘，当然还要从历史中去打捞。镇上组织编《镇志》，村上组织编《村志》，乃至于一个家族、一个家庭也要编《家志》、订族谱。至于建镇史馆、村史馆、族史馆、家史馆，更是遍地开花。"文化搭台，经济唱戏"一度成为最响亮的口号。有些地方在挖不出历史、挖不出文化的时候，就人为地"造历史""造文化"。造出来的这些"历史文化"热闹一时，很快就被人们遗弃、遗忘，苔藓上身，荒草疯长，成为一个笑话。

在进村史馆之前，我是有怀疑的，哨楼村的这座村史馆，会不会也是在这种热风的吹拂下搞起来的呢？

不过，当我真正走进村史馆，看到馆里展示的资料时，才发现里面确实是有真货的。别看这个村落很小，历史上竟然出现过好几个大家族。这些大家族往上探寻，甚至可以追溯到明代。尤其在清代中晚期的时候，还曾煊赫一时。从这几个显赫的大家族里，还走出过几十个在当时当地产生过大影响的人物。尽管放在中华大历史大地理范畴上，有点名不见经传，但对于一个小村落来说，已经非常了不起了。

我问小张，村上是怎么想到要修这座村史馆的？

小张讲到了村里的现代乡贤，当然也讲到了他的童年。他是个九〇后小伙子，他出生的时候，中国的改革大潮已经风起云涌，哨楼村人早已解决了温饱问题。他们不用再像祖辈和父辈那样，靠吃红薯充饥，吃得满肚子胀气。他们吃白米饭，喝牛奶。他们甚至只对零食感兴趣，不太愿意吃饭，需要爷爷奶奶拿着饭勺，追在他们屁股后面喂。

小张说，他们这一代村人，是幸福的，又是不幸的。他们面临的最大问题是孤独，是隔膜。他们都是独生子女，没有兄弟姐妹和他们争吵争夺，他们可以独享爷爷奶奶、爸爸妈妈的爱。但也因为没有兄弟姐妹，他们没有玩伴，和周围的人有隔阂。更孤独的是，他们的父母，在他们很小的时候，就抛下他们，去城里打工了，只有在春节的时候，才会回来和他们待十几天。一年中绝大多数时间，他们双耳听见的，大都是些迟钝的、缓慢的、抱怨的、唠叨的、粗暴的，同时又蛮不讲理、溺爱的爷爷奶奶的声音。他们野生野长得像山上的野刺芭（荆棘），走一路抓扯一路，多好的东西都会被他们无故扯烂。他们老得像一出生就进入黄昏，背着手弓着背走路，靠在墙根下看夕阳……

小张说，很小的时候，他就在想一个问题，如果他长大当了父母，他一定要待在家乡，不出去打工。他要和孩子们在一起，天天听他们闹腾，不让孩子们孤独和隔阂，不让孩子们像刺芭一样野蛮生长。

但是，留在村里并不是一件容易的事。小张叹息说，村里很难挣到钱，生活又处处都要钱，孩子读书也是个大问题。孩子越来越少，村里的学校都被拆了。就算想和孩子们在一起，不出去打工，似乎也不能把孩子留在村里。要让更多年轻人留在村里，显然是困难的。

小张激动地说，挣不到更多的钱，孩子读不了书，是年轻人不愿意留在村里的一个重要原因，但不是根本原因。根本原因是年轻人把村庄抛弃了。他们以为村庄是一只穿脏了的臭袜子，太臭太脏，懒得洗，就把它丢了，忘了这是咱的根。我就是想通过这座村史馆告诉村里的年轻人，哨楼村在咱们这里不是臭袜子，它是根。不管咱们走到哪里，都离不开哨楼村这条根。没有这条根把咱们扯着，咱们就会像飞蓬一样飘走，无家可归。没有这条根给咱们提供营养，咱们这棵大树不管在外面多么风光，多么枝繁叶茂，最终都会枯死，倒下。所以村史馆修起来后，我就利用各种方式、通过各种渠道宣传，我要把村史馆打造成一块吸铁石，让它把八方的客人吸引到咱们村里来，同时也把出去的年轻人吸引回来，让他们留在家乡，共同创业。只要村里有了人气，自然就有产业，孩子们读书也就不成问题了。

# 五

这次我来哨楼村，是参加"作家小树林"活动的。

小张是一个文学爱好者，他不但讲话文采飞扬，做的事也富有文学情怀。除了参与建设村史馆外，他还把村史馆外面的一块珍贵的土地，安排给了一个文化兴村的"作家小树林"项目，把全国各地的作家邀请到哨楼村来，每人在地里种一棵树，喝一口古井里的水，写一篇关于哨楼村的文章。他说，作家们写的文章，将是一根根强劲的磁力线。这些磁力线从哨楼村出发，向全国各地辐射，可以把走散的人气拉到村里来，把热闹拉到村里来，把商机拉到村里来，把辉煌拉到村里来。

小张向我介绍了各种可以种的树，问我想种什么，我说我想种一棵银杏。小张愣了一下，又热情地介绍说，要不，您种苏铁吧。咱们在"作家小树林"里规划了一个"头雁区"，里面种了很多苏铁，表明铁的意志、铁的追求、铁的坚强。您的树，应该种在"头雁区"。

小张说出这样的话时，我竟不知如何拒绝。我若说我没资格待在"头雁区"

吧，显得有点矫情，还会得罪其他被划分在这个区域的作家。我说听从安排，但我实在不甘心，因为我真的很想种一棵银杏。

我笑着对小张说，我可以不种银杏树，但你能陪我去山顶看一看那片银杏林吗？我见小张有些犹豫，便又对他说，你不是要在山顶复建哨楼吗？带我去看看吧。

显然，我最后的这句话让小张高兴起来。他找来两双胶靴，他穿一双，我穿一双；接着他又找来两把砍刀，他拿一把，我拿一把。他笑着说，山上太湿，蛇虫多，没这两样工具，很难上去。

# 六

经过小半天的跋涉，我和小张终于气喘吁吁地爬上山顶。

其实从村史馆到山顶并不远，我们之所以走了那么长时间，主要是因为山路难行。实际上，山下原本有一条青石小路通往山顶，那也是村民们多年来上山劳作的路。山上雨水多，一场新雨过后，路两边杂草疯长，青苔直往路面攀爬。所以时不时地，村民们都会铲除路边杂草，清理路面青苔。但这些年来，村人大都出去打工了，青石小路没人清理，野藤杂草便在路面伸胳膊踢腿，把路面上方的天空给塞满了。而野藤杂草遮出的阴凉，又给了青苔极佳的生长环境，它们蔓生到路面上来，青碧可人，郁郁葱葱。说起来，在少有人走的情况下，这路面呈现出了良好的生态，当是另一种珍贵。只不过，你又不得不承认，这良好的生态，听不到市嚣，总不免给人一丝荒凉的感觉。

我们提着砍刀，逢山开路、遇水搭桥，赶跑了几条蛇，惊飞了几群鸟，蚊子在头顶盘旋，虫蚁在脖颈乱爬。到达山顶时，我们"受伤"其实挺惨重的，我们虽然穿了胶靴，但半截裤脚依然打湿了，身上还四处沾着泥点和枯叶。我的手背被划出了血痕，小张没受伤，但衣服被撕了个大口子。显然，这是刺芭对我们的愤怒反抗。

小张一边给我挑扎进肉中的刺，帮我包扎伤口，一边笑着安慰我说，以后我们在山顶复建哨楼后，会新修一条路到山上去的。那时候，咱们上山，就不会受这份罪了。

山顶上的银杏树看上去有十多年了，虽然不是很大，但由于常年没人打理，它们长得特别放肆，特别自在。那野藤顺着树干绕上去，又从树枝上垂下来，像青蛇一样。雀鸟在树上跳来跳去，一群群飞走，又一群群飞回来。地面有一层厚厚的松软的青草。野花在青草间随意点染，仿佛不是从地里长出来的，而是从空中随意撒下，落在草叶间的一样。这让我有理由相信，这些野花，或许就是银杏叶飘落后幻化而成的。银杏叶从树上飘坠，大部分按照惯常的方式，落到地面，腐烂后，钻入地下，完成一次生命的轮回。但也有一些叶子，它们像蝴蝶一样翩翩飞舞一阵，便在草叶间栖息，一抖身子，就成了鲜亮的野花。

小张指着山上的地形，热情地给我介绍着新中国成立前哨楼可能存在的位置，以及他准备复建的位置。他说，咱们这座哨楼，要修成一种宝塔的感觉。山顶上有宝塔，那将是一处非常漂亮的美景，往往和夕照相互映衬，可以把它搞成一处网红打卡地。到咱们哨楼来的客人，参观了文史馆，栽了树，再以"哨楼夕照"为背景拍张照片，这体验感是非常强的，对于他们来说，一定是美好的一段旅程。

我从地上捡起几片银杏叶，翻来覆去看了一阵，对小张说道，我有个建议，咱们可不可以不复建这座哨楼啊？

小张愕然地张大嘴，半天没反应过来，最后有点辩解似的说道，咱们这里叫哨楼村，不建哨楼，能叫哨楼村吗？

我说，一定要建哨楼的话，能不能不建在这个山顶啊？

小张依然好脾气地耐心解释，这个地方，大致就是当年建哨楼的地方啊。既然要复建，只能修在原来的地方。修到别的地方去了，不像，大家会嘲笑呢。再说了，只有建在这里，从村史馆那个地方往这里看，才能看到最美丽的景致呢。修到别的地方去，可就没有这样的好景了。

我说，你想建在这里也可以，可不可以不砍这片银杏林啊？

小张说，一棵不砍，是不可能的。不砍，没有地盘，也没办法建哨楼啊……

我说，老支书赵大爷不是告诉过咱们吗？这山顶已经砍过许多次银杏树了。

每次砍后，山都会垮塌。你难道不担心山会垮塌吗？

小张犹豫地说，不会吧？就建一座哨楼，占不了多少地盘，也砍不了多少树，不会破坏土质的。新中国成立前，哨楼不也建在这里吗？那时候山顶就没有垮塌呀。

我说，新中国成立前，哨楼是建来放哨的，建得都比较小，而且比较隐蔽，肯定不会砍银杏树，反而还会把哨楼藏在树林里，害怕被土匪发现。但你现在准备建的这座哨楼，它的作用不是放哨，而是一个景点。既然是景点，就不能藏起来。山下的人看不见，还叫景点吗？再说了，你还说想修成宝塔一样的效果，自然应该修得高大。所以，我敢断定，你砍的树肯定不会少。还有，你说要把路从山下修到这里来。你想想，这又得砍多少树？作为一处景点，你自然希望这个景点热闹起来。不热闹，荒凉了，劳民伤财。一个人造景点荒凉了，那是会被人笑话的；反过来说，这个景点热闹了，后续肯定要扩大，修点亭子，修点商店啥的，这样一来，势必又会继续砍树。一次一次砍树，树砍光了，那山不是还会垮吗？

小张虽然觉得我讲得有道理，可还是心有不甘地说，张老师，哨楼在咱们这里消失七十多年了，为什么"哨楼"这个名字还一直在用呢？就是因为咱们还需要警觉啊。恢复哨楼，就有警觉的意义了呢。

需要警觉没错，我问，现在你觉得需要警觉什么呢？

警觉之前曾有过的那些"活动"啊，警觉头脑发热，折腾来折腾去啊。那些"活动"与发热，对乡村的发展来说，都是折腾啊。

你说得很对！我说，确实需要警觉之前的那些"活动"，警觉头脑发热。但是，你不觉得咱们现在依然需要警觉吗？

警觉什么？这不是一件利国利民的大好事吗？当然是大好事。但是，我们该怎么振兴呢？会不会把它搞成一场新的"活动"呢？就比如你修建的这座村史馆，搞的"作家小树林"，还有你准备复建的"哨楼"，你说得很好，你是想把它们变成一个具有强大吸力的吸铁石，让磁力线伸到全国各地。但是你也要明白，吸铁石是良莠不分的。另外，咱们的吸铁石是不是有那么强劲的吸力，不能凭自己说，得看效果。比如，它们对我，吸引力似乎就不强。

看到小张失望的表情，我又笑着说，小张，我今天之所以一定要让你带我到这里来，是想告诉你，其实，咱们已经有哨楼了呢。

小张环顾四周，有了？在哪里啊？

我说，这片银杏林不就是哨楼吗？你看，那些银杏叶，其实就是一些警觉的、正在谛听的耳朵呢。

小张仔细看了看，笑着说，确实像一群谛听的耳朵。小张又疑惑地说，也奇怪啊，为啥这银杏叶像一群谛听的耳朵呢？

那天下午，我和小张站在银杏林里，捡拾着落在地上的银杏叶，聊起对这片银杏林的观感和故事。

# 七

其实，当我第一眼看见山顶上这片银杏林时，我就觉得这翻卷的银杏叶，是一群耳朵了。

新绿的叶面是它们的耳面，灰白的叶背是它们的耳背。这群耳朵看起来是安静的、悠闲的和恒定的，但实际上正好相反，它们一直很紧张，稍有风吹草动，它们就会把耳朵竖一竖。它们竖一竖的紧张姿势，很像是在谛听。那么，它们在谛听什么呢？

我再一次想到了山顶上曾有过的哨楼。哨楼其中一个任务就是谛听，另一个任务则是吹响口哨。小张曾向我描述过哨楼谛听的姿势。具有极强文学表达力的小张，甚至用了通感的手法，让哨楼"听到"了潜藏在山间的土匪刀锋上的些微亮光。

后来解放了，没有土匪了，哨楼也拆了，这时候还需要谛听吗？

显然是需要的，否则，银杏树也不会把叶子都长成耳朵的模样，不会时不时把耳朵竖一竖，保持谛听的姿势。

事实上，银杏树的谛听姿势，是它自身的命运铸就的。当老支书赵大爷给我描述山顶上银杏林的变迁时，我就能够感受到银杏叶内心的紧张。银杏叶和银杏树不同，当银杏树一次次被砍倒带走的时候，银杏叶是留下来了的。银杏叶之所以和银杏树保持着不完全同步的节奏，与银杏叶自身的特性是分不开的。

每到秋天，银杏叶都会从银杏树上飘飞而下，投入大地的怀抱。银杏叶的这种行动，很像是一种古老而庄严的献祭仪式。它们毫无保留，毫不犹豫，铺天盖地飞坠；从树上到地面，它们在有限的时间和空间里，完成了天地间最自如、最飘逸、最疯狂的舞蹈；它们用岁月熬成的黄金，用全部的赤诚，用最高贵的回馈，把整个秋天的地面铺满。

银杏叶这种庄严的献祭仪式，是它们和大地之间，在亿万年的岁月中形成的最牢固、最诚实的契约。但是，从老支书赵大爷的讲述中我们可以看出，这种契约一次次被人为地撕毁。还没到秋天，银杏树就被砍倒，而银杏叶则被一片片赶到地面。它们满脸青涩惨白，不得不以青涩惨白的容颜站在大地母亲面前。它们羞愧难当，想告诉大地母亲，灰溜溜逃回故乡，不是它们的自主选择。但是大地母亲根本就不会责备它们，它们还来不及解释，大地母亲就把它们包裹起来，轻轻宽慰它们。这让它们更加羞愧，更加无地自容。

它们唯一能做的，就是按照惯常的方式，重新回到银杏树上。亿万年来，当它们在秋天飞坠，完成向大地母亲的献祭仪式后，就会迅速腐烂，变成一些暗影钻入地里。它们在潮湿暗淡的地里摸索，就像在母亲的子宫里踢腾。摸着摸着，它们就摸到了银杏树粗壮的根须。这让它们兴奋不已，它们会迅速钻入根须之中，顺着树根和树干，来到树梢上。这时候，刚好春风吹拂过来。春风喊一嗓子，它们便一群群从树皮里钻出来，把小手打开，把眼睛打开，把耳朵打开，一树的碧玉翡翠，银杏叶完成了世间最完美的轮回。

但是当银杏树被砍倒后，这些银杏叶尽管也进入了地下，可它们找不到那些粗壮有力而又可靠的根须。它们像一些游魂，在黑暗的地下四处游荡，八面碰壁，被鹅包石挤压得扭曲逼仄。没有了根须，那些鹅包石就豪横了，它们蛮不讲理，在地下挤来挤去。树根是地下的"哨楼"，鹅包石是地下的"土匪"。没有了树根这座"哨楼"，鹅包石这样的"土匪"自然要猖獗。一旦有雨水进来推波助澜，鹅包石就和雨水沆瀣一气，形成泥石流，把整座山顶摧毁。

好在村民最终明白，只有树根这座"哨楼"能制住鹅包石这帮"土匪"，所以又开始种银杏树。等到银杏树根在地下长出来后，多年来无家可归的游魂，终于找到了方向。最后，它们穿过树根，穿过树干，钻出树枝，透了一口悲屈之气，终于抖一抖身子，又做回银杏叶了。

也许是一次又一次被无情折磨的惨痛经历，让山顶上的这些银杏叶异常警觉，因此才长成耳朵的模样，并且在山风吹来的时候，把耳朵竖一竖，仔细谛听，谛听是不是又有一场"活动"……

# 八

从山顶下来的时候，小张更加坚定了复建哨楼的打算，已经开始谋划。我捡了一大把银杏叶捏在手里。小张说，张老师，掉在地上的银杏叶不好看，等秋天来的时候，我给你摘一些又干净又好看的。

我说，我捡这些落叶，不是自己用的。我想拿回去，放在你们的村史馆里。

小张跟不上我的节奏，村史馆里？放在哪里啊？

我说，咱们的村史馆，应该专门辟出一间陈列馆来展示这些银杏叶，讲关于银杏的故事。这个故事，就是老支书赵大爷讲过的故事。咱们再回去搜集整理一下，把赵大爷讲的事情，一件一件展示出来。如果有照片，或者有旧物，比如当时砍下来的树，以及砍树的工具，等等，都可以收集起来，展示在陈列馆里。如果没有，就索性把这些银杏叶放进去。这些银杏叶就是一群耳朵，它们听到了关于山顶银杏林的所有故事。当我们走进这间陈列馆的时候，就能看见银杏耳朵听到的那些故事，听到它们用喑哑的嗓子吹出的哨声。有了这间陈列馆，咱们的村史馆就会变得丰富、深刻而又真实。到那时候，它一定能够成为一个具有强大的、永久性吸力的吸铁石。

小张听了非常兴奋，连声说好。

我对小张说，走吧，咱们再去找找赵大爷，坐下来，再详细地听一听他讲的那些故事吧。

小张笑着说，这么着急啊？

我说，不是要写一篇文章吗？我就想写赵大爷讲的那些故事呢。当时咱们很着急，没听明白，现在，我想再听一听……

**作者简介**：张生全，四川洪雅人，中国作家协会会员。出版《道泉记》等长篇小说七部，《屋檐口下望天》等散文集三部。

# 与一棵树相守

章 勇

"水是生命之源，绿色是生命之魂。"我过去对此体会不深，后来看了太空探测器传回地球的照片和詹姆斯·韦伯空间望远镜观测的结果，无论月球、木星，还是金星、火星，至今都没有发现一滴水和一点绿色时，我才深信水和绿色对于生命来说何其重要！

人类可以遨游太空，但必须植根于大地。我们这个蓝色的星球，迄今仍是人类唯一的生存空间。尽管 2015 年美国宇航局召开新闻发布会，宣布开普勒太空望远镜发现一颗跟地球相似指数为 0.98、命名为开普勒—452b 的星球，有可能拥有大气层和液态水，但它位于一千四百光年远的天鹅座星系，我们现在连太阳系与银河系都飞不出去，要想抵达如此遥远的它，几乎不可能。即使科学技术超速发展，开普勒—452b 能不能适合人类生存也还是一个未知数。

为此，近二十年来，每逢植树节，我们都要去郊区植树。

我相信，多一抹绿色，就少一片荒凉；多一丝清凉，就少一分炎热；多一分生机，就少一点污染。我希望伸出自己的手，为地球撑起一片绿荫。

记不清我种下了哪些树苗，存活了多少株。

因为，植树节植树是"大呼隆"行为，没有包栽包活的指标，尽管我们满腔热忱，把汗水撒落一地，但与种下的树苗缺少不可分割的根系。即使闲暇时打算去与它亲密接触，也找不到它生活的半径与属性。

一个阳光明媚、油菜花开的春日，受眉山市乡村振兴科技孵化器创建者和哨楼村"作家小树林"与作家书屋发起人邀请，我有幸踏上了仁寿县哨楼村这片热土，决定在"作家小树林"种下一棵与自己姓名对应的树，也是第一棵与我有着"血亲"关系的植物,与它同赴春天的约定。

哨楼村是丘陵中凸起的一个村庄,隶属仁寿县方家镇,与我当年戍边的方家湾仅一字之差。在那个烽火连三月、血染沙场的边关,我们奉献了青春,甚至差点失去生命。因此,方家镇于我有种不一般的亲切感。

我们驱车来到哨楼村时,雨后初晴,空气中弥漫着麦苗与油菜花的清香。它们是春天的使者,更是庄稼人的希望。我深吸一口气,一种清爽的感觉顿时沁人肺腑,使我浑身充满了活力。

仁寿古称陵州或隆州,地处四川盆地中南部。隋开皇十八年,朝廷将普宁县改为仁寿县,仁寿便作为正式的地名出现在中国版图上。"知者乐,仁者寿",仁寿这个县名,从此拥有了丰富的内涵和深刻的寓意。

哨楼村,位于仁寿县城东部,距城二十公里,离方家镇近七公里。进入村口,有一块水田,俗称月亮坝。明明是波光粼粼的一汪水,怎么叫月亮坝呢?据说月亮升起与落下时,水田四周无遮拦,月亮照在水面,泛起银色的月光,便有了月亮坝这个充满诗意的称谓。同行的好友周闻道富于联想,他说这里的村民善做加法,不仅能洞悉月亮升降倒映在水中的美景,而且能欣赏日出日落在水中沉浮的壮观。乍一听有些神秘,其实一点也不玄乎。这块水田的位置和角度,不仅具有最佳的光合作用,而且表达了村民对美好家园与未来的向往。升起的月亮和落山的月亮,是上弦月与下弦月。"落霞与孤鹜齐飞,秋水共长天一色。"月亮与太阳本来就是太阳系的成员,是同赴时光之约的伴侣。日月同辉是一种自然现象,它是地球绕太阳与月球绕地球的公转周期不同造成的一种天象,在民间被称为吉象,能欣赏到这种吉象之人,说明他心地善良,眼里不缺美丽的月华、灿烂的阳光,自然也就不乏诗人般的想象力。

植树之前,好客的村领导带我们去参观村史馆,意在加深我们对哨楼村的了解。听说有村史馆,我不由得肃然起敬。别说一个村,就是许多乡镇甚至县市都难得一见这样的人文关怀,可见哨楼村对历史的尊重与传承。

走进村里,几幢灰瓦白壁红栏的建筑映入眼帘,这里就是村史馆。一条小河在她前方流过,像一条绿色的飘带。《论语·雍也》曰:"知者乐水,仁者乐山。"绿水青山环绕的地方,必定是人才荟萃之地。

村史馆坐落在辜家湾。

辜姓是哨楼村第一大姓，其次是李姓和张姓，这三个姓氏占据了村里半壁江山。他们均来自湖广填四川。迁居到这里安家落户的人们，繁衍生息，已有几百年历史，逐渐形成了这个村庄——哨楼村。

哨楼村偏居一隅，不临要道，不靠城镇，没有任何区位优势与资源优势。但村民勤劳智慧，自古尊师重教，学风浓厚。据不完全统计，村里名人录有武进士辜有闻、文进士李春旺、乡贤张联珠和贡生秀才三百五十余人，他们像星汉般灿烂地闪烁在哨楼村历史的天空，使这个村域面积 11.4 平方公里，有一千九百六十二户、五千六百五十六人的乡村远近闻名，成为方家镇的一张名片。

在哨楼村村史馆，陈列着一部部族谱和家教、家训、家规。其中，以下内容特别引人注目："正心尚正，谨言慎行，知己安分，明伦执礼"（《辜氏家规》）；"尚选举，尊贤才；敬耆老；正伦理；倡勤俭，明是非"（《李氏族谱：家规二十条》）；"敦孝弟以重人伦，笃宗族以昭雍睦。重农桑以足衣食，黜异端以崇正学。明礼让以厚风俗，训子弟以禁非为"（《周氏族谱：圣谕》）。这些家教家训家规，与"钦斋泥塑非物质文化遗产"、清同治年间村人手工绘制的《村地图》和新时代《社会主义核心价值观》《乡村振兴蓝图》等陈列在一起，将中华民族的传统美德和砥砺前行的精神融为一体，构成哨楼村一道独特的人文风景。

哨楼村有山有水有树林，山叫狮子山，水叫方曲河，树林叫狮子山林，唯独不见哨楼。莫非村民向往诗和远方，就像将一汪水田称作月亮坝，会不会将拔地而起的狮子山视作哨楼，赋予它无穷的想象？

其实，哨楼村并非徒有虚名，它曾真有过建有哨楼的历史。虽然它没有新疆巴尔鲁克山山麓的小白杨哨所著名，也不及辽宁省葫芦岛九门口水上长城哨楼壮观，但在哨楼村人心里，哨楼就是护佑乡邻、保一方平安的"雄伟"建筑。

清朝咸丰年间，当地匪患猖獗，百姓深受其害以致民不聊生。于是，村民有钱出钱，有力出力，在狮子山上建了一座哨楼。村民们忙时耕种，闲时练兵，并每天派人在哨楼上站岗放哨。后来村民就把这座山叫作哨楼山。村因山得名，新中国成立后，开始叫"哨楼大队"，后来改称"哨楼村"。如今天下太平，村民安居乐业，哨楼已经不复存在，取代它的是满山郁郁葱葱的柏树，这些苍劲挺拔的常青树就像一柄柄利剑直插苍穹，取代了哨楼的位置。哨楼，也就湮没在历史的褶皱之中，成了这个村庄永不消失的记忆！

离开村史馆，也就进入了此行的主题，一是捐书，二是植树。捐书，是为了传承文脉，弘扬哨楼村的读书风气；植树，是为了作家深入生活、植根基层，写出关注社会、体恤民生的作品。

"作家小树林"项目的正式启动，是否可以看作是通过一棵树与一个村庄的形成史，从生命本源上探寻人与树、人与自然不可分割的基因，以大地书写的方式传播乡村文脉，为乡村的文化发展注入生机与活力，书写美丽的篇章？

这是一个具有开创性意义的活动！

几只白鹭从远方飞来，在天空盘旋一周之后，在田间地头悠闲地觅食，给我们的植树活动增添了诗情画意。

于是，我们来到"作家小树林"，挖土、刨坑，将树苗与自己的思想和情感一同植入土里。

作家植树，从某种意义上来说，是对生命的回眸与延续。

按照生命的轮回，我们都将化作尘泥，归于大地。世界上最长寿之人，也就不过一百多个春秋；而树木的寿命，却超越人类数千年。当最长寿之人销声匿迹时，树木还是青春少年，演绎着生命的精彩和浪漫。

在美国加利福尼亚州，有一棵名叫麦修彻拉的刺球果松，树龄高达六千四百岁，堪称松树之王；在非洲西部加那利亚岛，有一棵龙血树，五百多年前，西班牙人测定它有八千至一万岁，是世界树木中的老寿星，可惜在1868年毁于一场风灾，成为植物研究者心中的痛。

在欧洲，有一棵叫Old Tjikko的云杉，据说是世界上存活最久的树，迄今为止已经有九千五百多年的历史。它是瑞典于默奥大学的科学家在本国的一座山上发现的，用碳-14年代测定法测试，这棵树之所以能存活如此之久，是因其具有克隆生长的能力。

中国人是炎黄子孙，炎帝和黄帝被公认为我们的祖先。在陕西省的黄帝陵轩辕庙内，那棵至今枝繁叶茂的轩辕柏，树龄已经五千多年，几乎见证了我们民族的全部历史。

在海南，有一种松树，甚至比我们整个中国的历史还要悠久，它就是南山不老松，在地球的恐龙时代就已经存在了，一直延续到现在。树龄最小的只有几年，最古老的则有六千多年的历史。"寿比南山"这个成语，该是由此而来？

在我常年居住的青城山，白素贞只是一个美丽的传说，但有棵东汉时期种植的银杏树却至今健在，照此推算，她已有一千九百多岁。此树占地面积二十五平方米，树高五十多米，胸径两米多，树冠如云，遮天蔽日，犹如一把绿色的巨伞，为游人遮风挡雨，许仙那把伞与她相比，根本不在一个量级，因此被评为四川十大古树名木之银杏榜首。

说到银杏树，就不能不说山东。在众多古银杏树中，山东莒县那棵银杏，树龄高达四千年，稳坐"天下第一银杏树"的交椅。

历经风雨沧桑的古树是大自然和前人留下的珍贵遗产，是祖先留下的不可再生的宝贵资源。

珍惜古树，也就留住了乡愁。但再古老的树，也有枯萎的一天。只有种植更多的树，代代相传，才能让我们的生存空间郁郁葱葱。

人有血脉，树有根。

我认为，植树，实际上是培养我们与树不可分割的根性基因，建构一种文化、思想、品德的参照。

在"作家小树林"，有的作家种植了苏铁，钟情于它的坚强；有的选择红梅，赞美它的坚韧；有的种下了桂花，欣赏它的芬芳……一花一世界，一木一浮生。作家们种植的树木风格不同、性格各异，无形之中展现了作家在创作上的精神走向，也契合百花齐放、百家争鸣的多元化主张。

我在想，假如我是一棵树，我就在春天里茁壮成长，给大自然创造生机和美丽，让归来的鸟儿在我的树枝上栖息，用嫩绿的树叶为它们遮风挡雨；假如我是一棵树，我会在炙热的夏天，用枝繁叶茂的浓荫给人们提供乘荫纳凉的惬意；假如我是一棵树，我会在秋高气爽的日子里，给人们奉献自己饱满的果实，让大家享受生活的富足与甜蜜；假如我是一棵树，在寒冷的冬天，我就褪去绿色的外衣，留下光溜溜的树干和枝丫，让人们获得阳光温暖的洗礼，尽管此时我已一穷二白，只剩下躯体，我也无怨无悔……

什么树能实现我这个愿望，赋予生命的意义？

于是，想到了银杏树。银杏树又名白果树，它春天发芽开花，夏天结果，秋天落叶，长大后高大挺拔，叶似扇形、冠大荫状、叶形古雅、寿命绵长，无病虫害、不污染环境、树干光洁漂亮。它用途广泛，综合价值高，是集药用、食用、材用、绿化观赏于一体的多功能、效益长久的树种。它与雪松、南洋杉、金钱松并称为我国四大园林名木；园艺家将它与牡丹、兰花并称为园林三宝。

据说，它是古代银杏类植物在地球上存活的唯一品种，最早出现于三亿四千五百万年前的石炭纪，因此被视为"世界第一活化石""植物界的大熊猫"。两百多万年前，第四纪冰川运动后，地球突然变冷，绝大多数银杏类植物在世界其他地区灭绝种，只有我国的银杏生存下来。所以，当今世界各地的其他银杏都是直接或间接从我国传入的。我国不仅是银杏的故乡，而且也是栽培、利用和研究银杏最早、成果最丰富的国家之一。

2008年，我国将银杏树定为国树，与国歌、国花、国鸟一起成为国家的象征。因此，银杏树于我有特别的亲切感。

我选择了银杏树，将它种进了"作家小树林"里。

树有根，人也有根！从此，我的心在这里，我的根就在这里，我与这棵银杏树一起栉风沐雨，心灵相守，直到归于尘泥，也不离不弃……

**作者简介**：章勇，四川富顺人。四川电视台高级记者，四川电影电视学院教授。著有长篇小说《沉默的天空》，诗集《男儿风骨》，散文《边境的云很烫》及报告文学、文学评论和电影、电视剧等二十多部（集）。

# 种下一棵树

杨庆珍

## 一

在去哨楼村的路上，我们聊到树。晓群说，燕姐最近气色不错，身体恢复得很好，听说她天天用后背撞树，看来这个法子很有用。

听晓群这么一说，我心里倏地泛起一阵涟漪——莫非这就是传说中的"树疗"吗？涟漪一兴起就越荡越远。其实，树疗愈人的又何止肉身？

树木无言，时刻陪伴和照拂着人类。西班牙诗人塞尔努达写过他与三棵黑杨树的亲近："于是我笃定地靠近树干，抱住它们，把鲜绿的青春拥紧在胸口。"不了解他经历的人，还以为这不过是文人的矫情，谁知他这是心灵的疗愈。塞尔努达一生坎坷，流亡数十年，经历过肉体与母语的双重放逐，没有人比他更能体悟孤独。是黑杨树给予了他深沉的滋养，这种来自故土、来自自然的生命能量，亲切、充沛、贴心、诚挚、坚实、无畏，源源不断地注入，让他的赤子之心得到共鸣共振，在灵魂深处泊岸归真，最终外化为诗，照亮了世界。

中国台湾地区美学家蒋勋先生说，每年的开学季，他都会要求新生去校园的树林里寻觅一棵自己最喜欢的树，与之成为心灵密友，所有烦恼和快乐都可以向树倾诉。久之，人与树的生命和灵魂就会融合在一起，树的灵性会给予人力量。

在吾乡，很多孩子的干大（干爹）是一棵树。老一辈说，五行中缺木的小孩，需要认树为再生父母，以求补缺。因此，对村里百岁以上的古树，村民是很敬重的，常有父母专门把小孩带去拜寄给它，磕头、燃香、挂红、放炮，祈求它赐予荫护。我想，这不能简单归结为迷信，确切地说，是一种对树、对自然的敬畏与崇拜。

实际上，在人类崇拜习俗中，无论东方人还是西方人，都经历过树崇拜的漫长历史。人与自然的和谐相处，不仅是人类道德和精神的支柱，也是对自然保护和克制的象征。爱德华·伯内特·泰勒就曾提出"万物有灵"的理念，认为自然界中的每一件物体都具有生命力，应当得到尊敬，不能随意摧毁或滥用。英国人类学家弗雷泽将《金枝》作为他的人类学巨著的书名，正是人类古老而普遍的树崇拜的写照。

地球上的第一棵树，可追溯到大约四亿五千万年前的泥盆纪。树的出现，改变了土壤和大气的成分，为生命提供了摇篮。

可以说，没有树，就没有人类的诞生。

在古老的中国，人们早就意识到，有树在，才有人世的祥和。所谓舒适生活，用一个"闲"足字以解释；而"闲"，怎离得开庭院里的树木？嘉树成荫，空气清新，坐在树下喝茶、聊天、晒太阳，纳鞋垫、编背篓、下棋，好日子发出绿光，具有澄澈温润的特质。

我爱树，也许是宿命使然。我姓杨，姓氏里带有"木"字，五行也属木，对树木一直有掏心掏肺的好感；而杨本身就是树的字符，譬如白杨、黑杨、黄杨、山杨、枫杨、钻天杨、响叶杨、梧桐杨、毛果杨……在两三个字的树名里，就有那么多的杨，我真有点怀疑，自己的前世是否曾是一棵杨树，从远古的森林里走来。此生与树和文字结缘，一个重要的使命就是寻找自己，寻找灵魂的栖息之地。

我喜爱所有的树，开花或不开花的，挺拔伟岸或秀气袅娜的，四季葱郁或一岁一枯荣的。在我看来，它们像性格不同的人，美美各异，美美与共。走路时，每遇到好看的树，我常常仰着头，将相机或手机举过头顶，以天空为背景，给树拍照，留存美好。那些树，或一动不动，或轻轻地随风摇晃，面对我的镜头，它们总是默默微笑。有一次我甚至听到低低的笑声，似乎在说，瞧，树下有个傻子。

一直以来，我很想为自己种一棵树，让它扎根于大地，让它成为我的精神伴侣和灵魂坐标。累了，靠着树干歇息，遥望天上的流云，听蝉声鸟语穿过密叶的缝隙，唱出悠闲之歌，阳光影影绰绰，树木散发的芳香让人清心安神。觉得苦了，或受委屈了，就抱着它大哭一场，任凭泪水横流，树会无限地接纳我、拥抱我，让我受伤的心灵得到安慰，重新对自己的生命生出信心和勇气。人生如幻梦，千变万化，但是树会笃定地站在那里，任凭日升月落，风吹雨打，不飘移不动摇。这坚实的定力，将给我期望中的安稳，帮我找到和回归生命的根。就像北京植物园里那棵古枫杨，胸径一米多，彰显出它经历的风霜雨雪。据说，它为康熙年间一位方姓青年考中秀才时所植，后来成了世世代代青年的励志树。

但我的树种在哪里呢？我灵魂中的树啊，又怎么能马虎？

心里是这么想的，要种，就要把它当作自己的孩子来养护。有一方庭院当然最好。可惜，身处钢筋水泥的丛林，天地都被压缩成蜗居一隅，居大不易，更别奢求私家院落；阳台过于局促，再大的花盆也盛放不下一树葱茏。种在楼下花圃里，也不成。去年亲见底楼住户与物业争吵，说户外那棵大黄葛树遮挡了光线，最终一阵电锯的尖锐声音响过，那棵树被拦腰截断，令我触目惊心。种在公路边，也不行，灰尘噪声，我都替它憋屈。山林倒是多，都是有主的，随便栽下一棵树，种下的难道不是孤独？再说，大树下面无大树，它能长大吗？

呜呼，世界之大，居然没有一寸土，可以安放我的梦。想起洛夫的一句诗：流浪了许久的那滴泪，老找不到一张脸来安置。

<h2 style="text-align:center">二</h2>

有些因缘不可思议。没想到，凤愿居然有突然实现的一天。仁寿方家哨楼村的"作家小树林"计划，好像是专门冲着我的心事而来的。项目策划人开宗明义地说，是要让一个写作者与一棵树结缘。属于我的一棵树，终于可以找到它最理想的家。

第一次去哨楼村，是在一个深冬的早晨。

久旱之后，一场大雨毫无征兆地从天而降，一洗积压多日的阴霾、灰尘和干燥心情。雨伞成了累赘，我一扬手移开，仰起头，贪婪地深吸一口潮湿的空气，一任清凉的雨落在脸庞，沾湿头发。那一刻，我感觉自己也变成了一棵树，这一场甘霖落进心里，让沉寂已久、蒙尘已久的心儿开始活泛，枝条上蹦出紫色的细小纽扣，跟山坡上樱桃花的蓓蕾一样。

远山近水，皆在细雨中静默，萧疏淡远。没有风，雨想落在哪里就落在哪里，肆意而潇洒。雨无论落在光秃的树枝上，落在枯萎的荒草上，落在泛红的沙壤里，落在山村的池塘里，或落在人家的瓦片上，落入哨楼村的方曲河里，都是自由意志的象征……雨声淅沥，如同春天在敲门。我不知这是不是神的旨意——因为种树，神说要有雨，于是就有了雨，真是吉兆。一场提前到来的春雨，让在场的每一个人都露出孩子气的憧憬和笑容。

哨楼村，一个村啊，历史人文底蕴的深厚，让人吃惊。群山环抱，远古时期便有人类活动的踪迹，村里的汉墓里埋葬着先祖，唐代摩崖石刻留存着永恒的微笑。明代开始有移民迁入，一代代生息繁衍，晴耕雨读，延续着一方文脉。这里有洁净的空气、甘美的山泉，没有城市的喧嚣、汽车尾气、此起彼伏的叫卖吆喝声，没有雾霾、霓虹灯、塑料制品和地沟油的污染。与它比邻而居的，是村庄里无边的樱桃树、李子树、柑橘树，有若干面镜子似的方塘，有方曲河的流波，对了，还有燕姐的树、晓群的树，我们可以一起低吟浅唱……还有什么比这更合适的呢？我的树生长在这样的沃壤里，就像自己的闺女嫁入了一个家道殷实、书香绕梁的豪门，一切的期望和忧虑都可以放下。

在哨楼村村史馆，我留意到，明代时该村地名为"敬恭里"，一下子心有触动，仿佛一把钥匙在扭动，一扇门被轻轻推开——敬者，尊敬、恭敬、敬畏也；恭者，不轻慢、不侮蔑、不欺凌；里者，用《说文解字》的注释，"里，居也，从田从土"，换句话说，"里"就是扎根泥土的一棵树，生生不息。古老的地名里寄寓着曾经的朴素愿望。由此可见，哨楼村的文明进程，似乎早已超越一个小山村的概念，具有人类进步的普遍意义。

敬恭，看似关乎一个人的品行修为，实际上是决定一个人在社会上安身立命的大问题。人若保持一份感激和谦卑之心，待人恭敬有礼，对自然万物多些珍重与爱惜，必定会放低自己的身段，也必然会得到天地的祝福。也因此，心远地偏的哨楼村，淳朴民风代代相传，村民彼此谦让、克己复礼，莘莘学子志存高远、积极进取，一个个闪亮的名字交相辉映，可谓万类霜天竞自由！透过历史的尘烟，我看见明天启年间（1621—1627年），哨楼村出了第一位进士李春旺，看见清道光庚子年进士魏光宇，看见清光绪丙子科武进士辜有闻，看见身着民国长衫的"辜白胡子"辜增荣的辉煌与不凡的一生……这些过往先贤，如星辰照耀哨楼村，也指引着今人。

心有安放，身得清净。一方净土，滋养出同样安静的村民。

时至今日，哨楼村古风犹存。在辜氏宅院，七十六岁的辜老爷子俯身桌案，正在专心临池。端正的楷书，点画撇捺古朴干净，让人想起修身齐家的儒家人文精神。院落一角，一口半人高的黑陶水缸，也已许久无人用，缸边生出一丛蕨草，在雨水淋洗中轻摇款摆，显得青翠欲滴。一只灰猫蹲在檐下，也许是见惯了人来人往，看见人也不避，一副处变不惊的样子。辜家是四世同堂的大家族，诗书传家，和睦康宁，温厚有礼，家族里多出长寿老人。那日，一对九十六岁高龄的老夫妻，清瘦而慈祥，正围炉而坐，剥食烤热的橘子。见我们一行人进屋，老两口同时起身，热情地打招呼，笑容满面中尽显质朴和真诚。

除了辜姓，村里李姓也很多，听说也曾是村中望族。年轻的村民李长青，一袭青布棉袍，戴着黑框眼镜，眼神澄净，仿佛时光轮回，刚刚从古代走来。在他手中，憨态可掬的稚童、咧开嘴享受掏耳朵的老者，件件雕塑散发泥土之气。近年来，李长青全身心投入村史馆建设，史海钩沉，努力寻找和打捞一个村庄的记忆。他随身的布包上印着一副对联，"睹乔木而思故家；考文献而爱旧邦"，他说，这是自己的座右铭。

知晓来处，方知去处。

一片温暖而深情的土地，这样的村最宜种树，种文化的树、文人的树。我的树植根于此，灵魂便有了安放之所。

# 三

接下来的问题，种什么树呢？

我不愿选择四季常绿的。凛冬不凋，固然值得赞美，但一成不变的面孔，未免过于单调。有些树，春天繁花满眼，夏来绿叶扶疏，秋日硕果累累，冬季叶枯枝秃，四季的特征都写在脸上，其实很不错。比如桃李，比如梨树，还有核桃、柑橘、杧果等。但想来想去，我还是放弃了。我不喜欢应时太快，也不喜欢百花争宠，甚至不喜欢凡事都必须春华秋实，带着明显的目的，那太功利。我喜欢自由自在，随物赋形，淡定沉稳，有清冽的内在，有从浮华里萃取出的清明，有与世无争的孤傲。

我就种一棵落叶乔木。首选银杏。

当想到银杏的时候，我的眼前一亮，心里急速扫描。从新绿满眼，到葳蕤欣荣，再到黄蝶纷飞、白果坠落，直至金黄褪尽、枯枝直指天空。翌年春，再次发芽，长叶，开花，结果，任人采收……年复一年，无穷尽矣。在轮回中，让人看到万事万物无常恒久的显现，看见人与树、人与自然的相守相伴。更重要的是，可以透过银杏坚韧恒久的长寿基因，看见生命前世的模样。

是的，银杏是世界上最古老的树种之一。这是从石炭纪走过来的树，两三亿年的行走，穿越了造山运动，穿越了冰河时期，穿越了树族在地球上一半多的历程，穿越了那么多的风雨和苦难。可是，它没有像恐龙一样消失，这本身就是奇迹。我敬佩这种执着的行走，在它漫长的孤独之旅中，一定有对未来的笃信。

透过银杏的轨迹，回望生命的前世，真的不易。那是植物大繁盛的时代，地球气候温暖湿润，银杏树苗壮生长，绿意盎然，以蓬蓬勃勃的生命，陪伴这个同样蓬勃的星球。那时，连飞鸟、鱼和恐龙的影子都没有，更没有什么迹象表明，今后会出现一种叫人类的动物。可是，意外和明天不知道谁先来。接下来令人闻风丧胆的第四纪冰川期，让许多物种纷纷消失。银杏居然挺过来了，然后就这样一直生长着，长到了现在。

有人说，银杏是汉语里的菩提树。这也许隐含了某种缘分。说来，我最早认识银杏，还要感谢多年前的白岩寺之行。《大邑县志》提到，白岩寺前有一棵巨大的古银杏树蔸（专家鉴定其树蔸寿命在千年以上），相传主干在明代时毁于雷电，人皆以为死去，但后来树蔸周围竟然长出九株小树；又经四百多年，九株小树已高大葱茏，巍巍然独秀于林，宛若九子相牵，气象非凡。

"九子银杏"并非传说，而它的经历带给人的启发，给予遭遇意外苦难的人的抚慰和治愈，更是令人感叹。

2008 年秋，"5·12"汶川大地震撕裂的伤口还在流血，表姐收养了一个在地震中失去双亲的女孩。迎着深秋的风，我们一起前往探访九子银杏。远远望见，浴火重生的相携九子，那大片金黄耀眼的秋叶，仿若猎猎飘荡的经幡。走近细看，巨大的古树菀近乎石化，表皮皲裂着纵横的纹路，触目惊心。树桩断裂处敞开黑黑的树洞，像是在撕心裂肺地呼喊。谁也不知道，当年的那场雷劈有多可怕，那深埋心底的秘密和疼痛，只有古树自知。

我们七嘴八舌，一番唏嘘和感叹。最后，大家站在九子银杏旁边的台阶上拍合影。表姐又给女孩单独拍了几张。西瓜甜不甜？她大喊着，用力朝女孩挥手，鼓励她笑。女孩有些羞涩，嘴角微微上扬，艰涩挤出一个甜，一抹浅笑，随即被一个咔嚓定格。

后来的故事是暖色调的，读书、就业、恋爱、结婚……女孩一路顺利，她的笑容越来越多。我不知道，她是否还记得那棵九子银杏，但我相信，只有与命运和解，才能获得真正的安宁。关于命运，这棵九子银杏便是最好的诠释：生命的意义超越生与死，生命的力量令人敬畏。勇敢面对灾难，站起来努力生长，才是对过往的最好纪念。从九子银杏与女孩身上，我看到了某种生命的契合。人与树，也许冥冥中就有对应的关系和默契。

我这才明白，蒋勋之所以要求学生去寻找一棵树，其实是寻找彼此之间的联系与缘分，寻找生命的默契。因为他记住了它，见过风中的它、阳光下的它、雨里摇曳的它、梦中的它，从此就不再孤独和飘忽；今后无论遭遇什么，人都会从这棵树上获得鼓励和力量，并最终穿过黑暗地带，获得救赎。

种下一棵树，就是点亮一盏灯。白天与黑夜交替，人需要光亮，这一盏灯照亮着自己，也照亮着别人。我要种下一棵银杏，当然还有更深刻、更丰富的含义。银杏是我心仪的树。谁都知道，人的情感其实很复杂，"心仪"本身就包含相当复杂的内涵。万千树种中，我独独选择了银杏。因此，我种下这棵银杏，其实就是把我的"心"种在了哨楼村这块土地上。种下它，就种下了葱翠的希望，种下金色的祝福，种下一生一世的牵挂，种下对人生和生命的领悟，也种下了清香的绵绵思念。花开有时，结果有时，叶落有时，我想，此生的努力及对他人的爱与善意，也许就是泥土里未来的爱的种子。

种下一棵树，在哨楼村的"作家小树林"，与树为友，与文为友。从此，我便与哨楼村有了割不断的牵绊。我会经常去看望它，与它聊天，或者什么也不说，倚靠着它，享受与它在一起的时光，让内心回到纯粹的状态。有些滋养是无形的，就像树木给予人的，我相信，有树木静默的陪伴，茫茫人世将不再荒寒。树下时光，片刻即永恒，它会挂在记忆里，像一枚温暖的茧。

从哨楼村回来那夜，我做了一个奇妙的梦，梦见自己变成了一只鸟，栖息于一棵银杏树上。满地金黄的银杏叶，被风轻轻拂动，又停下，安然自得。东方既白，晨曦里，我唱响了自己的歌，并且飞翔起来。在万道霞光中，在和煦的晨风中，越飞越高。我分明听到，扑面而来的，是所有银杏叶的合唱，海洋一样……

**作者简介：**杨庆珍，女，四川大邑人。中国散文学会会员，四川省作家协会会员。出版文学专著四部。

# 一个乡村的承载

袁川媚

## 一

心中最美的风景，莫过于那个叫"老家"的乡村。因生于乡村，长于乡村，对乡村的情感，是一种流在血液里的亲切，是一种对茅屋和炊烟的熟悉。

2024年1月21日，还是旧历年的寒冬腊月，本不是个理想的出游时季。天又下起了细雨，寒气逼人，到处湿渍渍腻渣渣的，让人总有些许不爽。但我们的心情似乎没受任何影响，仍满怀期待、满腔热情地奔赴一个叫"哨楼村"的地方。

跟随行车导航，我们从岷东大道上广洪高速，再转至仁寿县道、乡道、村道，路忽而宽忽而窄。近两个小时的车程，在导航语音提示快到目的地时，我们的车进入了一个村落。几幢清新明丽的建筑，靠山峦而建，在小山村显得格外突兀，很有气势。建筑前有开阔的院坝。应该就是这里了。

仁寿县方家镇哨楼村，它和我熟悉的家乡村庄一样，浅丘环绕，满目皆景物，无处不春风。但也有它与众不同的地方。浅丘与低洼相连，绿色与赭红相接。村委会所在地相对比较平阔，但并不是成都平原那样的阔远，所谓平只是一小块，与一口方塘为伴。周围的山峦很低，却错落有致，更衬托了这里的平坦。没有"天苍苍，野茫茫，风吹草低见牛羊"的震撼奔放，也没有江南水墨写意画般的烟波浩渺。村里人家，一家一坝一庭院，白砖青瓦，平平淡淡，在树荫的若隐若现中打发日子。炊烟袅袅，鸡鸣狗吠，展现的是老百姓过日子的真实和亲切。不禁想到"岁月静好、国泰民安"这两个成语，忽然有点热泪盈眶。

我知道，哨楼村真正与众不同的，不是这种风和日丽的景象，而是它承载的历史人文意义，这才是这个村庄的灵魂。

不要走得太近，也不要说得太远，就说明清。是的，在明清时期，这里就诞生了一大堆文武进士、举人、贡生和文武秀才，不得不让人震撼，不得不让人对这方山水充满好奇。

历史是文化的传承，是人类文明的轨迹。

时隔数百年后的今天，一个叫闻道的作家，因与哨楼村辜老的深厚渊源，一来到这里，就把几十年的情感倾洒在了这里。发现是独特的，也是深刻的。先是自己写，还不够，又邀约他的文朋诗友一起写，能诗的诗，能散文的散文，还有报告文学。还嫌不够，要把文人们的魂和牵挂留住。于是，哨楼村"作家小树林"应运而生。是要人铭记历史，传承哨楼村这样优良的家风、民风。

哨楼村村史馆旁边，有一块二亩来地，据说是空了很久，村里曾多次研究怎么把这块地利用起来。研究来研究去，大家都觉得没有满意的结果。谈到"作家小树林"时，大家的看法竟高度一致。一百多名作家，就这样齐刷刷地来了，带着满满的好奇，来到哨楼村，种下自己心仪的树，表达自己的爱、自己的发现，以及对中国传统文化的热爱和信念。

我有幸结缘哨楼村，并且种下一棵树。我选择了玉兰。我承认在选的时候，受了苏东坡的影响。苏东坡不仅是眉山人，与我家乡小县青神有着非常深的缘分。王弗、王闰之，东坡的这两任夫人，都是我家乡青神的乡人，就在现在瑞峰镇的瑞草桥。说到她们，我感到非常自豪和骄傲。策划"作家小树林"的闻道先生，也是我们同乡，同样我们的骄傲。

玉兰纯洁、高贵、清雅，是友谊和谐的象征，它的盛开是一种温暖，它的飘落是一份浪漫。这也是我选种的理由。但冠以"作家"之名的小树林，我能阴差阳错地位列其中，在这群大家、名家面前，我确实感到有点汗颜。我只写点小文，抒发抒发小心情，记录记录小生活，感悟感悟小人生，表达一些小发现，仅此而已。有时我叩问自己，我来种树的意义是什么？我种的是树吗？是，好像也不是。说种的是一种文化，一个希望，一份诗和远方，可能更贴切吧。

# 二

在我记忆里，树木代表的是做饭用的柴火。柴火和粮食一样，都是我们每餐不可缺少的部分。

老家的山多，但不高，多数为山地。我家背后的小山是一片枞树林，是队上唯一的烧柴林。枞树学名叫冷杉，它的叶子尖尖的，像一根针，一年四季常青。叶子老了、黄了，便掉，掉了又长出青青的叶芽。

参天的枞树，春来发新枝，茂盛得郁郁葱葱。林下是各种草本植物，也茂盛得郁郁葱葱。春天，我们在枞树林里放牛，新鲜的野草牛儿吃得欢，不会到处乱窜，我们在树林里便玩得开心，也很放心。秋天到来时，枞树叶黄得快，风一吹便飘撒一地。那时，柴火稀缺，一日三餐，除了煮人吃的饭菜，还要煮猪吃的猪食。队上有规定，新绿的树枝是不能随便砍的，要等适当的时机队上统一砍下来，按人头分给大家。地上落下的叶子就没人管。就这点小叶子，时刻在掉，时刻都有人在捞，前人过去，后人过来，捞得尘土飞扬。

那时我们叫捞渣渣，用一种叫捞草耙的农具捞。捞草耙是每家每户必备的农具，用硬头黄竹编织而成。一根长约五十厘米的竹竿，一头敲破，编织成扇形梳子状，最前端有如鹰爪似的耙齿。除了用来晾晒稻谷、小麦、玉米等粮食之外，主要用来清理田间、庭院的杂物和山上的落叶。使用时，人双手持着竹竿，将鹰爪似的耙齿放在地上，从各个方向将散落的杂物和树叶拢在一起。

穷人的孩子早当家，十多岁的我们，家庭分工的主要任务便是烧锅做饭。枞树叶是烧火做饭前起火最好的烧柴。为了做饭的烧柴，有时候我们也学着大人，在山上捞渣渣时，见四周无人，便使出洪荒之力，抱着枞树枝摇呀摇，把树上将落待落的叶子摇下来，用草耙捞起，放入背篓中。那时相亲找对象，要看家当。去相亲的娘家人一般都要到男方房屋的四周看一圈，看看屋的前檐后檐下，堆没堆烧柴，因为烧柴是对一个家庭富裕程度的衡量。有钱人家会常去县城的柴火市场买烧柴回来储备。那些别人修房、做家具用后的边角余料，和那些有柴山的人家砍下来的杂木树枝等，十分耐燃。没钱买烧柴的人家，靠的是勤奋，除了把自家稻草、麦草、玉米秆收拾回家外，还要到一些高山上去"偷"。

那是一个全民"偷拿"的时代，与品德和法律意识无关，只是千百年"饥寒起盗心"的翻版。人穷到了人相食的时候，其实法律和道德的约束力会降至零点。在物资极度匮乏的时候，最好是先讲如何解决吃饭的问题。不得已而为之的偷偷摸摸，是被逼出来的。如今成了一种肌肉记忆。特别是家里的妇女，不等天亮，便打着手电筒，背上背篓，带上砍刀、镰刀，有的要走上十多里地，去"偷"烧柴。烧柴的准备，一般都是在夏秋两季。将树枝砍下来晒干，收割后的玉米秆，油菜秆等杂草落叶晒干，堆放在房屋的前檐后角。备好了，心里就踏实了，能好好过冬，好好过年。那时没有天然气、煤气。好像有一种叫蜂窝煤的炭火，这种炭火是城里人才能享受的。村里有户人家，主人在城里做官，家里就有煤炉，烧的就是蜂窝煤。我们只有羡慕的份儿。

时代的发展，过去和现在不可同日而语。如今，天然气已通到农村的每个家庭，大家再也不用为一日三餐怎么生火煮饭而发愁。好多当年视为珍宝的柴火，今天成了人们想尽办法才能处理的杂物。

# 三

十年树木，百年树人。说到种树，我也想到自己种树的经历。

土地承包到户，家里每人分得几分地。山地里只适合种玉米、小麦、红苕等，都是卖不上几个钱的作物。改革的春风吹来，哥看到了脱贫的希望。没和父母商量，他不知从哪里赊回来几大捆橘子树苗，要在家里的那几分地里种橘子树。

哥种树的做法起初使父母质疑，最后还是获得了支持。哥带着我们一家人忙活了几天，把一百多棵树苗种在了半山腰的地里。春夏之交，太阳算不上热辣，但新种的幼树仍经不起这份炙烤，太阳一晒便蔫了。我们隔天便要去浇水。从山下的水塘担水上半山腰，弯弯曲曲的坡，高一脚低一脚的坎，磕磕绊绊将一桶水担上山，也就剩大半桶了。

浇水也有讲究，浇多了不好，浇少了也不好。水多了溏，太阳一晒，土容易板结；浇少了，土没湿透，根部吸收不到水分，不容易成活。四月种树，五月扎根。听说只有等树苗扎根了，才能经得起日晒雨淋。那时种树，种的不仅是一份牵挂，也是一份希望。我们盼着它快快扎根，快快成长，快快结果。说到树，我想到前不久参加的文化讲座，老师关于树与根的讲解让我感触颇深。她用种树育树来比喻家庭教育。无论是国家还是小家，经营家庭就像管理一棵树一样。无论是施肥还是浇水，一定要从根部开始。

一个家也是一样，根在哪里？根是什么？

根是我们的祖先、父母，根是家风家德，是我们的言传身教。

如今很多年轻人，看不到父母的付出，只看到自己的孩子。好吃的给孩子，好穿的给孩子。民间有言：父母的钱是孩子的，父母的家是孩子的；孩子的钱不一定是父母的，孩子的家也不一定是父母的家。这句话说出了当下大多数家庭的现状。

就像一棵树，我们看不到根的重要性，只看到花果的美好。种过树的人都清楚，一棵树即便到了枝繁叶茂、硕果累累的时候，我们施肥灌水都应该在根。如果我们忽略了根，把肥料施在叶子上、果实上，根就会烂，树就会空，最后只会叶黄、果坏。因果循环。

乡村平凡地存在，说到它，我们没有激越，没有豪情。吃穿住行，是一个人活着的基本要素，粮食、蔬菜、水、油、鸡鸭鱼猪牛羊，哪一样不是来自乡村，哪一样离得开乡村？

随着物质生活和精神生活越来越好，我们像一群候鸟迁徙，离开了乡村，让乡村变得孤寂和凋零。但我们的根仍在那里。每年雷打不动的行程，就是回老家祭祖上坟。每年的大年三十和清明，我们都会仪式感满满地出发，一路从老家的这个山头，到那个山头，祭祀死去的亲人。

乡村真实地存在，与我们血肉相连。它不仅承载着我们生活的保障，承载着我们的生命，也承载着我们的希望。它是我们的来路和归途，是起点，又是终点。

**作者简介：**袁川媚，本名袁超群，女，四川青神人。中国散文学会会员，青神县作家协会主席，出版作品集《感动我们的怎能忘怀》。

# 待嫁的绿梅

王燕群

　　前些日子写了篇《花开小院》，文中提到母亲喜欢白色的花，林林总总。我喜欢的带喜气的花也有几种。唯独漏掉了那棵小小的、独自开在后院的绿梅。

　　母亲之前住在底楼，窗外是一个长方形的大通道。通道里栽了几棵桂花树，几棵栀子花，加上春天的橘花、冬天的蜡梅，算是四季花香了。母亲睡觉时总爱把纱窗打开，她说闻着花香好入梦。

　　母亲虽说是乡下人，却深受老来得女的外婆宠爱，哥嫂对她更是疼爱有加。年年花开时，她的二哥总要采摘野花编花环。母亲戴着花环度过了她最美的少女时光。十八岁嫁给我父亲后，她把曾经的花仙子少女情怀揣进了兜里。她生儿育女，洗衣做饭，捡拾柴火，开荒种菜，养鸡养鸭，与父亲一同上班讨生活。当我们兄妹几个长大成人后，满以为一大家子可以共享天伦之乐时，谁知母亲年轻时过于劳累落下的病根复发，终因心脏病房颤引发脑梗。奇怪得很，脑梗醒来后的母亲，连同她的花仙子少女情怀一并苏醒了。

　　她开始喜欢花，凡是白色带香味的花，无论大朵小朵，一律入心入肺。冬天，母亲洗漱完睡觉，我去关窗。母亲比画着手势，让我把纱窗留条缝。这是冬天，早已没了花香，风吹进来冷。我说。母亲不听，使劲摇晃着手，指着窗外说，你忘了院子里的蜡梅。我恍然大悟，又赶快补充，还早呢，这才深秋。母亲倔强地说，梅在，香的根就在。我一怔，继而陷入沉思。

　　第二天下午推着母亲散步，路过桥头花铺垃圾桶，浓浓的垃圾味扑鼻而来，我推着轮椅快步走过去。轮椅掠起的冷风中掺入淡淡清香。环顾四周，是什么花香这样特别？望过去，花园边一株素心蜡梅开得花枝招展。不是那种浓郁的冷香，还要淡点、雅致一点，是母亲喜欢的那种香。再走几步，母亲突然从毯子下伸出手来指着前面草丛外一株小小的绿色盆栽。是别人丢弃的还是不小心掉的？盆栽上有几枝纤细的枝条，枝条上零星地开了几朵绿白色小花。俯下身一闻，没有什么花香，起身随手一拂，先前那香便化开来。母亲混浊的眼里溢出光来，仰头呆呆地望着我，示意我捡回去。

我按捺住内心的激动，连盆带花抱回家，把她放在母亲的窗台上，让母亲冬天的梦也有了特别的香味。时年母亲已经很少下床走动，有天她借着拐杖使劲走到窗边，用手比画半天才在喉咙里挤出一句，小女，这花是小可怜。

我始终弄不懂，母亲为什么觉得那花是小可怜呢？因为是捡的？两年后母亲随金银花香去了天国，我把对母亲的爱全部倾注在她喜欢的花上，对小可怜也格外关照。

母亲把那株花从塑料盆移栽到了古色古香的陶瓷花盆。我为她施肥、浇水，为她修枝剪叶。一年一年盼着桩头长大，枝干长粗，花蕾茂盛。我盼望她给我惊喜，让她在母亲曾经的房子外香。几年过去了，她开始慢慢长大。

一直不知道她的花名。直到有一年去刘大爷的锄园，看到一株同样的花，一问才知是绿梅。

百度之后知道绿梅又叫绿萼梅，是梅中珍品。古往今来，多少文人墨客为她痴狂，为她写下无数诗词。而我独喜宋时姜夔写的《绿萼梅》：黄云随袂知何处，招得冰魂付北枝。金谷楼高愁欲坠，断肠谁把玉龙吹。此诗引出一段晋朝时期石崇与爱妾绿珠的凄美故事。传说绿梅是绿珠的魂附在白梅身上，白梅才变成绿色的。

对梅我是情有独钟，特别喜欢蜡梅，那种淡淡的冷香是寒冬送给人世间最美的礼物。二十多年前，仕清园饭店雅间均以花名为厅名，其中一间是梅花厅。大玻璃窗子上有梅花浮雕，墙上挂着朋友的字。

在一个作品分享会上，我记住了哨楼村，知道哨楼村有"作家小树林"的计划。

那些日子，哨楼村在我梦里梦外萦绕，种什么树也一直在心里纠结。想象中的哨楼村有山，山上有城堡，城堡上面有猫眼，有消息树。那些电影电视里面看到的剧情，我把它生搬硬套在哨楼村的头上。

一个寒冬的上午，我乘车来到哨楼村村委会门口，风雨中环顾四周，这里的山清水秀与想象中南辕北辙。走进哨楼村村史馆，随着一个叫长青的哨楼村人的讲解，穿梭在哨楼村的前世今生。那些惟妙惟肖的泥塑雕像，那些古老的农具，那些照片里的老人，在眼前生动展现。

这是一片怎样的土地？千百年来，几大家族在此休养生息，历经沧桑，抗匪患，治山治水，修路筑桥。

午饭后带着惊叹，我们一行人在年轻的村支书带领下，在雨中走进辜家宅院，走过月亮坝，走过凉水井，走过哨楼村的沟沟坎坎。的确，我是被哨楼村的人感动了，他们脚踩一片贫瘠的土地，用勤奋学习改变命运。他们背着祖训闯世界，成功后再回来反哺家乡。

种下一棵树。要怎样的树才能配得上这一方圣土？院子里有银杏、桂花、玉兰、金弹子，等等。她们都好，但还是有点小小的不满意。

突然想到那棵渐渐粗壮的绿梅。她寓意坚强与高雅、希望的来临、美丽与吉祥、生命力旺盛。这与哨楼村的灵魂极其契合。

2024年3月16日早上，天空下起了雨。是我舍不得绿梅，还是绿梅舍不得我？朝夕相处了十一年，如今我像嫁女一样把她嫁到了仁寿县方家哨楼村。心中有点难过。我找来一辆豪车，请来一棵红豆杉作为陪嫁，风风光光把她嫁出去。

哨楼村"作家小树林"热闹得很。在小树林一个向阳的山坡上，我培土种下绿梅和红豆杉。我和其他作家一样与她们合影留念。临别时，绿梅的枝条勾着我的裤脚。我再次俯下身来，梅梅放心留在这里吧，这里的山水是你最好的归宿，借着这一方吉祥，你使劲长。

种下一棵树，我和哨楼村就成了亲戚。哪天下雪了，我也学学那些文人雅士，踏雪寻梅，循着你的香来到你身边。我想天堂里的母亲也一定能嗅着花香看到你，那时她的小可怜就不再是小可怜了。

**作者简介：**王燕群，女，四川丹棱人。作家、诗人，中国散文学会会员，在各级报纸杂志发表作品若干。

# 心往哨楼

钟守芳

　　最近一段时间，在朋友圈、作家网和"方志四川"等公众平台上，我看到很多作家文友为一个名叫哨楼村的村庄撰写的诗文。比如，闻道老师的《一个村庄的生成》、晓群老师的《哨楼村的眼睛》、庆珍老师的《种下一棵树》、易杉老师的《烟雨志（组诗）》，等等，让我心中既羡慕又向往。

　　羡慕向往的是树，是人，还有那个陌生而神秘的哨楼村。一个小小的村庄，为什么吸引了那么多双高贵的眼睛？

　　怎么形容树木与人类的亲密都不为过。亿万年来，树木就像地球的肺，为我们释放氧气，吸收二氧化碳，净化空气，储存水分，调节气候，防风固沙，保持水土。有些树的分泌物，还可以杀死有害细菌。总之，树木就像保护神，护佑着人类繁衍生息。树木还远远比人类长寿，比如常见的柳树可活一百五十年、梨树可活三百年、榆树可活五百年……广汉三星堆镇的仁圣宫，有两棵银杏树已经有一千八百年了，依然郁郁葱葱。到了庄子那里，树的长寿显然已超越了时间的意义。

　　《庄子·逍遥游》中记载："上古有大椿者，以八千岁为春，八千岁为秋。而彭祖乃今以久特闻，众人匹之，不亦悲乎？"说的是上古时期有一棵叫大椿的树，把八千年当作一个春秋，现在仍以特别长寿而闻名，众人还都希望与它齐寿。谁真正能做到？可能还是要回到树？联系到庄子的"逍遥"哲学，他"天地与我并生，万物与我为一"的主观精神境界，即安时处顺、逍遥自得乃为"道"的最后归宿；唯有泯除一切差异，从"有待"进入"无待"，才是得"道"。

　　我对树一直就有一种天生的亲近感。当然不是因为它的长寿，也不是因为庄子，就因为自己。我从小生活在北方，院子里有许多树，如杨树、榆树、柳树等，自我懵懂记事开始，它们就一直在我身边。孩子感情单纯，久而久之，凡身边的事物，都会对它产生感情，像自己的父亲母亲、兄弟姐妹一样，甚至树的四季变换，都会牵动自己的情绪。一到春天，看见各色的树新叶蓬勃，我会欢喜雀跃，心情舒畅。一到秋天，树叶陆陆续续开始凋落。每当看到树木凋零，我的心中就隐隐有些感伤，就像看见父亲母亲头上日渐增多的白发。冬天多漫长，我的忧伤就有多漫长。我的心会随着树，在一片枯萎荒寂、白雪覆盖的苍凉中度过。其实我知道，落叶是树在物竞天择中的一种自然选择。为了抗衡北方的干旱和寒冷，它必须狠心舍弃叶子和部分枝条，保存实力，等待来年春暖花开的时候，才能更好地发芽、抽条，再次焕发勃勃生机。

　　然而，有一种树四季常青，那就是山茶树。

　　山茶树没有华丽的外表，没有婀娜的身姿，却拥有顽强的生命力。它的生命力，通过四季蓬勃茂密的绿表现出来。即便在寒冷的冬季，万物凋零，山茶树也不会理会，依然挺立，绿叶繁茂，为大地带来一丝生机，也为我带来一些慰藉。

　　我家房后的小山坡上，还有上学的路上，到处都是山茶树。它的叶子油亮且有蜡质层，紧紧地附着在枝干上，枝丫也不张扬，始终围绕着主干向上生长，这也是它能抵御风寒雨雪而屹立不倒，愈发坚韧有力的原因。它枝干挺拔，四季常青，我们也叫它常青树。当雪下了一夜，清晨一出家门，映入眼帘的，不是"一树梨花压海棠"，而是"千树万树梨花开"。油绿的树枝上，覆盖着厚厚的白雪，宛如童话世界，让寂寥的冬季变得生动起来。呼朋引伴去雪地里疯，堆雪人、打雪仗，把树枝上干净的雪，当作绵白糖，吃进嘴里，清清凉凉，惬意地狂欢乱跳。因此，自童年起，我对山茶树就有一种特殊的情感，上美术课，老师要求自创画树，我总是情不自禁地选择山茶树。它疏细横斜的枝、深绿而厚重的叶、红艳艳的花，常常让我感受到一种绿而不凋、丽而不俗的高贵。女儿小时候，在本子上信手涂鸦，我拿起她的水彩笔，不由自主地就教她画山茶树。我想山茶树应该就是我的生命树，虽然离开东北已经三十多年了，来到四川也认识了不少品种的树，但是对山茶树情有独钟，从来都不曾改变。

　　我一直想种一棵山茶树，可是种在哪里呢？住在钢筋水泥的城市里，没有一寸土地属于我，小区里的绿化都是物业规划好的。一次，我把自家阳台上因为晒不到太阳而蔫答答的盆栽，端到楼下接点地气、沐浴点阳光雨露，可是第二天一早，就被尽责的物管当垃圾收走了。我想，如果能在哨楼村那片神秘的小树林里，种下自己心仪的山茶树，该是多么有意义的事。

　　虽然我还从未到过哨楼村，但心早已去了，并时时在心里构建自己在哨楼村种树的情景。

　　羡慕向往，是因为哨楼村人杰地灵、人才辈出。

　　是的，哨楼村有许多人，是值得敬仰、值得向往的。近朱者赤，我相信走近杰出的人，会让自己增加杰出的元素，哪怕一点点，也是值得的。哨楼村人的杰出，与这方山水有关。我还相信，那些在汉代就在哨楼村活动的人，一定是在走遍天涯海角后才做出的选择。对他们的选择，哨楼村境内崖墓里埋葬的先祖，已经留下回答——这里要不是特别的"地灵"，能成为最早的"人杰"生生死死、亘古不变的选择？

　　时光不朽，地灵与人杰循环生长，就吸引了更多的人来。这符合"人往高处走"的人性规律。于是，明代湖北麻城的李氏、周氏、王氏、辜氏家族，随着"湖广填四川"的大潮，来到了哨楼村。这注定是一次地灵与人杰的更大循环。明代天启二年（1622年）是一个转折点，自从这年村人李春旺考中进士，村里似乎就敲开了科举的大门，先后从这里走出去的文进士、武进士、举人、贡生秀才等，多达三百五十多人。一个村啊，而不是一个乡、一个县。要知道，经过那场大屠城，整个四川原来的几百万人口，只剩下九万人！

　　人杰不是随便叫出来的，是由杰出本身证明的。你看武进士辜有闻，一身正气、清贫为官，甚至去世时家人也无钱办丧。村里非遗项目"钦斋泥塑"传人李长青自幼家学笃厚，跟随祖父、父辈习得泥塑这一民间技艺。又求学于四川美院，后专攻泥塑，成为川派泥塑代表人物、非遗传承人。他的雕塑家、民间艺术家称号都已是国字号，获得一连串国家级大奖以及中央电视台等各大媒体的报道。他还是哨楼村村史馆文史挖掘者、设计者，撰写的《哨楼春秋记》，文心凛然、诗意盎然。

　　真是巧了，我心仪的山茶树——"常青树"，与哨楼村的传奇人物李长青，竟是如此契合，神奇又富有意义。

向往哨楼村，还因为闻道老师《一个村庄的生成》。据说，这是哨楼村"作家小树林"的缘起。先是闻道老师被邀请到了哨楼村，写了这篇文；他发现这里值得写的东西太多太多，仅仅一个人写一篇文章远远不够，便邀约一众文朋诗友参与。而我，正是读了这篇文章之后，童年种树的情结一下被勾起，突然萌生了要去哨楼村寻根种树的念头。

闻道老师的文章，从人类文明进步的轨迹中，去寻找精神的根系。他在文中说，"村落是人类文明的起点""再根深蒂固的都市人，元初的根都在村落里"。我被触动了。

是啊，我的根又在哪里呢？我在东北出生，长到十七岁，离开东北回到四川三十余年，在四川生活的时间远比在东北长，故乡在记忆中越来越模糊。回去办理社保手续的姐姐回来说，家乡发生了很大变化，老屋已经被拆迁建成了商场，菜园、果园、柴房都盖成了楼房。我明白，故乡是回不去了。《一个村庄的生成》的脉络，何止连接着哨楼村，它连接着我们每一个人。当看到哨楼村凉水井的水顺着一条山沟流，流着流着就流成了一条溪，村民把它叫作"黑龙江"，我再一次被触动。又是巧合，我就是在黑龙江出生长大的啊。虽然，我生活的那个农场离江水很远，自己从小到大也没有去过黑龙江边，但"黑龙江"作为我的出生地、成长地，早已铭刻在我心里。没想到，竟然在哨楼村遇见了"黑龙江"；长期的遗憾，却在此刻得以弥补。无疑，这就是自己的精神还乡。

有这么多的巧合，冥冥之中，我已与哨楼村结缘。

去哨楼村是必须的。在没去之前，我的心早已飞了过去，迫不及待地动用可以获取的一切信息资源和脑子里积累的全部知识经验，去精心构建自己心目中的哨楼村的形象。

哨楼村，像强大的磁铁一样吸引着我的眼球。

哨楼。百度一搜，心里咯噔一下，显示的意思不仅是"岗楼"，还与战争和警戒有关。我没有去过哨楼村，不知道这个村庄的历史，与"哨楼""岗楼"的本意隔得多近，但隐隐约约预感到，这里肯定有不同凡响的故事。那么，这些故事里究竟有些什么样的人和事还有情节呢？从新闻报道与老师们的诗文中，我读到了点点滴滴。比如，哨楼村是一座历史传承与现代气息完美融合的村庄；进村的路口叫月亮坝，不仅宽广包容，而且富有诗意，还寄托了村里的人对美好生活的向往；村里有近百口井，最早的两口井叫古井田和凉水井，见证了哨楼村的历史，井的名字念着便让人口舌生津、甘甜清爽。当然，还有哨楼村的河流山丘、这方水土养育出的英才、农田建设项目，乡村振兴带来的产业、民生、环境向好的新变化新生活……

　　没有去过哨楼村，更增加了我对它的好奇与向往。

　　我心目中的哨楼，当然不是战争年代的警戒防守信号楼，而是相隔一百三十余公里，一座文学的信号塔，它向我发出文学的感召和指引，让我的文学梦有了泊岸。

　　说起来，我与眉山结缘，与哨楼结缘，都因为文学。四年前的端午节，在金堂县的一次文学活动中，我结识了在场主义创始人闻道老师。那天，我忐忑地拿着自己薄薄的诗文集请他指点。他不但热情地接过我的诗文，还送给我他出版不久的《重装突围》《暂住中国》《庄园里的距离》。他用"在场"的写作手法，将难以理解的经济理论、改革实践融入生动的故事中，深入浅出地把一系列抽象的概念转换成鲜活的大众话语，让我对"在场写作"充满了向往。

　　按照哲学的观念，宇宙万物之间存在着奇妙的联系，相互作用，产生了物理学中所说的"场"；而按照量子力学观点，叫量子纠缠，是时空拓扑性质的表现。就像我与眉山以及哨楼村的文学情缘，通过"在场"得以源远流长；于我个人，则表现为一种向往，哨楼村，则让我的向往在场。

　　与眉山结缘，与在场主义结缘，与哨楼村结缘，伴着我的向往，就这样一浪推着一浪向前，进而进入一种量子般的不可分离态，即纠缠。在内心深处，在我的文学梦"系统"中，以一种"不可写成子系统态直积形式的纯态"存在。我喜欢这种文学的爱的纠缠，它不但让我受益终身，更是我文学创作不断前进的源泉和方向。这源泉，像从古井田和凉水井汩汩涌出的水，流经方曲河，汇入岷江，向着广汉鸭子河奔涌而来。我的文学创作的未来，已从哨楼村再出发。

　　**作者简介**：钟守芳，女，四川广汉人。中国诗歌学会会员，四川省作家协会会员。发表诗歌、散文若干，作品入选《四川诗歌年鉴》《川黔散文选》等。出版诗文集《守住秘密的出口》。

# 哨楼村里一棵树

刘爱华

对人生的希望就是一颗种子，我们无时无刻不在盼望着它生根、发芽，茁壮成长，长成参天大树。当我来到哨楼村，并亲自种下一棵树的时候，我的内心充满无限的感慨——真的没想到，此生会在距我家乡一百多公里的某一个角落，与一棵树、一个村结缘——种下一棵树，许下一个愿，种下一个美好的希望。

一

那天，我们来到哨楼村，蒙蒙细雨，增加了许多神秘感。

哨楼村是怎样一个村？为何要以"哨楼"为名？哨楼村村史馆收藏的千年沧桑，不仅为我们揭开了这个谜底，还把我们带入了那段伤痛的历史。

巴蜀历史上有过八次较大移民潮，天府腹地的哨楼村，肯定也"潮"在其中。哨楼村的得名，就与"湖广填四川"有关，与战乱和匪患有关。很难想象，战乱与匪患之下的哨楼村是怎样走过来的。历经明末清初的战乱，天府沦为一片荒野，巴蜀人口锐减。没人哪来什么统治？于是清政府出台优待条款，湖广（现湖南、湖北）、两广（现广东、广西）、福建的大量百姓，一路风霜，一路艰辛，辗转迁徙到四川。辜、李、张、黄几大姓，随着人流，定居于此。大量的移民带来了先进的移民文化，带来了先进的农耕技术，也带来了良好的营商风气，为已经孱弱的农耕文明注入了新的活力。哨楼村因为御外敌需要，在狮子坳筑哨楼，因而得名。几百年前，这里盐场林立，商贾云集；而今，青山绿水，百姓乐业。

随着移民移来的，还有传统的儒家文化。"廉泉让水地；文里武乡风"，哨楼村的这副对联，就是村风民风的一个写照。自建村两千余年来，全村上下便形成了文武并重、忠孝双倡的风气，为村史留下了可圈可点、可歌可泣的"芳名"。特别是明清两代六百年：辜氏一族，十代联科；李姓一门，十个贡举；张氏曲江贵胄，军功世家；辜将军、李副使、蒲主考、王训导，天子门生，里间状元……全村崇文重教，涌现秀才三百名、贡举五十余人。

哨楼村的神秘，沉淀在悠悠的岁月里。

# 二

历史的积淀，为哨楼村铸就了一张张名片，宗族文化便是其一。

我们撑着雨伞，在村支书的带领下参观了"凉水井"。井在山坳里，明朝以前就有了，传说是旧时药农所造，因水质甘甜清凉而得名，终年不涸。不涸的凉水井水似大地的乳汁，哺育着她的儿女。

在哨楼村辜正贤的小四合院，门楣上由北京大学教授、北京东方神州书画师辜正坤先生所书的"祖德流芳"镏金匾额，让我们顿生敬意。不是因为建于清康熙年间、距今三百余年的堂屋见证了太多的历史，而是因为从辜氏家族的家规中，我窥探到了一种中华民族历久弥坚的精神。能够跻身世族，当然是族中人杰，而要做到"富贵而不骄"，并以"正心尚正，谨言慎行，知己安分，明伦执礼"为家规家训，不能不说是一种修为。这是真正的士大夫。就像西方社会的绅士，没有三代百载是修不来的。可辜氏族人修来了，代代相传，传出了清朝同治年间的武进士辜有闻。受辜氏家规家训熏陶的辜有闻，虽为进士，为官八年，却并非"三年清知府，十万雪花银"的贪官。他为官异常清苦，地方民众争送万民伞，以表爱戴。后来，他在任上去世，家人无钱办丧，同乡京官崇敬他的气节，筹资将他殡殓，其子扶灵柩将他回到原籍哨楼村安葬。至今，辜氏后人还非常团结，遇到大事总是集聚堂前商量，遇到困难总会同心协力帮助，长辈非常关心后代的生活和发展。良好的家风，为辜氏家族的绵延、发展奠定了坚实的基础。

优良的家训、家规、家教、家风等宗族文化，滋润出了大树一样的人。

站在距辜居不远的方曲河边，举目一望，最惹人注目的是哨楼村那座山。如果有心细看，可以看到整座山就像一头狮子，究其原因，就是山上郁郁葱葱、高低起伏的树的分布。就是哨楼所在的狮子坳，嘴、鼻子、眼睛、耳朵、脊背、毛，构成了一头匍匐前行的雄狮，它的每一部分，似乎都是树精心构图而成。哨楼村的树啊，真像一个高明的画家，挥毫泼墨，随意点染，便自自然然地形成了一座巨大的、不加修饰却威武霸气的狮子之山。原来狮子之形，乃树木之功！

我相信，山树成狮，是冲着哨楼村和哨楼村的人而来的。

# 三

非常荣幸的是，我也可以在哨楼村的狮子坳旁种下一棵树。

也许是因为母亲五行属木，我似乎从一出生，就对树有一种特别的情愫，你说是亲近也好，依恋也罢，总之是喜欢。再想起曾经在树上居住的祖先，想起中国古代的有巢氏。我觉得那位燧人氏，像是我们人类共同的母亲，太伟大了，不仅发明了钻木取火，吓跑了野兽，还把人们从树上引导下来，择水而栖，修房造屋，开始形成部落和村庄。填饱肚子后，有了"美"的意识，想到栽花种草，植树美居。这似乎印证了以色列学者尤瓦尔·赫拉利在他所著的《人类简史》一书中提出的人类历史上的三大重要革命：大约发生于七万年前的"认知革命"，发生于一万两千年前的"农业革命"，以及距今不过五百年的"科学革命"。

三大重要革命的节点，贯穿始终的，都有树。

翻开理查德·利基的《人类的起源》，我们惊奇地发现，无论物质的生产，还是人的生产，抑或是大裂谷的形成导致灵长类被分成了丛林派和热带草原派，都离不开树。比如，气候环境的变化导致丛林的消失，东部灵长类命运多舛。

在人类文明的进程中,树始终扮演着重要的角色。神话传说的原型是生活,从《圣经》里的挪亚方舟,到古希腊神话里的特洛伊木马,从郑和下西洋的木头"宝船",到圣诞老人的"雪橇"——虽然树木扎根于一小方土地,但贡献出的木制交通工具都是由树制成,它们承载着人类走出蛮荒,驶向远方。在纸被东汉人蔡伦发明以前, "连篇累牍"一词,说的就是古人用竹木制作的竹简、木牍,串联堆积在一起。造纸术的发明带来了飞跃性的革命,但纸浆大部分仍来自树木。

科学革命以后,人类生活节奏突飞猛进,但许多发明都与树有关。比如现代自行车的雏形,便是19世纪早期卡尔·德莱斯发明的木制脚蹬两轮车。现代飞行器的原型,可以追溯到古典神话中的夸父逐日;达·芬奇曾在手稿里设计过以木头为骨架、覆盖结实布料为双翼的飞行器。四百年后的莱特兄弟实现了他的设想,用木头制造出世界上第一架飞机。当工业革命的机器轰隆作响、蒸汽机里的煤炭开始燃烧发电时,人们或许忘了,那些珍贵的煤炭也来自树木。

现在,我也可以在哨楼村种下一棵属于自己的树了。想到树与人类和村庄的深厚渊源,我内心倏地升起一种由衷的幸福——我与树、与村庄,终于融合在了一起。

# 四

现在,我以一棵树与一个村庄的姿态,重新审视树与人的关系。

毋庸置疑,工业文明和城市文明的发展,拉大了人与自然、人与树的距离。但是,我们与树始终共享同一个家园,这是永远也改变不了的现实。因此,新中国成立以来,我国的林业工程不断探索高质量科学造林,如更注重物种的多样性,从植树造林转向生态修复,通过天然林保护工程退耕还林,生态移民留下林地休养生息……孜孜不倦的努力已经初见成效。

"从君种杨柳,夹水意如何。准拟三年后,青丝拂绿波。"唐代诗人白居易的一首《种柳三咏》,道出了中国自古以来插柳植树的传统。俗语曰: "植树造林，莫过清明。"说的是清明时节春雨纷纷，正是苗木萌发抽芽的好时机，实际上是巧用传统节日，推动爱树种树；加上为了纪念农业祖师神农氏教民稼穑，民间"戴柳插柳"的氛围助推——在我国，清明植树的习俗很早就已形成。当年，邓小平亲自推动将我国法定植树节设定在纪念孙中山逝世的 3 月 12 日，这背后有多重考虑的。

而这次到哨楼村种树，我为什么那么乐意？还得说一段我的亲身经历。

小时候，在那个砍树烧炭的年代，我的父亲在峨眉师范学校读书，他响应当时的号召，被派去伏虎寺砍伐一棵树。他来到伏虎寺，来到这棵他要砍的树下。这不是一棵普通的树，这是一棵有四百多年历史的古木——桢楠树。他抡起随身带的斧头就砍了两下，每砍一下，就好像从他的心上砍下一块肉。住在树旁边的一个老人望着正被人挥力砍伐的树，一个劲地抹泪；见老人抹泪，跟在身边的一个小姑娘也跟着抹。其实小姑娘并不知道这场砍伐的背景，但大家都知道，谁也阻挡不了这场大砍伐。父亲本来就舍不得砍这棵树，见这一老一小抹泪，砍了两下，索性就把斧头扔到了一边。父亲因此挨了批斗，被赶回乡下务农，从此抬不起头。为了生计，他只好给人打灶台，到铁路上当装卸工。我小时候连每期两元的学费都交不起！为了不让我失学，父亲不知给人家打了多少灶台，积攒了多久，拖到年底才帮我交清了学费。后来，父亲平了反，他才当上了老师。

父亲退休后，同学聚会常常在伏虎寺举行，父亲常常去伏虎寺看他奉献青春保护下来的那棵桢楠树。他总是喜欢在那棵树下坐一坐，在伏虎桥上走一走。

后来，我也成了一名教师，在峨眉的一所学校教书。春天来了，学校开始建设花园。我想学父亲的样子，珍爱每一棵树，在校长办公室旁的那个花园里，种下了一棵我喜欢的七星花树，平日里像呵护自己的学生一样呵护它。我特别喜欢它好大好大的花朵，喜欢它魔幻般地变换颜色。我总认为，它的每一朵花都是为我而开。

记得有一年秋天，学校厨房旁的七星花又开了。这时的七星花树干已经有碗口粗，树根旁又发了一枝，枝已经变成干，也同样有碗口粗了，树干长有十多米高了，枝繁叶茂，花有几百朵，开了一树，像一片云彩，非常耀眼夺目。

一天午餐的时候，我端着饭在树下一边吃一边欣赏，校长走过来对我说："这棵树是你种的噢？"我说："没有啊，我种的树在校长办公室旁的那个花园里。"校长说："是啊，我叫人把它移栽到这食堂旁边了。想不到它长得这样好。"

可令人遗憾万分的是，随着学校的发展，老校长后来调走了，新校长来了，有一天我去学校，发现我种的那棵树被砍了。顿时，我感到非常伤感和失落。

# 五

我因树受伤的心，这次终于可以在哨楼村得到慰藉了。

是的，在哨楼村这片丰润的土地上，我终于如愿以偿，亲自种下了一棵树。我想，这棵树一定是一棵懂哨楼村的树，也是一棵最懂我的树！

我爱树，因为树不仅仅是树，它还有着其他的意义。

大树枝繁叶茂，象征着繁荣鼎盛；而树根粗壮扎根于土壤，象征着踏实稳重。整棵树常被视为正直、顶天立地、坚强无畏的象征，它代表着默默无闻、坚韧不拔的精神品质。树还有着团结和可靠的寓意，它象征着传统文化和哲学，是东方文化的真实体现和象征，更是人类向大自然致敬，是生命的互爱互重。

在哨楼村，我们这次来参观采风的一百名作家，纷纷种下了自己喜欢的树种：苏铁、香樟树、银杏树、桂花树、石榴树、红梅树、茶花树、桢楠树、铁脚海棠、紫薇、红枫、金弹子、桃红、黄果兰、柳树、枫树、梅子树、雪松、天竺桂……看着我们种下的一棵棵树，我的眼前忽然出现了四季的风景——

"碧玉妆成一树高，万条垂下绿丝绦"，那是我们种下的生机勃勃的春天；

"绿荫不减来时路，添得黄鹂四五声"，那是我们种下的浓荫密布的夏天；

"停车坐爱枫林晚，霜叶红于二月花"，那是我们种下的硕果累累的秋天；

"北风吹雪四更初，嘉瑞天教及岁除"，那是我们种下的白雪皑皑的冬天。

在传统的文化中，"树"已经与我们人类的精神融为一体了。难怪，陈毅元帅有"大雪压青松，青松挺且直"的名句，茅盾会有《白杨礼赞》，陶铸会讴歌《松树的风格》……

我在哨楼村种下的是玉兰。看着自己亲手种下的玉兰树，我仿佛看到春天来临，朵朵玉兰花像一只只可爱的小鸟，有的好像振翅欲飞，有的仿佛在整理羽毛，有的恰似低头窃窃私语。种树的同时，我也为哨楼村种下了高贵与优雅、美丽与纯洁、坚强与持久、爱与友情的永恒的高尚品质和可贵精神。

在哨楼村，我看到了两千余年前的祖辈们种下的"树"，枝繁叶茂，庇佑村民；也看到了当今村干部们为哨楼村种下的"树"，根植大地，造福百姓。

哨楼村里的一棵树、两棵树……已繁衍为一片有丰富内涵的文化林。

回到家里的那天晚上，我做了一个奇特的梦。在梦中，我变成了哨楼村里的一棵迎客松，高高矗立在狮子坳的脊背上。我沐着风雨，迎着阳光，呼吸着这里纯净的空气，尽情地伸开双臂，迎接八方来客。同时，我也见证着哨楼村吸引八方人才，凭借国家实施乡村振兴战略之契机，日新月异，光照未来……

**作者简介**：刘爱华，女，四川峨眉山人。曾获四川散文优秀奖、教育部颁发的"为我国乡村教育发展做出积极贡献"荣誉奖。

# 雨行哨楼村

余　娟

　　初到哨楼村，竟遇滂沱大雨。雨水沿着伞檐和视线急速滑落，一座村，呈现在眼前的是一幅"山色空蒙雨亦奇"的水墨画卷。

　　我想象中的哨楼村，一定与"哨"和"楼"有关。但映入眼帘的哨楼的意象，除了被雨水浸透的村庄、古井、农田、河渠，唯有一座名叫"哨楼"却不见"哨楼"的山坳让人浮想联翩：莫非真有村人曾在此练兵？匪患猖獗时，村人又是怎样把敌情报告给打锣山的？猛然几声清脆悠长的鸟鸣紧贴伞顶惊飞而去，像雨中穿行的哨声，甩出一串复古的音阶。

　　撑伞至凉水井，低头，天空一滴清冽的雨水坠入井中。此时节气虽已至大寒，但雨滴激起的水花却突破寒意，开出井面。那些有意无意绽开的朵儿，让人不得不去追溯、遐想：它茂盛的根部，是否已抵达春天？世世代代在此繁衍生息的各氏数百户人家，哪一朵正滋养着他们的生命之胃？哪一朵又曾是村人疼痛与欢喜、成败与荣辱的见证？

　　立于方曲河边，雨水和河水把小青瓦房、农家别院的轮廓模糊开来。这方总长约九公里，跨经哨楼村四、五、九、十七组，被村人唤作母亲河的水域，以日夜流淌的乳汁，让稻谷、玉米和大豆以及花椒林，迎来一个又一个丰收的季节。

　　凝视雨中的方曲河，脑海里不断翻腾着童年去小伙伴家玩耍的情景。她家门前有一条清澈见底的小河沟，群山环抱、竹树葱茏。那天恰好雨后初晴，我和小伙伴在河沟里赤脚戏水。我们时而用脚丫在水里踩出朵朵浪花，时而让顽皮的小鱼儿从指缝间游来，又从指缝间溜开，时而弯腰抠开水底的小石块寻找螃蟹……前不久，她又在电话里与我聊起了那条小河沟，那声音里分明透着难以抗拒的诱惑：政府出资在那条小河上架起了一座桥，她时常带孙子到桥上俯瞰：看流水潺潺、鱼翔浅底，看农夫耕作、农妇桥下浣衣，看四周青山和田园如何被流水滋润……当然偶尔也会带着孙子下到河沟里，体验一把童年抠螃蟹的乐趣。

因而我想，尽管方曲河上没有桥，因水深也看不到石块下躲藏的螃蟹，但河里却水草丰美，鱼虾成群。河水正如母亲，赋予哨楼村博大隽永的恩情。河边，那不断撩拨味蕾的青花椒鱼，又勾起多少游子的乡愁记忆？

忽然想起多年前曾到过方家镇，为这里的花椒林下养殖做专访。在镇政府食堂午餐时，陪同的干部手指一道色香味浓郁、面上铺满了青花椒的菜说："这道菜名叫'青花椒鱼'，是我们这里的特色菜。大家尝尝，保证你们吃了一回还想吃第二回。"于是我们毫不客气地挥动起筷子，三下五除二，一大盘青花椒鱼很快便被一扫而光。饭后大家还津津乐道：麻呀！麻得过瘾！而我却怀疑，我为这期专题节目写的结尾小诗，会不会也透着丝丝麻味？

雨水淅沥天地间，万物承露展新颜。透过这场走向春天的雨，我们似乎看见哨楼村的河水跑得更快更欢：跑过扶马头，在李天厚旧居一棵三百余年的古树下昂首而过；跑过敬恭里，唱响敬恭桥旁石壁上"廉泉让水地，文里武乡风"之韵味；跑过月亮坝，与月光相约，在一片片金灿灿的稻田边扑腾嬉戏；跑过两千七百亩高标准农田，把实现"机械化农业"的梦想带向远方……

不知不觉行至滥沟湖畔，一座现存三百年的川西民居、古建筑辜家宅院让人心生感慨。视线穿透雨帘，正堂门楣"祖德流芳"的金字匾额直抵心扉。而摆在堂屋桌上、墨香扑鼻的书法真迹，则毫不掩饰这座宅院原有的灵气和传承十一代的厚重历史积淀。正当我们对这座宅院的古风古韵感叹不已时，一对九十多岁的老夫妇笑盈盈地迎出来，他们不凡的举止和谈吐，像一本永不老去的家风族谱。

我们继续冒雨前行。尽管裤腿和鞋子都溅起了泥浆，却丝毫阻止不了我们对一座村庄深厚底蕴的探寻和敬仰。我们或对一棵树、一座山的名字产生好奇，或对一条江、一段路、一处遗址展开想象，或为一个又一个古今人物动容、自豪。抑或伴着雨声聆听，聆听晓止山、蒲主考、栗林坡牌坊坳，听它们深情诉说哨楼村的前世今生。

此刻眼前飘过一把伞、一袭青衫长袍，是优秀青年雕塑家李长青，也是进士李春旺第十六世孙、钦斋泥塑非遗传承人。他以"睹乔木而思故家，考文献而爱旧邦"为座右铭，用一把雕塑刀镌刻哨楼村千载春秋。

矗立在雨中的村史馆，一扇古风的大门迎面而开。我一眼就看到了正面墙上出自李长青雕刀下栩栩如生的浮雕群。文武进士李春旺、辜有闻，被清代道光帝旌表建坊的节孝妇女李萧氏，人称"辜白胡子"的川南北伐军总司令辜增荣，中国地球化学标准物质勘探的开拓者和奠基人鄢明才……一个个逼真传神的文武乡贤于浮雕中复活，深邃的目光注视着哨楼村世代风云变幻。

置身于村史馆，仿佛穿越哨楼村千年时空。这里，家风与民风、古朴与现代交融；这里，奋斗与坚守、开拓与创新兼容；这里，陈旧的老物件、泛黄的书页以及流转于时光中的哨楼春秋，皆是村人"文武双全、忠孝节义"的高度浓缩。哨楼村，一座因湖广填四川移民扎根这片土地的小村庄，名人贤士竟多达五十余名。恰好应了李长青《哨楼春秋记》之名句："千载兴衰，民风依然淳朴；世代农桑，黎民犹存忠义。"

禁不住在黑龙滩专题展区驻足。凝视玻璃柜里那手写油印的《工地战报》、那锈迹斑驳的钢钎铁锤……眼前又闪现出当年黑龙滩气壮山河的修库场景。"为有牺牲多壮志，敢教日月换新天。"十五年的艰苦奋斗，十五年的战天斗地。那条石与条石的缝隙里，定格下哨楼村人肩挑背扛的身影；那撼天动地的抬工号子里，喊出了哨楼村人自强自信的精气神；那一百三十三个光荣牺牲的英魂里，矗立着哨楼村人不朽的丰碑。"重新安排仁寿山河"，一曲生命的壮歌，在三千七百多个参战的哨楼村人的心中，在十万修库大军沸腾的胸腔里奔腾不息。从此，黑龙滩，那一湖碧水便扬起了碧波：甘美的水流进古井，流进田园河渠，流进哨楼村人日益丰盈的幸福日子里。

思绪回转，村史馆外依旧是大雨滂沱。放眼广场边那块宽阔的、正在接受雨水浸润和洗礼的青草地，我竟抑制不住内心的欢欣。那里是即将启动的文化项目——哨楼村"作家小树林"。待到春暖花开时，百名诗人、作家将在此种下各自最爱的花和树，写下永恒的诗与文。当然，我也将荣幸地种下一棵自己心仪已久的银杏树。顺势，把哨楼村的千年文脉，以及这方村域文明的蓬勃壮丽也一并种进心里。

而此刻种进我心里的，是这场抵达春天、行走哨楼村的及时雨……

**作者简介：**余娟，女，四川仁寿人。中国散文学会会员，四川省作家协会会员。出版诗集《流动的风景》。

# 哨楼村：岁月的见证与希望

张红立

　　哨楼村，坐落在仁寿县方家镇。它因抵御外敌而修建哨楼得名，这使得它在岁月的冲刷下，散发着一种独特的魅力。

　　这里，无数的乡贤才俊挥洒他们的智慧与汗水，一点一滴铸就了这个被绿水青山环绕、使人们安居乐业的美丽村落。历经千载，这里淳朴的民风始终保持着最初的模样，一代又一代地传承了下来。

　　哨楼村的岁月很长很长。提及岁月，它可以是一种扎根心底的思念之情，是对亲人的无尽眷恋与牵挂。当远离家乡的游子在他乡寂静的夜晚，仰头望向高悬于天际的一轮明月时，心中如潮水般涌起的便是对故乡的深切思念，对亲人的魂牵梦萦。

　　我在哨楼村找到了回乡的感觉。

　　印象最深的是村史馆，馆里承载着哨楼村沉甸甸的历史与记忆。这里，我们可以看到古老的农具，它们曾经是村民们辛勤劳作的亲密伙伴，见证了无数个挥洒汗水、辛勤耕耘的岁月。还有那些已经泛黄的照片，上面记录着曾经的人、事和生活场景，那些或喜或悲的瞬间，无声地向人们讲述着一个个久远的故事。

　　村史馆里整齐地陈列着一些文献资料，它们是哨楼村历史的忠实见证者，翔实地记录着这片土地上曾经发生过的重大事件，涌现出的重要人物，以及传承下来的文化精髓。通过这些文献资料，人们可以更加清晰、深刻地了解哨楼村的发展脉络，感受它深厚的历史底蕴与文化内涵。

　　哨楼村的绿水青山，是大自然慷慨赋予这片土地的珍贵礼物。那连绵起伏的山脉，宛如蜿蜒盘旋的巨龙，静静地守护着这片宁静祥和的村庄。山间流淌着的清澈溪流，溪水潺潺，宛如奏响悦耳动听的乐章。溪边的花草树木，在阳光的照耀下，五彩斑斓，生机勃勃。

而这里的人们能够安居乐业，离不开村民辛勤的付出。他们种着各种各样的农作物，养殖成群的家禽家畜，用自己的双手创造美好的生活。村子里，人们相互帮助、相互照顾，邻里之间的关系和睦融洽，充满着浓浓的人情味。每逢节日，村里会举行有趣的庆祝活动，大家欢聚一堂，共享欢乐。这种浓浓的人间烟火气，仅仅是听说，就令人倍感温暖。

在哨楼村的漫长历史中，乡贤才子们的贡献功不可没。他们有的是学识渊博的学者，凭借自己的知识为村庄的发展出谋划策；有的是技艺精湛的工匠，用自己的手艺为村庄增添美丽的风景；有的是勤劳勇敢的农民，用自己的汗水为村庄播种希望。他们是哨楼村的骄傲，是村民们学习的榜样。他们的事迹激励着一代又一代哨楼村人，让他们不断奋进，追求更美好的生活。

如今的哨楼村，交通日益便捷通畅，基础设施更加完善。村里修建了宽阔平坦的水泥路，通了自来水，村民的生活更加方便了。村里积极发展旅游业，相信未来不仅能为村庄带来可观的收入，也能让更多人了解哨楼村的独特魅力。

唯一不变的，是哨楼村淳朴的民风。这里的人们依然保持着那份善良、热情和勤劳。他们尊重传统，珍惜历史。在这个快节奏的现代社会中，哨楼村仿佛是一个宁静的港湾。在这样一个阳光明媚的春日，我在哨楼村种下一棵山茶花树，为这个美丽的村庄增添一抹绿意。

填完土后，我给树苗浇水，水一点点渗进土里，滋润着树苗。我感受到自然和生命的力量。我知道，这棵树苗不仅仅是一株植物，它更是一个生命，是我在哨楼村的一个念想。

离开哨楼村时，我再次回望了那棵山茶花树。它在微风中轻轻摇曳着。从此，我对哨楼村多了一份期待。未来的日子，哨楼村将继续书写它崭新的篇章，而乡愁将伴随着每一个热爱这片土地的人。

**作者简介**：张红立，女，四川仁寿人。中国网络作家协会会员，四川省网络作家协会会员，眉山市作家协会会员，仁寿县青少年作家协会理事。

# 哨楼村的独特名片

李淑林

　　哨楼村，宛如明珠镶于山水之间。此地强化"生态优先、绿色发展"使命担当，绘就"绿水青山带笑颜"的美丽乡村新画卷。这个村庄拥有三张独特的名片——作家书屋、"作家小树林"和村史馆。

　　走进哨楼村，首先映入眼帘的是古朴宁静的作家书屋。这座书屋，不仅是书籍的栖息地，更是心灵的归宿，承载着无尽智慧与梦想。踏入书屋，一股淡淡的书香扑面而来。书屋内布置简洁雅致，木质书架上整齐陈列着各类书籍，从经典文学到现代作品，从哲学思考到科学探索，应有尽有。阳光透过窗户洒在书桌上，照亮泛黄的书页，仿佛诉说着其中的智慧与故事。这里是文学殿堂，每本书都是世界窗口。翻开《红楼梦》，沉浸于贾宝玉与林黛玉的爱情悲剧，感受封建社会的兴衰荣辱；读起《巴黎圣母院》，跟随雨果的笔触，领略人性的复杂与善恶交织。

　　作家书屋也是心灵驿站。在快节奏时代，人们常忙碌于琐碎事务，心灵渐疲惫浮躁。而当我踏入这宁静之地，一切变得安静美好。可放下疲惫与压力，沉浸在书中，让心灵得到片刻休憩的滋养。在此，我结识了志同道合的朋友。我们相聚书屋，分享读书感悟心得。有时热烈讨论，各抒己见；有时默默阅读，享受宁静。

　　作家书屋更是梦想启航地。它见证了许多人追逐梦想的旅程。孩子在此找到阅读乐趣，从此爱上书籍，憧憬成为作家；年轻人汲取知识和力量，为未来打拼奋斗。这座书屋给予他们勇气和希望，成为梦想的摇篮。哨楼村的作家书屋，不仅是物理空间，更是精神寄托。它让我感受到知识的力量，体会到阅读的魅力。它是心灵避风港，也是成长阶梯。每当离开书屋，内心总是无比满足和充实。希望这座作家书屋永远存在，成为哨楼村的文化地标，为更多人带来智慧启迪。

作家书屋斜对面是郁郁葱葱的"作家小树林"。走进这片小树林，仿佛进入与世隔绝的天地。小树旁有石刻，刻着种树作家的简介或名言，我想象着它们在作家们的关爱下，长得高大茂密，枝叶交织成绿色天幕，阳光透过树叶缝隙洒下，落成点点光斑，如大自然洒下的金花，引我前行。地面铺着厚厚的落叶，踩上去沙沙作响，似在诉说岁月的故事。我弯腰拾起一片落叶，细细观察纹理和颜色，感受生命的轮回与变迁。一切都那么自然，毫无矫揉造作之感。小树林里空气清新，夹杂着泥土气息和草木芬芳。深吸一口气，清新气息进入身体，让人感到舒适安宁。

沿着小路漫步，我发现了有趣的景象。一些树木的树干长满青苔，似穿着绿衣；还有些树枝上挂着鸟窝，不时传来鸟儿欢快的歌声。这里是它们的家园，它们在此自由生活。在小树林中央，有块空地，摆放着几张石桌和几条石凳。我想，这是作家们的创作之地。他们在此或许沉思，或许挥笔疾书，将思想情感倾注于纸面。这里的氛围令人陶醉，仿佛能感受作家创作时的激情和灵感火花。我坐在石凳上，闭上眼睛，静静聆听周围的声音。微风拂过树叶，发出沙沙声；鸟儿在枝头跳跃，发出清脆的鸣叫声；远处传来潺潺流水声，如同一曲自然交响乐。这些声音交织在一起，构成独特的和谐之美。

睁开眼，我看到一本被遗忘在石桌上的书。轻轻拿起，翻开书页，文字立刻吸引了目光。这是作家的手稿，字里行间透露出对生活的热爱和对人性的思考。我仿佛看到作家在此埋头创作的身影，感受到他内心的波澜和情感涌动。小树林是作家们的秘密花园，他们在此寻找灵感，挖掘内心深处的故事。这里的一草一木、一鸟一虫，都成为创作素材。他们用文字描绘出小树林的美丽神秘，让更多人领略其魅力。

在作家书屋和"作家小树林"之间，是哨楼村村史馆。它如时光容器，承载着村庄的历史、文化和记忆，向人们诉说着过去的故事。

走进村史馆，一股浓厚的历史气息扑面而来。馆内布局简洁有序，展示着哨楼村的发展历程和独特风貌。墙上挂着一幅幅老照片，记录着村庄的变迁，从昔日的农耕生活到如今的现代化建设，每张照片都是时代的见证。

　　展品中古老的农具，粗糙的质感和锈迹，透露出农民辛勤劳作的痕迹；传统手工艺品，细腻的针法和精美的图案，展现了村民的智慧与创造力。这些展品不仅是物品，更是村庄文化的瑰宝，承载着祖辈的智慧。村史馆一角，是一组村庄传统习俗介绍，包括春节舞龙、端午赛龙舟、中秋赏月等习俗。这些习俗代代相传，成为村民生活不可或缺的部分。村史馆馆员是位热情的老人，对村庄历史了如指掌，向我讲述了哨楼村的起源、发展及名人故事。他的讲述让我仿佛穿越时空，目睹了村庄的兴衰。他的眼神流露出对土地的热爱和对祖辈的敬仰。

　　哨楼村的美，不仅在自然风光和文化底蕴，更在村民对"生态优先、绿色发展"的执着。他们明白"绿水青山就是金山银山"，只有保护好生态，才能实现可持续发展。于是，他们积极采取生态保护措施：植树造林、污水治理、清洁能源推广……一系列举措让村庄环境更优美。

　　在哨楼村，绿色发展已成为共识。村民发展生态农业，种植绿色有机蔬菜水果，满足自身需求的同时，为城市提供新鲜的农产品。他们依托自然资源，发展乡村旅游，吸引众多游客领略乡村美景，感受田园生活的乐趣。

　　"绿水青山带笑颜"，是哨楼村的真实写照。如今的村庄，山更青，水更绿，人们生活更美好。孩子们在绿色校园快乐学习，年轻人在绿色产业中实现梦想，老人在宁静家园安享晚年。哨楼村的美丽乡村新画卷，展现无限生机与活力。而热情好客的哨楼人正张开双臂，欢迎您的到来。

　　**作者简介：**李淑林，女。金榜头条总编导师，文学艺术网、文学名人堂等十大平台总编，《作家报》报社文学影视艺术院特邀撰稿人。

# 一个村庄的幸福密码

方　琳

在这个万物复苏的春天，我有幸与朋友前往仁寿县方家镇哨楼村。说到哨楼，你会想到什么？也许，和我一样，脑海中呈现的是一座座寂静的哨堡，泛着厚重历史气息的哨塔，挺拔如松的哨兵正端立于塔顶，俯视四周。间或，山谷间回荡起一阵嘹亮的哨声。

哨楼村有这样的哨楼吗？哨楼是这座村庄的幸福密码吗？

带着好奇与向往，我们的车驶进哨楼村，不久就看到"凉水井"。据说这口古井已守护哨楼村上千年，因水质甘甜清凉而得名。新中国成立前，附近辜、张各氏数百人家均以此井水供生活灌溉之需，终年不涸，济人无数。时至今日，这口井依旧涌流着清澈甘甜的井水。如果机缘巧合，碰上村民正在此取水，大可畅饮一瓢，沾沾这流传千年的福气。

哨楼村千年流芳，与凉水井会不会有必然联系？它是历史的见证者、参与者、传承者。哨楼先人凭借勤劳和智慧，将涓涓细流汇引至此地，凿出一块块棱角分明的条石，规则垒砌成井，井水流而不盈，挹而不匮，清而不浊，这算不算哨楼村的一种幸福密码？

在热心村民的指引下，我们顺着林荫小道，一路来到方曲河。

都说判断一个地方有没有灵气，得看河流。河流的持续流动象征着生命的变迁和时间的流逝，河流是连接过去与现在的纽带。眼前的方曲河水潺潺，蜿蜒伸向远方，倒像是大地上一条丝滑的围巾。哨楼村因为有了这条河流，平添了几分生机与灵气。它用甘甜的乳汁哺育着一代代哨楼人，无论本村人还是外来人，不问出处，不究过往，能驻足哨楼，便能享受同村人的待遇。如此博大的胸襟不正是哨楼人的精神写照吗?

人们留居于此,奋斗于此,继而人才辈出。他们考秀才、中举人、登进士,把对哨楼的情洒向广袤的土地,滋养出更多心系故土的名人贤士。这算不算村庄的一种幸福密码?

在哨楼村村史馆,我见到了乡贤浮雕群像。他们庄严挺立,目光炯炯,既让我震撼,又让我心生敬畏,指引我继续前行。哨楼村村史馆由序厅、哨楼春秋、红色哨楼、乡土哨楼、忠孝哨楼、展望哨楼六个区域组成,每个区域通过实物、史料展陈、文字描述、重要场景还原、重要人物访谈等多元形式还原哨楼村历史。当一件件旧物呈现在眼前时,我仿佛看到历代乡贤或奋笔疾书或低头沉思的模样。那种时不我待、只争朝夕的精神,正透过旧物感召着我们。这座村史馆以乡贤浮雕群像为出发点和落脚点,算不算村庄的一种幸福密码?

幸福生活离不开世俗的柴米油盐,少不了自我的身心愉悦,但更重要的是一个人的精神,而这种精神就来源于一个村庄的幸福密码。我想,此行哨楼村,我也获得了幸福密码。

**作者简介:** 方琳,女,四川仁寿人。仁寿县作家协会会员。

# 哨楼山，一棵张望的树

周闻道

哨楼山只有树，没有哨楼。

其实，这个我早就知道。知道的过程，与许多初到这里的人一样，先会顾名思义地问当地人，哨楼村有没有哨楼，这个村的名字是否与哨楼有关？当地人会不厌其烦、众口一词地回答，现在已经没有了，但曾经有过，就在村里最高的哨楼山上。然后，就会津津有味地向来者讲起那些与哨楼有关的故事。因为哨楼没有了，最多就在村史馆前仰头看一看哨楼山；根据当地人介绍的那些故事，想象一下当年哨楼的样子。一般不会爬到哨楼山去，路难走。

我这次不一样。因为关于哨楼的故事听得多了，就产生了一些好奇。人就是那么奇怪，大家都没有去的地方就偏想去看看，何况那里还有那么多的故事。而发现哨楼山那棵张望的树，并随它一起回望这个村庄，则是个意外的收获。

其实，不只路难走，许多地段根本就没有路。这也难怪，在当年的冷兵器时代，防御工事选择易守难攻之处，似乎完全在情理之中。鲁迅曾说，路是从没有路的地方由人走出来的。当年在读鲁迅这句话时，只感到这是个不错的人生哲理，没有想到有一天，自己也会有这样的经历。有些事就是说不清楚。

从村史馆出来，走到一口方塘边，往左一拐，跨过村道，就是哨楼山。

按照哨楼的功用和建造目的，哨楼应当建在哨楼山的山顶，而我现在还在山脚处。俗话说，大树下面无大树。问题是，哨楼山还没有谈得上是大树的树，遍山的荆棘杂草就疯狂生长。于是，山不高，荆棘杂草不少。憨山大师说，"荆棘丛中下足易，月明帘下转身难"。我虽有勇气踏入荆棘丛，却没有大师般空明澄澈的心境，只能算踏棘而行。我没有想到要践踏出一条路，更没有想到要为别人践踏出一条路，只想上哨楼山一趟，了却对哨楼的好奇之心。

就这样，我开始了一段没有路的行走。我想，鲁迅用"践踏"来形容这样的行走，是很有道理的。我此刻的感受肯定要比书本上更深。山脚的杂草要显得温柔些、鲜嫩些，许多应该可以入口，认得的有灰灰菜、扫帚菜、萆草，更多的似曾相识，却叫不出名字。越往山上走，树越来越多、越来越大，松树、柏树、巨桉、青冈、桤木等，高高矮矮、大大小小，混杂在一起，说不清楚是不是在争春，反正都发出了满头的新枝嫩叶。突然发现，童年在家乡的白虎岩放牛时常常见到的野草，都在登山途中与我不期而遇，顿时有一种他乡遇故知的亲切感。狗尾巴草、鬼子姜、大麻子、碱蓬、鹅绒藤、蒲草、蕨草、龙葵，我一一点出它们的名字；点不出的，也要俯下身子轻轻抚摸一下，留一个微笑。我知道，树越多越高，它们要在树下讨得生存越不容易。反过来说，能够挨出来的杂草就越不简单。不简单的杂草充满野性、粗犷、不羁，与荆棘、灌木为伍。

我蹑脚蹑手，行走在上山的路上，即便面对张牙舞爪的荆棘，也是轻轻绕过，或用手小心翼翼地拨开。我生怕稍有不慎，就伤害了它们。它们也是生命，最低微的草芥，何况，它们生长在这偏远荒野的哨楼山，在那些动荡的年代，曾遭受过那么多的磨难。这些树木荆棘小草，似乎感受到了我的善意，感觉到我们都不是入侵者，没有野心、伤害与掠夺，所以一点也没有伤害我。我们互为过客，我不认识它们，它们也不认识我。但相遇就是缘，我们互相珍惜尊重。

就这样，在树木杂草丛中左冲右突，践踏而行，折腾了半个小时，才到达山顶，也就是大家常说的哨楼山。没有想象中的悬崖峭壁、万丈天险，甚至算不上险峻，称易守难攻也有点勉强。可以说，对付乡盗草寇之类的小毛贼还可以，要真正对付朝廷大军，这样的山，这样的山上修的哨楼，肯定是不够的。可是，在全是浅丘的仁寿，这山又确实也是矮子中的高个儿，不在这里建哨楼，又在哪里呢？事实上，从已知资料看，哨楼村的哨楼，也主要是在那个动乱年代，对付乡盗匪患之类的，这里没有大的城池，也没有发生过大规模的攻守之战。

这样说，并不是要否认哨楼的价值。恰恰相反，它更彰显了在那个国无宁日、民不聊生的年代，这里百姓日子的艰难。哨楼已不在，我循着山顶的一块十米见方的平地寻找，试图找到它的踪迹。我相信，这里该是哨楼的遗址。

一无所获。唯一找到的就是一棵古柏。

其实，前面谈到，山上的树很多。我之所以要强调这"一棵"柏，在于它的与众不同。凭我浅薄的经验判断，这是棵花柏，而不是侧柏、圆柏或扁柏。所谓经验，不外乎观其形，察其色，洞其神。这棵柏虽然枝杈稀疏，但树叶缜密细致，鳞状排列，不成华盖，也似霄云；白褐色的树皮，纵裂多痕的树干，佝偻着腰，却没有龙钟之态，而是遒劲傲立，呈一种凝神张望的姿势。而且，这一傲立，就傲立出了一种神，一种透彻万物、大智大慧的神力，令人想起佛家修炼时的"行如风，站如松"。于是，我做出判断，这是一棵古柏树，至于老到什么程度，就说不准了。因为我不是植物学家，不知道柏树的形状与年龄的关系。何况，古柏的年轮，就是一个生命的传奇。陕西黄帝陵轩辕庙的轩辕柏，河南登封嵩阳书院内的大将军柏、二将军柏，已有四五千年的历史，仅凭简单地看，能看得出来吗？我认为，只有这古老的柏树，才配得上古老的哨楼。

令人欣慰的是，我的这个判断，被当地民间的"传说"佐证。这棵哨楼山上凝神张望的古柏，虽然没有轩辕柏和大将军柏、二将军柏古老，但它站得那么高，又拥有大智大慧的神力，足可以看遍看透哨楼村千百年来的世事风云。

看透世事风云的古柏，似乎要回答那位上帝的守门人的进门之问：你从哪里来，来做什么，要到哪里去？想起彝族人膜拜的大神毕摩，坐在生死桥上观世间风景，看穿了桥的两头，生死有命，就说一些宽慰人的话，向俗人讨一些酒喝，过着超然逍遥的日子。这哨楼山的古柏树却不能超然，也逍遥不起来。

因为，身处哨楼边，它对这里曾经的风谲云诡，看得太多。

于是，我仿佛面对一位经世老者，仰着头，从上到下认真打量这棵柏。我怀疑，它身上布满的灰白色斑点，是凝固的泪痕。怎能不流泪？是你，是我，是我们每一个人，见到哨楼村人，不，是中华民族，遭受的那些磨难，能心如止水，麻木不仁吗？磨难在哪里？在"五千年未有之大变局"的风雷动荡里，在韩非子的《五蠹》呈现的恶治里，在屈原的《渔父》"众人"百相背后的混浊里，在柳宗元《捕蛇者说》的苛政里，在张献忠剿川屠城的腥风血雨中，在抗蒙、抗日的战乱动荡中，在"饥寒起盗心"下的治无度则世乱中……

无疑，这一切的恶，都不是和风细雨，它们与和风细雨，从来都不是一路的。它们来势如此凶猛，凶猛得像大海里排山倒海的恶浪。而哨楼村的每一户人家，不过是大海里的一只舢板、一片浮叶，随时都有被吞噬的危险。

哨楼不是说建就建的，应该是拯救的最后选择。在做出这个选择之前，当有抵抗，逃离，言和，等等。这些选择，都可在"天下国家，本同一理"中找到答案。抵抗，肯定是最先想到的，谁愿意无缘无故地接受外来之侮，谁愿意甘当亡国奴、亡村奴？可是，一家一户、一村一乡的力量，怎敌得过武装到牙齿的入侵者和匪徒？逃离，打不赢就跑，《孙子兵法》不也有这样的战法？而且，这战法在两军对垒中也不乏成功之例。在不利情况下保住有生力量，甚至可视为战略之举。但在哨楼村或者说村庄，就不那么简单了。且不说背井离乡，茅屋牲畜、锅灶农具、妇孺老小是逃离中的最大难题。而面对一个战乱的时代，何处觅安宁？逃，又能逃得到哪里去？请看看齐邦媛的《巨流河》，一家四代人百年的逃亡漂泊，何处是泊处？直到百岁寿终，也不明白。言和，在较量中解决不了的问题，言和，只能说是投降的代名词。换句话说，就等于当年慈禧太后面对八国联军进攻时的"量中华之物力，结与国之欢心"，等于全部满足入侵者的贪欲，把地盘、财物、女人等，统统拱手交给侵略者和匪徒，把男人送去给他们当苦力。君不见，曾经被清王朝赐予"一等义勇"的曾国藩，明明知道必将承担永世骂名，却不得不签署《北京条约》《天津条约》。难道他不想义勇到底，不想留得一世英名？怎奈，时势比人强，在复杂的时局面前，再强大的主体，包括国家、村庄和人，可能都是砧板之鱼，命运几无二致。曾国藩的背后，是一个大清王朝啊！哨楼村的背后是什么，有什么？

当然，这棵古柏，也有欣喜的时候，也有挺直腰杆的时候。与风无关，风只能吹动古柏的叶，吹不直腰杆。那是在1949年12月16日，它看见中国人民解放军第二野战军第十二军第三十四师官兵从远处开过来，经过哨楼村，雄赳赳、气昂昂，向仁寿县城进发，并很快在县衙的门楼升起五星红旗的时候。

现在，哨楼不在了，但哨楼遗址处这棵古柏还在，仍在张望。不同的是，从此以后，它的张望再也没有那么多的忧伤，是阳光鲜亮，春风暖人……

于是，我问这哨楼遗址处的古柏，不说遥远的过去，只说这几十年来您看见了什么，是什么让您喜形于色，一副快乐老头的样子。是历史尘烟深处的"廉泉让水、文里武乡"，还是这里村人在翻身得解放时、在黑龙滩水库修成时、在联产承包到家到户时的喜悦？是绿色通道修进村里时的激动、滥沟湖水库关闸时的兴奋、方曲河启闭机和村垃圾收集站落成时的欣慰，还是对村史馆大门口那组群雕的崇敬？可能都是。令您欣喜的事情，可能还有很多很多。

长久张望的古柏，已张望成一尊雕塑，与哨楼村村史馆前的群雕一样。不同的是，它们一个在哨楼山上，一个在哨楼山下，都是哨楼村历史的见证者，谁人见了，都会心生敬意，甚至敬畏。我显然是受了古柏的感染，模仿着它的姿势，微微佝偻身子、前倾着头，像三星堆出土的纵目面具，纵目向前张望。掠过村史馆的屋顶，我看见村庄的不远不近处，有一些淡淡的尘烟，似云非云，飘忽在浅山与农舍之间。我相信，它们连接着历史。我的张望，不仅证明了这一点，更重要的是，这一望，让我顿生激动——我看见了一片红土地。

村干部说，那是村里建设的高标准粮田，有两千七百亩，是四川省规划建设的"天府粮仓"工程的重要组成部分，目的是在发生任何国际变化时，都能够确保国家的粮食安全。对此，国家每亩还补贴了三四百元。

我心里一个咯噔，被一位村干部口中的这个大词刺激：粮食安全！

也不奇怪，长期从事宏观经济工作，也喜欢思考一些宏观问题，对一些宏观的大词，总是特别敏感；也深知"粮食安全"这四个字的特殊分量。

民以食为天，这是一个人人皆知的道理。对一个拥有十四亿人口的泱泱大国来说，"粮食安全"意味着什么？这是一个根本用不着多解释的问题。20世纪90年代中期，我国的粮食平均自给率曾达到千分之一千零五。近年来，我国的粮食生产虽然实现"九连增"，但由于工业和养殖业用粮的大量增加，粮食供需矛盾不减反增。粮食自给率不断下降，下降到百分之九十五左右；粮食进口量随之增长。按照联合国粮农组织标准，粮食自给率在百分之九十以下，粮食安全的风险就会增大。何况，一个人口众多的大国，哪怕小小的缺口，也是大大的问题，世界上没有哪个国家能够填补得起。更何况，当真正出现危机时，哪个国家能够伸出仁慈的手？看看我们的华为，看看我们的新能源，刚刚有一点点超前，那些吃惯了领先优势的贪婪之辈，哪一个的扼杀的打压大棒，没有狠打乱舞？因此，我国的粮食安全，甚至引起了一些有识之士的忧虑：我国的粮食自给是否有足够的安全保障？

Food，是个英语词，常常被译为粮食。实际上，它准确的意思是"食物"，包括全部可食之物，如谷物、豆类和薯类等。按照联合国粮农组织的口径，谷物包括小麦、稻谷和粗粮；而粗粮包括玉米、大麦和高粱等。在我国，稻谷、小麦、玉米占谷物总产量的百分之九十八。这就是我们自产"食物"的构成。

哨楼山的古柏，是该欣慰的。这全部的"食物"，不仅都是哨楼村红土地最本真的产物，而且，这里的土地上，还生长着许多没有列入统计却完全可以充当食物的红苕、土豆及各种水果。我终于明白，政府在规划这关系国家安全的国之大者、神圣使命时，为什么没有忘记哨楼村；同时我还相信，这里边也许还有一个原因，那就是哨楼村的文化基因里，蕴含着掷地有声的字眼：特别忠诚！

明丽的阳光，照亮古柏张望的方向；柔和的风，拂出春的样子。我再次走到古柏树的身边，轻轻地抚着它身上灰白色的斑点，在心里深情地说——

敬爱的先辈，我理解了您，请接受我的敬意！

# 附
# 哨楼村，作家心仪的树

» **种茶花**

　　散文作家：张　霞、刘小革、钟守芳

　　诗　　人：钟守芳、张红立、邓　平、文　堃

» **种桂花**

　　散文作家：王　清

　　诗　　人：彭　燕、佘建珍、喻　斐、陈　群（羽墨默）

» **种红枫**

　　散文作家：陈美桥、张　艳、李　艳、方　琳、范学清

　　诗　　人：范学清、阙鹏霖、方　琳、张　志

» **种红梅**

　　散文作家：庞惊涛、李康云、夏书龙

　　诗　　人：邱绪胜

» **种黄葛树**

　　散文作家：彭建群、郭明兴、郭燕萍、李　淮、张红立

　　诗　　人：宋光明、刘　娇

» **种黄杨树**

　　散文作家：李长青

　　诗　　人：李长青

» **种金弹子**

　　散文作家：何泽琼

　　诗　　人：华　子、祥　子


» **种绿梅**

　　散文作家：王燕群、刘馨忆、叶　梅


» **种石榴**

　　散文作家：罗　鸿、袁瑞珍

　　诗　　人：彭　飒、罗国雄、涂　拥、宋　杨


» **种桃红**

　　散文作家：王曾玉

　　诗　　人：王曾玉


» **种红豆杉**

　　散文作家：罗晓蓉、李晓群


» **种天竺桂**

　　散文作家：彭小平

　　诗　　人：李龙炳


» **种铁脚海棠**

　　散文作家：龚莹莹

　　诗　　人：夏晓燕


» **种苏铁**

　　散文作家：周闻道、杨献平、李银昭、张生全、沈荣均

　　诗　　人：熊游坤

&raquo; **种西府海棠**

  散文作家：唐　悦、苏万娥

  诗　　人：郭　毅、冉　杰、罗　薇、许　岚

&raquo; **种香樟**

  散文作家：郭德辉、何　瑜

  诗　　人：易　杉、曹　东

&raquo; **种香柏**

  先贤散文作家：李春旺

  先 贤 诗 人：张联珠、李春旺、李钦斋、辜增荣

&raquo; **种银杏**

  散文作家：刘裕国、杨庆珍、章　勇、余四勇、余　娟

  诗　　人：徐　良、余　娟、杨　然、印子君

&raquo; **种玉兰**

  散文作家：刘玉莲、袁超群、刘爱华、王云霞、李海燕、李淑林、杨红英

  诗　　人：黄　啸、陈　立（乡下蚂蚁）、邱建明

&raquo; **种桢楠**

  散文作家：罗　坤、腾礼建

  诗　　人：罗　坤、魏　平（凸凹）、陈红兵（其然）、詹义君

&raquo; **种紫薇**

  散文作家：吕虎平、王钟麒、杨菁芝、田　禾

  诗　　人：吕虎平

　　2023 年 3 月 16 日，哨楼村"作家小树林"和"作家书屋"项目启动仪式在四川省眉山市仁寿县方家镇哨楼村举行。

　　哨楼村"作家小树林"活动植树现场。

　　2024年6月16日，四川省人民政府原副省长、四川省人大常委会原副主任杨志文（右），在哨楼村种下一棵红豆杉。

　　2024年3月16日，东海舰队原副政委、海军少将魏伯良将军，在哨楼村参加哨楼村"作家小树林"启动仪式并种下一棵树。

　　2024年3月16日，中国作家协会副主席、四川省作家协会主席阿来参加哨楼村"作家小树林"启动仪式，并为种下的红豆杉浇水。

　　中国作家协会散文委员会副主任、新疆作家协会主席，茅盾文学奖、鲁迅文学奖得主刘亮程，委托周闻道在哨楼村"作家小树林"活动种下一棵红豆杉。

　　中共四川省委宣传部副部长、四川省电影局局长、四川省作家协会党组书记张伟（右）与仁寿县委常委、宣传部部长张殷智植树。

　　四川省作家协会原党组书记、副主席侯志明（右）出席启动仪式并植树。

阿来主席（中）参观哨楼村村史馆。

2024年3月16日，来自全国各地的近百名作家参加哨楼村"作家小树林"启动仪式，在哨楼村种下心仪的树，并合影留念。

这一方热土

# 诗意哨楼

中共仁寿县委宣传部 主编

陕西新华出版
太白文艺出版社·西安

## 图书在版编目（ＣＩＰ）数据

这一方热土 . 1，诗意哨楼 / 中共仁寿县委宣传部主编 . -- 西安：太白文艺出版社，2025. 3. -- ISBN 978-7-5513-2974-3

Ⅰ . I217.1

中国国家版本馆 CIP 数据核字第 2025RF1672 号

## 诗意哨楼
SHIYI SHAOLOU

作　　者　中共仁寿县委宣传部
责任编辑　何音旋
封面设计　李长青　罗　强
版式设计　宁　萌
出版发行　太白文艺出版社
经　　销　新华书店
印　　刷　四川科德彩色数码科技有限公司
开　　本　889mm×1192mm　1/16
字　　数　267 千字
印　　张　17.75
版　　次　2025 年 3 月第 1 版
印　　次　2025 年 3 月第 1 次印刷
书　　号　ISBN 978-7-5513-2974-3
定　　价　198.00 元（全 2 册）

# 哨楼村"作家小树林"记（代序）

地球上的第一棵树，可追溯到大约 4.5 亿年前的泥盆纪。树，在地球村行走的历史，远远早过人类脚步；树，不仅通过光合作用吸收二氧化碳，为地球释放氧气，使空气干净清新，助推了高级生命的诞生，还是地球调节气候、防风降噪、抑制自然灾害的重要功臣；树，是人类不可或缺的生命伴侣。

关注环境，敬畏生命，与时代在场，是作家的神圣使命。贺知章的"碧玉妆成一树高，万条垂下绿丝绦"，不仅是描绘春色，更是抒写人与自然的和谐伦理；贾岛的"鸟宿池边树，僧敲月下门"，呈现了神凡两界融通的精神至境。村上春树的《挪威的森林》，把作家的生命感受嫁予树的意象，并通过它表达了青春期青少年在巨大压力下的孤独、困惑、迷茫和成长烦恼。

哨楼村作家小树林和配套的作家书屋，由四川省作家协会指导，眉山市文联和仁寿县委宣传部支持，眉山市乡村振兴科技孵化器投资创建。旨在通过一个作家与一棵树和一个村庄的结缘，从生命本源上探寻人与树、人与自然不可分割的根性基因；从人类文化本源上重返精神原乡，为当下如火如荼的乡村振兴寻找作家在场的理由和依据。

树在场，生命就在场；作家在场，时代就在场。种下一棵树，就是一次跨越时空的旅行，一次与泥盆纪的生命拥抱。

周闻道

2024 年 3 月 12 日

# 目录
## Contents

第一辑
**但闻哨音隐隐**

凸　凹／方曲河 003

杨　然／摘一片哨楼山的祥云送你 004

李龙炳／哨楼村 006

曹　东／题钦斋泥塑 008

唐　毅／哨楼村题留 009

印子君／走进哨楼村 010

宋光明／过打锣山与哨楼山 012

熊游坤／哨楼山 014

邱绪胜／哨楼，是一种仰望的姿势 015

许　岚／哨楼村诗志（组诗） 017

冉　杰／哨楼村拾遗（组诗） 026

张凡修／在哨楼村 030

金指尖／在哨楼山倾听 032

周　渔／和三百秀才衣锦还乡（组诗） 033

祥　子／哨楼村拓荒牛 039

罗国雄／在哨楼村种树 041

熊　轲／哨楼村的魂（外一首） 043

吉克有古／哨楼村记（外一首） 045

詹义君／哨楼村的哨音 047

吕虎平／种下一棵树（组诗） 049

其　然／素　描 052

石　莹／在哨楼村（外一首） 054

徐　良／生命的哨声 056

黄　啸／在菊垮 061

易　杉／烟雨志（组诗） 062

涂　拥／想去哨楼村 071

邱建明／梦中的玉兰（外一首） 072

郭　毅／在方家镇哨楼村 075

周乐安／遇见一片小树林（组诗） 076

彭　燕／在哨楼村，旧的时光都回来了（组诗） 079

陈　思／哨楼春秋 082

华　子／大梦方觉哨楼村 084

乡下蚂蚁／哨楼村 087

林兰英／哨楼村（外二首） 089

范学清／每一座山丘都有一个好听的名字（组诗） 092

龙滩渔翁／月光下的哨楼村 101

宋　扬／在哨楼村（外二首） 104

余　娟／在哨楼村，揭一个厚重的谜底（组诗） 106

虚　杜／"哨楼村"是一个名字 110

程　川／在方家镇哨楼村　　　　　　　　　　112

陈　群／哨楼村印象（组诗）　　　　　　　　113

余　着／哨楼之语（外四首）　　　　　　　　116

彭　飒／哨楼村　　　　　　　　　　　　　　121

胡　娜／醉美哨楼村（组诗）　　　　　　　　123

邓　平／哨楼春望　　　　　　　　　　　　　127

松　常／哨楼春　　　　　　　　　　　　　　132

罗　薇／哨楼村魂　　　　　　　　　　　　　135

刘　俊／哨楼村　　　　　　　　　　　　　　138

刘六佑／哨楼村纪事（组诗）　　　　　　　　140

钟守芳／我有一棵树（外一首）　　　　　　　142

李　旺／钦斋泥塑　　　　　　　　　　　　　145

李长青／清明祭（外一首）　　　　　　　　　147

李佳慧／以方曲河的名义　　　　　　　　　　150

喻加强／我在哨楼写春秋（组诗）　　　　　　151

邱新韵／隔着哨楼的云雨　　　　　　　　　　156

郭　飞／一棵树　一座山　一条河（外一首）　157

郦炫竹／关于哨楼村的叙事（外一首）　　　　160

河　清／哨楼村写意（组诗）　　　　　　　　163

刘　娇／哨楼山头，打捞一网记忆　　　　　　167

西　野／牛羊自由意，山水逢异客　　　　　　169

殇　煜／如果要读你，哨楼村　　　　　　　　173

罗　坤／种下一棵桢楠树　　　　　　　　　　175

何良慧／春声（外一首）　　　　　　　　　　177

柒小玥 / 遇见（外一首）　　　　　　　180

张红立 / 烟火气（组诗）　　　　　　　183

夏　末 / 月亮坝的传说　　　　　　　　185

喻　斐 / 在哨楼村，种下一棵树　　　　187

杨馥瑜 / 哨楼村的夜与晨　　　　　　　189

李　婷 / 在哨楼村的围墙里，想象（组诗）　192

紫云儿 / 古井（外一章）　　　　　　　194

丹　菱 / 待嫁的绿梅　　　　　　　　　196

第二辑

## 看遍哨楼萱草花

唐　毅 / 哨楼村留题　　　　　　　　　201

曾　玉 / 在哨楼村　　　　　　　　　　202

钟昭训 / 哨楼岁月（组诗）　　　　　　203

梅德林 / 哨楼村（外二首）　　　　　　207

汪文高 / 寄情哨楼村　　　　　　　　　209

汪兴海 / 鹧鸪天·雕（外二首）　　　　211

汪懋勋 / 哨楼撷萃　　　　　　　　　　213

刘建勇 / 哨楼情（外五首）　　　　　　214

杜昌辉 / 哨楼村（外四首）　　　　　　216

郭文远 / 哨楼村史（外二首）　　　　　218

陈志轩 / 哨楼村　　　　　　　　　　　　　　220

杨超英 / 荷塘美（外一首）　　　　　　　　221

黄正驰 / 哨楼村吟　　　　　　　　　　　　222

徐志新 / 忠孝哨楼　　　　　　　　　　　　223

魏仲辉 / 记事扶马头（外一首）　　　　　　224

李国松 / 寻古闻今哨楼村　　　　　　　　　225

刘少宇 / 作家小树林（外二首）　　　　　　226

谭仁富 / 哨楼村之春（组诗）　　　　　　　228

周德辉 / 游哨楼村史馆有感　　　　　　　　229

刘少舟 / 哨楼村抒怀一组　　　　　　　　　230

吴世奎 / 颂哨楼村（外二首）　　　　　　　232

孔庆奎 / 拓荒牛（外三首）　　　　　　　　233

钟立德 / 三瞻哨楼村史馆（外三首）　　　　235

李淑林 / 哨楼村组诗　　　　　　　　　　　237

张　庆 / 雅韵哨楼村　　　　　　　　　　　238

王学康 / 漫步哨楼村（外一首）　　　　　　239

墨　趣 / 哨楼村　　　　　　　　　　　　　240

第三辑
**曲水回还远世嚣**

张联珠 / 张联珠诗歌八首　　　　　　　　　245

张光典 / 张光典诗歌六首　　　　　　　　　250

李有春 / 武举人李有春对联二则　　　　　　　　　255

李钦斋 / 李钦斋诗联七首　　　　　　　　　　　256

游文璿 / 鳌峰书院山长游文璿赞李天厚父子联　　259

辜增荣 / 挽王闿运联　　　　　　　　　　　　　260

苏启元 / 赠辜豫渠　　　　　　　　　　　　　　261

第一辑

但闻哨音隐隐

# 方曲河

凸 凹

从方家到曲江
让两个固态地名开出花来的
是一盏液态的灯

九千米长的灯芯
总有燃不尽的春天
一个劲从时间的井中冒油

流进龙水河
球溪河亮了，流进沱江
长江亮了

流进大海
龙泉山东麓，咱哨楼村
那串鲜花盛开的哨声亮了

**作者简介：**凸凹，本名魏平，出生于四川成都西都江堰边，现居成都市东龙泉山下。诗人，小说家，编剧。出版《水房子》《蚯蚓之舞》《汤汤水命》《甑子场》等各类图书二十余部。

# 摘一片哨楼山的祥云送你

杨　然

摘一片哨楼山的祥云送你
金风在月亮坝掀起了谷浪
喝一口凉水井的水，风景就明了
你有一双属于喜悦的美丽眼睛

摘一片哨楼山的祥云送你
映射出打锣山的隐隐回音
在和平年代安然于听风听雨
你有一对属于智者的奇妙耳朵

摘一片哨楼山的祥云送你
心跳连通了滥沟的碧波脉搏
融合了历史与传说的神奇血液
你有一颗属于未来的仁者灵魂

摘一片哨楼山的祥云送你
情愫沾满了菊塆的迷人芬芳
沿着方曲河散布到两岸的意境
你有一首属于远方的崭新诗歌

**作者简介：** 杨然，五〇后诗人，中国作家协会会员。曾任成都市第一、第二、第三届作家协会副主席。作品两千余件发表于海内外五百多家报刊，荣获《星星》《诗神》《诗刊》等诗歌奖及四川省文学奖数十项。著有《遥远的约会》《寻找一座铜像》等十四部诗集。

# 哨楼村

李龙炳

村史馆：
让石头开花。更多人在春天，
种自己的树。

阳光轻轻扫过，
月亮坝的二维码：喜鹊引发的动静，
从村庄的针孔，向天空延伸。

美学与经济学，
相互拥抱：
农业的钥匙，
是金的，也是银的。

乡愁的雪，
百年的千树万树梨花开。

村委会：
雨中的道路，一直通向
蚂蚁的洞穴。

小小的存在，

一个乡村知识分子，
在古老的井边思考。

凉水井：
有温暖的故事，与传说。

**作者简介**：李龙炳，男，1969 年生，四川成都客家人，中国作家协会会员。曾获成都市政府第五届金芙文学奖，第七届四川文学奖，首届中国田园诗歌奖。2010 年被评选为首届中国十大农民诗人，2013 年被评选为首届四川十大青年诗人。

# 题钦斋泥塑

曹　东

从深睡的泥土里抠出一丁点忧伤与恐慌
抠出记忆，隔夜的气息
滋味与声音
泥土也在用指头抠它
从皱褶的日子里抠出哭泣与破涕为笑
抠出冷暖自知
然而它们纠结着，还在相互寻找什么
是藏在人身上的泥，还是隐在泥里的人

**作者简介：**曹东，1971 年生，四川武胜人，中国作家协会会员，四川省作家协会诗歌委员会委员。著有诗集《许多灯》《少数诗篇》《白夜记》。曾获第九届四川文学奖，第七届国际诗酒文化大会金麒麟诗歌奖。

# 哨楼村题留

唐　毅

诗家有幸！方家镇亦有幸。如此好山好水

曲江环抱的村落远离尘世

蝉唱起落，山寺静谧

哨楼在高处。走马浅滩的勇者是谁

南坡出进士。他们的诗词古意芬芳

北伐将军勇气可嘉

这里是文学之乡、武术之乡

这里的人们满面春风。涛声依旧，缤纷入梦

**作者简介：**唐毅，生于1964年，四川仁寿人，中国作家协会会员。著有诗集《十九张机》，散文集《崇丽之城》《大地上的乡愁》，长篇小说《荷花塘》《做官》，长篇传记《旷继勋将军传》等。曾获首届海燕诗歌奖，第四届朔方文学奖，第七届冰心散文奖等。

# 走进哨楼村

印子君

走进哨楼村，我想寻找
那位最资深的放哨人

他不在哨楼山和打锣山
也不在灯杆山和马道子山

更不在和尚山和晓止山
玉皇观和月亮坝也不见身影

我挨家挨户打听过
却没有人知道他姓甚名谁

但的确在漫长岁月中
他一直在为哨楼村放哨

或许他算不上守护神
但的确是村庄警惕的眼睛

他的存在像看不见的空气
像一年四季吹来吹去的风

人们甚至忘记了这个人
他始终悄然出入于人群

我寻找的最资深放哨人
或许就住在那棵百年乌桕上

总在夜深人静才开始巡视
他的另一个名字叫猫头鹰

　　**作者简介**：印子君，中国作家协会会员，成都文学院签约作家。有诗作见诸《诗刊》《星星》《诗潮》《诗歌月刊》《北京文学》等，并入选《中国年度最佳诗歌》《中国年度诗歌精选》《中国诗歌排行榜》《四川百年新诗选》等。出版诗集三部。

# 过打锣山与哨楼山

宋光明

两座山的名字
有两次相同的沉重感。但
贴切于这小小一隅
隐藏岁月深处的坎坷

谁不愿记起那一段煎熬
谁就看不到心灵的扭曲
穿越山川河谷，与同样的褶皱
汇成的阴影，也看不到今天的
安宁祥和。文明小康其实是
锣声与哨棚的远方，以及
在到达的途中由信仰和正义支撑的磅礴洪流

相信每一座山都镌刻着
历史的印记并见证它新的出发
但只有翻阅到细节的人
才能发现去往远方的过程
比结果更丰满。比如
当我踏上打锣山或哨楼山

山下的村庄和漫长的酸甜苦辣

就开始在眼前鲜活

　　**作者简介：** 宋光明，男，1963 年 5 月生，现居四川省德阳市。二级作家，西安外事学院客座教授。著有诗集《五月的乡村》《罗纹江之吟》《渐行渐远》《一些春天总要作别》等。

# 哨楼山

熊游坤


烽火台从边关挪到哨楼山

老人说，是兄弟的，跟我上

他们退守一座山

旱魃叫小花。她爹的泪哭成哨楼山通往

狮子坳的小溪流

枯萎的山坡只有还魂草

民团队员用大红缨子砍刀，砍树，挖树根

坑深了，弯腰见不到人


一年年真快。蓬蒿丛生，草木枯黄。春雨接秋霜

狮子坳和山林达成谅解

哨楼山像个装满水的青花瓷瓶

雨水流进狮子坳

狮子坳把身子匍匐在山脚下

再也没了枪炮声


**作者简介：** 熊游坤，中国作家协会会员，影视编剧。诗歌作品见于《人民文学》《诗刊》《星星》《扬子江》等百余种中外文刊物。电视剧《永远的女人》编剧。出版《流动的岁月》《鸟鸣村庄》《土声》《双河镇旧事》等八部书籍。

# 哨楼，是一种仰望的姿势

邱绪胜


一座哨楼，屹立于历史的纵深处
打望。让川府南大门的地平线
一次次挣脱了庸常的视野
一路向南，向南
不断地延伸至诗意的远方

看一万亩油菜花
如何校正蜜蜂飞翔的高度
和乡愁的经纬度
在山间田畴，一畦畦红薯叶
堪比一册册古老的线装书
装帧出一本农耕文明的画册
这些枇杷树，古老而时新的居民
给一抹抹浅丘赋形
用小小叶片书写着一个新时代的《贝叶经》

方曲河如带，挥舞成虞公的长绳
伟哉，美哉！总有一些传说
携带基因和密码
阐释着那一群漂泊者的沧桑和坚韧
也打捞起一口古井的寒意和恩惠

有人用一滴滴汗珠，探测着生活的盐度
哨楼，一个古老词语的化石
不断被时光打磨，抛光，包浆
仍在一部残损的志书里熠熠生辉
成为生活的钻石，或者舍利子

这是一种仰望的姿势，亦是一种攀登的态度
哨楼村，头顶星辉的桂冠，身披月华的盛装
掠过胡笳哀鸣，穿越烽烟的氤氲
一种精神在兵燹中拔节
一种信仰在炉火中锻造
小小哨楼村，正雄踞时代的桥头堡
在新农村的建设中，马蹄生香
一骑绝尘，摇曳一棵棵文艺的小树
长出了一叶叶专属于自己的翠绿
时局的敏感和动态
都写在响彻云霄的那一声呼哨里

**作者简介**：邱绪胜，1970 年生，四川遂宁人，文学硕士，中国诗歌学会会员，四川省作家协会会员。有诗作在《诗刊》《星星》等刊物发表，有诗歌和评论入选《中国 2012 年度诗歌精选》《新世纪十年四川文学评论精选》等选本，出版诗集《阳光戒尺》。先后两次获得全国诗歌大赛一等奖。

# 哨楼村诗志（组诗）

许　岚

## 村史馆

一些美好。被曲曲折折地还原
一些美好。还在路上寻找

辜、李、张、黄、刘、王、袁、魏、鄢……
这一山山一沟沟不同姓氏的乡贤
或以身殉国的进士，或以身护家的武举
或除盗爱民的知州，或清廉平叛的将军
或节孝女性的典范，或经学教习的校长
或钦斋泥塑的始祖，或开凿堰渠、引水灌溉的市长
或地球化学标准物质检测中心的奠基人
或修建黑龙滩光荣献身的平民英雄……
他们，脱去历史的尘埃
或着官袍，或着青衫。从各自的风雨雷电中
风尘仆仆地归来
赶赴一场文武森林的际遇

忠烈、悲壮、智慧、红色、乡音……
是每个故事每个场景的底色

实物、史料、文字、声音、光影……
是每个时代的见证者、记录者、解说者

忠孝节义。这条耕读的脉络
这份传家之宝。依然是薪火最温暖的
血脉。清澈如泉、鲜活如初

就是这一刻啊。一代代
古与今的家国，在我的景仰里同框
在哨楼村的月光里皎洁
在哨楼村人的春光里和煦

一片作家小树林。苏铁、红梅、紫薇
银杏、香樟、桂花、茶花、海棠……
一百多株，故土的作家
正将自己的深情，种植在这里啊
这座村庄的今昔与未来
也将会开出诗意的花
结出缤纷的果

## 栗林坡的清晨

栗林坡。与晓止山唇齿相依
像李氏穿了三百多年的
一件族衣

我来的时候
甲辰龙年的春天刚刚站起来

油菜花、豌豆花、胡豆花、梅花
融化着岁月的料峭、凛冽
花椰菜、青葱、油皮菜、蒜苗、莲花白
葱茏着满坡的光景

栗林坡的清晨
岚烟中的先人、后人
次第苏醒


## 李钦斋故居

这座始建于清代道光年间的武举人家宅
曾经二进式的典型川西四合院
如今只萦绕着三间青瓦房的叹息

皇帝御赐的匾额、圣旨
文武名流往来的唱和
都已成为依稀追忆的故事

成为故事的，还有这里曾经是武棚
私塾、临时村小学、知青居住点

生产队伙食团、晓止村电影放映处
村内集会文娱表演场所⋯⋯

一架风斗，空置在街沿上的孤独
锈迹斑斑。曾经忙碌的它
转轴着十代人怎样的峥嵘与沧桑

给我惊喜的，是这座摇摇晃晃的老宅
它二百年以来，生死护卫下来的
门当和户对，以及四根完整的石柱
支撑石柱擎天的四个石墩上
雕刻着工匠怎样的生活场景、人文精神
几扇半塌老窗上的花鸟虫草
雕刻着福字怎样祈福天下的初心

李钦斋曾孙、晓止村小学最后一任校长李泽良
他守护和修缮家族荣耀的心愿
坚定而茫然

"钦斋泥塑"非遗传承人李永贵、李长青父子
泪眼蒙眬地告诉我——
"每当我们找不到创作灵感的时候
第一时间就是回到这里⋯⋯"

# 村水悠悠

一百口井。一百只眼睛
散落在哨楼村的清澈甘冽里

古井田、凉水井。这两只
最长寿的泉眼。源远流长着
井与人对美好生活的向往

一条绵延了数百年的河流
今天，终于有了一个真正的名字——
方曲河。几万亩田土、几千口人
都纷纷叫她"母亲"

一条溪。村人觉得叫溪太小气
喊着喊着，就喊进了乡村振兴的规划中
喊进了官方的文件里——
黑龙江……

这一股股智慧勤劳的支流
将鸡犬相闻的传统村庄
编织为鱼椒之乡的现代庄园

## 节孝坊

清道光年间。栗林坡斑竹塆李萧氏
她的节孝脉络，从《仁寿县志》里清晰走出
经其子李有春的匠心，一錾一錾深情凿述

使得我的阅读与敬仰更进一步
黄昏的光芒越发辽阔
这座三重檐牌楼式的石坊
被一田油菜花簇拥着的芬芳
越发清新、端庄、伟岸

皇恩，在"圣旨"里浩荡着
"节孝"，是一位乡野村妇织布赡养公婆
抚育孩子、守寡一生的传奇
是一部值得当今人们沉浸式思考的
传记

目光，在青石凿雕的石像、石狮
石斗拱、石鼓、石阑额、须弥座上触摸
在鱼尾飞角、狮兽、花果、鸟云草树
人物生活场景里感知
在楹联匾额书法的游走中惊叹……

即使，这座牌坊的身姿
一直清晰在我的想象里。但她的精神

依然是矗立民间的风景

不管时光，如何阴刻还是阳刻她
细腻饱满的情节、精巧绝伦的笔法
所有的沉寂，都会热血沸腾
所有的美，都将站起来


## 石佛湾摩崖造像


一块砂岩之壁
一百多尊大大小小的佛
或端坐于莲台，或站立于世事之中
或合奏于庙堂与乡野之间

虽然，他们大多数被好事者
敲掉了脑袋
但我可以壁见他们的面容
跃动在晚唐的匠心里

森森竹林，是他们遮挡风雨的屋檐

他们，还能在这里居住多久
时间也不能给我一个答案

我不是一个很称职的造访者

但我依然要爬过这座巉岩
祈福这一境界佛地
生存空间能有所改善

他们的活着，不是为了展览
而是为了美好地护佑

## 辜家宅院

滥沟湖边。辜家宅院，在长山埂
这把椅子上，一坐就是三百年

厢房已为石瓦沙砾。堂屋健在
目光被荣光清洗，神采奕奕地慈祥
筋骨经过数次修缮理疗，依旧硬朗

清代光绪丙子科武进士辜有闻
钦点蓝翎御前侍卫，从不妄取民间一钱
病逝，家人无钱办丧事
还是同乡筹资送其回家安葬

身着民国长衫的老者辜增荣
做过尊经书院教习、鳌峰书院山长
组建过"川南北伐军"并亲任总司令
四川大学校史，将其尊为

川大国学和经学的元老
百姓喜欢亲切地称他为"辜白胡子"……

先贤故去。他们的芬芳犹在
我从刚刚刷过的油漆中
嗅到了一屋子德馨中华的气息
门楣上"祖德流芳"的金字匾额
泛起阳光的湖海

从堂屋木板墙上
"光荣军属""长期抗战"
铿锵誓言的清晰墨迹中
你就可以琅琅读到
这一新时代文明传习点的
信仰与使命

作者简介：许岚，当代作家、田园诗人、诗想者。中国作家协会会员，眉山市作家协会副主席，成都文学院签约作家。作品见于《人民日报》《光明日报》《诗刊》《星星》等报刊，出版诗集《中国田园》。作品曾获路遥青年文学奖等。

# 哨楼村拾遗（组诗）

冉 杰

## 站在哨楼村

从哨楼山吹过的风，很锋利。
把辜姓吹成两半，一半是山，
另一半是鼓。风敲响了鼓，
成群结队的日子，像蚂蚁从潮湿的洞穴
搬家到鲜花盛放的山腰。

站在哨楼山，如絮的白云，
钻进哨楼的城墙。吹哨人的影子，
覆盖了一片片秦砖汉瓦。这一幢
睁开双眼的哨楼，向四面八方搜索答案。
或许，飞鸟飘落的羽毛
已经长成一把抒情的杂草。

在哨楼山，我想起了已经塌陷的故国。
稻草编制的帽子，罩住了很多人的脸，
没有谁举起生锈的镰刀，去收割
远方的一枚月。夕阳还挂在树梢，
从叶片流出的泪痕，所有的历史

串联了哨楼村的一部史诗。像哨楼山
坚硬的石头，发出柔软的光芒。

那一片翠绿的天，倒映出无数的影子，
像蚁族寻找盘根错节的根须。
软绵绵的风摇曳出许多老人的胡子，
把哨楼村的哨声，
打捆成一种生活的标本。

## 打锣山的声音

扯一把云，搓成绳子，
把打锣山挂在哨楼村的村口。
用一枝桃条捶成棒，敲响一座打锣山，
漫山遍野回荡着流水的桃花声。

敲击童年，敲出了多少的真情，
敲打中年，却敲出了不少的乡愁。
乡愁呵，就像铺满山野的杂草，
割了又长，长了又割。
满头的白发，雪花般覆盖了
生活的重负，像打锣山任人敲打。

吆喝一声，从狮子山坳狂奔而来的狮子，
张开大口，怒目圆睁，

喷射一股灼人的火焰。
打锣声一响，狮子的脚步戛然而止，
抖一抖身子，打锣山就开满了
血一样的花朵。

## 晓止山

黑色浸润的山，很潮湿，
被一堆野草圈养的月，已经
长满了斑斑的锈迹。以至于
割不断一根柔软的茅草。
但明末的风，像一块磨刀石，
把半空中的月磨成碎片。
李春旺随手拾起一粒碎屑，
就划破了头颅。朝阳还没出来，
夕阳就已挂在树丫。

一个家族的血脉，长满了四季的清香。
担心太阳一晒，香味散尽，
石壁上的"晓止"像僧人敲击的木鱼，
把一个朝代拖进了崖墓。

# 钦斋先生

把湖广的泥土，使劲地搓揉
揉成四川的一条河流
先祖的乡愁落在水面上
荡起的涟漪像打磨泥塑的刀刺
将泥塑修理得生动活泼

五根手指，指点泥浆
思想的头、呼吸的鼻、说话的嘴
都在指间能说会道
站立或者蹲下都是手指的灵动
嬉笑怒骂的表情也在弹指一瞬间
一双手，塑造人世间的各色人像
却塑造不了自己灵活多变的手指

其实，流行千年的不是泥塑
而是扎进泥塑里的三字经
私塾房的戒尺才能丈量塑身的真实
钦斋先生，我想用你手握的戒尺
量一量你的手指比历史长多少

**作者简介**：冉杰，男，四川达州人。四川省作家协会会员，成都市青羊区作家协会常务副主席兼秘书长。

# 在哨楼村

张凡修

借哨楼山一隅，沿本土的风俗
——"我是等待中的挥霍"
并不限于，刚刚领略到的一条山路
与幽暗的坝、沟之间
异化、孤远。从未有过的暗示
也不仅仅是坝与沟
还有凉水井、村史馆、辜氏宅院
——有风过境。该来的总会来
所谓异化，就是专注、走神到内心的物象
产生了分蘖。偶然的低洼地带
让我确信，菊塆、敬恭里
就在眼前。水和古宅之间
有没有存在之约
在哨楼村，遇见的，巧或不巧
都将以遇见的方式
谁也不能探进一条裙子的纵深
深处。我登顶，我回眸
只是挪移
却跋涉很久——像抽象的限定

当空当成形

　　一条裙子的环扣，你从身后解开


**作者简介**：张凡修，1958年6月生于河北玉田，居乡下，爱写诗，中国作家协会会员。诗歌散见于《诗刊》《星星》《花城》《作品》等刊，出版诗集六部。

# 在哨楼山倾听

金指尖

爬上哨楼山，不用侧耳
就能听见打锣山示警的铜锣声
那轰鸣曾经响彻
明清的左耳，民国的右耳
那些活在国史县志的
进士、举人、贡生、秀才以及
钦差大臣、按察大员、御前护卫……是
哨楼村记忆的活版
他们在诗文赋颂的碑林和族谱家谱里
分割着词汇，如一棵棵树
完成了最新一次奔赴
在岁月里叠翠，吐露芳华
而方曲河日夜流淌
在时光里走得缓慢
站在山头眺望一村一品的原野
我听见了骨骼里
嚓嚓嚓稻子一样的拔节声

**作者简介：** 金指尖，本名周剑波，四川省诗歌学会副会长，四川诗歌社社长、主编。诗歌散见各级文学报纸杂志。获有全国诗歌大赛奖项多种。

# 和三百秀才衣锦还乡（组诗）

周　渔

## 有时候就站成一排泥塑人

有时候就站在哨楼村史馆
从崇祯讲到爷爷那一年

有时候就在节孝牌坊下迎接圣旨
和身后三百秀才拱手作揖

有时候仅凭一张同治地图
就仿佛回到曲曲折折的山山水水

有时候端碗荷塘月色
就能照见脸上的沟沟坎坎明明灭灭

有时候漂泊大半生
归来仍是乌桕树上的小星星

有时候像道破嗓子的炊烟
老觉得有人喊你回家吃饭

有时候让张家的狗守在村口
把辜家的猫抱进李家的阳光

有时候庭院深深
一盆吊在屋檐的蕨类植物就能打通天井

有时候油漆剥落剥不了炉火
抱着几百年的牌匾唠几百年的嗑

有时候就坐在门槛
穿针引线绣一幅花好月圆

有时候就跪在祠堂前
背着祖训请他们原谅不肖子孙

有时候就站成一排泥塑人
翻着族谱悄悄地打量这些后生

## 打赏

和三百秀才衣锦还乡
起码有几百年的风风光光
几百年的敲锣打鼓

几百年的光宗耀祖

还得有几十个丫鬟喊老爷

几十里乡邻道贺

流水席吃他个三天三夜

那天你洞房花烛举起金榜

我就在你的背后听见夫人高喊

老爷有令

打赏三百年


## 族谱


每次翻开哨楼村的族谱

辜将军都在守孤城

辜司令依然北伐

李春旺继续赴死

李钦斋捏他的非遗泥人

张联珠还在绘同治地图

他们提着灯，遇见了

就会问你找什么人


每次圣旨来了

村里都要洒水净街

肃静回避

在族谱里给钦差大臣让路

你会看见举人擦着门楣
进士捧着金榜
孝女站在牌坊下微笑

只要翻开族谱
他们走再远的路，做再大的官
都会回来

面朝一村一县，拱手作揖
翻开一州一国，死而后已

## 文胆

张献忠举起屠刀
我就知道
那个叫李春旺的乡贤决不会投降

十二岁中秀才
十五岁中举人
二十五岁中进士
三十六岁河南按察副使
四十四岁以身殉国

只要有人拜见

他就会给你看

站在村史馆

捧出一颗文人的胆


## 村史馆太小了


村史馆太小了

已经装不下更多的乡贤

和他们的事迹

那棵三百年的乌桕请举人

移回月亮坝

那块皇帝赐的牌坊

节孝仪式完后

请李萧氏喊姐妹们抬回家

那位辜有闻将军死后就别还乡了

曾经独守孤城

回来只有镇守本村


如果你回到哨楼村

只是三百秀才中的一个

请主动忝陪末座

因为还有五十名举人进士贡生

等着衣锦还乡


辜增荣回来了

只能请这位川南总司令回去继续北伐
村史馆实在太小了
根本不允许骑马
但可以把自己的塑像抱回家

**作者简介：** 周渔，生于 1973 年，仁寿县作家协会副主席。创办《表达》诗报，推出"1997 中国现代诗歌理论大展"（上、下），曾从事媒体工作。

# 哨楼村拓荒牛

祥　子

硬质的精神，有花岗石强度
有深度耕耘的坚韧和刚毅
两千公里长途跋涉
并未改变埋头向前的一贯姿势
那蓄积了开拓与进取能量的肌腱
几乎要从皮下条条绽出

它双眼努力圆睁
目光直指脚下荒芜
两只尖硬的牛角始终向前
从未改变对正确方向的引领

唯有深耕广袤而富有生机的原野
才不负时代赋予的好身板
才能将播种与丰收紧密相连

尽管，荒芜的顽劣
将地表下的生机紧锁
拓荒牛沉重的四蹄开道
锋利无比的隐形犁尖
轻轻一下，就划开坚硬的地皮

牛劲开道，牛气冲天
勤劳四蹄铺展大面积致富领地
哨楼村沿着这条光明大道
一路迈向振兴乡村的纵深地带

　　**作者简介**：祥子，四川凉山会理市人。四川省作家协会会员，会理市作家协会主席。作品散见于《诗选刊》《诗林》《四川文学》《星星》《滇池》等刊物，著有诗集《在烛火下写诗》《燃烧的修辞》等，参与编辑民刊《零度》《理想》。

# 在哨楼村种树

罗国雄

挖坑、施肥，扶正苗木
覆一层薄土，不用浇水
回填的红沙壤，自会接引我
黑龙滩的血脉，潜流过月亮坝
与凉水井、滥沟、方曲河、黑龙江
的乳汁，一脉相承，母子连心
不停滴灌这棵石榴，等它长到
快有思想的时候，爬上哨楼山
给只此青绿插琼英，把坐果的落日
孩子般抚养成人，滚铁环过马道子
栗林坡、敬恭里、菊塆、牌坊坳
榴实溢出的天浆，渲染了打锣山
灯杆山、和尚山、晓止山，才将
一方山水扶上马背，由传统村庄
到理想庄园的星空，去漫步旅行

种树如种德，种树如做人
嘉树如我心。种下一棵树
就把一个我，留在了故土
等时间和耐心长成一片绿荫
异乡的另一个我，将会活成

一棵走动的树。而在我梦里
常有一只苏东坡诗里的鸿鹄
衔海棠花籽飞来哨楼村
请它们认真地
开一点在这一面山坡
开一点在那一面山坡


　　**作者简介**：罗国雄，七〇后，四川仁寿人，居乐山，中国作家协会会员。获《四川日报·川观》文学奖、郭沫若文学艺术奖、国际诗酒文化大会现代诗奖、"巴山夜雨"诗歌奖等。出版诗集《幸福燕》《遍地乡愁》《种云记》，主编《乐山百年新诗选》等。

# 哨楼村的魂（外一首）

熊　轲

院落、宗祠、寺庙，见证文脉源长
石壁浸染苔痕，细水长流，与记忆碰撞
闪烁着诗意的澜光，一帧、两帧、三帧

矮檐下的印象充实心脏，辅以脉搏旋律
完成一次躬耕，雨雾预示着丰腴和收获
是天然的祥符，庇佑土黄色的灵魂

清冽水光照亮一代代人的背影，南风里
背篓、笆笼、箩筐，融入俚谣哺育烟火
哨楼村在时代中被萤火虫照亮，安静下来
眷恋眸中流淌的银河，乡音赋予幸福

扁担摇着、摇着，骨子里积攒咸味养分
呼吸里的乡土情缘，写在年轮和皱手背上
村道联结村魂守了千年，不会被命运灼伤

## 守望哨楼

坐在晨曦中守望，青绿罩染村头的老树
苔色占据老墙，心魂被这方水土养育
在一滴沸腾的泪中，存储梦的波澜壮阔
窥见祖辈躬耕的热潮，遇见"鱼椒之乡"

你就等待樱花烂漫撩拨心弦，诱惑丹青
你就凝视蚂蚁结群，在丰腴的诗意中绘图
把乡土轻轻地捧起，温暖灵魂和信念

在哨楼村呼唤春天，在春天里点燃一盏灯
学会耕读乡村文脉，变得饱满，做个倾慕者
田埂之上深吸一口空气，泪流满面

**作者简介**：熊轲，笔名易为春，宁夏中宁人，长期从事文字编辑工作。中国作家协会会员，汝颖文化艺术馆副理事长，河南省青少年作家协会理事，宁夏诗词学会辞赋工作委员会委员等。有作品散见于《诗刊》《朔方》《延河》《人民日报海外版》等。

# 哨楼村记（外一首）

吉克有古

风吹过哨楼村，吹过打锣山
把辜氏家族吹成两半，一半是祭祀
一半是祖训。成群结队的云，
从天空悬着灰色的棺，试图
改变云朵消失，时间流逝的局面。
城墙与柳树外，一个孤独的老者，
给孩子们讲述："哨楼村遗址，符号成为语言。"
一个家族的史，就是无数的词……
黄昏挂在门上，桂花树的树顶，
两只小鸟注视熙攘的人群，而在酒铺里
四个老头，早已习惯了饮酒作乐。

## 月亮坝

抓住一朵云，
就抓住一部历史的遗址
舀下一桶水，
就堵住一条河流的隐退
我们在月亮坝，

用草帽，石柱，楠木……
以及李氏的大名，建造已故的王国
而刻在石头的节孝牌坊，其实就是一个
生活的标本。一亩三分地，
圈养了月亮、马匹、绳子、镰刀、火种，
还有祖父的坟。也许来自旷野的风，
来自寂静之地的雨，才是月亮坝
不可或缺的异客，或是永恒的主人


**作者简介：**吉克有古，彝族，1999 年生，四川凉山人。作品见于《诗刊》《星星》《草堂》《诗歌月刊》《北京文学》等，获第九届"青春文学奖"首奖。

# 哨楼村的哨音

詹义君

春风修正了哨楼村的哨音，
即使落在花椒藤上，也不再觉得刺耳；
落在紫燕的翅膀上，亲如家园的召唤。

落在一眼眼古井中，清泉涌出，
汇成一条方曲河，滋养牛羊、粮食和蔬菜，
滋养生生不息的人间烟火。

落在辜家宅院，尘封的历史被打开，
浮起一个个白天耕种夜晚苦读的身影。
透过雕梁画栋的表象，斑驳的墙壁隐现出
一条路，行走着秀才、举人、进士……
一头系社稷，一头系桑梓。

落在一个流连月亮坝的异乡人脚跟处，
惹动草木心，山水念。
祖国如此辽阔，放得下一个人的多情——
夕阳将落，他把山丘又默数了一遍；
明月初升，他把哨楼村又爱了一回。

作者简介：詹义君，四川邛崃人，一个游走于乡村与城市边缘的农民。偶尔写几句分行或者不分行的文字自娱。现为邛崃市作家协会主席，《临邛文学》副主编。出版有诗集《搭错车》《桃花错》。

# 种下一棵树（组诗）

吕虎平

## 紫薇树

种下一棵紫薇
种下唇齿间的柔韧
丰盈的花瓣僭越了春的模样
这个时候的天空
缠绵着季节的轮回

正午阳光下，一棵树挺立着
它让我，触摸到了人世的繁华
这个季节，特别像一个诗人
种下苏铁、红枫和桢楠
种下银杏、金桂和玉兰
这辈子，我的最大愿望
就是长成一棵柔韧的紫薇
结果却独树一帜
整片林树，三五结伴
唯有它茕茕孑立

脚上沾着泥土，也沾

一缕乡愁，而我
深陷于某些单调的词语
无力自拔，那些鲜活的词语
在蓝天和白云之下
正蓬勃生长，却让我
失去比喻和抒情的能力
于是，一片林树
成为最朴素的表达

## 乌桕树

一个村因为一棵树而传奇
一棵树因为一个村而不朽
这在中国，只怕是绝无仅有
一棵在玉皇灌，一棵在举人的门前
两棵百年古树，就是一对
夕阳里勾勒思念的情人
当它们的守望成了一种习惯
花的世界里就弥漫着芳香
无数的人从花下走过
无数的花瓣落在他们的身上
而我，第一次花前月下
就有无数只蜜蜂闻香停驻
我没有刻意去驱赶
这些劳碌的小小生命

我庆幸，有花落在身上
我还庆幸，我是一个
被蜜蜂采过的人


**作者简介：**吕虎平，中国纪实文学研究会会员，四川省作家协会会员。作品多次被《新华文摘》《中外文摘》《散文海外版》《散文选刊》《诗选刊》等选载，也多次入选各类散文年选。作品获《十月》《延安文学》杂志散文奖、长江文学奖等。

# 素　描

其　然

在一张 A4 纸上，要画出
哨楼村的全貌的确有点难
用旧的地名，标注于雪白的
纸张，似乎有童年的记忆
又似乎与这崭新的纸片有悖
除了哨楼山、打锣山
这些山岗变化不大，道路和水渠
都已经站得笔直。夏风拂过
把起稿时木炭条的色彩
吹淡了，又吹深了。滥沟里
曾经发酵了几百年的老故事
被拦水坝一挡，便蓄下了
可以流进村史馆的幸福景色
再栽上一棵皂角树
把背阴的部分加深
让远行的后代们，归家
即使是在月黑的夜晚，也能有
心中的路标，能够记得住
故土上的文才武举

作者简介：其然，诗歌归来者，20 世纪 80 年代习诗并发表。作品收入《中国 2016 年度诗歌精选》《2017 中国诗歌年选》《2018 中国诗歌排行榜》等几十个选本。出版诗集《原版成都》《心中有情就是诗》。

# 在哨楼村（外一首）

石 莹

是蝉鸣首先占领了山谷
而后我才挤了进来——在两山的空隙中
方曲河蜿蜒而下
在汨汨流水中给予我立足之地

我确信自己是一尾鱼，溯溪而上
孩子们的笑闹声落入流水
这是山谷一年之中最热闹的时刻
女人们一早就开始推豆花
流水淘洗着刚采摘回来的野菜
老腊肉挂在柴火之上，让我有一瞬间以为
这就是故乡。母亲亲切地招呼我落座
而我将要继续沿着潺潺流水洄游

餐桌上摆着冰镇的米酒
街道上放映的每一张面孔都是如此亲切
我将在这里小憩，择一处水洼幽居
并把他乡短暂地认作故乡

# 乡贤浮雕墙笔记

我听见过一阕笙箫在月色里徘徊的声音
石质的犁、耙在风霜浸染过的时间里沉睡

扛过锄头的男子，应该是我的曾祖
他走到我身旁坐下，给我讲述的内容
除了门前的山川、方曲河，庭院里的老井
还有一个农民对于土地最深层次的爱恋

流水是清凉的，里边游弋的鱼
仿佛被我书写的文字——
我看见时间和风沙在泥土的幕布上驶过
相较于史书的宏伟与辽阔，他知道
我更留意细节的部分
比如打过补丁的外衣，镰刀上的缺口
以及耕牛歇息时打出的一个响鼻

它们在暗地里押韵。而不经意藏起来的
一个眼神——
在饮尽我递出的烈酒时，又悄悄藏进掌心

**作者简介：**石莹，四川古蔺人，成都文学院签约作家。曾在《诗刊》《青年文学》《当代·诗歌》《星星》《江南诗》《草堂》《扬子江诗刊》等刊物发表诗作。出版诗集《月光梯子》。获首届观音山"生态文学奖"等。

# 生命的哨声
## ——来自眉州哨楼村的救赎

徐 良

坏情绪和慵懒
无疑是生活最致命的缺陷
何况已置身不惑之年
佛说这叫放下和随缘
时下，人们更流行叫躺平
我反以为荣，死皮赖脸
狡辩这叫看破红尘
强说这是纯真的心境

我漫无目的地行走
总走不出别人匆忙的光阴
我悄无声息地隐忍
尽管内心无比抗拒
可事实上那就是别人成功的逻辑
潮自起落、花自开谢
我学会了自欺欺人
就当是参加陌生的饭局
或者是经历远亲的葬礼

时空的风云舒卷变幻

历史的车轮碾轧性命

人们在寒冬的深夜里聚拢

燃起篝火，温暖信念

繁花与哀鸿，依旧孪生

我一觉睡到自然醒

差点赶不上计划的动车

站在不惑之年的路口

我没有选择的权利

城市的风吹过耳旁

隐隐传来急促的哨声


这是一种神秘的哨声

像从遥远的地方传来

又好像隐藏在铁轨的震动声中

随动车的消失，悄悄远去

但我却感受到了它的悲戚和愤怒

正好，我也即将随波逐流

随一辆动车赶往远方

不仅是为了我的营生

也为纠缠它或爱或恨的呓语


这是一种极其悠远的哨声

带着久远历史的气息

或是看不惯当下

看不惯我的坏情绪和慵懒

金灿灿的日子啊

在工业的烟尘中染上病痛
亲情、爱情和友谊
竟渐渐失去了动力
西装革履的梦想
谈笑风生地飘过眼前
我强颜欢笑，一病不起
我和我的厌恶，被世界遗弃

这是一种极其持久的哨声
时而隐匿，又时而清晰
铁轨的呼吸裹挟着它
时而高亢，又时而低吟
我被带入到了一种梦境
仿佛又走进了一片森林
一个村庄，一座哨楼
还有琅琅的读书声
对，还有金戈铁马、战火流云
这些竟然都是鲜活的历史
这若隐若现的哨声，从未停息

今天，就算哨楼不再矗立
可世间故事也还在继续
相信曾响彻村庄的哨声
也还在时空中穿梭盘桓
它跨越万水千山
它穿越唐宋元明清
它不分高低贵贱

亦如晨钟暮鼓，要不然
我不会在梦里痛苦挣扎
更不会在半夜里惊醒

文魁滋养文脉，武魁强健风骨
泱泱华夏，风流不足为奇
可区区村落，实在匪夷所思
辜李魏张，家风沁润无数豪杰
庙堂江湖，大义并举多少传奇
若不是神秘而持久的武德文风
怎么可能在这一隅之地
奏响这唤醒历史与生命的哨声

千里万里的呼唤
是何等的缘分与厚爱
辗转半生，我终于置身哨楼村
奇妙的哨声竟然消失了
哨楼也果然不见了踪迹
只有气势恢宏的村史馆
让人惶惶不安。我颤抖的心灵
跟随着缓慢前行的步伐
历史、荣耀和爱恨风驰电掣
滚滚红尘如波涛，我瞬间顿悟：
"一花一世界，一叶一菩提"

没有了哨楼的哨楼村
却拥有了更加神秘的力量

隐匿的哨声，如夏日的蝉鸣

仿佛我中年疲惫的生命

四面响起楚歌

深夜，忽然安静得可怕

我和衣而睡，哨声竟在梦中响起

我在梦里挣扎一夜

被坏情绪和慵懒麻痹的泪水

半夜苏醒，趁我不备

竟潮湿了我早已干涸的梦想

竟潮湿了我沉睡已久的爱

和我久别重逢的青春

**作者简介：**徐良，笔名亲勤、农夫，1981年生，四川剑阁人。现供职于四川省作家协会创作研究室。出版《俗定》《若水诗话》《若水神话》等诗集、评论集多部。

# 在菊垮

黄　啸

不必种得满山皆是，
房前屋后，或沿着一道溪流，
这已经足够让我朗诵：
"这些闪耀于土地的星辰。"
我偏爱金黄，如同向日葵
在画布上永不止歇地燃烧。
入药、茶饮，哪怕仅仅
为了照亮草灰的眼瞳。
而我只能将它种在阳台上，
像陶渊明冒牌的远亲。

**作者简介：**黄啸，1969 年生，四川新都人。

# 烟雨志（组诗）

易 杉

## 古凉井

这股凉水涌冒了上千年
像一块宝玉镶嵌在哨楼村
世世代代的方家和曲家
喝着古凉井水酿成的烈酒
送老归土，迎新嫁娶
凉水井有一个姐妹，叫古井
多少天地之气，从它们的身体
流淌出鸡鸣、狗吠和枝叶的繁星
它们就是哨楼村的一对好乳
喂养了月光、瓜果、欢笑和玉米

## 月亮坝

月亮坝不是坝
而是进入哨楼村的门道
月光碎了一地
像几句地地道道的欢迎词

## 哨楼

哪有什么哨兵
只有漫山遍野的鸟雀
哨楼，也只是
一段沉没的历史
在村口，你可能遇见一个吹口哨的人
茅屋上的炊烟，你可能
误以为遇见了一次惊险的敌情
冬天了，前哨和后哨
在我们寂静的窗外
仿佛遇上了一场美学的洗礼

## 打锣山

站在狮子山的对面
耳边总会响起沉重的锣鼓声

从柑橘林和枇杷树间望过去
哨楼中的敌情
已经沉入历史的荒野

透过黄土坡起伏不定的风雨
不见那阵咚咚咚的苍凉

也不见铿锵的鼓槌
挥舞着黑龙江的波浪翻滚

无论是辜家大院的老墙
还是月亮坝上的马蹄
无论李家的棍棒
还是泥塑的光阴

打锣山，像哨楼村有声的书页
春天来了，满山的野花花
忙忙碌碌的打锣人的子孙

一面火辣辣的大鼓
仿佛哨楼村上空飘摇的白云
故人已去，故事还在
鼓声穿过黑龙滩的宛转水域
响遍瓜果蔬菜和简单的红白喜事

## 菊垮

嗅到菊香的，不仅仅是秋天
而是一年四季，起早贪黑
山沟沟里的月光
盐一样地有味
姓蒲的乡贤，留下一脉情深的记忆

菊花，开满了乡人的梦境
菊香萦绕着灶前床笫

无论走多远
无论走多久
菊花就是一杯经常喝醉的乡愁
伴随菊塆人世世代代的
酸甜苦辣，生老病死

烟雨中有哨楼的魁伟
有石佛的至尊，走过坡坡坎坎
天赐的凉水庇佑一方生灵
像一枚图章，别上
方曲河儿女们的宏图大志

菊可断金，口中吐星辰
菊中有灯，照亮贫穷的光阴
菊中的药性，熬成一塆黏稠的慈悲

## 钦斋泥塑

总是有闻鸡起舞的日子
棍棒划出哨楼村的一蓑烟雨

总是有时间的马匹驮走

古盐道泥塑的海水

棍法即是刀法
雕刻哨楼的枪声
也雕刻辜氏经卷中的神秘

棍法即是心法
雕刻万物与灵魂的对峙
也雕刻孤独的千山万水

挂在天空的黑漆木匾
仿佛滚落的恩赐
栗林满坡
斑竹林游动马蹄踏新的韵律

回归一把泥土
黄昏了
你的刀具洗亮
作家树林的漂泊游魂


## 汉代崖墓

把你的衣冠留在风中
把你的灵魂吹进栗林坡

生命一定晾在高处

怎么也看不见
树梢上撩人的眼神
那个在棺材中走失
多年的父亲
你可是黄昏的鼓声
敲打着屋顶上的南瓜藤

命运能不能是一道悬崖
它们磨破了嘴皮
歌唱地平线上的瓦罐子

黑夜里
总会听见胸脯上的泪水
它们打湿了
石头、野花和玉米

你一定会在荒草中起身
你一定在脚板印中
听见祖先的咳嗽

当哨楼村的菊花盛开
我看见灵魂的百万大军
正在追赶蛮洞的日月星辰

## 栗林坡

泉水淌过，月光抚过
文进士，打马经过
武举人，刀棍划过
栗子满坡，哪家的女子泪水流过
栗香满坡时，扶马头的游子
用老花眼翻阅一封又一封发黄的家书

## 晓止山

打锣的人走了，太阳停在山坡
月亮一坝，月亮又一坝
游子的牵挂，乡音像一枚胎记
黑龙江的水，来来回回
亲人们坐在一起，谈论从前
雕梁画栋，钦斋故居
多少墨香、花香，萦绕哨楼记忆
瓜果堆满你的地窖
鸟鸣唤醒每一天的幸福
放哨的人走了，泥泞陪伴多愁的鸟鸣
坎坷不平的山路十八弯
起早贪黑的风风雨雨
望断泥塑烟云，放飞落英缤纷

# 灯杆山

群山亮了，窗外
石头举起了明天的太阳
不是因为漫山遍野的菊花香
不是因为锣鼓喧天，迎娶新娘
春天，石头砌筑的灯杆
砌筑一年四季的叮叮当当
辜家大院的老墙上，多少历史的铿锵
李萧氏双牌坊，那泪水浇筑的月光
曲曲折折的黄土坡啊
沿着方曲河走下去，你看见
万家灯火，泥塑的光阴在水声中荡漾

# 马道子山

没有马匹，也没有马蹄
黄昏，从哨楼山走过
你听见风萧萧兮，听见无边落木
岁月，在马背上刀光剑影
在雨中，突然回头
夕阳的余晖仿佛马群的嘶鸣
这是疼痛的风景，也是幸福的证词
跌跌撞撞的盐、花蕊和茶叶

黄泥巴和栗子林，我们忙忙碌碌的身影
和尚山的钟声，如洒向人间的慈悲
墓崖的回音，一刹那的墓志铭
当群山在烟火之中起伏，一匹黑马
仿佛坠入人间的耀眼星辰

**作者简介**：易杉，六〇后诗人，四川新都人。出版诗集《螃蟹十三梦》《拐角蜗牛》《黑蜜 黑蜜》。

# 想去哨楼村

涂　拥

我没去过哨楼村

易杉传来资料，让我写一首诗

先不写"示范村""平安村""十佳村"……

众多光环与荣誉

我只想去到哨楼村

在哨楼山上做一名哨兵

提着打锣山的锣鼓

敲响"天下太平""平安无事"……

星空下伫立月亮坝头

高声吟诵李白的《静夜思》

并取来灯杆山上的灯盏

照亮鼓掌喝彩的青蛙与虫子

做完这些，作为哨楼村新居民

也许我会扶着相思的白马

去方曲河边饮水

如果此时天还未亮

我才会考虑写一首诗

不过诗歌标题

依然会是想去哨楼村

**作者简介**：涂拥，四川泸州人，中国作家协会会员。有组诗发表于《诗刊》《中国作家》《星星》《作家》《诗选刊》等刊物，有诗作入选多种年选。

# 梦中的玉兰（外一首）

邱建明


一米阳光抚摸哨楼村的屋檐和竹林
我稀疏的头发像林中的杂草
春天种下的玉兰快要长出翅膀
飞进盛夏淡淡的寂寞

那天的小雨将乡下的尘土
写进月亮坝的诗行
两只蝴蝶在方曲河边飞来飞去
远方的亲人，请收下
岁月浪花谱写的小曲

哨子声在紧绷的身体里奔跑
端午的粽叶和中秋的月饼在民谣里发芽
月亮坝的故事里有奶奶皱纹里的老井
有祖先燃起的炊烟和马蹄的回声
夕阳驮着盐粒装不满村庄的粗碗

谁将陌生的雕像置换一种活法
谁又将一棵梦中的玉兰
重新带回吵吵闹闹的人间

# 哨楼无声

冬风慢
到哨楼村来晒晒太阳
晒晒我们冬眠的身体
和陈年的旧怨
晒晒方曲河流经仁里的一段歌谣

小雨吹哨
到哨楼村来读读炊烟
读读我们枕边的山河
记忆杂黄
是谁在画册里移植了路边一株
漂泊回乡的小草

在哨楼村，把鸟语还给桂花、月季
谁说孤独，摆放不下足够多的椅子
荷锄归来，围着诗歌煮茶
把窗外的雪花和半生的疲惫
——温热

陪一只蝴蝶，在月亮坝散散步
狮子坳的一片红叶，拥抱星辰
在村史馆里寻找
一把锄头、一粒玉米前世的家谱
乡愁的盐花喂养了多少乡贤

深夜，一些往事的喧腾和沉寂
淹没不了一个村庄的烟火
哨楼无声——
一封长长的信，写给苍茫

**作者简介：**邱建明，四川省作家协会会员，仁寿县作家协会主席。在《诗刊》《星星》《诗歌月刊》《诗选刊》等刊发过作品。获得全国财政系统征文一等奖，四川省文联、省作家协会征文二等奖等。

# 在方家镇哨楼村

郭　毅

在六月的方家镇，在哨楼村
处处可见我们必须恭敬的事物
比如广洪高速，切进东方西方熠熠生辉的日月
成宜高速北来的飞翔、成都环线高速熙来攘往的日夜轰响
仁寿连着红星路璀璨夜空中的热闹光芒
天府国际机场时刻起翼的星辰……
与金黄的玉米、坚实的大豆、绽绿的青花椒……
在村庄内部颤动的细节，沾染到的潮湿、露珠和指引
多么恰当地应合了水木时空中那些行云流水
那些远行的文武进士、节孝妇女、钦差大臣、御前侍卫……
与这块土地上的哨楼山、滥沟、凉水井、崖墓、石刻、泥塑……
在法则与境界的最高处，探出的绿叶和花朵
被梦想牵引着，在各自位置又有了押韵的火热阳光
我在这火热阳光中，就像一个逆流而上的移民，搀扶着爱人
踩着山河而来。那些有关"祖国""家园""繁荣""梦想"的名词
在阳光中，一天天壮大起来的躯干和阔叶
一下子让我手握光剑，恭敬地雕刻了一幅崭新的图画
为了这幅画，我已走过千年，但我必须控制灵感和狂喜
才能反复掂量，才能把已发生的和未发生的事物在这里安放妥当

**作者简介：**郭毅，四川仪陇人，中国作家协会会员，资阳市作家协会副主席。
出版诗集《行军的月亮》《军旅歌谣》《住在风的骨缝里》等十五部。曾获得
文学奖苏东坡文学艺术奖、鲁藜诗歌奖等一百多项奖项。

# 遇见一片小树林（组诗）

周乐安

## 一声哨响

越过哨楼山　从滥沟穿过
月亮坝上空
有星星飞来
落地生根

麦田辽阔　滥水沧浪
山脉绵延　文脉汤汤

一杯菊花水
比酒更醇厚　解不了相思意
那么，打锣山　灯杆山　和尚山
菊塆　敬恭里　晓止山　方曲河
……
终日吟唱乡愁韵律

风里　雨里　雪花里
千里　万里　千万里
有人等你

传闻红豆杉可医治癌症
我一直怀疑
针尖的叶　苦涩的皮
纵使修炼三百年
也不像老中医
但我相信　爱情有魔力

翻开一本书
你会遇见历史风云
你不必为每一个名字惊异
名字不比书厚重
细细抚摸
一笔一画
都是你来时的路
回程的灯

## 和尚山

站在马道子
和尚山走失了和尚
寺庙没有了灵魂

晨钟不念经
暮鼓熄了灯

木鱼敲不醒沉睡的尘世
佛光照不透泛黄的光阴

没有什么会一脉相承
海枯石烂　　天地崩摧
万物归零

五千年一轮回
期待下一个轮回里
都是参禅的人

作者简介：周乐安，中国诗歌学会会员，四川省作家协会会员。有作品在中央电视台、四川电视台播放，或发表于《四川文学》《四川诗人》杂志。出版个人诗文集《与往事干杯》。获全国"猴王杯"华语诗歌大赛优秀奖，"三星堆"征文大赛优秀奖。

# 在哨楼村，旧的时光都回来了（组诗）

彭 燕

## 哨楼村史馆

历史是没有尽头的河流
浮雕张开倾听的耳朵，李家、辜家、张家
状元、进士、举人、贡生、秀才
哨楼串联春秋
步入"文里武乡"之长廊
那么多往事历经风霜
时至今日，依然是"廉泉让水地"
一条系着乡贤的绳索
拽住十里八乡

## 辜氏宅院

石缸里的水，门槛上的灰
屋檐滴着的绿。三百年家训
先人们的手纹在青瓦上循环
窗棂，伸出的手臂
蜿蜒成"祖德流芳"

雨水悬挂十一代
在一盆槲蕨挑起的月光里荡漾

两位九十六岁的老人和他们七十六岁的儿子
在院落边，打牌、唠嗑、写字
把每一个横平竖直里拓印的家风，丢在肩上
用笑声托着，从颤抖的青苔上走过
再把落日从老屋挖出来
挂在屋檐下，被一只栖息过的鸟儿
唤作一个世界
打造村史馆的雕塑家

从一部家谱开始的旅途
蔓延至哨楼村的广阔历史
一个使命，被黏土挤紧，持续生长
碰撞，碰撞
泥土里逃出的泥花和火花
从醒着的星辰，落地的光阴脱颖而出
筑牢时间的地基，有树有林

他用灵魂
把祖先李春旺的额纹凿得更深一些
举着书卷的手抬高一点
十六世孙的他和祖辈们
共同完成的一个作品
静静地站着
不，在飞

# 我的树

三月十六日，我有了自己的一棵树

种在哨楼村，一棵桂花树

已经开过花了，但她很像我

每一片叶子，从浅浅的青里

开出灵魂的香气

那面刻着我名字的石书

被阳光照耀。我和我的树

合个影，我隐身于一角

此时此刻，大地万物被爱擦亮

**作者简介：** 彭燕，笔名风吹帘，中国散文学会会员，中国诗歌学会会员，四川省作家协会会员，仁寿县作家协会副主席，仁寿历史文化研究会常务副会长。作品散见于《星星》《四川作家》《四川诗人》等。曾获《星星》散文诗大赛优秀奖，苏东坡文学艺术奖三等奖等。

# 哨楼春秋

陈　思

仁寿，哨楼，春秋

每一个词里都是灵魂中的凛冬烈火

这世上有人杀身成仁，报偿万里山河

也有人在暮色中独饮，风吹山岗上的明月和竹林的凌空飞舞

绿叶摇曳在两个世纪的寂静暴风

谁的仁寿呀，我的故乡

那青春无敌的哨楼上的焰火

开满野花海荡漾的村落

苍茫的四季，当然也承载了春秋

春秋有大义，那是我们长江上的三峡，黄河咆哮奔腾的壶口，绝美
的江山与祖国

时间长廊中的一丛永生的蜡烛，在万丈红尘之上

照耀搬砖人，孤勇者，沉默的大多数

他们只是沧海中跳跃在无垠里的一滴水中的泪珠

隐藏着战争与和平，人生海海的南归北渡

此时，初夏如期已至

你可能在哨楼上极目眺望

黄昏的远山上的夕阳

照耀这土地上的人民

勤劳、正直、无畏、沉着

在万事万物中得大自在和大自由

仁寿，哨楼，依然在千年春秋的历史中就这样，不朽


**作者简介：**陈思，男，重庆人，定居成都。成都市作家协会会员。作品见于《星星》《山花》《绿风》等。曾主编《风向》《第四代》《新诗后》民刊。作品收录于多个年鉴与选集。

# 大梦方觉哨楼村

华 子

车轮滚滚，随喇叭声而至
谁能从这刚修好的乡村沥青路
听清被覆盖的盐马古道咸涩的铃声

谁又能听清百米深处地下盐河
咸涩的呜咽，从古至今日夜奔流
像永不安息的魂魄
不动声色托举着我们忙碌的日常

钦斋泥塑传人李长青和他的父亲李永贵
老是会做同样的梦，他们从先贤李钦斋的
梦中醒来，复活过往的灵感犹如山间蝉鸣
有时举着一小块新抟的紫色土
不觉又入先祖李春旺的梦中。与其说
是古今一脉血缘的遥相呼应，不如说
是一朝一代使命的默契交接

从小就在书里书外翻山越岭，秀才和贡生
到不了半山学问，举人和进士也难揭晓
一个人的草堂春梦，哪怕
竹篮打水复回到小山坳的匹夫布衣

乡音无改椒盐味，无论如何风吹雨打
他们清晰的背影都是经过了千淘万漉的
一口盐井，一砖盐茶，一粒盐尘
养己，助人，兴家，济天下
他们在京城和异乡的夜晚点亮灯盏
故乡的月亮也脸上增光


冬去春来，燕子从二十一世纪的晓止山头跃起
掠过栗林坡牌坊坳，在岾年李氏祖宅
筑巢，呢喃，上下翻飞，啄新泥


尊经书院的国学元老当上了川南北伐军的
总司令，可他原是滥沟湖一茅草棚的塾师
方曲河边的莲花在三伏中盛开
谁的生平用了它作为一篇定性的序言
跟踪了哨楼村所能跟踪的姓氏
他们各自对应了敬恭里怎样的一草一木
秉性不移，四海为家


"文官不要钱，武官不要命，
何以天下不太平！"你能相信这只是
一个小山村的一介武夫随口说出的话吗


泥墙上挂着枪炮林立的老照片
也挂着闪闪发光的镰刀和老皇历
孩子们将语文书卷成童年的万花筒，已难转出

"土匪""棒老二"和"饥寒交迫"的字眼
但现在，即使没有师父教带，亦有书生
酷喜闻鸡起舞使枪弄棍。护卫家乡的基因
是血液里继往开来的警觉的盐分

（如果家乡的绿水青山遭破坏
如果人们忘却了过去和恩情
请告诉我，这需要怎样的护卫）

我凝神注目，一双泥塑艺人的手
让书卷里流淌的姓氏有血有肉地站立起来
让大家看见哨楼村的日出就是海上日出

进入村使馆序厅，群贤像阳光涌入：
除了已由故土确认的乡贤，还有正待时间验证的
诗人、作家、教师、官员、村民以及异乡人
村史馆无疑是一座古往今来的灵魂会所

有迷雾和旗子升起的哨楼更像哨楼
有燕子和亲人归去来的哨楼村更像哨楼村

**作者简介：**华子，原名熊泽华，眉山市作家协会副主席，眉山市青少年作家协会主席，眉山市眉州东坡书院院长。出版有诗集《我歌唱的高潮就要到来》《小树林》，发表诗文五百余篇。曾获《光明日报》《绿风诗刊》等主办的全国征文赛一等奖。

# 哨楼村

乡下蚂蚁


夏日，走进梦中梦
琥珀色的光笼罩村庄
这里青翠，活泼，安宁
树有天真的手和翅膀


站在辜家宅院，我感觉
时间的碎片在飘浮、下沉
一群云雀欢快地叫着——
文有李春旺，武有辜有闻


村史馆，像个母亲坐着
坐成一只岸上的小船
望得见月亮坝蓝色的月光
听得见千年古井的回声


犁、耙、扁担、背篓、连枷
火钳、手电筒等老物件
有的在安睡，有的呼吸紧张
眼睛盯着虚空


群山吹着绿风，静默

如谜。我们支起耳朵听
方曲河讲述祖辈们的故事
撼天动地,多如晨露

哨楼村,一扇半开的门
通往稻花飘香的小路
它发出崭新的声音,比
青草生长的声音更有力

**作者简介:**乡下蚂蚁,本名陈立,生于1977年,四川眉山人。出版诗集《樱花落》等。

# 哨楼村（外二首）

林兰英


这是不太安静的村庄
村里住着汉代的、清代的祖先
故事讲到咸丰皇帝时
这里就成了强盗的安乐窝
他们精心布置陷阱

祖宗指点迷津
就有了保护村民的哨兵
哨楼村从此得名
承载了上天赐予的使命
许多年前，那些哨兵就读尽了天涯和寒星

他们的英灵在村子里进出
城楼，岗哨。一代人替换另一代人
用热血饲养同胞
无论寒露还是霜降
他们的肉体
都在接受上天的洗礼

而今新中国，新农村不再有岗哨
红旗招展，村民安然

幸福是安放于五星红旗下的每一张笑脸
他们任意摘取盛夏的果实
等待小满的新月不期而至

# 月亮坝

哨楼村于我是个传说
神游中
我去了灯杆山
马道子山
和尚山
走到月亮坝时
我沉默了
那弯酷似月亮的大田
灯光与月光交相辉映
一把冷冰冰的镰刀
无情地收割岁月
记忆在晚风中延伸
想起西楚霸王项羽，想起项庄舞剑的故事
我的心
有微微的凄楚和悲凉

# 凉水井

到了这里
总得蹲下身子去
取点凉水井的水来喝
喝出什么味道呀
张家的？辜家的？
水井的倒影都是匆匆过客
有时冒出一个熟悉的头颅
水井就荡起涟漪
一颗小石子落到井底
那是乡亲们与水井最为亲切的龙门阵

有时候
也有庄稼人来井边静坐
坐到月亮掉到井里
托梦为雨

作者简介：林兰英，女，四川省作家协会会员，简阳市作家协会副主席。
作品散见于《星星》《山东文学》《青年作家》等。著有诗集《穿紫衣的女人》
《蝴蝶苑》。作品被《中国网络诗歌精选》（下）、《百年新诗 2017 精品选读》
等选载。

# 每一座山丘都有一个好听的名字（组诗）

范学清

## 初到哨楼村遇雨

雨将枯草中的迷途变得清晰
洗亮前面宽大的挡风玻璃
这是整个冬天唯一的一场雨
需用急速的转弯，不断逼近
路旁干渴的土坡和岩石
而在别的地方会成为雪，成为
覆盖村庄的棉被。树木就像鸟一样沉睡

只有最先惊醒的土地
才会雨水淋漓。我们怀着怎样的心情
最先看到这些变化
却又畏缩于扑面而来的寒冷
仿佛只有储备的种子能够听见
有人已经站在月亮坝上
吹响了起床的哨音，催促懵懂的少年
仿佛打锣山的地表下面
正像鱼群一样涌动着粗壮的根系
它们在一场临近春天的邀约中
纷至沓来，攥紧了彼此的脚后跟

# 每一座山丘都有一个好听的名字

哨楼山是进村的第一座山
山里隐伏着暗哨
有什么消息传来，都是最新的预告

与之相连的狮子坳，只要
用一片老柏树竖立起浓密的鬃毛
风中呼啸的声音，就像狮子低沉的吼叫

打锣山的锣，四十年前
还悬挂在一棵苍老的乌桕树上
表皮皲裂的树干里面，是空洞的
露出的一截树根里面，也是空洞的

如果只剩下传说，和黑暗中
十个脚指头一步一步地摸索
灯杆山上的一盏灯
熄灭了多少年，才被
沥青路和太阳能光伏板所替代

而马道子山上奔跑的马
早已踏碎了一块块青色的山石
在这座圆形山顶上
那些或深或浅的足迹
被芭茅草覆盖后，时间也变得苍茫

和尚山上不用说
曾经有过和尚，也有过一座小庙
一个老和尚那么老
一个小和尚那么乖巧
一只木鱼，就召来了虔诚的善男信女
仿佛那些晨钟暮鼓，在黎明和黄昏
还在山野间游走、回荡

每一座山丘都有一个好听的名字
在哨楼村，每一座山丘上
都有一层一层开垦而成的坡土
那些坡土耕种了多少年，也耕种出了
自己与众不同的名字
那些名字经历了多少从开垦到荒芜
从荒芜到开垦的艰难历程
每一个名字，都像是
埋藏在泥土里的纪念碑
每一个名字，都让岁月源远而流长

## 晓止之意

太阳在这里升起
太阳也在这里落下
从"阳俶"与"晓止"之间

是板荡的岁月
是树欲静而风不止

只有一颗忠诚之心
才能铸就一个忠臣。把死生奔走
置于黎民百姓的安宁之上
扶住，已经岌岌可危的一个王朝
你用尽了全力，你流尽了鲜血
才能被故乡一座小小的山丘所认可
这么多年了，再也不曾更改

今天的太阳，将依然在枯木的枝头
燃烧烈焰
而千丘之地，早已熠熠生辉

## 敬恭里

恭恭敬敬来到这里
恭恭敬敬站立
恭恭敬敬扶住桥头上的马头
恭恭敬敬低吟：
　"廉泉让水地，文里武乡风"

三百年，就高中三百多位进士、举人和秀才
其中不乏文武双全的精英

就像一颗颗质地优良的种子
从这里撒向巴山蜀水，撒向神州大地
无论在哪里生根发芽，都会成长为参天大树

还有一位状元郎，就出生在邻近的瑞云乡
还有一位"千古一人"的中书舍人
主动挂帅，力挽狂澜
破天荒——
把江南的荷花变成了藕塘
把采石矶变成了创造绝世奇迹的战场


## 月光与刀光


究竟是月光照亮了刀光
还是刀光闪烁了月光
在月亮坝，他们打擂比武
他们光着膀子较量
面对面，刀对刀
不耍花架子，真枪对真枪

一身腱子肉的汉子
先保境安民，后建功立业
练就了一身英雄胆
练就了一身真功夫
豪气，犹如张家桥上一声吼

"文官不贪钱，武将不惜命

何愁天下不太平！"

这话掷地有声

这话明砍——就像月亮坝上舞大刀

十连魁的武举人

虽偏居一隅，皆是仁人志士

做了蓝翎御前侍卫

就敢孤身守昌平，护署五印

在八国联军环伺的北京城

握紧刀柄，握紧与生俱来的忠义和气节

## 哨楼村的乌桕树

哨楼村的乌桕树

是不是来自鄱阳湖激荡的波纹

哨楼村的喜鹊和乌鸦

是不是也迁徙了一千里

它们衔来的种子

拼命生长那些向南伸出的枝丫

迎接最茂密的风雨

那些在地下横冲直撞的根系

是不是直达湘君的水晶龙庭

那汩汩涌出的井水

因此不竭。滋养踏破了十双草鞋

挑着一担箩筐来到这里落地生根的人

那汩汩涌出的井水

一脉相承，耕读传家之风

耳濡目染的

还是忠孝信义、仁德仁寿之美

闻鸡起舞是日常

比悬梁刺股更努力更用功

将被战乱、瘟疫、天灾、野兽

几乎湮灭的文明

重新点燃篝火和烛

重新照亮月亮坝上摇曳的月影


## 哨楼村人


这些陌生而熟悉的面容

似曾相识，一脸真诚

仿佛他们只是换了一个名字

换了一个村庄

换成了辜姓、李姓、张姓和黄姓

又在这片山弯里日出而作辛勤耕耘

把小麦、油菜、水稻、玉米、棉花、红薯

轮换着播种，轮换着收获

把可以怡情可以入药的雏菊

种成菊埫，种成了梦想中的南山

把城里人难以忘怀的那缕炊烟
一天又一天，袅袅缭绕着家园

他们说话却略有不同
有本地的土语和口音
比如，把吃饭说成——"喊"饭
把很多说成——"蛮使多"
年轻的一代，出去闯荡一圈
就把普通话和成都话说得溜顺
但只要回到村庄，就恢复了
"大声武气"的直接和干脆
吃苦耐劳的坚韧性，挽起袖子和裤脚
让人一看，就知道是最舍得干的仁寿人

多年前在广东中山
我用蹩脚的普通话，认识了一个方家老乡
我们立即转换说话的口音
突然就那么亲切，那么动听
仿佛瞬间就看到了
家乡的田弯、坡坎、竹林
池塘中一座小青瓦房碧绿的倒影

## 哨楼村泥塑

归于泥土，归于尘埃的人

从泥土中走出来
仿佛一尊尊神祇，已经获得永生

从泥土中汲取的力量
犹如阿喀琉斯之踵
只有大地是无穷的源泉

只要"凉水井"和"古井田"这两口井
满溢成溪，拦蓄成湖
润泽这些聪明的头脑，灵巧的手指
乡村里也潜藏着曲水流觞的风景

流水不腐，大地也不腐
生生不息的，是这里紫色的泥土
这里紫色的泥土
养育了生生不息的哨楼村人

**作者简介**：范学清，笔名昨夜枫雨，四川省作家协会会员。在《星星》《延河》《四川日报》《湖南日报》等发表作品，获得过《中国作家》《诗刊》《星星》等刊物举办的征文奖。

# 月光下的哨楼村

龙滩渔翁

## （一）

半暗半明的夜把哨楼村做旧
四周的山像泥塑的老去的亲人
呵护着山村，像呵护着一本传世家谱

古井之上，有人在向井中求索
每一轮走过村庄的月
月光很重，能把一片厚土夯实成坝，成月
犁开土，就有李白的月光溢出
就有静夜思从古至今

## （二）

半夜的纺车发出低沉的哨声
李萧氏的愁绪在纺车上
转动春秋

一年一年月光如水，月半的黑龙江边
李萧氏的思念是飘摇的烛火，在纸船上，在水波上，在夜空上

铜锣山和她的孩子同命，属金
月光被它的刀枪刺破，砍碎，像边塞的飞雪

## （三）

水泥是最好的防腐剂
千年的足迹在水泥路下被封存
它们的根在土壤里不缺盐的养分
长在枝头，游在水中，也会托梦给后人

村史馆是一棵新栽的树
开现时的花，结历史的果

## （四）

据说，村中有棵老银杏
金黄的叶子能覆盖每个角落

那年，村外来过一排橄榄树，曾绿了南北也绿了村庄

这里新育的一片小树林
在文客去的旱冬带去了一场雨，如三月之约

# （五）

哨楼村的乡愁，在新农村标准化农田里
没有被格式化

每家的小楼都开有一扇窗
能望见村口回乡的人
也装得下彳亍的月光

乡贤的胃里每反刍一次红薯
就产生一股酸味
这是用产业园再多的花椒都麻木不了的

像鱼塘和江里的鱼，游得远近
总游不出方曲。一条和母亲身体一样，窄窄的河

**作者简介：**龙滩渔翁，本名张志，男，四川眉山市仁寿县人。军队转业干部，四川省诗歌协会、眉山市诗歌协会、仁寿县作家协会会员。

# 在哨楼村（外二首）

宋　扬

指引我走进哨楼村的
是它名字的来处
在和平年代默念
历史的烽火硝烟依然热烈奔涌
进不去落锁的村史馆
目光与思绪在"百度"里搜寻锈迹斑驳的钥匙
祖先，进士
让千年风流人物的典故于剖篾老翁的言谈中生根、发芽
长成一种有意识的荣光
文化兴村，还有很长一段路等待跋涉
拦水坝上，电动铁闸接过为村名代言的接力棒
为每一滴水站岗放哨
全面振兴的梦就如初春的油菜花
次第绽放

## 古井

需要静水深流
也需要一声怒吼，挺立河流的脊椎

浓酽之血从脚跟出发
抵达哨楼村先民的喉咙和胃
从此，一口井与一个村血脉相连

# 枝头站立一只鸟

黎明与黄昏时
村庄极致明亮
鸟叫醒花朵，吹动
暗夜的影子
枝头静立的不只鸟
还有，一个老村
表情沉默
长成一棵树
脚踩哨楼村春天的落叶
思绪向上，站成一棵树
通神
时光远远近近，走走停停
天空被叶切成星星
闪烁着隐没，隐没又靠近

**作者简介：**宋扬，四川省作家协会会员。作品散见于《人民日报》《文学报》《北京文学》《散文》《散文海外版》《飞天》《野草》《延河》《美文》《四川文学》《青年作家》等。获"红棉文学奖""四川散文奖"等。

# 在哨楼村，揭一个厚重的谜底（组诗）

余　娟

## 方曲河

从方家到曲家。一条河
淌出水井和田土的深厚
青山、瓜果、玉米稻谷
临水梳妆的小青瓦
各自掏出内心的丰硕
谁走进浪花的唱词
在游鱼和青花椒的味蕾上
哼唱一座村庄的前世今生
唱到哪里，哪里就有母亲
挤出的初乳

## 凉水井

低头。所有的心空
被一井清冽看穿五脏六腑
雨。落在肌肤又晕开

某些疼其实是一种突破
一股血脉穿越了两千年

花木饮过，农田饮过
哨楼村各氏数百人家饮过
从粮仓顶飞过的翠鸟
每饮一口，都会把鸣叫
牵挂在嫩绿和金黄的枝头

## 月亮坝

都说是月亮转世
瞧那田坝弯弯的身段
碎成水的月光，恰好抚慰
哨楼村夜的孤独
谁挥动明晃晃的手臂
在稻谷的刀锋上砍来砍去

## 哨楼山

半信半疑
一座看不见哨和楼的山坳
难道真有过村人在此练兵

猛然几只云雀惊飞
许是向我发出问候语
或向打锣山报告最新敌情
忍不住大胆靠近。那些古树的
站姿。吐纳的旧词新韵
以及山下炊烟的长势
似乎都在讲述一座村庄
一个哨兵的故事

## 村史馆

从一扇古风的门进入
于浮雕中复活的文武乡贤
立或坐，血液都淌着傲和疼
用心触摸。月下李萧氏
纺织的愁绪绵长凄美
在一幅彩色二十四孝图前驻足
所有的情节都直抵内心
李家、辜家、张家……世世代代
忠孝筑起哨楼春秋

旧时影像由远而近
一颗五角星从滥沟湖升起
点亮了村庄的前后夜
目光。锁定尘封的钢钎铁锤

似有血汗和号子从锈迹斑驳中
跌落。一泓碧水扬起马蹄
在哨楼村辽阔的版图上行走
种进农业魂魄的振兴的梦
于青绿间破茧

**作者简介**：余娟，笔名语涓。四川省作家协会会员、中国诗歌学会会员、中国散文学会会员、仁寿县散文学会副会长。作品见于《诗刊》《星星》《散文诗》《四川日报》等。出版诗集《流动的风景》。多部作品获奖。

# "哨楼村"是一个名字

虚　杜

每一颗星球、星球上的国家
国家里的省、省里的县
县里的村、村里的人、人
使用的物件大都有一个名字
宇宙是由名字组成的宇宙

"我"处在亿万名字的中心
活着就是取名字、拉近名字
或者给一些名字排序
记住"哨楼村"是一个机缘
拉近哨楼村却是因为一场战争

拉近了的哨楼村早已名不副实
哨楼不见了，哨兵沉睡的哨楼山
只有几处遗迹和遗迹上刻着的名字
在当世无数的名字中间闪烁
光亮将早已落幕的硝烟拉近

拉近的硝烟的余威仍令人窒息
拉近的哨楼村拥有晨昏的宁静

还有很多名字是不记得的
还有很多硝烟是没有闻过的
它们离哨楼村的村子很远，也很近


**作者简介**：虚杜，本名李堂顺，男，七〇后，诗人。军队转业干部，四川省诗歌学会会员，成都市作家协会会员。作品散见于《星星》《草堂》《小诗界》《读者报》《成都晚报》等。

# 在方家镇哨楼村

程　川

因村里的一座山而得名
山中的哨楼
今何在
朗朗乾坤早已掳走了
匪患猖獗的重重疑云

除了村民土著
一定还有什么掳不走的珍宝
藏在这里
让远道而来的人，着迷的
岂止是这一村子的月白风清

昔日哨楼难觅，但闻哨音隐隐
在哨楼山头打探
风声中，又见鹊起的
前世的雨啊雨
淋湿今生乡愁的种子

**作者简介**：程川，1972 年生。四川省作家协会会员，乐山市作家协会副秘书长兼诗歌专委会主任，从事文学编辑二十余年。

# 哨楼村印象（组诗）

陈　群

## 哨楼山

哨楼山的特别处
需要闭了眼才能看到：
这样浓烈的夜
刚好够张秀才或李举人
蘸墨疾书
风，与运笔的手腕一样
疾劲，吹过哨楼山
一位巡夜者，他肩上锄头的寒芒
呼应天空深邃处的一粒星
他映照过稻禾与文字的眼此刻映照
山丘、田弯、幽暗中无声奔走的路
方曲河前世的水
静静流淌在辽阔的夜
哨楼村堕入梦的甘甜里

他掏出打火石
敬自己一根烟：
今夜无事
天下太平

# 古凉井

得是多么大的恩情
才让一口井生生世世
涌泉相报

在八米六的深处
究竟安了一颗什么心
如此清亮、丰盈，永不枯竭
让每一个来到井边的人忍不住
向井口深深俯身

井水无澜，天光如止
一张脸在天光与水光中
越来越清晰

而当我们起身
竟与起伏在哨楼村丘陵田地的
麦苗一样蓬勃、簇新

# 辜家宅院

面向滥沟湖
如一艘静静守望

绿波的船

石阶梯弓着背
驮起你
一级一级登堂入室

三百岁堂屋泊在时间凹处
此时，细雨闪耀
历史幽微

为黎民冒天下之大不韪
获赐姓辜，浩然气由此注入
一个家族的基因长河

祖德流芳
被谁写得这样明亮
每个字都宛如新生

它高居门楣
把檐下的一簇菖蒲
映照得郁郁青青

**作者简介：**陈群，常用网名羽墨默发表作品，四川彭山人。有诗歌、评论文章见于《红岩》《四川日报》《海口日报》《读者报》等。

# 哨楼之语（外四首）

余　着

哨楼村的人多了起来，车也多了
邂逅一群作家的树和土壤
给小孩儿围绕几根弦弹奏的机会
吃得滚圆的猫咪尾随他们
今天，我在哨楼村
瓦片和砖头是人类唤来生命的引子
星星在天上探寻故人的绘本
哨楼村犹在，老人度过寒冬从中发芽
长成早春最早制作香肠和腊肉的成体
当筷子在桌上寻找锅碗瓢盆
地面的故人嗅着酒香回到村庄
哨楼村之声，在天上的时候
听遥远的游子林荫下的叹息
你赐予我名字和面庞
哨楼村之语，在我身前的时候
变成黄昏迁来的颜色，那朵野花
你赐予我肉体和力量

# 哨楼村

在哨楼村的街头巷尾

生活如同一场荒诞的戏剧

村民们穿着五彩斑斓的服装

走在石板路上

仿佛置身于一个童话世界

我站在村口，看着那些忙碌的身影

在这里，时间仿佛静止了

只有那些生动的元素在不断地变换

我走进一家小酒馆，听着那些古老的民谣

他们的笑声和歌声交织在一起

生活的美好与幸福

有时会出现在新修的路上

有时会徘徊在方曲河畔

在这里，太阳

不属于我一个人

而属于所有哨楼村民的

脚印和庄稼

## 哨楼村守候我的那棵树

我在哨楼村种下了一棵树

红枫叶来到饱含养分的地方

使叶脉跳动的源头，就在这里
哨楼村的村民浸湿我的叶，它得以生长
我曾在无数块土地上寻觅养分
充盈露珠，见到哨楼村时便滴落
像很多镜子折射出无数个你
我看到无数个你，放在眼心
在黑夜深处相遇是伟大的约定
泪水升温，我和你不得不相拥
如此高洁
我是一个自私者，乞讨哨楼村
富含营养的泪水
而今夜，村庄早已热泪盈眶
我和你热烈地爱着
从山林到村庄，从大街到缝隙
带领我的身体，从皮肤爱到深处


## 哨楼村的后现代颂歌


在喧嚣的都市边缘，有座村庄静悄悄
名叫哨楼村，高楼大厦间，他如隐士
守着岁月的秘密，那片古老的天空
这里的房屋不高，像是大地的守护者
用沉默诉说着千年的故事
村中的老树，精神支柱向天空舒展
诉说自由。时间变得模糊

哨楼村，你是后现代的诗篇
词语与汉字刻印在树干上
在这里，我名叫余着
在树荫里变成诗人


# 在野


我从此生于哨楼村
肆意奔跑，闯进一块田地
种下粮食、自己的身体、诗歌
八小时前的太阳穿透树皮织的衣裳
有昨日的香气，很新鲜
我在哨楼村的树下找到晒黄的宝藏
潜入石头内部的鱼，还有
隆起的葫芦瓢
万年前女人丰满的乳房
我被它养活了，活了几十年
哨楼村的水还未干涸
想救活死去的藤，村庄
当一切在这里存在
喜欢去山上寻找穿着
诗意的神明，看村民亲吻
它的背脊
我在哨楼村变成诗人
日落与黄昏，散落在

天上地下，一直寻找

坐在树干上吹风的村民


**作者简介**：余着，本名阙鹏霖。中国林业生态作家协会会员，四川省诗歌学会会员，成都市作家协会会员，仁寿县作家协会杂志编辑。作品曾发表于《散文诗世界》《延河》《海风》《四川诗人》《民族时报》《民主协商报》等。

# 哨楼村

彭　飒

哨楼村的晨曦，穿过你的笑容
落进我眼眶。新生的春天
修剪着山里的空气
静听树的交响，花的欢歌

所有的事物依据秉性，自由地
律动起来。不寻常的岗哨
在山之外硬着陆。你站在山峦览胜
抵进一口凉水井的深度

集结阳光、雨水和犁铧的调解
你成为庄稼的一部分。花椒和塘鱼
两个独立的词，围合大地之浪
每一步都满盈

经月亮坝，舞一次刀
过李氏祠堂，扶一回马头
在村史馆里，翻阅先贤漫漫
那文一脉，那武一脉

旧物自有光芒，那些耕读传家

不可晓止的石化物质，生长成村庄
的骨骼。你的一代一代
深入流水不能带走的哨声

以方曲河最好的身段，优哉游哉
等一只暗哨落地，像划过历史的水面
更像诗神埋下的伏笔
附在长歌短句上舒缓的痕迹

**作者简介**：彭飒，生于乐山沙湾，现居四川眉山，眉山市东坡区作家协会主席。20世纪90年代开始抒写像时光沙漏一样的诗歌，在各级文学期刊和报纸发表文学作品。

# 醉美哨楼村（组诗）

胡　娜

## 田野上的哨楼村

因为一场梦
让我为你献诗

我看见倒映在天空中的七千多亩耕地
在哨楼村提笔
雕刻一场最美的农业曲线和轮廓

玉米大豆做的台阶
为每一次升起的炊烟指引
抵达天空的方向

蝉鸣，雀叫，蛙声，都是为你献诗的浪漫的调色板
一年四季，春夏秋冬，你借乡村振兴的风
着力描绘
绘出一道光，一条通往幸福的开拓道路

哨楼村，你这一下子活跃了
文人墨客在排列成一块块腹肌的田野上

挥毫泼墨
绘出哨楼村的智慧和温情
绘出稻田里的一片欣欣向荣

因为一场梦
一场编织美好明天的梦
哨楼村继续在书写着
自己最美的诗篇

哨楼村怀里的恋人
在一千多亩青花椒的大平层醒来
不是那清脆的鸟鸣打开的双眼
是这闻之迷醉的花椒香味让人沉醉

哨楼村喜欢用这样的方式唤醒一切
直到小溪里的鱼儿
田埂上的鸭子
村里辛勤劳作的村民
被叫醒
然后一个个一头扎进村庄
徜徉……
成为哨楼村怀里的恋人

直到牛羊鸡狗被牵着
然后将纤绳交给一缕缕的炊烟
成为哨楼村心里的恋人

这种幸福的窒息
才在时空的隧道中延续

风捂不住哨楼村甜蜜的嘴
我要躺在你的大地上
等待你最幸福的亲吻

# 对话

我要和一座村庄对话
用那些土地上发生的事来表达

清代道光帝旌表建坊的节孝
透过时间的隧道打通古今
钦差大臣、河南省按察副使、御前侍卫
在历史的车轮上慢慢远去
中国地球化学标准物质勘探的开拓者和奠基人
在新世纪的时光中显露脚印
那些非遗传承人
吟咏的亦是民族文化

和一座村庄对话
就是要好好说话
把那些长在土地上的物拿来好好赞赏

桥下的溪流哗啦啦搅动着
善男信女的梦境
执着的粮食在地里拍打着
丰收的浪花
开成云朵的玉米、大豆还有磨得光亮的农具
透过月光照亮远行的游子

与春天听闻过的生命成长，好好对话
与夏天晒过的稻谷和草垛，好好对话
睡在八九月的收成上
与寒冬腊月的跑马练舞，好好对话

如果要和一座村庄对话
我想还应该说更多好话

**作者简介：** 胡娜，笔名佐桥，四川仁寿人。中国诗歌学会会员、四川省作家协会会员。曾在《星星》《青年作家》《诗林》《华西都市报》等刊物发表多篇诗歌、散文、剧本等。出版诗集《日出》。

# 哨楼春望

邓 平

## （一）

哨楼，是一部巨作
从明朝翻到如今
经时光发酵，现于世

文人、武将、节孝女子
艺术家、科学巨匠……
走马灯似的过
后安于，田园一隅

## （二）

去《明史》《崇祯长编》中寻
春旺，以进士的身份
与哨楼对视，写春
教育的春

做人的春
民族的春


（三）


生了四个"春"娃的母亲
没有名字
她用青春，写孝、写德、写芬芳

（四）


辜氏一门，文韬武略
续写岁月长春
从月亮坝、滥沟湖出发
安邦治国

祖德流芳
经千年，历练沉香

## （五）

月亮坝升起武状元
把月亮当成一面镜子
以正身
问天下太平
当"文官不要钱，武官不要命"

辜学照的名字
像武声一样响亮
敲打在官场的脑门上

## （六）

魏姓、张姓、李姓……
天下姓，就是一家、一国

他们举阳光，踏月光
望春而行
沿哨楼的路，行华夏文明

# （七）

哨楼，是希望的舞台
登上去的人，面朝世界

花开，必定带来春暖
当化学与国在产生反应时
是创新、是强大、是震撼
制造如此化学反应的人
是哨楼骄子——明才

一个民族挺立脊柱
这是走向世界的春

# （八）

泥塑里的匠心，复活
从哨楼出走的灵魂
转世轮回，一双巧手
流转千年的眼波

李萧氏灵气逼人的眼
正端视她的第九世孙

一个能复制春的人
——长青
他和他的名字一样
春色明媚

# （九）

春之前是冬
是寒、是暗影、是天问
而暗影终将投射
一万个春和景明

**作者简介：**邓平，中国散文学会会员，眉山市作家协会全委委员。有作品在《星星》《鸭绿江》《散文诗世界》《青年文学家》等刊物发表。

# 哨楼春

松　常

哨楼的春
如一湾清泉
以春鉴过去，也照未来
六百年，青山绿水
六百年，相望日月

仁者寿，巍巍陵州
寿者智，一方哨楼

"人慌慌而游走，风飒飒以南迁"
族无异类，书声琅琅
山高水长，耕读传家
兴家报国，追宗一源
万物生，独守其根

春，起于月亮坝
富饶弯曲的方曲河
流畅并惠泽一方

春，立于扶马头
秀才题诗，灵官威严

万洞桥下的溪水，扶马头旁的老树
诉一方威严，得一方贤者

春，映在凉水井
穿越千年，育一方水土
不涸的井水，养出
哨楼人良善向上的心
供日月明鉴

春，绕于方曲
一条玉带自天上来
染桃红柳绿
换五谷杂粮，引勃勃生机

春，是哨楼人的教育
进士归来，将教育举于村人头顶
如薪火照亮哨楼之路，代代相传
春岂能不旺

春，一尊生动的雕塑
从节孝牌坊到李萧氏塑像
武举人的刻刀传递至今
从有春到长青，春
惟妙惟肖，栩栩如生

哨楼村
古今忠孝，桑梓之福

"廉泉让水地，文里武乡风"
春旺、学照、钦斋、萧氏、有闻、明才……

万水千山，乡贤于斯
历史的旷野
望一望，便是春的希望

**作者简介**：松常，本名文堃，四川丹棱人。眉山市作家协会会员。作品散见于《诗歌月刊》《诗选刊》《延河》《安徽文学》《鸭绿江》《文化月刊》等刊物。

# 哨楼村魂

罗　薇

那个穿着青布长衫的青年
踏着乡间的晨曦归来
他的灵魂在微光中轻轻浮起

他想，人要回到村中去
魂要安放在乡里故里
是的，生命从泥土中来
又终将，回归到泥土中去

那个穿着青布长衫的青年
那个钦斋泥塑的传承人
故土在他的手中细细地揉塑
同乡的故人们翩翩地走来——

明末副使李春旺
正直敢谏，弹劾奸臣
官归办教，福照乡人
外地入侵，率民抗争
血染三桥，以身殉国

清代将军辜有闻

武举进士，诰授将军
居官八载，廉洁清正
卒于任所，贫无以丧
万民送伞，以志爱思

节孝女子李萧氏
早年丧夫，孤苦操劳
上敬公婆，下抚四子
四子有成，名传道光
皇帝圣旨，遂建孝坊

川大元老辜增荣
国学大师，经学元老
传道授业，学富五车
训诂音韵，阴阳图纬
医学医理，无一不精

"廉泉让水地，文里武乡风"
哨楼村的魂——
在文里武乡，在清廉节孝

那个穿着青布长衫的青年
那个创办村史馆的年轻人
把哨楼的春秋、红色记忆
把乡土的历史、未来图景
把一个乡村的宝贵印记
永远留存于哨楼的土地

这魂是千年的一脉相承

乡里沃土

在早春的细雨里静静地吮吸

它浸润着时代的馨香

它轻吐着大地的芬芳


那个穿青布长衫的青年

他回到了哨楼村

他说，人奔波得太久会劳累

灵魂游离得太久会成伤

他属于这里

他在与这村子做着——

心与心的对语

魂与魂的聆听


**作者简介：**罗薇，四川省作家协会会员，鲁迅文学院四川班学员，四川省省直（红星）作家协会副主席。著有散文集《风随四季》，脱贫攻坚报告文学集《先行者》，其中多篇入编《巴蜀史志》。

# 哨楼村

刘　俊

天上的云和山间的雾相近
平静的水池和晴空的洁净相近
炊烟袅袅的小村和书中的桃花源相近
哨楼村，古老的土地，如诗如画的村子
养育了自汉以来无数子孙
走出了，一个又一个青史留名的人杰

两千多岁的哨楼村，像极了
一位带着孩子的和蔼可亲的母亲
她的岁月，没有任何一首诗可以装下
她的美丽，没有任何一幅画可以囊括
她的慈爱，没有任何一个离家的人会忘记
即使在外经历了再多风风雨雨
回到村子，便有了孩子回到母亲怀抱的
来自灵魂深处的温暖

是啊，漂泊的孩子总会想家
而我也不例外，每当疲惫时便会打开手机
翻看哨楼村的照片，放大
仔细看那熟悉的
一山一水，一花一木，一房一路

孤独，是因为
没有家乡的一草一木在陪伴

**作者简介**：刘俊，成都市诗词楹联学会副秘书长，《天府诗报》主编。作品曾发表于《中华辞赋》《星星》等。

# 哨楼村纪事（组诗）

刘六佑

## 月亮坝

要收集多少哨楼村的月光
才能换来这么浪漫的名字
月光，真的没有重量
给予的却是——
远方游子，沉甸甸的一腔思念
月亮坝的，那一缕月光哟
请你告诉我
你见证过，哨楼村多少的离合与悲欢

## 老古井

哨楼村古井的水，甘洌润心
滋养出了众多的先贤达人
纵使兵荒马乱、民不聊生的日子
哨楼村走出的后生，只要怀揣一瓶井水
无论何时，拿在手里一晃

就会听见祖辈的忠告：

遵纪守法、礼义廉耻、忠信孝悌

# 村史馆

不仅是为了证明，也不完全是为了展示

追忆和触摸，一个村庄久远的过去

有悲伤、痛楚，还有喜悦与自豪

哨楼村那声凄厉的犬吠或那阵昂扬的鸡鸣

都已融进月亮坝的夜色，老古井的泉水

憧憬和展望，像一面擂得山响的鼓

也如一根响亮的鞭

催促和激励着广大的后生

向前，向前，一直向前

**作者简介**：刘六佑，男，四川仁寿人。从军多年，现居济南，喜爱文学创作。

# 我有一棵树（外一首）

钟守芳


终于，有一棵树
除了地球，独属于我

童年记忆
一点点清晰，成像
跋涉千里
从北至南，严寒和白雪
春夏秋冬，捧出低调的绿
开出绸缎般的花朵

种下山茶树
根，扎在哨楼村
那片迷人的小树林
一册册花岗岩的书，如广场上的鸽群
轻盈，跃起又落下
其中有一双羽翅，刻有
我的名字

我，我的花岗岩的书
我羞涩的山茶
一帧相互依偎的画面

定格在时间的某个刻度……

# 彩虹尽头是吾乡

奔驰的车队，慢下来
一只只蜗牛
爬行在高速公路

心中的标识牌
仿佛迷失在烟雨之中

"仁寿东"——终于心定
下高速，走上乡道
一条从人间铺上天际
的彩虹
蓝色红色，彩带飞舞
指引前行的方向
一路蜿蜒向上

彩虹尽头
稻田中间，十字路口
"方曲""哨楼"的标识牌
清晰醒目
莫名的欢喜和激动
涌出心的归属

心安即吾乡

何况有树，属于我……


**作者简介**：钟守芳，笔名芳草萋萋、梦兮。中国诗歌学会会员，四川省作家协会会员。作品发表于各类报纸杂志，诗歌入选《2022—2023四川诗人双年诗选》《四川诗歌年鉴》《川黔散文选》等选本，著有诗文集《守住秘密的出口》。

# 钦斋泥塑

李　旺

时间是泥塑里的分子，世代累积

一股股悠悠地旋转，盈括哨楼的山水

暗藏喷薄的潜因，对这片土地眷顾仔细

所谓发扬与爱恋，就是用铁质的刻刀

和存照木屑秀香的板，摹下脉脉心性

那些塑成方尺有余的工艺，需用

注满峭立清寂的眼睛去测寻

紧致条理的泥粒衔接，透着富于博大生命力

且亮丽外扩、吟唱风味历史的微表情

——可以肆意涵泳，品读匠人的寄语

凝视这些被定格的，又解读继承的词语

钦斋泥塑淡泊岁月的浮躁

纤徐，又追求趣与雅的琴瑟和鸣

铿锵晓畅的符号

从遥深的时间里，走来的哨楼村

褪去古奥的丝缕滞涩，在她的

热诚的子子孙孙的歌咏中，焕发新容

历史的辞藻都陈列在村史馆里

那一面乡贤浮雕墙映入后人的眼

——如烛火光烨，功业铺锦列绣的先祖

在这片土地上留下了动人事迹，哺育了世代村人
是的，后人要为过去与现在牵线搭桥
融裁有关哨楼生活、栖息、乐与悲的往事
收拢她的荣光、她的记忆
这些铿锵晓畅的符号
庄严，又温缓地策应着
哨楼村的新人们，向前走


**作者简介**：李旺，笔名杳台，四川旺苍人。现就读于江西师范大学汉语言文学专业。

# 清明祭（外一首）

李长青

我身着古时的衣衫
奔波了万里百年
才来到祖先们的坟头

我访问了民国的亲人
访问了清朝的亲人
访问了明朝的亲人
访问了唐朝的亲人

我从西蜀
一路湖广，一路江南，一路陇西
我从盛世
一路太平，一路风雨，一路向北
我从血缘的末端
穿越了历史的迷雾、荆棘、悲欢
才回到血缘的始点

我是皇帝、武将、进士、举人、秀才
在蜿蜒的泥泞路上播下的一粒种子
我曾是大唐的声音、明朝的奏章、清朝的弓矢、民国的书卷

# 老犁头

犁

一生都在犁，除了犁还是犁

犁过沙坡地、水田、黄泥巴地、河冭地、自留地

犁过旧时代，犁过新中国

犁过的苦要拉十牛车

犁来的乐比仓底的谷子还少

从娃儿妈还没进门时开始犁

犁到儿子出生，孙子出生

等儿子的孙子长大，扶得动犁头时

老犁头就彻底退休了

靠在土墙瓦檐下，锈迹斑驳地回首

一生中每一个天不见亮的早晨

每一口油灯下的红薯稀饭


长着牛的脊梁、山岩的骨头

和牛最亲近，拥有牛的全部秉性

一生只与土地推心置腹、血汗相连

老犁头，最终把自己也犁进了泥土

用自己犁过的沟沟坎坎，犁亮了今天的生活

土地的心思，犁头知道，叶子烟知道，高粱酒知道，山川河流

知道——

关照过它的日月星辰、风雨雷电知道

人世啊，再荒凉，杂草都会被犁耙刮走

它用一生的时间

把春分犁进去

把夏至犁进去

把谷雨犁进去

把霜降犁进去

把一生的黑白冷暖犁进去

把人世的酸甜苦辣犁进去

然后等，等

等来年花开，等清明时节

大地的皱纹上一垄垄青春，回来

**作者简介：**李长青，四川仁寿县哨楼村人。诗人，雕塑家，地方文史研究者，巴蜀文艺奖获得者。中国民间文艺家协会第十次全国代表大会代表，四川省民间文艺家协会副主席，四川省文学艺术界联合会专家库成员，哨楼村史馆策展人。

# 以方曲河的名义

李佳慧


哨楼山没了哨棚
匪人早已从良
打锣村破了锣鼓
天光自会催人
和尚山散了僧侣
庙宇在人们心中筑起


扶马头的文章
栗林坡的牌坊
凉水井的水依旧清凉
等到晓止山埋葬太阳
月亮坝再次升起月亮
逝去之人终将回到这里
以方曲河的名义
绕行十八里


**作者简介：**李佳慧，笔名季秋，四川省仁寿人。自许为热爱文学的斜杠青年，中医外科学硕士，心理学学士，仁寿县作家协会会员。有散文、诗歌发表于《眉山诗歌》《黑龙滩》等。

# 我在哨楼写春秋（组诗）

喻加强

## 哨楼村

两座不高的山
哨楼山和打锣山
隔坳相望

位于前哨——
一座预警
一座报警
站在那儿
铁骨铮铮
即使风雨如磐
也是一双温情脉脉的手臂
成为一方护佑
哨楼村的一楼风雨
便不是风雨如磐
而是用风调雨顺
写意一方吉祥安宁

## 月亮坝

一块川西坝子
静静卧在那儿
岁月里反复淬火、打磨
成一把弯刀
酷似月亮
这把弯刀
被坝上人们紧攥在手
祖祖辈辈怀揣虔诚，俯下身去
收割大好时光
收割悠悠岁月
每逢佳节
它才起身
转身成为一只净瓶
夜空中辉光熠熠
专门用来收集
出走多年的月亮坝人的热泪

## 晓止山

一株小草
却期望是一颗太阳

照亮一个行将就木的王朝

那个行将就木的王朝

是它心中的太阳

王朝陨落

它心中的太阳也陨落

它也陨落——

它用横切脖颈的一道闪光

为后人留下

轰轰烈烈的一瞬

一株小草

光芒微不足道

却暗淡了日月星辰

一株小草倒下去

一轮朝阳升起来——

它的光辉

能穿透时空

能照亮岁月


## 菊垮

不堪尘世喧嚣

就到这里来

采菊东篱

一桌

一椅

一壶

面朝南山

一盏菊花茶

便能荡涤

内心的浮云

于人世间无可救药

需要到菊埒来

菊埒

是一位归隐的华佗

菊花

便是他惯常使用的一味药引


## 扶马头
### ——写给纳溪教谕李天厚

您这棵古树

厚德以载物

三百余年

岁月里保持缄默

只用道德文章

为您开道鸣锣

门前的石马头

低过世间许许多多事物

打马路过的人们，感恩于您
恭谨下马，手扶石马头
甘愿为您俯身低就


**作者简介：**喻加强，中国诗歌学会会员，四川省散文学会会员，四川省散文诗学会会员。诗歌《陌生》《江姐》分别入选课外读本。诗文入选多本诗文集。曾于全国文学大赛获奖。

# 隔着哨楼的云雨

邱新韵

昨夜又起风
隔着哨楼的云雨
方曲河藏着多少童年的秘密
打锣声从另一座山传来
仿佛被拉回到紧张的放哨时刻
历史的马蹄声是一种梦境
来来往往的人消失在村庄的烟雾里

茫茫夜色，村庄安静
月亮坝化身一只蝴蝶
借着月光皎洁
从哨楼山飞到打锣山

狮子山的一棵树
收藏了夕阳的身影
一座村史馆也太小
收藏不完村庄的山水、树木、鸟鸣
以及父老乡亲的记忆

作者简介：邱新韵，四川仁寿人，有文章在报刊上发表。

# 一棵树　一座山　一条河（外一首）

郭　飞


栗林坡，牌坊坳，晓止山
咕咚咕咚沉寂在凉水井
一口口踮起脚
守望着方曲河蜿蜒的背影
哨楼，一个从一棵树上
结成的神话故事
在那苍翠的月亮坝，拐个弯
藏在马道子山的梦里

小时候，那山，那树
就是我梦里最香甜的呼噜声
方家，那是外婆的故乡
常常在山花烂漫的时候
带上一块腊肉，一包白糖
经过十五里山路的跋涉
看到外婆沟壑纵横的脸又多了些许褶皱

哨楼山，曾是我与小伙伴
指点江山，纵横捭阖的疆场
拿着舅舅给的木质手枪
穿梭于丛林沙石间

把身后的那些"敌人"一个个歼灭

哨楼，请记住打锣山的沙棘
哨楼，请记住灯杆山的酸藤
因为，它们，就是一个时代的记忆

## 没有哨楼的哨楼

茨藜花开的五月，就像锅里煮沸的汤圆
一簇簇白色的花蕾
穿透斑驳的慈竹，一点点
缠绕在挺拔的树干上
吱吱呀呀的虫鸣，传来股股泥土的芬芳

再次来到哨楼村史馆
不为馆藏，不为种树
就想静静地躺在隔壁的山岗上
看那朵朵白云如何落在月亮坝的田垄里
泛起一丝丝不规则的气泡
哨楼的山，哨楼的水，哨楼的湾
一茬接着一茬，一缕连着一缕
当年的哨楼已经化为尘土
那些往事却在心中不停地翻腾
那些民兵，那些匪患，那些战火
早已烟消云散

我们，将在哨楼的山岗上

继续守卫

那些百姓，那些笑容，那些好日子

**作者简介：**郭飞，四川仁寿人。在《黄河文学》《星星》《小小说》等刊物发表小说、散文、诗歌两百余篇（首），参与县级校本教材《天府新区　魅力仁寿》《仁寿民俗文化探究》编撰，出版诗集两本。

# 关于哨楼村的叙事（外一首）

郦炫竹

村人钓起的鱼被煮成了长长的炊烟
猫也被钓到房顶，急得直打转
据说炊烟的另一端是哨楼村的昨天
因为昨天的房顶上
也落了一堆重叠的梅花

和尚上了和尚山
跑了和尚，留下了山
但哨楼村人都相信
那些绵延不断的信仰与香火
会织成一张大网
替他们网回所有愿望
还有逃跑的和尚

月亮下人声鼎沸
暗面有刀剑嘶吼着誓言
亮面是农机闲唠着家长里短
阴晴圆缺间，此消彼长着
其实哨楼村的月亮
是一块大田
河水一碰就长满了绿油油的希望

凉水井听过很多八卦
百年间所有的见闻都被它搅匀在井水里
等着
明朝的水流向明朝
陈年的故事被酤成新酿
沉睡的辉煌被下一代焕起新光
一个雨季，更多的故事灌满心房

当鱼游过街巷
猫会一爪子捣碎屋墙
在漆黑的水渊里
鱼一口口吞掉猫的碎片、村舍的碎片
吐进气泡里
重新拼成明天的哨楼


## 哨楼村的时间


这是哨楼村的时间
黄昏将天空染上琉璃色
木楼静默，印满岁月的痕迹

沉落的月亮长满荒草
村庄的心跳在暮色中渐缓
时间在这里驻足

静听故事漫延成河

在哨楼村
故事总会被讲述很多遍
那些温暖与希望世代相传
在每一家门前轻轻回响

哨楼的钟声，是乡土的脉搏
每一声都是对往日的礼赞
乡村的历史在这里编织
留存着永恒与温情的画卷

在哨楼村的时间里
我听见乡愁的回响


**作者简介：**郦炫竹，仁寿县作家协会会员，眉山市散文学会会员。热爱文学，崇尚以文字"写天地之辉光，晓生民之耳目"。

# 哨楼村写意（组诗）

河　清

## 水与村庄

从月亮坝跨进哨楼村
你会看见两颗明珠
在方曲河的翅膀上闪耀，闪耀
那是泉水涌冒了千年
的凉水井，古井田

它们从山顶流向低处
流着流着便从身体里
流淌出树木花草与五谷
流淌出鸟语，鸡鸣犬吠与炊烟
于是一座村庄便在这块
一把泥土，一碗米
的土地上与水共舞

我在哨楼村的怀抱里遥望方曲河
母亲河上明珠盛开的地方
星星在歌唱，荷在舞蹈
果实喧哗着奔腾出山

而两颗明珠平静地在深处仰望
对这块土地始终怀着深情和谦卑
此时，它们喂养的月亮坝的
月光是什么模样呢?

## 哨楼村花椒

漫山遍野的绿
泅绿了我们的目光
仿佛一个春天都融入
那些绿啊，是乡亲们
种出的致富好光景

园中，乡亲们有的
在给花椒树灌注烟火气息
有的在修剪病枝与多余的树枝
如同把村庄的生成，变迁
尘世的日子说给你

树与一场雨缠绵呢喃
便将青衣穿上，日光依偎过来
披上红装的你啊，惹得夕阳逗留
香麻和利刺里跳出的箴言
随风飘出山乡
照亮寻梦之目光

# 哨楼村

阳光从月亮坝流进
哨楼村便沐浴着阳光
仿佛每一缕金丝都在
述说村庄的变迁
点染那一池荷的风韵
风穿过娇艳的迎春花
与村庄俏丽的身姿缠绵

村庄的模样暴露了
不堪的往事，冰雪雨雾
然而清晨的雨露，阳光的抚摸
古井田，凉水井与方曲河的水
都喂养着这一方土壤
漫溢的憧憬啊
如挂满树梢的野樱桃

细雨在风里侧身
村道上汽笛声
让村民的舞姿更加妖娆
乡音带着果蔬与荷的清芬
在山谷回荡
农旅融合，新的使命
擦亮哨楼村的容颜
于是，那么多眼睛看向这里
那么多脚步走向这里

# 作家小树林

冬雨中我们漫步哨楼村
寻她的生成，变迁
这是一个骄傲的群体
以笔为犁，不断，坚持耕耘
为时代讴歌，为人民讴歌

在哨楼村，在村史馆
揭秘一个村庄的生成
揭秘她的春秋过往
揭秘村民百折不挠的奋斗史

我们将在哨楼村
种植绿色的梦想
种下一棵树，便种下
一份情感，一份牵挂
而作家小树林基地适逢
今年第一场冬雨
沐雨候树，待春风

**作者简介：**河清，本名佘建珍，四川省作家协会会员。作品发表于《诗选刊》
《诗歌月刊》《鸭绿江》《华西都市报》等刊物，组诗《穿越老屋的诗》获由
上海市作家协会、文学报社等主办的第十届"禾泽都林杯"征文大赛二等奖。

# 哨楼山头，打捞一网记忆

刘　娇

哨楼村里几个肤色黝黑的小伙子
个个拖着结实的大网
相约浅丘之上，哨楼山头，打捞一网方家记忆

打捞月亮坝的记忆
乡贤们荣归故里，披着薄薄的月光
那是他们离乡时从月亮坝带走的月光
多少年来伴他们走过沟沟坎坎、风霜雨雪

打捞凉水井的记忆
凉水井旁，伸手任抓一把泥，随处一扔
就能谷粒散香，牛羊鸣野，泥塑成屋

打捞方曲河的记忆
逶迤多姿，跨过滥沟湖的
分明是一条黑龙
村人呼喊一声，神龙在天，泉水喷涌

打捞辜家李氏老宅下的记忆
贡生秀才三百五齐拜门外，锣鼓喧天
族人绣在袖底的族谱家训，群蚁排衙

从小到大，爬上心尖

一网网撒下
一波波记忆浮上
村史唱着几千年来古老的歌
那条叫古井田的脉搏正在跳动

**作者简介**：刘娇，女，笔名潇竹湘雨，四川仁寿人。中学语文教师，仁寿县作家协会会员。

# 牛羊自由意，山水逢异客

## ——哨楼组诗

西　野

## （一）

干旱与甘霖，赠予我
如果，干涸、开裂、枯败的土地
是我肌肤的每一寸
那么我的疼，在身上
如果见底的河床，倒下的菜苗
是我化脓的血肉
那么我的疼，在心中

从信仰、祈祷，到采石挖井
这场甘霖，终于落下
聚拢的黑云，狂骤的风
吹到千家万户里，润到土壤中
留在井里，奔向河流处
最终，融为我一切的源头

六百年了

在凉水井，你我同饮
在方曲河，赏荷听风
呼——
我伸着懒腰
抖落出花椒的清香，尝了尝橙子的味道
嘘——
吹一声口哨
庆祝淳朴村庄丰收的热闹

# （二）

## 立起的土

和着甘霖留下的馈赠
土壤恢复成了黄色
于是，我从这泥土中生长出来
而这黄，也成了我的肤色

生命的流动，立起的黄土
塑在这里，承载着历史的长河
文化的常青，村史的记忆
千百年后
你我相聚在此，成为命中注定的相遇

是人，是物，是记录

土壤变成了指尖残留的泥塑
而我，成了一名多情的刀客
是背篓，是笆笼，是犁头……
或者是乡土之情的归宿


（三）


**带走一棵村上树**

穿过寂静的风
一层薄雾好似游走世间的梦
青山，桃红，忽隐忽现
在方曲河，荷叶撑开的衣裳
小雨滴答落下
此刻，我的心，也忽然有些惆怅

戴着编织的草帽，扛着锄头的阿妈
在哨楼村的这片沃土劳作
一草一木，春去秋来
映照着阿妈的生活
作家的小树林，立下的青石碑
书屋里，承载着文字的记录
故里新颜
你我点缀着生活的艺术

啊——
哨楼
请让我带走一棵村上树
在远方种下
如果某天
我在高耸的城楼里迷茫
它便可以为我指路

**作者简介：**西野，本名钟晨晰，女，仁寿县作家协会会员，仁寿县青少年作家协会副秘书长。仁寿县作家协会公众号《飞泉》编辑。

# 如果要读你，哨楼村

殇 煜

如果要读你，哨楼村
我得站成一棵老树
忠孝正直、铁骨铮铮
像辜家，像李家，像张家

如果要读你，哨楼村
我得成为村史馆的拐杖
握住乡贤的掌纹
守护哨声曾响彻的家乡
有月亮坝、凉水井和黑龙江

如果要读你，哨楼村
我得钻进你久远的历史
试试古井能否打捞起
菊塆的花香、扶马头的尊重
以及和尚山的虔诚

如果要读你，哨楼村
我必须把你酿出的甘露细细品尝
直到它，成为我灵魂中的朝朝暮暮

到那一天
或许我才真正能读懂你，哨楼村
我会发现你的结局
是留给我们书写的未完待续


**作者简介：** 殇煜，本名唐婉毓，女，四川仁寿人。在省、市级刊物发表作品。有作品获奖。

# 种下一棵桢楠树

罗　坤

当阳光突然出现的时候

我在哨楼村

种下一棵桢楠树

它的根深入土壤

它的叶伸向蓝天


喜欢用雨水浇灌它

更喜欢带着它的影子溜达

不知哪里吹过来一缕风

亲吻我脸颊的时候，也弄乱了它的头发

别介意，闭上眼睛，接受阳光下风的气息

保证你会甜甜地想起，最美的故乡

有最思念的人


捞起一段过往

轻轻驶入你的梦

撒一网清清的泪光

打捞起已经珍存的爱

从此以后，桢楠树，就与故乡

永远永远不会分开

　　**作者简介**：罗坤，笔名骆申，生于 1967 年，四川仁寿人。中国散文学会会员，四川省散文学会会员，四川省诗歌学会会员。散文入选《四川散文》。曾获范长江新闻奖、邵子南文艺奖，有散文诗歌多次在全国征文中获奖。

# 春声（外一首）

何良慧

春风吹进哨楼村
是携带着文字而来的
文学的小树林
比花儿先闹腾起来
惊醒了
沉睡的狮子坳

在蛙鸣鸟啼之前
用铁锹锄头
把耳畔的清风
眼前的明月
心尖的期待
播撒，翻种

在夏蝉欢歌之前
用红橙黄绿
把村头的桃树
田间的油菜
河边的柳树
描绘，渲染

春风吹进哨楼村
是来编织五彩田园的
孩童们的欢言
比小树林更闹腾
此起彼落
涤荡在
月亮坝的春声里


## 守望


哨楼，哨楼
在天圆地方中静卧
用古老的名字
诉说着千年的传说

不是青石板
也能铺就穿越时空的隧道
那金色的麦浪
踩着时代的脉搏
跳跃着
翻滚成历史的长河
在月亮坝
欢快而自由地
流淌

流淌成
方曲河畔的麦香
连接过去、现在和未来
涌向远方
接续，守望

**作者简介：**何良慧，女，仁寿县作家协会会员。文学创作与理论研究并重，致力于学术与实践结合，以多元视角探索人文社科议题，主持或参与省市级党校、社科联课题研究十五项，成果丰硕。

# 遇见（外一首）

柒小玥


第一次走进哨楼村
转角遇见的不一定是哨楼
也可能是没有月亮的"月亮坝"
悠悠岁月，青苔握着时光的钥匙
打开了哨楼的神秘之锁
古堡、青砖诉说着三生约定
于今生初春的第一缕暖阳中重逢
路过熟悉而又陌生的街角
那些时而欢笑，时而歌唱的往昔
像一场突如其来的暴风雨，席卷而至

第一次走进哨楼村
十里相迎的泉水正潺潺流淌
打开热情的怀抱，迎接、等候
我问风、问树、问舞蝶
村头那口蓄水千年的古井
是否与哨楼签订了千世情缘
灌溉、抚育一方灵气
穿梭在千年的日升月落之间
融汇成灵魂与文字的源泉
充盈哨楼春秋

第一次走进哨楼村

邂逅一束曼妙月光，落在月亮坝

淡淡银光靠在我的肩头

竟是你戴着神秘的面纱与我重逢

星光闪烁，铺开你轻舞飞扬的舞台

小心地拽紧你随风而动的裙摆

拉着你纤细的臂膀，落入我的怀抱

前生，我们背靠着背

坐在满天繁星的夜空下

仰望写满相思的浩瀚天空

以花草和清风为媒，许下三世情缘

## 种树

殊不知，我也能种一棵树

一棵代表我自己的树

在哨楼村史馆的小树林

一棵娇小纤细的红枫

正沉浸在春姑娘的怀里

像不愿醒来的孩子

或许，是我的到来惊扰了它

伸个懒腰，打着哈欠

挤出稚嫩的枝丫

好奇地窥视着我

斜照的暖阳打破了你我的呢喃

落在你脚下的石书上

一笔一画，与春比美

一撇一捺，与花比艳

从此，以我之名，冠你之姓

签下不离不弃长相守的庚帖

你是我亲手披上嫁衣的新娘

我将携着你走向新生的殿堂

在征途漫漫的岁月中

余生，定与你共绘希望、美好

**作者简介：** 柴小玥，本名方琳，四川仁寿人，仁寿县作家协会会员，曾在《华西都市报》等报刊发表文章多篇，出版合集《愿岁月温柔，往事可回首》。

# 烟火气（组诗）

张红立

## 月亮坝

月亮坝上，
月光洒满了空旷。
夜空中，
一钩弯月挂在天边。
无数浪漫的传说，
都在这里绽放。
那漫天的星光，
像是繁星落入池塘。
月亮坝下，
是那宁静的村庄。
夜晚静逸的月光，
始终如一地照亮着哨楼村的方向。

## 老古井

古井旁，
微风拂过脸庞。

井水清澈见底，
仿佛藏着世间的真相。
古井旁的故事，
让人充满无限的遐想。
纵使岁月沧桑，
但井水依旧明亮如镜。
游子怀揣的一瓶井水，
就是哨楼村永远的乡愁。

## 村史馆

村史馆中，
是哨楼村久远的记忆。
展示着悲欢离合、喜悦自豪，
和那曾经的沧桑与希望。
犬吠与鸡鸣，
交织成生活的乐章。
那些陈年旧事，
如今已成为不朽的篇章。
仿佛就是哨楼村的光阴和脊梁。

　　**作者简介**：张红立，女，四川仁寿人。中国网络作家协会会员，四川省网络作家协会会员，眉山市作家协会会员，仁寿县青少年作家协会理事。

# 月亮坝的传说

夏　末

## （一）

天香浸夜
水色摇轿
采一轮皎洁作头饰
月亮坝的舞袖
暗香浮动

晨曦微露
桂子吐蕊
做第一个祈祷的人
月儿落下的时候

愿望要穿过轻灵疏朗的炊烟
寻到归宿和未来
迎着晨光退场
月亮坝的世界
从无黑夜

# （二）

我是一株仙草
生生灭灭，生生不息
是我在月亮坝的世世代代

我同人群一样
受月亮之神眷顾

月亮升起，月亮落下
天上一枚，地上一轮
照进世间万物
照进一寸寸潮湿冰冷的心

从此，往来都是欢笑与和睦
我也变得柔情婀娜
以最温柔的姿态
永生

**作者简介：** 夏晓燕，笔名夏末，女，四川仁寿人，四川省散文学会会员，仁寿县作家协会会员。

# 在哨楼村，种下一棵树

喻　斐

在哨楼村，种下一棵树
一棵与我名字相同的树
汲取方曲河水
月亮坝狮子山护卫

李家、辜家
红色基因抵御风雨
哨楼的春天
丰沃的土壤长出石书

扶正我稚嫩的桂花树苗
铲上新鲜的土壤
襁褓中的树根安然落地
在书香四溢的小树林扎根
每一片绿叶泛出光亮
我和我的桂花树
在时光中沉淀，风雨中成长

哨楼的炊烟缠绕心底
思绪不知不觉飞越山川

桂花芬芳，枝叶的律动是我跳动的心符

　　**作者简介：**喻斐，四川仁寿人，仁寿县作家协会副秘书长。作品发表于《方志四川》《中外文艺》《眉山日报》等刊物。曾获《方志四川》脱贫攻坚征文四川省二等奖，荣获四川省"2020年中华经典诵写讲演系列活动·写经典"优秀奖，荣获眉山市"2020年中华经典诵写讲演系列活动·写经典·诗文"一等奖。

# 哨楼村的夜与晨

杨馥瑜

在哨楼村的边陲
月亮坝如镜
静卧在夜的深渊
星辰如诗，轻轻沉落
是织女遗落的银梭
洒一池光亮
化入碧波
结出密匝匝的思念的网

凉水井旁，清冽泉水轻轻拨响
空灵鼓轻吟
跳跃的音符
在舌尖弹奏出交响
它是时间的行者
每一滴，都穿越在时光的长河
唤醒那些沉睡的生灵

在晓止山之巅，大地于此苏醒
披上朝霞的华服
与晨曦共舞
在她的怀抱

听见风的呢喃
目睹满山苍翠如何轻轻睁开眼睛

古道蜿蜒，石阶铺陈
是历史的织锦
岁月的薄纱
轻柔地覆盖这片土地
匪患之火
已随风而逝，化为尘埃
而村民的坚毅刚强
如苍松
岁岁常青

汉武阳的回声，魏平井的叹息
在青石的肌理上，镌刻下斑驳
才子流星，进士孤月
智慧之光，照亮故土
祠堂木雕，细语着往昔的荣耀
如古松年轮，一圈一圈
是一句一句经久锤炼的诗
李春旺之名，在河南传为佳话
古松傲立，直指苍穹

现在，夜幕低垂，星光隐退
风停了，雨也止了
在这哨楼村的边陲
静听——

生命的低语
土地上，每个灵魂都找到了归宿
远古的智者怀着憧憬
向这片土地献出赞颂的诗篇

如今，朝霞的涟漪更迭流转
扑腾出浮想联翩的海浪与远帆
去吧，去吧
让自由的风带你无畏地远航
去吧，去吧
尽情地生长
在静默中孕育出燎原的力量

**作者简介**：杨馥瑜，女，四川仁寿人，眉山市散文学会会员。中学时开始创作文学作品，作品屡见于省市级文学报刊。获四川省"温暖的回响"征文一等奖、"情系黑龙滩"征文一等奖等。

# 在哨楼村的围墙里，想象（组诗）

李 婷

## （一）

玉皇灌山上的古树
一棵，一棵，一万棵生长

我却站在摩崖石刻对面
诉说辜氏家族的乡愁
心事葬在万里之外的贵州

贵州、四川，贵州、四川
两兄弟注定在仁寿哨楼里相逢

## （二）

舀一碗凉水井里的水，哨楼村
温柔有力量
浇灌哨楼里的文学之树

一碗凉水井里的水，哨楼村
就让青野里的旱鸭们，沉沦

此时，就在此时
打锣山上响起人民胜利的欢呼

# （三）

想象中的月亮坝上
她们载歌载舞
他们，耳鬓厮磨

想象中的月亮坝上
她们，小麦稻谷与炊烟缭绕
他们，青山绿水天地间徜徉

而想象中的我们呢？
在哨楼村的围墙里，想象
走进去，出不来的困惑

**作者简介：**李婷，女，笔名李若亭，四川省诗词协会会员。二十余首诗歌分别发表于《巴蜀诗词》《远景》《大江》《飞泉》等刊物。

# 古井（外一章）

紫云儿

井水清冽甘甜。夏天，如冰山上的雪水，浇灌你的饥渴；冬天，丝丝热气，温暖你的肠胃。

它看见：男人们一肩井水、一肩晨曦，推开虚掩的柴门，狗摇头摆尾地为他们开道，此起彼伏的虫鸣为他们伴唱。

它看见：女人们一边围在井边洗衣裳，一边家长里短，叽叽喳喳地笑，在盆里叮叮作响。

它看见：一个小女孩反复打捞月光和蛙鸣，用稚嫩的双肩，试图为父母撑起一片摇摇晃晃的天。

它见证了天真无邪的友情：一个小伙伴不慎掉进井里，另一个小伙伴一把将她救起，忘记前一秒她们还在争吵。

它也见证了淳朴甜蜜的乡村爱情：一个年轻女子在井边洗衣裳，一个年轻男子一桶接一桶地帮她提水，他们有一句没一句地闲聊，蓝天白云在水桶里晃荡。

多年之后，我想走过那条弯弯曲曲的小路，静静地聆听它杂草丛生的孤寂与思念。

# 月亮坝的月亮

谁说月亮坝没有月亮？

将时光推远——

我和小伙伴们在月亮坝"栽冬瓜"。

分成两组：一组浇水、施肥、收割，一组当冬瓜。

我们这些小冬瓜一只手乖乖地扶在地上，一只手高高地举起，等待快快长大，等待主人来摘我们回家。

银白色的月光温柔地披在我们身上，昆虫此起彼伏地吟唱，还有若有若无的稻花香。

将时光拉近一点——

路灯闪烁，树影婆娑，月亮娇俏地躲在树梢。

听不见任何声音，只有我和一个男孩的脚步在泥土上"沙沙"地响。

我们倔强的黝黑的脸，被汗水打湿的衣衫，精灵般在夜的眉梢穿梭不断；

我们不怕苦、不怕累，为理想而执着练武的精神，精灵般在夜的眉梢穿梭不断；

我的青春和少女不为人知的甜蜜的忧伤，精灵般在夜的眉梢穿梭不断。

月亮坝的月亮，穿过我的童年和青春，正盈盈地照在我的纱窗。

**作者简介**：紫云儿，本名张云飞，四川仁寿人。小说、散文、诗歌作品散见于《星星·散文诗》《散文诗》《诗选刊》《诗潮》等刊物。有小说、诗歌入选年度文选。

# 待嫁的绿梅

丹　菱


那夜，风把莲花托举

母亲去了天国

我紧紧抱着母亲的小可怜

一株为母亲守灵的小绿


风和雨垂泪

鸟儿集体沉默

狗们趴在门前呜咽

小可怜抖动枯萎的残香

金银花使劲地白


点燃香烛

跪在母亲的灵堂前

小可怜成了我的小幺女

八年的母女情深

我的思念化作雨露阳光

浇水，修枝，倾诉


小幺女慢慢长大

纤细的身姿向上挺拔

绿白色的小天使

像土地上一朵芬芳的傲骨

口吐花蕊温暖寒冬

哦，我的绿梅


雨中漫步哨楼村

走进他的风雨人生

抚摸他的前世今生

感叹他柔情汉子的铁骨铮铮

想起待字闺中的绿


是哨楼村的峥嵘故事

作家小树林的传说

启迪了迷茫的我

玉兰、银杏、红梅、桂花、铁树

纷纷落户


我的幺女，我的绿梅

我构筑的风风光光的大梦

难道被哨楼村

这样俘获


三月十六日是一个节点

细雨蒙蒙，想说
诗意陪鸟儿敲锣打鼓
松鼠在树上跳舞
一乘现代花轿载着绿梅
向哨楼村驶去
伴娘红豆杉比新娘还要兴奋

绿梅，绿梅
作家小树林就是你的新家
你的归属
妈妈和你一起
迎接一树绿色的花朵

**作者简介**：王燕群，笔名丹菱，女，四川丹棱人。作家，诗人，中国散文学会会员。

第二辑

看遍哨楼萱草花

# 哨楼村留题

唐　毅

　　甲辰四月，芳菲未尽。十七日晴光大好，应彭燕女史命题，为吾县方家镇哨楼村作。此地有崇山峻岭、茂林修竹，更有曲江经流，两岸稻浪千重、花果飘香。听丝竹管弦之乐，领山川风物之美，观村史馆藏之盛，吟成一律：

方家有幸钟灵秀，曲水回还远市嚣。
深树鸣蝉山寺静，浅滩走马哨楼高。
南坡进士诗词古，北伐将军意气豪。
文里武乡新景象，美邻精舍枕江涛。

　　**作者简介：**唐毅，四川仁寿人。中国作家协会会员。著有诗集《十九张机》，散文集《崇丽之城》《大地上的乡愁》，长篇小说《荷花塘》《做官》，长篇传记《旷继勋将军传》等多部作品。曾获首届海燕诗歌奖、第四届朔方文学奖、第七届冰心散文奖等。

# 在哨楼村

曾 玉

梨花疏落未成雪，油菜铺开黄色笺。
贤圣堂前栽一树，从今风雨拨心弦。

作者简介：曾玉，本名王曾玉，四川眉山人。四川省作家协会会员，作品散见于《中华诗词》《星星》《扬子江诗刊》《诗词月刊》《鸭绿江》《草堂》《四川作家》《四川诗人》等各级刊物。出版诗集《我喜欢的寂静》。

# 哨楼岁月（组诗）

钟昭训

## 一、扶马头

教谕一方尊上流，文章道德写春秋。
先生正学多年后，名节还彰扶马头。

## 二、钦斋泥塑

钦斋艺术百年名，七字精工塑众生。
巧手运刀逞绝技，匠心抟泥寄深情。
捏来茶馆人间乐，做罢钟馗神鬼惊。
大样微雕皆有意，亲民自是受欢迎。

# 三、村史馆中

重来故地恰灵辰，第二家乡倍觉亲。
学子情怀多烂漫，老师风骨自嶙峋。
难将昔日初心忘，还作今生敝帚珍。
村史馆中寻旧梦，少年曾是爱花人。

# 四、哨楼春秋

## （一）（新韵）

哨楼山下老姑家，犹记当年酒与茶。
土灶蒜苗煎腊肉，菜油鸡蛋炒椿芽。
方曲河钓金鳞鲤，古井田捞青米虾。
可叹慈容多不在，徒将往事对桑麻。

## （二）

别去今来十数秋，宜人风貌竞迷眸。
廉泉活水通方曲，古井清流入滥沟。
瓜熟椒香遍地果，鱼肥猪壮半山牛。
乡贤合力成名馆，村史更新永不休。

## （三）（孤雁入群格）

重来故地意何如，两处雅园寻旧庐。
三载闻鸡因上学，十年俯首为教书。
曾同山月漫分酒，也向闲田早荷锄。
满目而今新气象，巧工作馆献明珠。

## （四）

钟灵毓秀溯源长，更创十佳鱼米乡。
文武贤风同激越，辜张李姓共芬芳。
敬恭里内廉泉在，月亮坝中村史扬。
大道康庄通四海，倩谁再续写华章！

## （五）

漫提往事忆增新，今我重回少故人。
两校荒疏因发展，合村勤勉为舒伸。
鱼椒致富千家笑，历史流芳一馆陈。
岁月长歌逢盛世，花醺诗酒总如春。

## （六）

忆昔哨楼表婶家，乡村情味醉桑麻。

铁锅土灶摊春饼，卤水山泉点豆花。

小院当风云影乱，大哥劝酒夕阳斜。

重来更爱新容貌，一馆峥嵘未足夸。

**作者简介**：钟昭训，网名"花未眠"，四川仁寿人。高级教师，仁寿县诗词学会会员，仁寿县作家协会会员。诗词爱好者，多次在仁寿县主题征文比赛中获奖，作品偶见于各类纸刊、微刊、公众号。

# 哨楼村（外二首）

梅德林

方家文武尊，春旺哨楼村。
天厚常青树，郎如正泰根。
灯杆明院落，凉水育灵魂。
光宇龙江月，摩崖刻石存。

## 哨楼怀古

沧桑岁月竞风流，史志弥香凉水幽。
打锣山鸣辜寨旺，黑龙江映李林优。
双科进士文武出，三省举人经纬收。
泥塑长青功后世，清新方曲映哨楼。

# 行香子·哨楼

进士纶巾，孝子贤孙。哨楼魂、莘李承根。武文耕读，种作收存。靠牛儿耙，梭儿织，锄儿耘。乾坤雨雪，史鉴风云。沧桑远、凉井清纯。珍稀古木，丰足新村。醉李花闹，荷花挤，稻花醺。

**作者简介：**梅德林，四川仁寿人，四川师范大学中文系毕业，文学学士。退休中学高级教师。仁寿县诗词学会会员。

# 寄情哨楼村

汪文高

## （一）

方曲河边晨雾开，诗人到此独徘徊。
哨楼百载经酸雨，古井千秋长绿苔。
栩栩泥雕招墨客，青青瓦屋聚贤才。
家声振远民风正，更有书香扑鼻来。

## （二）

丽日晴空访哨楼，经年故事馆中收。
乡贤热恋一方土，文脉传承有领头。

## （三）

青山围拱一帘春，藏馆泥雕亦有神。
故事千秋传有序，功夫不负哨楼人。

## （四）

往事如烟几许年，塑雕文物续村篇。
乡愁一部哨楼史，曲水红泥育俊贤。

## （五）

一抹乡愁何处寻，陵州才子用情深。
廉泉让水应无价，催绿楼前小树林。


**作者简介：**汪文高，四川仁寿人。中华诗词学会会员，眉山市东坡诗社副社长，仁寿县诗词学会副会长兼秘书长。作品曾在《星星》《巴蜀诗词》等刊物发表。

# 鹧鸪天·雕（外二首）

汪兴海

意向拓宽雕落红，匠心才气两相通。
方家游刃千重壁，尽在传神惟妙中。

## 题哨楼村

直上青云遥望眼，客观布局占鳌头。
一方水土分明月，十里星河好个秋。
混沌点穿称翘楚，栏杆拍遍把吴钩。
人生到底知何事，无限风光在哨楼。

# 敬恭里

风水轮流楚楚家，廉泉无语泽桑麻。
蝉鸣高柳传声远，犬吠连山应日斜。
笃定非遗文晋级，新载软件浪淘沙。
正疑王谢燕归处，看遍哨楼萱草花。

**作者简介**：汪兴海，四川仁寿人。中华诗词学会会员，《仁寿诗词》主编。有散文入编《中华当代散文大观》《中国散文大系》《中华散文百年精华》等文集。

# 哨楼撷萃

汪懋勋

## （一）

陵州村落竞芳华，应赞哨楼绚丽花。
仁里寿乡添艳韵，钦斋妙笔绘云霞。

## （二）

圣地遥迢难雀游，哨楼咫尺是芳洲。
骚人雅士踵仙境，东道浓情把客酬。

**作者简介**：汪懋勋，仁寿县诗词学会会员，热爱诗词创作。

# 哨楼情（外五首）

刘建勇

哨楼故地起新村，雅士寻风觅旧痕。
墨染诗笺难入梦，乡愁一抹断人魂。

## 哨楼村

钦斋雅士眷陵州，缕缕春风拂哨楼。
多少乡音怀壮志，新村一座立千秋。

## 月亮坝

醉卧清风柳影长，诗情煮酒续文章。
哨楼有意泛春韵，月亮坝前夜未央。

# 哨楼村史馆

诗书半部写春秋，几树花开迎哨楼。
村史更知游子意，一蓑烟雨解乡愁。

# 哨楼作家小树林

诗中小树已成荫，静候春归雅客寻。
谁煮清风茶一盏，石书铺就待甘霖。

# 凉水井

哨楼泼墨写清凉，古井寻风亦有光。
月影幽幽心若镜，众生共济在文章。

作者简介：刘建勇，仁寿县作家协会会员，仁寿县诗词学会会员，热爱诗
词创作。

# 哨楼村（外四首）

杜昌辉

青山绿水哨楼村，史重文深留客人。
田垄春风千户实，沙泥塑出大乾坤。

## 博物馆

哨楼藏馆叹奇人，指转刀削云有根。
此景千般出谁手？黄泥两袖李家孙。

## 史馆文物

无声有泪忆当年，往事如烟鼻已酸。
回首扬鞭中国梦，小康把酒赋新篇。

# 泥塑像

天工巧夺塑泥人，魂魄千姿眼有神。
乡俗乡贤忠孝节，指间情满总归真。

# 哨楼村印象

东风吹垄满园春，曲水河吟此地人。
武将挥刀驱敌寇，文官提笔为黎民。
哨楼山看遗痕尽，月亮坝谈雕塑真。
史馆多情迎远客，诗人因梦墨为邻。

**作者简介**：杜昌辉，四川仁寿人。中学高级教师，中华诗词学会会员，四川老年诗词研究会会员。作品在省、市、县级等刊物上发表，著有《杜氏族谱》《石家村史》等书。

# 哨楼村史（外二首）

郭文远

滥沟见证沧桑史，月亮低吟示范瞳。
节妇摛怀流雅韵，廉泉让水拂春风。
武乡鸣剑平边客，文里崇奎治国雄。
头雁高飞群雁起，蓝天舞殿正和融。

## 哨楼旺族

辜家祖辈鸿儒出，李姓儿孙秀士催。
尚武哨楼关上剑，崇文晓止雪中梅。
三邻热血英豪梦，百世丹心玉翠堆。
滴水乾坤藏奥秘，一村史话一瓯醅。

# 哨楼泥塑

钦斋结彩张灯处，扶马长青正玉蕤。
弱水三千掇皓月，痴情九万举钟馗。
诗书烟火精魂铸，指腕泥沙俊秀垂。
跋涉珠峰何所惧，非遗族里耸丰碑。

**作者简介：**郭文远，仁寿一中语文高级退休教师。仁寿县诗词学会会员，四川省老年诗词学会会员。

# 哨楼村

陈志轩

史料齐全晰且真，一抔黄土塑金身。
辈出人才桑梓地，曲水流芳格外亲。

**作者简介：**陈志轩，仁寿县诗词学会会员，眉山市东坡诗社社员。

# 荷塘美（外一首）

杨超英

戏水蜻蜓绕碧塘，垂丝堤畔巧梳妆。
青鱼摆尾偷偷望，摇曳荷花缕缕香。

## 哨楼村韵

冉冉红旗映哨楼，英才荟萃志不休。
乡村示范多元化，古韵新姿堪一流。

**作者简介：**杨超英，仁寿县诗词学会会员，热爱诗词创作。

# 哨楼村吟

黄正驰

溢美唯忧赞语穷，诗词歌赋满堂红。
东风莫让贫家冷，不负乾坤画图工。

**作者简介：**黄正驰，仁寿县诗词学会会员，热爱诗词创作。

# 忠孝哨楼

徐志新

忠臣孝子武文全，历代哨楼多俊贤。
情系家国才智献，复兴华夏盼梦圆。

**作者简介**：徐志新，仁寿县诗词学会会员，热爱诗词创作。

# 记事扶马头（外一首）

魏仲辉

自幼闻知扶马头，百年古树载春秋。
旧时骑马途经此，尊敬先贤下拜侯。

## 哨楼史吟

哨楼村史永长留，古事先贤在眼浮。
泥塑钦斋高技巧，知州光宇政廉尤。
官封春旺监察使，盛赞萧娘育子优。
卧虎藏龙风水地，名扬万载世人讴。

作者简介：魏仲辉，仁寿县诗词学会会员，四川省老年诗词创作研究会会员。

# 寻古闻今哨楼村

李国松

凉水古井涌甘泉，润泽代代出乡贤。

忙耕闲读诗书卷，文武之地泥塑传。

**作者简介：**李国松，四川仁寿人。四川省诗词协会会员，高级工程师，退役军人。爱好文学、绘画、书法、音乐、工程设计。

# 作家小树林（外二首）

刘少宇

带露花枝倚短墙，俯窥才子笔端狂。
清风篱畔芝兰秀，明月亭中翰墨香。
漫步迷津凭指点，楫舟浩海任徜徉。
时光不辍堪嘉勉，小树成林作栋梁。

## 哨楼村之恋

泥塑传神故事多，牌坊坳上影婆娑。
三更灯火将书读，十载星光把剑磨。
月亮坝中当纵酒，哨楼山下好讴歌。
当年饮马花前歇，叙旧还来方曲河。

# 鹧鸪天·拓荒牛

　　耕战终生未赐侯，一双犄角带吴钩。田间掀起千层浪，陌上填平万丈愁。欺恶虎，赛骅骝。情归黄土不回头。扬蹄耗尽千般力，青草三餐无所求。

　　**作者简介**：刘少宇，四川仁寿人。古诗词爱好者，仁寿县诗词学会会员。

# 哨楼村之春（组诗）

谭仁富

## （一）

哨楼春色满山弯，枝吐椒芽挂刺间。
白雪千堆藏凤意，多收几担破穷关。

## （二）

荷田碧水荡春波，红袖横塘飞牧歌。
鱼跳龙门愁色却，肩扛风雨未蹉跎。

## （三）

万类霜天听竹声，菜农播撒满厢情。
绿肥红瘦君知否，一架瓜香供几城。

**作者简介**：谭仁富，四川仁寿人。中华诗词学会会员，眉山市东坡诗社会员，仁寿县诗词学会会员，《仁寿诗词》副主编。

# 游哨楼村史馆有感

周德辉

哨楼村史话群英，墨客访友纷沓行。
文物典籍寻根脉，凉泉人家育文明。
湖广填川千山越，忠孝传世百代兴。
守望乡愁忆先辈，圆梦故土励后生！

**作者简介：**周德辉，四川仁寿人，退役军人。仁寿县诗词学会会员，仁寿县武术协会会员。

# 哨楼村抒怀一组

刘少舟

## （一）

钦斋传世写春秋，水色山光意未休。
方曲河边寻逸趣，哨楼村史著风流。
访兰留迹敬恭里，踏雪题诗扶马头。
勾起遐思千万缕，打锣山下几回眸。

## （二）

村姑摇橹采莲忙，妙笔挥毫续锦章。
渔业今朝呈灿烂，花椒昨夜送芬芳。
欲将秋色轻吟嚼，且把丹青细品尝。
一朵云霞追朗月，凝心聚力创辉煌。

# （三）钦斋泥塑

钦斋艺术焕荣光，方曲河边韵味长。

雕出牧童追野鹭，促成仙女拜新郎。

一篇青卷随心悟，几捧红泥和月香。

七字真言怀大智，欲将巧手挽沧桑。

**作者简介：**刘少舟，四川仁寿人。仁寿县诗词学会会员。

# 颂哨楼村（外二首）

吴世奎

稻麦鱼椒品质优，多元发展竞风流。
乡村示范冠巴蜀，一首小诗歌哨楼。

## 凉水井

上苍赐予一廉泉，止水无波有洞天。
清澈方能招过客，甘冽犹可醉瑶仙。

## 村史馆抒怀

亲临村馆几回头，泥塑浮雕誉九州。
文武贤臣铭史册，芝兰烈女惹乡愁。
尘封升斗思无尽，屋锁犁耙忆未休。
一夜春风驱雾散，十年磨砺上高楼。

作者简介：吴世奎，男，四川仁寿人。仁寿县诗词学会理事，编辑。

# 拓荒牛（外三首）

孔庆奎

昔日躬耕勤拓荒，与人为善美名扬。
光荣告老发余热，村史馆前迎客忙。

## 月亮坝

新月弯如一搦弓，柏松似箭射苍穹。
武文星斗纷纷落，坠入哨楼化俊雄。

## 兰湖

湖面幽蓝竹影悬，无波止水育乡贤。
辜家古宅翻新貌，毓秀钟灵代代传。

# 哨楼村史馆

一村一史续鸿篇，秀水青山育俊贤。
文辅朝堂谋政事，武安乡土镇南川。
贞操萧氏芳名远，泥塑钦斋技艺传。
饱览哨楼增见识，赏心悦目久流连。

**作者简介**：孔庆奎，四川仁寿人。仁寿县诗词学会会员。

# 三瞻哨楼村史馆（外三首）

钟立德

庄严古雅誉佳名，让水廉泉隐若呈。
旧物如书铭岁月，先贤似语话明清。
武乡文里彰仁义，节孝青碑敕表旌。
说尽人间风著雨，新光老寨化金星。

## 哨楼村之晨

难见晨炊袅哨楼，岚烟远眺绕山丘。
滥沟云起乡愁郁，晓止鸠鸣世韵稠。
大道农车驱市早，长亭老者练操悠。
我为白鹭歌翔乐，下坝通村任自由。

## 哨楼山赏月

潇潇秋雨缈虚空，咫尺哨楼山色朦。
侧耳银丝听月语，嫦娥憔悴锁深宫。

# 观哨楼村中之初中旧校舍

始近狂传犬吠声，残垣颓舍旧庠庭。
初霜未灭侵园草，朽室还存断壁灯。
腹内陈结多度涌，眼中败景几番惊。
怊惆故址休嗟叹，此处凋沦兆大兴。

**作者简介**：钟立德，四川仁寿人，四川省老年诗词创作研究会会员。有作品在刊物发表。

# 哨楼村组诗

李淑林

## 一、黑龙江

黑龙舞韵水桥长，泉涌甘霖润故乡。
哨塔遥瞻添翠色，滥沟湖畔稻花香。

## 二、敬恭里

廉泉墨涌圣贤忙，文苑凌风古韵长。
寻迹哨楼添雅趣，对联石壁焕韶光。

**作者简介**：李淑林，笔名阳光，四川仁寿人。眉山市助人为乐"最美家庭"获得者，文学爱好者。

# 雅韵哨楼村

张　庆

古寨新村雅四方，依山傍水似吾乡。
干戈纷扰随风逝，镌刻时光韵味长。

**作者简介：**张庆，四川仁寿人，仁寿县诗词学会会员。

# 漫步哨楼村（外一首）

王学康

旧亭新馆立巍峨，北斗阑干映曲河。

万亩农田迎远客，百年老树发新柯。

大鹏展翅须高举，骏马加鞭且放歌。

极目东望临石渚，且挥衣袖醉微酡。

## 参观哨楼村村史馆

蹀躞江干落月斜，桃源老树发新芽。

百年乡国留陈迹，万里江村映绮霞。

春旺赤诚撑世局，增荣竭力展才华。

碧梧丹凤居何处，杨柳春风护玉葩。

作者简介：王学康，四川仁寿人。仁寿县诗词学会会员，仁寿县作家协会会员，仁寿县历史文化研究会会员。

# 哨楼村

墨　趣

## （一）

打锣山上晚风柔，狮子坳旁晨露流。
回首故人鸣越甲，遥望新月化吴钩。
一村一史百年梦，一舍一居几度秋。
信手拈来霞一朵，揉成春色绘哨楼。

## （二）

马道霜声垂野歌，灯杆星火照铜锣。
月华伴叟钓兰渚，和尚化缘呼弥陀。
菊径惠风香韵远，止山仁泽庙音多。
先贤遗梦佑人暖，后辈不忘扶马过。

# （三）

故人旌表泪痕在，圣旨弘彰□泽留。

殉国文星岚气匝，还乡福地渚烟收。

书生乐土连三径，举子安居独一楼。

新月垂畴渔唱晚，春牛喘野笛声悠。

**作者简介**：墨趣，本名周俊，中华诗词学会会员，四川省老年诗词创作研究会仁寿诗书画部部长，仁寿县个体私营经济协会诗书画创作研究会会长。

第三辑

曲水回还远世嚣

# 张联珠诗歌八首

张联珠

## 云际八咏

### （一）云际山即寺山

太空修月屑，兹焉凭空堕。
朗朗小蛾眉，端重无偏颇。
顶际天沉溟，足下云包裹。
递经世剥削，弦棱固奇可。
旧当奠岚初，凝结更婀娜。
乍游浑混先，吴刚说与我。
今被万目觑，难觅烟霞锁。
岿然原自若，谁来高处坐。

### （二）大悲院

唐宋逮初明，钟铭未大异。
文字虽凋残，涯略犹可识。
云际有大悲，累朝镌铸备。
院寺或微分，体段总一致。
明季何人斯，贸然变初志。

抹却主人翁，悲高辄窜易。
拉杂厌时流，信耳目更置。
遂令三百年，山如长梦醉。
精灵暗无光，景仰成耳食。
山岂与人争，人自失交臂。
数典可忘祖？得真宜黜伪。
急为证谬幽，固非徒好事。
若再数十载，风雨益剥蚀。
摩挲嗜古者，恨比我尤挚。
粗记目所经，永为后贤示。
面目还本来，岂曰逞游戏。
今古似此类，何止一山寺？


## （三）唐幢

有唐值咸通，国势殊草草。
上下举若狂，空苦争祈祷。
见骨死甘心，国蹙命旋天。
遂令天下人，忘身事幽讨。
百千万亿象，刊石奉为宝。
我闻清净佛，厌生苦烦恼。
生不拔一毛，死肯抒怀抱。
西方骨且愁，中土岂相保。
非鬼祀不歆，况乃各异道。
翻至后来者，抚幢为绝倒。
笑人心自愚，笑佛孽自造。
求空反未空，尘劫历弥懆。

坐立无时刻，千年著石袄。
安得脱然去，还彼西天好。

## （四）潘碑

绝壁剩文字，剥蚀半模糊。
摩挲一展读，殷勤为浮屠。
舍田类仗义，佞佛毋乃愚。
独惜千年来，乡人繁有徒。
悠悠尽黄土，谁为身后图。
彼计固属左，名教难楷模。
究与寺俱古，今犹识潘洙。

## （五）宋碣

蜀历宋开宝，归诚才一纪。
万事俱草率，何况空王祀。
粗为理荒秽，意非祈福起。
脱虎投慈亲，藉志升平喜。
神考熙宁中，休养繁生齿。
百年享逸安，浮荡心遂侈。
土木大崇奉，田园广界址。
冀获无量福，讵料旋屯否？
条例行新法，即于是年始。
种种朘民制，莫罄南山纸。
群生涂炭状，郑侠图难拟。

未闻一援手，曾有无上士。
徒令阅世人，寄慨不能已。

## （六）明钟

明社已成尘，明鼎已寒泐。
空余野寺钟，号犹存胜国。
铿鍧荆云音，斑驳绿沉色。
龙蛇势郁盘，蝌蚪迹奇特。
我闻有明季，吾乡罹献贼。
乾坤入混茫，风云暗沦塞。
万类歼无遗，兹独完然得。
怜惜非人为，呵护定神力。
守默鸣以时，虚中不为饰。
遂使残毒心，对之威焰熄。
所以至于今，神全精不息。
上记瑞云乡，令我瓣香识。

## （七）古洞

有峰方有洞，有洞乃生峰。
飞来固悠谬，铲凿亦幽踪。
我欲叩元窍，一豁万古胸。
洞中邈无人，洞外云长封。

## （八）云际楼

峰已横云际，楼更踞峰巅。

凌虚空倚傍，层层插碧天。

结构雄且杰，突兀势孤搴。

晴明晓登涉，气象累万千。

西挹峨眉秀，南迷六诏烟。

沧海东升日，团团岭峤边。

望北弥空阔，千里栈云连。

大观归一览，心镜自豁然。

俯视群山小，培塿列九埏。

顷刻阴晴异，朝昏递变迁。

傍晚寻归径，万壑尽铺绵。

林峦森若绘，云外趁飞鸢。

飘然半山下，此身如已仙。

凝神思所历，月从檐际悬。

**作者简介：**张联珠（1804—1881年），仁寿县晓止村五组栗林坡人（今属哨楼村十六组），谱名星五，文生，以字行，号缺岩。他长于诗文，有诗歌八首选入《民国仁寿县志》。曾参与编纂道光版《仁寿县新志》，著有《张氏宗谱》《黔游记略篇》《古道照颜文集》等。

# 张光典诗歌六首

张光典

## 游洄溪即事

盘盘洄溪数折过，两岸芊芊与碧萝。
上有题碑馨公记，下绕残虹跨柳河。
我来游此多叹惜，春泥带雨晚来波。
宛转寻迹临江渚，溁洄蒹葭映碧坡。
欲穷水源愁泥滑，只见淇澳菉竹多。

## 望缺岩山怀古

缺岭青峰近接天，不周之名在目前。
先代借此剪茅地，避难归原亦有年。
三代间墓根本地，瓜瓞流传启后先。
岩上藓字风雨碧，山间明月墓门悬。
上有卯山之题偈，下有祠宇之重鲜。
我生三百余年后，卯山已前谁氏传？

# 中秋夜月誊录家乘

## （一）

黄帝相承邃古前，分封赐姓气相连。
千枝万叶根同树，亿涧群溪水共泉。
莫谓形骸寰宇隔，当知骨脉祖宗延。
婚姻不达元周道，守礼全凭继述贤。

## （二）

月印千潭处处云，上同皓魄下同文。
河出昆仑九折入，人从始祖千支分。
远溯渊源皆世系，近联子姓忍莸薰。
倘若相逢秦越视，当呼阿祖是何君。

## （三）

明月凌空影不移，抄胥人自坐如痴。
更深渐觉星联斗，良夜乘欢笔吐词。
三千字迹垂家史，十五佳辰写竹枝。
桂香露滴庭前湿，造着清河绝妙辞。

# 登缺岭远眺

登高一望众山低，俯视长江没马蹄。
瑞云数亩悲丞相，明月重台庆祖碑。
儿孙十代为乐土，父子三传发祥基。
乘兴来时随兴返，月照前溪并后溪。

# 华山宗祠吊堂兄怡斋先生

## （一）

桃李春风傍短墙，枝枝带雨吐清香。
入门不见先生面，模范空遗道学光。

## （二）

昔年学问重此君，今哭斯人泪纷纷。
纵有经纶难建白，墓前笔墨寂无闻。

## （三）

我族同遵教化行，分而复合重前盟。
修祠造谱经纶远，独立条规训后生。

## （四）

明月清风迥出尘，疏财仗义古之人。
性情乃向酒中误，空作花残了一春。

## （五）

此地先生旧门墙，我来拜扫已斜阳。
家家杏李依谁绿，水远山高姓氏香。

## （六）

自愧为师独登坛，那堪濯足共弹冠。
清贫自作渠渠咏，月照书斋苜蓿盘。

# 贺胞弟光训弄璋书　生子名治世

同治七年戊辰岁季春月十六日愚兄慎微问仁题于向场之自爱书舍

同治年之七，孟春十三日。

忽闻书弄璋，生育亦云吉。

阿祖喜洋洋，承先之事毕。

兄亦闻之欢，弟亦当精密。

勿怠又勿荒，宜家须宜室。

呱呱小儿音，喤喤栋梁弼。

闻声是何人，定知英物出。

或是长庚投，或是玉燕匹。

此言亦非谬，此子真是实。

伯也今无忧，仲也有作述。

予岂浅丈夫，欣欣举于笔。

岂作悻悻容，猜嫌偏于失。

回首训室人，我儿亦如侄。

莫分亲与疏，教养同于一。

今来贺阿祖，五世其秩时。

**作者简介**：张光典（1836—？），字慎微，号问仁。清代道光丙申年（1836）九月二十四日生于四川仁寿张家桥，张联珠之子，承父业，亦善诗文，有《张氏宗谱》存世。

# 武举人李有春对联二则

李有春

## 题栗林坡祖宅堂屋楹联

恩荣节孝传家远；
世显科名甲第长。

## 题祖父李舜墓碑联

横额：祖德流芳
坐临天马妥侑先灵；
案对贵人昌荣后昆。

**作者简介：**李有春（1798—1866 年），仁寿县晓止村五组栗林坡人（今属哨楼村十六组）。清代道光壬午年（1822 年）武举人，钦斋泥塑非遗第一代传人，进士李春旺第八世孙。文武双全，懂医理，好玩丹青，尤其擅长泥塑。曾与进士魏光宇合作《李萧氏节孝坊序》。

# 李钦斋诗联七首

李钦斋

## 栗林坡

栗林出处扶马头，万洞桥下水溪流；
灵官威严坝中立，大士显扬江上游。

## 祖父墓地联

水秀山明钟地；
龙翔凤翥启人。

## 曲江场头李氏宗祠联

一本宗亲百世情联简邑族；
几间祠宇千秋巍立曲江头。

# 挽王氏族长联

家庭宗族社会主盟独仗功内外支持到头来南极东风摧一朝鹤化成永诀；
撇子青年异母白发胡认我宁与挥泪伤心处北堂西何痛双袖龙钟长不干。

# 堂弟新宅建成联

横批：奕叶熙隆
上联：春发其华秋结其实；
下联：业精于勤行成于思。

注：此为李钦斋为堂弟李朗斋新宅建成而集句、书写、凿刻的对联。横批典出《文选潘岳》，上联典出《后汉书》，下联典出韩愈《进学解》。

# 栗林坡李氏小支字辈诗

元现世家定鼎星，忠孝和平桂榜贞；
奕叶书香明大义，祖德流芳福满门。

注：仅存前三句，第四句为李钦斋曾孙李泽远补。

# 栗林坡故居堂屋石柱对联

使我快于心夫妇双双并无恙；
求吾所大欲儿孙个个都在行。

注：民国二十六年（1937 年），李钦斋八十三岁时的最后一个春节，携刘老孺人写于栗林坡故居堂屋两侧的对联，不久即鹤化远游。

**作者简介：**李钦斋（1855—1937 年），四川仁寿人。字现堂，世称"堂先生""钦斋先生"。诗人、易学研究者、钦斋泥塑非遗品牌创始人。是进士李春旺第十世孙，清末秀才，著有《堂先生诗钞》《堂先生文存》《栗林坡李氏家谱》《铁版神数推演》《万应犯书注》等。

# 鳌峰书院山长游文璿赞李天厚父子联

游文璿

## 游文璿赞李天厚副榜

道冠儒林称雅范；
官还故里颂名贤。

注：李天厚（1705—1781 年），字钟灵，哨楼村人，雍正乙卯（1735 年）副榜举人，皇清敕赠文林郎。任永宁教谕、纳溪教谕期间，修纳溪儒学署，课诸生恪守胡瑗遗规，诱进不少怠，纳溪人士沐公德，感公风者，以永宁为最，他们一起为李天厚献万民之盖，上百寿之衣。李天厚一家"祖孙四举人"。子李如柏，乾隆壬午科乡试举人，曾从游文璿游学，备受器重。

## 游文璿赠李如柏举人联

清词快笔无双士子；
各族侯门第一家。

作者简介：游文璿，四川仁寿人。字衡玉，号政庵，精制举业，以先正为宗，有《逸斋存草》行世，置之《储氏六子集》中，不可复办。邑令俞公慕其文行，延主鳌峰书院十余年，及门之人士，入黉序，登贤书者，三百余人。乾隆丙子（1756 年），举于乡，官邻水县教谕。

# 挽王闿运联

辜增荣

门尽公卿，隋唐以下文中子；
经传楚蜀，秦汉之间老伏生。

注：王闿运（1833—1916 年），晚清经学家、文学家。字壬秋，又字壬父，号湘绮，世称湘绮先生。清代咸丰二年（1852）举人，曾任肃顺家庭教师，后入曾国藩幕府。著有《湘绮楼诗集、文集、日记》等。王闿运乃一代名士，湘楚大儒。1880 年入川主持成都尊经书院，哨楼村人辜增荣曾于成都尊经书院求学，1916 年，王闿运去世，辜增荣作此挽联。

**作者简介**：辜增荣（1854—1925 年），四川仁寿人，哨楼村滥沟人，清廪生，曾用名增荣、毓华、豫渠、玉渠，绰号"辜白胡子"。历任省县各校教员、校长，今四川大学推为国学、经学元老。两任四川临时省参议会议员。著有《尚书大义》《诗经大义》《公羊穀梁通例》。

# 赠辜豫渠

苏启元

朔风猎猎雪欲飞，
红泥火炉暖酒围。
长髯先生近古稀，
几年聚首相因依。
好学深思辨妃豨，
经出孔壁思抉微。
弟子云散骖征骓，
南山射虎多短衣。
独抱遗经心不违，
汉廷伏生或庶几。
闾里盗肆豺虎威，
解纷乃出劳指挥。
驰驱岨陵非为饥，
但求男耕女织机。
一朝安枕听楚妃，
群能相谅何虞讥。
无通无介无是非，
岂肯役役为人靰。
自来物贵在知希，
古有登山歌采薇。
长髯长髯毋嗟唏，

行当飘然田园归。
白酒满瓯黄鸡肥，
饱看山水含清晖。

　　**作者简介：**苏启元（1856—1935 年），字干枢，又字潜孚，晚号苏山。清代大诗人，泸州市江阳区黄舣镇下军田坝人。工诗，善古文词。曾任省议会议员、泸县修志局局长，主编《泸县志》。

　　2023 年 3 月 16 日，哨楼村"作家小树林"和"作家书屋"项目启动仪式在四川省眉山市仁寿县方家镇哨楼村举行。

哨楼村"作家小树林"活动植树现场。

2024 年 6 月 16 日，四川省人民政府原副省长、四川省人大常委会原副主任杨志文（右），在哨楼村种下一棵红豆杉。

2024 年 3 月 16 日，东海舰队原副政委、海军少将魏伯良将军，在哨楼村参加哨楼村"作家小树林"启动仪式并种下一棵树。

2024 年 3 月 16 日，中国作家协会副主席、四川省作家协会主席阿来参加哨楼村"作家小树林"启动仪式，并为种下的红豆杉浇水。

中国作家协会散文委员会副主任、新疆作家协会主席，茅盾文学奖、鲁迅文学奖得主刘亮程，委托周闻道在哨楼村"作家小树林"活动种下一棵红豆杉。

中共四川省委宣传部副部长、四川省电影局局长、四川省作家协会党组书记张伟（右）与仁寿县委常委、宣传部部长张殷智植树。

四川省作家协会原党组书记、副主席侯志明（右）出席启动仪式并植树。

阿来主席（中）参观哨楼村村史馆。

2024年3月16日，来自全国各地的近百名作家参加哨楼村"作家小树林"启动仪式，在哨楼村种下心仪的树，并合影留念。